ANNE HOLT IM ATRIUM VERLAG

In der Hanne Wilhelmsen Reihe
Blinde Göttin · Selig sind die Dürstenden · Das einzige Kind ·
Im Zeichen des Löwen · Das achte Gebot · Das letzte Mahl ·
Die Wahrheit dahinter · Der norwegische Gast · Ein kalter Fall ·
In Staub und Asche

In der Selma Falck Reihe
Ein Grab für zwei · Ein notwendiger Tod · Eine Idee von Mord

ANNE HOLT ist mit zehn Millionen verkauften Büchern weltweit
eine der erfolgreichsten Krimiautorinnen Skandinaviens. Sie ist
ehemalige Justizministerin Norwegens, Anwältin, Journalistin, TV-
Nachrichtenredakteurin und Moderatorin. Zu großem Ruhm als
Autorin gelangte sie mit den zwei Krimiserien um Hanne Wilhelmsen und um Inger Johanne Vik (verfilmt als »Modus. Der Mörder
in uns«). Ihre neueste Serie dreht sich um die Juristin Selma Falck.
Im Atrium Verlag sind die Krimiserien um Hanne Wilhelmsen und
Selma Falck erhältlich.

GABRIELE HAEFS übersetzt seit über fünfundzwanzig Jahren u. a.
aus dem Norwegischen, Dänischen und Schwedischen. Sie wurde
mit dem Gustav-Heinemann-Friedenspreis und der Königlich Norwegischen Verdienstmedaille ausgezeichnet. Zu den von ihr über-
tragenen Autor:innen zählen neben Anne Holt unter anderem Jo-
stein Gaarder und Camilla Grebe.

ANNE HOLT

DER NORWEGISCHE GAST

HANNE WILHELMSENS ACHTER FALL

Aus dem Norwegischen von Gabriele Haefs

Atrium Verlag · Zürich

Die deutsche Erstausgabe erschien 2008 im Piper Verlag, München.

This translation has been published with the financial support of NORLA,
Norwegian Literature Abroad

Taschenbuchneuausgabe
1. Auflage 2024
© Atrium Verlag AG, Zürich, 2024
Alle Rechte vorbehalten
Copyright © Anne Holt 2007
Die Originalausgabe erschien 2007 unter dem Titel
1222 bei Piratforlaget, Oslo.
Für die vorliegende Ausgabe wurde die deutsche Übersetzung
von der Übersetzerin überarbeitet.
Published by agreement with Salomonsson Agency
Umschlaggestaltung: zero-media.net, München
Umschlagmotiv: Stocksy / Marilar Irastorza
Satz: Pinkuin Satz und Datentechnik, Berlin
Druck und Bindung: GGP Media GmbH, Pößneck
Printed in Germany
ISBN 978-3-03882-146-5

www.atrium-verlag.com
www.facebook.com/atriumverlag
www.instagram.com/atriumverlag

In diesem Buch ist einiges ernst gemeint,
das meiste aber ist nur ein Spiel, Iohanne.
Deshalb ist dies mein erstes kleines Buch für dich.

0 LAUT BEAUFORTSKALA:

Auswirkungen des Windes im Gebirge

Windstille. Windgeschwindigkeit: unter 1 km/h
Schneeflocken fallen fast senkrecht,
oft in pendelnder Bewegung.

1 Da nur der Lokomotivführer ums Leben kam, kann von einer Katastrophe keine Rede sein. Zweihundertneunundsechzig Menschen befanden sich an Bord, als der Zug aufgrund eines meteorologischen Phänomens, das ich noch immer nicht ganz verstanden habe, entgleiste und die Einfahrt zum Finsenut-Tunnel verfehlte. Ein toter Lokomotivführer entspricht nur 0,37 Prozent einer solchen Menschenmenge. In Anbetracht der Verhältnisse hatten wir mit anderen Worten ein Schweineglück. Obwohl viele bei dem Unfall verletzt wurden, handelte es sich in den meisten Fällen um leichtere Blessuren. Arm- und Beinbrüche. Gehirnerschütterungen. Schrammen und Schnittwunden und Kratzer: Es gab kaum einen Menschen an Bord, der unversehrt geblieben war. Aber es gab nur ein einziges Todesopfer. Dem Geschrei nach zu urteilen, das den Zug in den Minuten nach dem Unfall erfüllte, hätte man jedoch auf eine geradezu kosmische Katastrophe schließen können.

Ich verhielt mich still. Ich war davon überzeugt, eine der wenigen Überlebenden zu sein, und außerdem hatte ich einen strampelnden Säugling auf den Knien liegen. Das Kind war bei der Kollision durch die Luft geflogen, hatte meine Schulter gestreift und war gegen die Wand direkt vor dem Rollstuhl geprallt, um dann auf meinem Schoß zu landen. Reflexartig hatte ich meine Arme um das schreiende Bündel geschlungen. Ich fing wieder an zu atmen und bemerkte den trockenen Geruch von Schnee.

Die Temperatur sank in bemerkenswert kurzer Zeit von unbehaglicher, stickiger Wärme auf Frostschädenniveau. Der Zug hatte Schlagseite. Nicht sehr stark, aber genug, dass meine Schulter schmerzte. Ich saß auf der linken Seite im Abteil, als einzige Rollstuhlfahrerin im ganzen Zug. Eine grauweiße Wand presste sich auf meiner Seite gegen die Fenster. Mir wurde klar, dass diese gewaltige Schneemasse uns gerettet hatte; ohne den Schnee hätte der Zug sich überschlagen.

Die Kälte war lähmend. Kurz vor Hønefoss hatte ich meinen Pullover ausgezogen. Jetzt saß ich in einem dünnen T-Shirt da und drückte ein Baby an meine Brust, während ich feststellte, dass es in den Wagen schneite. Die nackte Haut meiner Arme war schon so unterkühlt, dass die wirbelnden blauweißen Flocken dort erst eine kalte Sekunde lang liegen blieben, ehe sie schmolzen. Auf der gesamten rechten Zugseite waren die Fensterscheiben zerbrochen.

Der Wind musste stärker geworden sein in den wenigen Minuten, die vergangen waren, seit wir im Bahnhof Finse zum Ein- und Aussteigen gehalten hatten. Nur zwei Fahrgäste waren ausgestiegen. Ich hatte zwar beobachtet, wie sie sich gegen den Wind stemmen mussten, als sie sich über den Bahnsteig in Richtung Hotel kämpften, aber ich hatte doch nur den Eindruck von einem normalen, stürmischen Wintertag im Hochgebirge gehabt. Als ich da aber so saß, meinen Pullover fest um das Baby gewickelt und außerstande, meinen Mantel vorn Haken zu nehmen, befürchtete ich, der Wind könne so stürmisch und der Schnee so kalt sein, dass wir innerhalb kurzer Zeit erfrieren würden. Ich beugte mich, so weit ich konnte, schützend über den Säugling. Im Nachhinein kann ich wirklich nicht mehr sagen, wie lange ich so dasaß, ohne Kontakt zu anderen Menschen, ohne ein Wort zu sprechen, während die Rufe der anderen Fahrgäste sich als vereinzelte Lautfetzen in das kompakte Wüten des Sturmes mischten. Vielleicht waren es zehn Minuten. Vielleicht nur wenige Sekunden.

»Sara!«

Eine Frau starrte mich und das Baby wütend an. Das Baby war ganz in Rosa gekleidet, von der Jacke bis zu den winzigen Socken. Auch die kleinen Fäuste, die ich mit den Händen zu schützen versuchte, und das wütende Gesicht, das schrie und schrie, waren zartrosa.

Das Gesicht der Mutter dagegen war blutrot. Aus einem tiefen Schnitt auf der Stirn lief Blut. Das hinderte sie allerdings nicht daran, ihr Töchterchen an sich zu reißen. Mein Pullover fiel auf den Boden. Die Frau wickelte das Kleine mit so geübten Griffen in eine Decke, dass es sich unmöglich um ihr erstes Kind handeln konnte. Sie verbarg das Köpfchen unter der Decke, drückte das Bündel an ihre Brust und schrie mich vorwurfsvoll an:

»Ich bin gefallen! Ich bin durch den Wagen gegangen, und dann bin ich gefallen!«

»Alles in Ordnung«, sagte ich langsam, meine Lippen waren so steif, dass mir das Sprechen schwerfiel. »Ihrem Kind ist nichts passiert, soweit ich das beurteilen kann.«

»Ich bin gefallen«, weinte die Mutter und trat nach mir, ohne mich jedoch zu treffen. »Ich habe Sara fallen lassen. Ich habe sie fallen lassen!«

Da ich nun von dem lästigen Kind befreit war, griff ich nach meinem Pullover und zog ihn an. Obwohl ich unterwegs nach Bergen war, wo mich strömender Regen und zwei Grad über null erwarteten, hatte ich die Daunenjacke mitgenommen. Endlich konnte ich sie vom Haken nehmen, an dem sie wie durch ein Wunder noch immer hing. Da ich keine Mütze hatte, band ich mir den Schal um den Kopf. Auch Handschuhe hatte ich keine dabei.

»Keine Angst«, sagte ich und schob die Hände in die Jackenärmel. »Sara weint. Das ist ein gutes Zeichen, glaube ich. Schlimmer sieht es da bei Ihnen aus ... «

Ich nickte in ihre Richtung. Aber sie registrierte das nicht. Das

Kind weinte noch immer und ließ sich auch nicht dadurch beruhigen, dass die Mutter versuchte, es unter ihre eigene, viel zu enge Pelzjacke zu stopfen. Die Stirnwunde blutete sehr stark, und ich würde schwören, dass das Blut gefroren war, ehe es den Boden erreichte, der bereits von Blut und Eis bedeckt war. Irgendjemand war auf einen Karton Orangensaft getreten. Der gelbe Eisbuckel lag wie ein riesiges Eidotter auf dem weißen Schneeteppich.

Die Wärme wollte nicht in meinen Körper zurückkehren. Im Gegenteil, die viel dickere Kleidung schien die Lage noch zu verschlimmern. Das Taubheitsgefühl legte sich zwar nach und nach, aber es war einem Prickeln auf meiner Haut gewichen, das sich wie Messerstiche anfühlte. Ich zitterte so sehr, dass ich die Zähne zusammenbeißen musste, um meine Zunge nicht zu verletzen. Vor allem hätte ich gern den Rollstuhl umgedreht, um die vielen Stimmen mit Gesichtern in Verbindung bringen zu können. Das Weinen einer Frau, die sich offenbar unmittelbar hinter mir befand, oder der Sturzbach von Flüchen und Verwünschungen eines Jungen im Stimmbruch. Ich wollte wissen, wie viele Tote es gab, wie schwer die Überlebenden verletzt waren und ob es möglich wäre, die Fenster abzudichten, durch die das mit jeder Sekunde stärker werdende Unwetter drang.

Ich wollte mich umdrehen, konnte aber die Hände nicht aus den Jackenärmeln ziehen.

Ich wollte auf die Uhr schauen, konnte aber die Vorstellung von Kälte an meiner Haut nicht ertragen. Die Zeit war so verschwommen wie das Schneegestöber vor dem Wagenfenster, ein Chaos in Grau mit bläulich schimmernden Streifen, die von den Leuchtröhren an der Decke stammten. Seit dem Unfall musste doch mehr Zeit verstrichen sein, als ich gedacht hatte. Es musste auch kälter sein, als der Zugführer noch kurz vor Finse über Lautsprecher bekannt gegeben hatte. Er hatte die Raucher gewarnt, es herrschten zwanzig Grad unter null, und es lohne sich nicht, für zwei Minuten Genuss auf dem Bahnsteig herumzustehen. Aber da musste er sich geirrt haben. Zwanzig Grad unter null hatte ich schon oft erlebt. Aber noch nie hatte es sich so angefühlt wie jetzt. Das hier waren tödliche Minusgrade, und meine Arme wollten mir nicht gehorchen, als ich doch entschied, auf die Uhr zu schauen.

»Hallo!«

Ein Mann hatte die automatischen Glastüren vor den Gepäckfächern aufgestemmt. Er stand breitbeinig auf dem schräg abfallenden Boden, bekleidet mit einem blauen Spezialanzug für Schneemobile, einer riesigen Ledermütze mit Ohrenklappen und einer knallgelben Alpinbrille.

»Ich komme, um euch zu retten«, brüllte er und streifte sich die Brille unter das Kinn. »Und immer ganz ruhig bleiben. Ist nur eine kleine Spritztour bis zum Hotel!«

Was ein einzelner Mann in diesem Wagen voller jammernder Menschen ausrichten könnte, war mir allerdings unklar. Trotzdem schien die bloße Anwesenheit des Burschen auf uns alle beruhigend zu wirken. Sogar das rosafarbene Baby hörte auf zu weinen. Der Junge, der seit dem Unfall in einem fort geflucht hatte, brüllte ein letztes Mal:

»Wird ja auch verdammt noch mal Zeit, dass jemand kommt. Fuck, Mann. Scheiße!«

Dann verstummte er.

Ich war unter Umständen kurz eingeschlafen. Vielleicht war ich im Begriff zu erfrieren. Die Kälte machte mir jedenfalls nicht mehr sonderlich viel zu schaffen. Ich habe von solchen Fällen gelesen. Obwohl ich nicht behaupten will, diese behagliche, einlullende Wärme verspürt zu haben, die angeblich den Erfrierungstod ankündigt, klapperte ich wenigstens nicht mehr mit den Zähnen. Mein Körper schien sich für eine andere Strategie entschieden zu haben. Er wollte jedenfalls nicht mehr kämpfen und zittern. Statt-dessen spürte ich, wie ein Muskel nach dem anderen nachgab und sich entspannte. Zumindest in dem Teil meines Körpers, dessen Bewegungen ich weiterhin unter Kontrolle habe.

Ich bin aber nicht sicher, ob ich eingeschlafen war.

Aber mir fehlt ein Stück Erinnerung. Der Retter musste schon vielen geholfen haben, als ich plötzlich zusammenschreckte.

»Was zum Teu–«

Er stand über mich gebeugt. Sein Atem brannte an meiner Wange, und ich glaube, dass ich lächelte. Eine Sekunde später hockte er vor mir und betrachtete meine Knie. Oder vielmehr meine Wade, wie ich kurz darauf erfuhr.

»Sind Sie gelähmt? Sind Ihre Beine gelähmt? Von früher, mei-ne ich?«

Ich ließ mich nicht zu einer Antwort herab.

»Johan«, brüllte der Mann plötzlich, ohne aufzustehen. »Jo-han! Komm her!«

Er war also nicht mehr allein. Durch den Sturm hörte ich Motorendröhnen, und die Windböen von draußen trugen einen schwachen Abgasgeruch mit sich. Das Dröhnen kam und ging, wurde immer stärker, um dann zu verschwinden, und ich ging da-von aus, dass es sich um sehr viele Schneemobile handeln musste. Der Mann, der Johan hieß, ging in die Hocke und kratzte sich den Bart, als er sah, worauf sein Kumpel da zeigte.

»Sie haben einen Skistock in der Wade stecken«, sagte er end-lich.

»Was?«

»Ein Skistock hat sich quer durch Ihre Wade gebohrt.«

Er legte fasziniert den Kopf zur Seite.

»Der Stockteller ist abgebrochen und hat sich vor der Hose ver-keilt, aber der Stock an sich ...«

Jetzt konnte ich seinen Kopf nicht mehr sehen.

»Der ragt auf der anderen Seite zwanzig Zentimeter raus«, rief er. »Sie haben Blut verloren. Ziemlich viel sogar. Frieren Sie? Ich meine, frieren Sie mehr als ... der Stab scheint sich ein wenig verbogen zu haben, sodass ...«

»Wir dürfen ihn nicht herausziehen«, sagte der Mann mit der gelben Alpinbrille um den Hals, so leise, dass ich es fast nicht hörte. »Dann verblutet sie. Wer war denn bloß so blöd, die Stöcke hier abzustellen?«

Er schaute sich mit vorwurfsvollem Blick um.

»Wir müssen sie sofort rüberbringen, Johan. Aber was zum Teufel machen wir mit dem Stock?«

An mehr kann ich mich, ehrlich gesagt, nicht erinnern.

Von den zweihundertneunundsechzig Menschen an Bord des Zuges Nr. 601 von Oslo nach Bergen, am Mittwoch, dem 14. Februar 2007, verlor also bei der Kollision nur eine Person ihr Leben. Diese Person war der Lokomotivführer, und er wird kaum begriffen haben, was geschehen war, bevor er starb. Wir waren übrigens nicht gegen den Berg geprallt. Unterhalb von Finsenut bohrt sich ein Betonrohr in die Steinmassen, als wäre jemand der Auffassung gewesen, der etwa zehn Kilometer lange Tunnel sei nicht lang genug und müsse deshalb mit einigen Metern hässlichen Betons in der ansonsten schönen Landschaft am Finsevann verlängert werden. Spätere Untersuchungen sollten dann ergeben, dass der Zug circa zehn Meter vor der Tunnelöffnung entgleist war. Die Ursache dafür war eine beträchtliche Eisbildung auf diesem Streckenverlauf. Viele Fachleute haben versucht, mir zu erklären, wie so etwas geschehen kann. In der letzten Stunde vor dem Unglück hatten zwei Güterzüge den Tunnel in der Gegenrichtung passiert. Wenn ich das richtig verstanden habe, hatten sie die wärmere Luft im Tunnel hinaus in die immer kälter werdende Luft vor dem

Tunnel geschoben. Ungefähr wie in einer Fahrradpumpe, ist mir gesagt worden. Da kalte Luft Feuchtigkeit schlechter speichern kann als warme, kondensiert die Feuchtigkeit aus dem Tunnel, und diese Tropfen fallen zu Boden und werden zu Eis. Und zu noch mehr Eis. Zu einer so dicken Eisschicht, dass nicht einmal das Gewicht eines Zuges sie zum Bersten bringen kann. Im Nachhinein habe ich mir überlegt, ob das Betonrohr, dessen Zweck sich mir ansonsten nicht erschließt, vielleicht dort liegt, um für eine stufenweise Abkühlung der Luft im Tunnel zu sorgen. Bisher hat mir allerdings niemand sagen können, ob ich mit dieser Annahme recht habe.

Ich kann es nicht fassen, dass ein Wetterphänomen, das seit undenklichen Zeiten bekannt sein muss, einen Zug auf einer Strecke zum Entgleisen bringen kann, die schon seit 1909 in Betrieb ist. Ich lebe in einem Land mit unzähligen Tunneln. Wir Norweger müssten uns mit Eis und Schnee und Sturm im Gebirge doch auskennen. Aber in diesem hochtechnologischen Jahrtausend, mit seinen Flugzeugen und Atom-U-Booten und Fahrzeugen auf dem Mars, mit den Möglichkeiten des Klonens von Tieren und der nanometerpräzisen Laserchirurgie, kann also etwas so Einfaches und Natürliches wie die Luft aus einem Tunnel, die auf einen Wintersturm im Gebirge trifft, einen Zug zum Entgleisen bringen und ihn an einem riesigen Betonrohr zerschmettern.

Ich verstehe das nicht.

Später wurde dieses Unglück die »Finse-Katastrophe« genannt. Aber da es ja faktisch keine Katastrophe war, sondern nur ein großes Unglück, bin ich zu dem Schluss gekommen, dass dieser Name sich auf all das bezieht, was in den Stunden und Tagen nach der Kollision auf dem Bahnhof und in seiner Umgebung geschah, 1222 Meter über dem Meer. Während draußen der schlimmste Sturm seit über hundert Jahren tobte.

2 Ich lag auf dem Boden einer heruntergekommenen Hotelrezeption, als ich wieder zu mir kam. Der scharfe Geruch von feuchter Wolle und Kartoffeleintopf stach mir in die Nase. Über mir starrte ein ausgestopftes Rentier glasig vor sich hin. Ohne mich umzusehen, spürte ich, dass dieser Raum voller Menschen war, weinender, stummer oder aufgeregt plappernder Menschen.

Vorsichtig versuchte ich mich aufzusetzen.

»Tun Sie das nicht«, sagte eine Stimme, die ich wiedererkannte.

»Ich muss weiter«, teilte ich dem Rentier benommen mit.

Der Mann in dem blauen Schneeanzug erschien plötzlich in meinem Blickfeld. Als er sich zwischen mir und dem Tier herunterbeugte, sah es aus, als trüge er das Geweih.

»Sie bleiben eine Weile hier«, sagte er und grinste. »Wie wir anderen auch. Ich heiße übrigens Geir Rugholmen. Und Sie?«

Ich gab keine Antwort.

Ich hatte nicht vor, auf dieser Reise Bekanntschaften zu schließen. Es stimmt zwar, dass Finse über keine Straßenverbindung zur Umwelt verfügt. Sogar im Sommer ist der historische Bahnarbeiterweg für den normalen Autoverkehr gesperrt, und im Winter kann er an guten Tagen bestenfalls als Schneemobilpiste dienen. Angesichts der Tatsache aber, dass ein Zugwrack in westlicher Richtung auf den Schienen lag und das Unwetter allem Anschein nach von Stunde zu Stunde heftiger wurde, hielt ich es doch nur für eine Frage der Zeit, wann sich die gewaltigen Schneepflüge der norwegischen Staatsbahn NSB von Haugastøl oder Ustaoset hochkämpfen und uns alle in Sicherheit bringen würden. Nach Bergen würde ich vorerst zwar nicht gelangen, aber in Finse würden wir alle nicht sonderlich lange bleiben müssen.

Ein paar Stunden vielleicht.

Kein Grund, sich Freunde zuzulegen.

3 Es stellte sich heraus, dass sich unter den Fahrgästen des Unglückszugs acht Ärzte befanden. Eine erfreuliche Überzahl, die sich damit erklären ließ, dass sieben von ihnen im Haukeland-Universitätskrankenhaus an einem Kongress über Brandverletzungen teilnehmen wollten. Auch ich war dorthin unterwegs gewesen, als der Zug entgleiste. Nicht zu diesem Kongress natürlich, sondern zu einem amerikanischen Spezialisten für Rückgratfrakturen. Seit mich kurz nach Weihnachten 2002 ein Schuss in den Rücken traf und ich von der Taille abwärts gelähmt bin, hat auch mein restlicher Körper begonnen zu kränkeln. Ich brauchte eine Weile, um festzustellen, dass ich nicht mehr so gut hörte wie früher. Ich war bei dem Anschlag mit dem Kopf auf den Boden aufgeschlagen, und die Ärzte waren zu dem Schluss gekommen, dass dabei mein Gehörnerv verletzt worden war. Es spielt aber keine Rolle. Ich brauche kein Hörgerät, auf keinen Fall, und ich komme sehr gut zurecht. Vor allem weil ich selten mit anderen spreche und weil Fernsehapparate einen Lautstärkeregler haben.

Aber ab und zu habe ich Atemprobleme. Hier und da spüre ich einen stechenden Schmerz im Kreuz. Solche Dinge. Kleinigkeiten, finde ich, aber ich hatte mich überreden lassen. Dieser Amerikaner galt eben als außergewöhnliche Koryphäe.

Sieben Ärzte aus dem Zug waren also Fachleute für Verletzungen, an denen keiner von uns litt. Nr. 8 war eine Ärztin, eine etwa sechzigjährige Gynäkologin. Wie durch eine überraschende Gunst der Götter hatten sie alle das Unglück unversehrt überstanden. Und obwohl sie sich eigentlich auf Haut und den weiblichen Unterleib spezialisiert hatten, arbeiteten sie sich doch unbeschwert durch Schnittwunden und Knochenbrüche.

Ich wurde vom Zwerg behandelt.

Er konnte unmöglich größer als eins vierzig sein. Zum Ausgleich war er fast genauso breit. Sein Kopf war viel zu groß für seinen Körper, und die Arme waren noch kürzer, also relativ gesehen, als ich das je zuvor bei Kleinwüchsigen beobachtet hatte. Ich versuchte, ihn nicht anzustarren.

Ich bleibe meistens zu Hause. Das hat viele Gründe, einer davon ist, dass ich das Glotzen der Leute nicht ertragen kann. Weil ich eine normal aussehende Frau mittleren Alters im Rollstuhl bin und ich darum eigentlich für niemanden besonders interessant sein dürfte, konnte ich mir gut vorstellen, wie es diesem Mann ergehen musste. Ich sah es, als er auf mich zukam. Jemand hatte mir ein Kissen unter den Kopf geschoben. Ich war nicht mehr auf die Betrachtung des Rentierkopfs angewiesen, dessen Fell verschlissen war und dessen grobe Nähte die schlechte Arbeit des Präparators verrieten. Als der kleinwüchsige Arzt mit einem seltsamen Watschelgang den Raum durchquerte, öffnete sich eine Gasse, wie damals, als Moses das Rote Meer teilte. Alle Gespräche verstummten, sogar Wimmern und Schmerzensschreie erstarben, als er vorbeiging.

Sie starrten nur. Ich schloss die Augen.

»Mmm«, sagte er und setzte sich neben mir auf die Knie. »Und was haben wir hier?«

Seine Stimme war überraschend dunkel. Ich hatte vermutlich mit einer Art Heliumstimme gerechnet, wie bei einem Clown auf einem Kindergeburtstag. Da es ausgesprochen unhöflich gewesen wäre, den Arzt nicht anzusehen, und da meine geschlossenen Augen zudem den Eindruck erwecken könnten, es gehe mir schlechter, als das tatsächlich der Fall war, öffnete ich sie.

»Magnus Streng«, sagte er und packte mit einer klobigen, riesigen Pranke meine zögernde rechte Hand.

Ich murmelte meinen Namen und konnte mir den Gedanken nicht verkneifen, dass seine Eltern einen ganz besonderen Sinn für Humor besessen haben mussten. Magnus. Der Große.

Er blinzelte kurz und hob den Zeigefinger. Dann breitete sich ein strahlendes Lächeln über seinem Gesicht aus.

»Die Polizistin«, sagte er begeistert. »Sie sind vor ein paar Jahren in Nordmarka angeschossen worden, nicht wahr? Von diesem ...«

Erneut nahm sein Gesicht eine aufgesetzte Denkermiene an. Diesmal legte er den Finger an die Schläfe, ehe er noch breiter lächelte.

»Von diesem korrupten Polizeichef, nicht wahr? Das war etwas ganz Be...«

»Es ist lange her«, fiel ich ihm ins Wort. »Sie haben ein gutes Gedächtnis.«

Er unterdrückte sein Lächeln und konzentrierte sich auf meine Wade. Erst jetzt bemerkte ich, dass der allgegenwärtige Geir Rugholmen sich neben den Arzt gesetzt hatte. Sein Schneeanzug war verschwunden. Sein Wollpullover schien noch aus dem Krieg zu stammen, nackte Ellbogen ragten aus beiden Ärmeln. Seine Kniebundhose war vermutlich irgendwann einmal blau gewesen, jetzt aber zu einem undefinierbaren Grauton verwaschen. Der Mann roch nach Lagerfeuer.

»Wo ist mein Stuhl?«, fragte ich.

»Der Stock ist einfach rausgerutscht«, erklärte Geir Rugholmen dem Arzt und schob mit der Zunge seinen Lutschtabak zurecht. »Wir wollten ihn nicht herausziehen, aber wir mussten den Stock kurz vor der Wunde abbrechen, um sie transportieren zu können. Und dann ... dann ist er einfach rausgerutscht. Aber die Blutung hat nachgelassen.«

»Wo ist mein Stuhl?«

»Ich weiß, der Stock hätte in der Wunde bleiben sollen«, fuhr Rugholmen fort.

»Wo ist ihr Stuhl?«, fragte Dr. Streng, ohne den Blick von der

Wunde zu nehmen, er hatte mein Hosenbein aufgerissen, und ich hatte den Eindruck, dass seine Hände trotz ihrer Größe und ihrer Form schnell und präzise arbeiteten.

»Der Stuhl? Der Rollstuhl? Im Zug.«

»Ich will meinen Stuhl«, sagte ich.

»Ja, verdammt, wir können doch nicht einfach zurückfahren und ... «

Der Arzt hob den Blick. Er fischte eine riesige Brille mit Horngestell aus seiner Brusttasche, setzte sie auf und sagte leise:

»Ich würde es über alle Maßen zu schätzen wissen, wenn jemand den Rollstuhl dieser Dame hier holen könnte. Und zwar so schnell wie überhaupt nur möglich.«

»Haben Sie eine Ahnung, was da draußen für ein Wetter ist? Sind Sie ... «

»Holen Sie den Stuhl! Und zwar gleich. Ich glaube, Sie würden sich auch nicht gerade wohlfühlen, wenn Ihre Beine in einem Zugabteil lägen und Sie hier hilflos herumliegen müssten. So kompetent wie Sie und Ihre hervorragenden Kollegen in diesem Sturm gearbeitet haben, halte ich es für eine relativ unproblematische Angelegenheit, dieses für unsere Freundin so wichtige Hilfsmittel zu holen.«

Wieder dieses strahlende Lächeln. Ich hatte das Gefühl, dass der Mann sein Handicap bewusst einsetzte. Sobald man im Gespräch aufgehört hatte, auf seine Zirkuserscheinung zu achten, sorgte er sofort dafür, dass er wieder an einen Clown erinnerte. Sein Mund brauchte nicht einmal die traditionelle rote Bemalung, die Lippen waren auch so groß genug. Das war alles sehr verwirrend und bestimmt auch Sinn der Sache. Geir Rugholmen jedenfalls richtete sich widerwillig auf, murmelte eine Bemerkung und ging auf den Windfang zu, wo er seinen Schneeanzug abgelegt hatte.

»Ein Mann der Berge«, sagte Dr. Streng zufrieden, ehe er mir wieder seinen Blick zuwandte. »Und diese Wunde sieht fabelhaft aus. Da haben Sie Glück gehabt. Zur Sicherheit eine kräftige Dosis Antibiotika, und alles wird gut.«

Ich setzte mich auf. Er brauchte nur Sekunden, um mein Bein zu verbinden.

»Wir haben wirklich Glück gehabt«, sagte er leise und steckte die Brille wieder in die Tasche. »Das hätte sehr böse enden können.«

Ich war nicht sicher, ob er von meiner Wunde oder von dem Unfall sprach.

Er rieb die Hände aneinander, als wäre ich voller Staub gewesen. Dann watschelte er weiter zum nächsten Patienten, einem verängstigten Jungen von vielleicht acht Jahren, der den Arm in einer provisorischen Schlinge trug. Während ich versuchte, zum Hoteltresen zu robben, um mich anlehnen zu können, stellte sich ein Mann breitbeinig in den großen Raum. Er zögerte einen Moment, dann sprang er auf einen Stuhl und von dort auf den fünf oder sechs Meter langen, groben Holztisch, der vor den Fenstern Richtung Südwesten stand. Da er etliche Kilo Übergewicht mit sich herumtrug, wäre er dabei fast heruntergefallen. Als er das Gleichgewicht wiedergefunden hatte, erkannte ich ihn. Um seinen Hals trug er einen rot-weißen Schal der Fußballmannschaft Brann Bergen.

»Liebe Freundinnen und Freunde«, sagte er mit einer Stimme, die deutlich machte, dass er oft vor vielen Menschen sprach. »Hinter uns allen liegt ein sehr traumatisches Erlebnis!«

Er wirkte ehrlich begeistert.

»Unsere Gedanken gehen natürlich vor allem zu Einar Holters Familie. Einar war unser Zugführer. Ich habe ihn nicht gekannt, aber ich habe bereits erfahren, dass er ein Familienmann war, ein liebevo–«

»Seine Familie ist von dem Todesfall noch nicht unterrichtet worden«, unterbrach ihn eine Frauenstimme von der anderen Seite des Raumes.

Dort, wo ich saß, konnte ich die Frau nicht sehen. Sie war mir aber jetzt schon sympathisch.

»Es ist nicht gerade angebracht, jetzt eine Trauerrede zu halten, so wie die Dinge stehen«, fuhr sie fort. »Überhaupt finde ich ... «

»Natürlich«, sagte der Mann auf dem Tisch und hob die Handflächen zu einem demütigen Segen. »Ich meinte nur, es sei an der Zeit, jetzt, wo es sich herausgestellt hat, dass wir alle in Sicherheit sind und niemand ernsthaft verletzt ist, uns vor Augen zu halten, dass in unserer gemeinsamen Freude über ... «

»Brann is' 'n Scheißverein«, brüllte jemand. Ich erkannte sofort den fluchbegeisterten Jüngling aus meinem Abteil.

Der Mann auf dem Tisch lächelte und öffnete den Mund, um etwas zu sagen.

»Brann is'n Scheißverein«, sagte der Junge noch einmal und stimmte an: »Vål'enga, du bis meine Relljon, einer aus 'ne Milljon, stolze alte Tradizjion!«

»Wunderbar«, sagte der Mann mit dem Brann-Schal und nickte zufrieden. »Es tut gut zu sehen, dass die Jugend so engagiert ist. Überhaupt scheint sich hier drinnen jetzt alles langsam zu beruhigen, und draußen ja auch.«

Er zeigte in Richtung Hoteleingang. Ich hatte keine Ahnung, was sich dort abspielte.

»Ich möchte nur darauf aufmerksam machen ... «

Mir tat der Mann fast leid. Alle kicherten. Irgendjemand rief leise: »Buh«, als ob diese Person nicht wagte, sich zu erkennen zu geben, und doch ihre Verachtung zum Ausdruck bringen wollte. Das schien zu wirken. Jedenfalls hatte der Mann den Wohlfühl-Halleluja-Ton abgelegt, als er versuchte weiterzusprechen.

»... dass für alle, die es wünschen, in einer Viertelstunde im

Kaminzimmer eine Andacht gehalten wird. Wer auf der Treppe Hilfe braucht, soll bitte Bescheid sagen. Ich bin sicher nicht der Einzige, der ...«

»Maul halten!«

Der Junge ließ nicht locker. Jetzt war er aufgesprungen. Er stand nur wenige Meter von mir entfernt und legte die Hände wie ein Megafon an seinen Mund.

»He, du«, sagte ich mit scharfer Stimme. »Du da!«

Der Junge drehte sich zu mir um. Er konnte unmöglich älter sein als vierzehn.

Sein Blick war beängstigend vertraut.

Vielleicht wissen sie es. Vielleicht versuchen sie deshalb immer, ihre Augen zu verstecken, hinter ihren Haaren, im Flackern hinter halb geschlossenen Augenlidern. Dieser Junge hatte seine Mütze viel zu tief in die Stirn gezogen.

»Ja, du«, sagte ich und winkte ihn zu mir. »Komm her. Halt's Maul und komm her.«

Er rührte sich nicht von der Stelle.

»Soll ich laut erzählen, warum du hier bist, sodass alle es hören können, oder willst du näher kommen? Damit wir eine gewisse ... Diskretion wahren können?«

Zögernd machte er einen Schritt auf mich zu. Blieb stehen.

»Komm her«, sagte ich, jetzt eine Spur freundlicher.

Noch einen Schritt. Und noch einen.

»Setz dich.«

Der Junge lehnte sich mit dem Rücken gegen die Rezeption und ließ sich langsam auf den Boden sinken. Er legte die Arme um die Knie und sah mich an.

»Du bist abgehauen«, fasste ich mit leiser Stimme zusammen. »Du wohnst in einem Jugendheim. Du warst in mehreren Pflegefamilien, aber es ist jedes Mal schiefgegangen.«

»Bullshit«, murmelte er.

»Ich will gar nicht diskutieren. Ein Vierzehnjähriger wie du ohne Begleitung ... oder gehörst du vielleicht zu einer reizenden Familie, die einfach bei dem schönen Wetter einen Spaziergang macht? Kannst du mir sagen, mit wem du unterwegs bist?«

»Ich bin keine vierzehn.«

»Dann eben dreizehn.«

»Ich bin fünfzehn, verdammt«, fauchte er.

»In ein oder zwei Jahren vielleicht.«

»Im Januar! Vor 'nem Monat. Soll ich das beweisen, oder was?«

Wütend zog er eine Brieftasche aus seiner viel zu großen Jeans. Die Brieftasche aus Nylon war mit Tarnfarben bedruckt und mit einer Kette an einer Gürtelschlaufe befestigt. Als er eine EC-Karte herausfischte, sah ich, dass er sich seine Nägel bis aufs Nagelbett blutig gekaut hatte.

»Himmel«, sagte ich, ohne ihn anzusehen. »EC-Karte und überhaupt. Großer Junge. Na gut, dann sagen wir fünfzehn. Und jetzt hör mir mal zu. Wie heißt du?«

Er hatte ungefähr so großes Interesse daran, sich Winterfreunde zuzulegen, wie ich.

»Wie heißt du?«, wiederholte ich mit scharfer Stimme. Im selben Augenblick las ich seinen Namen auf der Karte, die er wieder in seiner Brieftasche verstaute.

Stumm und abwesend starrte er seinen Mützenrand an. Er strömte einen säuerlichen Geruch aus, als habe jemand seine Wäsche gewaschen und sie nicht richtig getrocknet, ehe sie in den Schrank gelegt worden war.

»Adrian«, sagte ich resigniert. »Jetzt hör mir mal zu.«

Der Junge zuckte zusammen, fuhr sich mit der Hand über die Mütze und starrte mich drei endlose Sekunden lang an.

Adrian war fünfzehn Jahre alt. Ich wusste nichts über ihn, und doch wusste ich alles. So dünn, wie er war, würde er sich nicht einmal richtig prügeln können, ich tippte sein Gewicht unter der viel zu großen Kleidung auf knapp fünfzig Kilo. Adrian hatte eine große Klappe. Ein Dieb, das war ziemlich sicher, und ich war überzeugt davon, dass er auf seinem Weg zu einem zerstörerischen Drogenkonsum schon ziemlich weit gekommen war. Ein kleinkrimineller Mistkerl von fünfzehn Jahren, der noch nicht gelernt hatte, seine Augen zu verbergen.

»Sind Sie Hellseherin, oder was? Wieso wissen Sie ...«

»Ja. Ich bin Hellseherin. Und jetzt hältst du die Klappe. Bist du verletzt?«

Er machte eine Kopfbewegung. Ich deutete das als ein Nein.

»Hier ist Ihr Stuhl!«

Hinter Geir Rugholmen wehte ein kalter Luftzug von draußen in die Halle. Erst jetzt fiel mir auf, dass sich die große Rezeption langsam leerte.

»Wir müssen für Sie auch ein Zimmer finden«, sagte er, während er überraschend geschickt meinen demontierten Rollstuhl wieder zusammensetzte. »Die meisten haben hier im Hotel ein Bett bekommen. Aber wir haben auch einige in den Privatwohnungen untergebracht.«

Er zeigte in Richtung Treppe und drehte dann das letzte Rad am Rollstuhl fest.

»Zum Glück war das Hotel so gut wie nicht belegt. Ist nicht gerade Hochsaison im Moment. Aber bald sind Winterferien. Dann wäre es schwieriger gewesen. Die jüngsten und gesündesten Erwachsenen sind in die Häuser in Bahnhofsnähe gebracht worden. Und jetzt brauchen wir ein Zimmer für ...«

Er unterbrach sich und musterte Adrian aus zusammengekniffenen Augen.

»Gehören Sie zusammen?«, fragte er skeptisch.

»Gewissermaßen«, sagte ich. »Bis auf Weiteres jedenfalls.«

»Ich glaube, wir haben für Sie Platz in einem der Zimmer in der Nähe der Rezeption. Da sind schon zwei Personen untergebracht, aber wenn wir eine Matratze auf den Boden legen, kann auch Ihr Kumpel ...«

»Es geht los«, rief der Mann mit dem Brann-Schal und versuchte, einige Jugendliche zu sich zu winken. Die saßen an dem langen Tisch und aßen etwas, das ich für einen Kartoffeleintopf hielt, das sich später aber als eine sogenannte Straßenarbeitersuppe entpuppte. »Wir versammeln uns hier. Es gibt auch Kaffee und Kuchen!«

Die Reaktion des Publikums fiel offenbar nicht aus wie erwartet. Der Geistliche packte eifrig den Arm einer vorbeigehenden Frau, ließ ihn aber sofort los, weil ihre in seinen Augen modische Wandermütze sich als Hidschab entpuppte.

Die Jugendlichen aßen schweigend weiter. Sie hatten es nicht eilig. Im Gegenteil, ohne den Mann eines Blickes zu würdigen, nahmen sie sich Nachschlag. Jemand fing an, ein nerviges, hänselndes Kinderlied zu summen. Ein Mädchen kicherte und wurde rot.

»Kann irgendjemand diesem Scheißpfaffen bitte bald eine Kugel in den Kopf jagen«, murmelte Adrian, ehe er laut wurde. »Verdammt, ich will nicht mit anderen in ein Zimmer! Scheiße, nein!«

Er schlenderte zu dem langen Tisch hinüber und ließ sich am Ende der Tafel auf einen Stuhl fallen.

Geir Rugholmen kratzte seine dichten blauschwarzen Bartstoppeln.

»Ein kleiner Streithammel, Ihr junger Freund.«

Er wollte mir hochhelfen.

»Nicht«, sagte ich. »Das schaffe ich selbst. Er ist nicht mein Freund.«

»Schön für Sie.«

»Beachten Sie ihn einfach nicht.«

»Geb mir alle Mühe. Soll ich nicht doch ... «

»Nein!«

Meine Stimme klang schärfer als notwendig. Das ist häufig so. Eigentlich ist das fast immer so, um ganz ehrlich zu sein.

»Okay, okay! Ganz ruhig. Herrgott, ich dachte doch nur ... «

»Ich brauche auch kein Bett«, sagte ich und zog mich hoch. »Ich möchte lieber hier sitzen bleiben.«

»Heute Nacht? Wollen Sie die ganze Nacht in diesem Stuhl sitzen? Hier?«

»Wann rechnen Sie damit, dass Hilfe kommt?«

Geir Rugholmen reckte sich. Er stemmte die Hände in die Seiten und schaute auf mich herunter. Der Blick der Stehenden, der Aufgerichteten, der Funktionierenden.

Streng genommen macht es mir nichts aus, behindert zu sein. Ich will unbeweglich sein, ich habe mich entschieden, so zu leben. Der Stuhl stört mich im Alltag nicht sonderlich. Oft verlasse ich die Wohnung wochenlang nicht. Probleme gibt es, wenn ich dazu gezwungen werde. Die Leute wollen mir auf Teufel komm raus immer wieder helfen. Heben, schieben, tragen.

Deshalb bin ich mit der Bahn gefahren. Fliegen ist für mich ein Albtraum, das muss ich schon sagen. Zug ist einfacher. Weniger Berührung. Weniger fremde Hände. Der Zug ermöglicht mir ein gewisses Maß an Autonomie.

Abgesehen davon, wenn er entgleist.

Und ich kann diesen Blick der Gesunden und Beweglichen, von oben herab, wirklich nicht ertragen. Deshalb erwiderte ich ihn nicht. Ich schloss die Augen und gab vor, schlafen zu wollen.

»Ich glaube, Sie haben den Ernst der Lage nicht ganz begriffen«, sagte Geir Rugholmen.

»Wir sind im Gebirge eingeschneit.«

»Das kann man wohl sagen. Wir sind verdammt solide eingeschneit. Im Moment wütet da draußen ein Sturm in Orkanstärke. Orkan in Finse! Das kommt wirklich nicht sehr häufig vor. Wir befinden uns auf der windabgewandten Seite von ...«

»Mich interessiert im Grunde nur eines: Wann können wir damit rechnen, hier rausgeholt zu werden?«

Es wurde ganz still. Ich merkte trotzdem, dass er da war. Der Geruch nach alter Wolle und Lagerfeuer war unvermindert.

»Ich habe Sie etwas gefragt«, sagte ich leise, mit geschlossenen Augen. »Wenn Sie das nicht beantworten können, dann ist das natürlich in Ordnung. Aber ich habe jetzt vor, ein wenig zu schlafen.«

»Sie sind wie ein Strauß.«

»Was?«

»Sie glauben, dass niemand Sie sieht, wenn Sie die Augen zumachen.«

»Der Strauß steckt den Kopf in den Sand, wenn ich das richtig in Erinnerung habe. Und außerdem soll das nur ein Mythos sein.«

Ich gähnte ausgiebig, mit geschlossenen Augen.

»Niemand kann behaupten, ich hätte mir keine Mühe gegeben«, sagte Geir Rugholmen beleidigt. »Wenn Sie hier sitzen und das Arschloch spielen wollen, bitte sehr ... Ach, scheiß drauf.«

Seine Skistiefel trampelten über den Boden, und er war verschwunden.

Ich kann so was gut.

Es kann durchaus sein, dass ich danach ein wenig eingenickt bin.

1 LAUT BEAUFORTSKALA:

Auswirkungen des Windes im Gebirge
Leichter Zug. Windgeschwindigkeit: 1–5 km/h
Wind kaum spürbar.
Die Schneeflocken treiben leicht im Wind.

1 Angeblich soll die Kronprinzessin im Zug gewesen sein. Niemand wusste, wo sie sich jetzt aufhielt.

Als ich darauf bestand, dass mein Rollstuhl aus dem Zugwrack geholt wurde, lag das nicht nur daran, dass ich mich ohne ihn hilflos fühle. Mobilitätsmäßig war der Unterschied nämlich nicht sehr groß. Ich würde mich ja doch in der Nähe der Rezeption aufhalten müssen. Die Toiletten lagen zwar im selben Stock direkt neben der Haupttreppe, und das ermöglichte es mir Gott sei Dank, meine Beutel relativ unauffällig entleeren zu können, aber ansonsten gab es keinen Ort, den ich ohne Hilfe hätte aufsuchen können.

Das Wichtigste am Rollstuhl ist, dass er Distanz schafft.

Nicht physisch, Gott bewahre; wie ich schon sagte, werde ich dauernd angestarrt und muss viele Hilfsangebote abwehren. Ich denke hier mehr an eine psychische Distanz. Der Stuhl verändert mich. Er definiert mich als etwas anderes, anders als die anderen, und es kommt nicht selten vor, dass ich für dumm gehalten werde. Oder taub. Es wird im wahrsten Sinne des Wortes über meinen Kopf hinweg geredet, und wenn ich mich zurücksinken lasse und die Augen schließe, dann ist es, als ob ich nicht existiere.

Auf diese Weise erfährt man sehr viel.

Meine Beziehung zu anderen Menschen ist, wie soll ich sagen, von eher akademischem Charakter. Ich möchte lieber nichts mit ihnen zu tun haben, und das kann leicht als fehlendes Interesse gedeutet werden. Das stimmt aber nicht. Menschen interessieren mich. Deshalb sehe ich viel fern. Ich lese Bücher. Ich habe eine DVD-Sammlung, um die viele mich beneiden würden. Früher war ich eine gute Ermittlerin. Eine von den besten, möchte ich behaupten. Das alles wäre unmöglich gewesen ohne Neugier auf die Schicksale anderer, auf ihr Leben.

Aber Menschen in meiner Nähe zu haben, das macht mir zu schaffen.

Ich interessiere mich für Menschen, aber ich will nicht, dass Menschen sich für mich interessieren. Das ist sehr anstrengend. Insbesondere, wenn man von Freunden und Kollegen umgeben ist und wenn man – wie bei der Polizei – im Team arbeiten muss. Nachdem ich angeschossen wurde und fast mein Leben verlor, verließen mich meine Kräfte.

Ich fühlte mich wohl, so ganz für mich allein.

Die Leute starrten, das konnte ich spüren, aber es war trotzdem so, als ob ich nicht existierte. Sie redeten unbeschwert über alles Mögliche. Obwohl viele sich nach der Verteilung der Zimmer zurückgezogen hatten, war es doch noch zu früh, um schlafen zu gehen. Viele kamen deshalb auch zurück in die Lobby, einige lungerten im Rezeptionsbereich herum. Der Schock des Unfalls ließ langsam nach. Das Lachen fiel wieder leichter. Die Situation war nicht mehr bedrohlich, auch wenn der Sturm, der draußen vor dem alten Hotel tobte, stärker war als alles, was wir je erlebt hatten. Es war vielmehr so, dass gerade die zerschlissene Standfestigkeit des Hauses uns beruhigte. Das schiefe braune architektonische Flickwerk trotzte seit fast hundert Jahren Wind und Wetter, und es würde auch in dieser Nacht nicht besiegt werden. Die Ärzte hatten sich durch die Reihen der Hilfsbedürftigen hindurchgearbeitet. Ein paar Jugendliche pokerten. Ich hatte meinen Stuhl in die Nähe des langen Holztisches gerollt, sodass ich die Pokerrunde beobachten und den vielen Menschen zuhören konnte, die aus ihren Zimmern kamen, um sich die letzten Neuigkeiten erzählen zu lassen, um Wunden und Verletzungen zu vergleichen und um aus den riesigen Fenstern in den Sturm zu starren, der vergeblich versuchte, das Hotel *Finse 1222* zu erobern.

Ich hörte mir an, was die Leute so redeten. Sie glaubten, ich schliefe.

Und als endlich alle satt und verarztet waren, nachdem alle erzählt hatten, wo im Zug sie beim Aufprall gewesen waren, und weil sich außerdem die Gläser mit Bier und Rotwein füllten, galt das größte Interesse der Frage, wo um alles in der Welt Mette-Marit stecken könnte.

Bereits während der Zugfahrt waren Gerüchte im Umlauf gewesen. Zwei Frauen mittleren Alters, die hinter mir gesessen hatten, hatten kaum über etwas anderes gesprochen. Es gebe einen zusätzlichen Wagen, flüsterten sie laut. Den letzten Wagen, ganz anders als der restliche Zug, so sehe der normale Vormittagszug nach Bergen sonst nie aus. Und der hintere Teil des Bahnsteigs sei überdies abgesperrt gewesen. Es müsse also der Königswaggon sein. Er sehe zwar nicht sonderlich königlich aus, aber niemand könne schließlich wissen, wie er eingerichtet sei, und außerdem wisse doch das ganze Land von Mette-Marits Flugangst. Natürlich könne es sich bei der Reisenden auch um Sonja handeln, die die Berge so liebt, das wüssten ja auch alle, aber andererseits sei es eigentlich undenkbar, dass sie so kurz vor dem siebzigsten Geburtstag des Königs auf Reisen ginge.

Ich war aufrichtig erleichtert, als die Damen in Hønefoss ausstiegen.

Ich hatte mich zu früh gefreut.

Der Klatsch hatte neuen Schwung bekommen und war dabei, zur Wahrheit zu werden. Fremde Menschen redeten miteinander. Der Zug wurde immer unnorwegischer, je mehr er sich dem Hochgebirge näherte. Reiseproviant wurde geteilt, Kaffee füreinander geholt. Manche wollten etwas von Bekannten gehört haben, und eine Frau Mitte zwanzig besaß die sichere Information, dass ein alter Schulkamerad aus dem Gymnasium, der jetzt bei der Königlichen Leibwache diente, in dieser Woche nach Bergen reisen musste.

Als wir in Oslo losfuhren, gab es ganz einfach einen zusätzlichen Waggon am Zug.

Als wir uns Finse näherten, war dieser Wagen zum Königlichen Reisewaggon geworden, und alle wussten, dass sich Mette-Marit samt Leibwächtern und mit großer Wahrscheinlichkeit auch dem Prinzen Sverre an Bord befanden. Der war ja noch so klein. Ein älterer, aufgeregter Mann wollte durch das Fenster noch ein kleines Mädchen gesehen haben, ehe er von der Polizei unfreundlich vertrieben worden war, also war auch Ingrid Alexandra mit von der Partie.

Aber wo steckten sie jetzt, diese vielen Königlichen?

An manchen Tagen verstehe ich besser als an anderen, warum ich lieber nichts mit anderen Menschen zu tun haben will.

2 Ihre Stimme war charakteristisch, sie grenzte an eine Parodie. Es heißt, Meinungen an sich seien niemals gefährlich. Ich bin mir da nicht so sicher.

Es ist schwer zu sagen, ob mir Kari Thues Meinungen oder ihr missionarischer Eifer größere Angst machen. Jedenfalls ist sie unheimlich clever. Mit ihrer absurden Logik, ihrem kühnen Umgang mit Tatsachen und ihrem beeindruckenden Glauben an ihre eigene Botschaft könnte sie die Protagonistin in einem Holberg-Stück darstellen. Zudem ist sie verdammt präsent. Und zwar überall: im Fernsehen, im Radio, in den Zeitungen. Kari Thue lässt ängstliche Menschen aggressiv werden und verführt ansonsten kluge Männer zur Torheit. Die Frau mit einer Stimme, die so messerscharf war wie der Mittelscheitel in ihren dünnen Haaren, hatte schon Streit angefangen. An diesem Nachmittag hielten sich in Finse zwei Muslime auf. Ein Mann und eine Frau. Kari Thue ist ein hervorragender Spürhund, und sie hatte schon längst die Witterung des Bösen aufgenommen.

»Ich rede nicht mit Ihnen«, schrie sie. Ich musste meine Augen einen Spaltbreit öffnen. »Ich rede mit ihr!«

Ein ziemlich kleiner Mann mit einem gewaltigen Schnurrbart versuchte, sich zwischen Kari Thue und eine Frau zu schieben, mit der er aller Wahrscheinlichkeit nach verheiratet war. Sie trug dunkle, lange Kleidung und ein eng sitzendes Kopftuch, sie war die Frau, die der Fußballpastor in seiner Verwirrung zur Teilnahme an der Andacht im Kaminzimmer hatte bewegen wollen. Ich hielt die beiden für Kurden. Sie konnten natürlich auch Iraner, Iraker oder von mir aus muslimische Italiener sein, aber ich entschied mich doch für Kurden. Seit ich Nefis kenne, die selbst Türkin ist, habe ich ziemlich gut gelernt, auf Details zu achten, die ich gar nicht genau erklären kann, die aber dafür sorgen, dass ich mich selten irre. Die Frau weinte und schlug die Hände vors Gesicht.

»Da sehen Sie nur«, rief Kari Thue. »Sie haben ...«

Der Geistliche mit dem Brann-Schal, der aus den Medien mindestens ebenso bekannt war wie Thue selbst, kam angelaufen.

»Jetzt beruhigen wir uns erst einmal alle wieder«, sagte er mit sonorer Pastorenstimme und legte beruhigend die Hand auf die Schulter des erregten Kurden. »Ich heiße Cato Hammer. Wir müssen alle freundschaftlich miteinander umgehen und Rücksicht nehmen in einer Situation wie ...«

Seine andere Hand fuhr über Kari Thues Rücken. Sie reagierte, als ob er sie mit Schwefelsäure eingeschmiert hätte, und drehte sich so schnell um, dass fast ihr kleiner Rucksack von der Schulter gerutscht wäre.

»Hauen Sie ab da«, fauchte sie. »Fassen Sie mich nicht an!«
Er ließ sie sofort los.

»Ich finde, Sie sollten sich jetzt ein wenig beruhigen«, sagte
er väterlich.

»Sie haben hier überhaupt nichts zu finden«, sagte sie. »Ich
versuche, ein Gespräch mit dieser Frau zu führen.«

Sie war so beschäftigt mit dem jovialen Geistlichen, dass der
Kurde die Gelegenheit nutzte. Mit festem Griff umklammerte er
den Arm seiner Frau, entfernte sich eilig von der Rezeption und
verschwand Richtung Treppenhaus, wo ein geschnitztes Schild an
der Decke ankündigte, dass man nun die *St. Paal's Kro* betrete.

Ich kann Pastoren nicht leiden. Ich kann auch Imame nicht
leiden, obwohl mir Letztere nur sehr selten über den Weg gelaufen sind. Nur ein Mal bin ich einem wirklich netten Rabbiner
begegnet, aber das war in New York. Mir liegt das alles nicht, Reli-
gionen ganz im Allgemeinen und die Verwalter des Aberglaubens
im Besonderen. Am wenigsten habe ich für Pastoren übrig. Und
ganz besonders stark reagiere ich auf Geistliche wie Cato Hammer.
Sie predigen eine Toleranztheologie, bei der die Grenze zwischen
Recht und Unrecht verschwimmt und ich nicht begreife, wozu
man sich dann überhaupt eine Religion leisten soll. Sie breiten
ihre Arme aus und lächeln fromm. Verurteilen niemanden. Lieben
alle. Ab und zu habe ich den Verdacht, dass Pastoren wie Cato
Hammer überhaupt nicht an Gott glauben. Sie sind vielmehr in
ein Jesus-Klischee verliebt, in den gütigen Mann in Sandalen, mit
Dackelblick und einladenden Handflächen, komm zu mir, ihr
armen Kleinen. Ich kann das einfach nicht ertragen. Ich will nicht
umarmt werden. Ich will Schwefelpredigten und Drohungen
von Fegefeuer und ewiger Verdammnis. Gebt mir Pastoren und
Bischöfe mit flammenden Blicken, gebt mir Unversöhnlichkeit,
Verachtung und die Verheißung jenseitiger Strafen. Ich will eine

Kirche, die ihre Mitglieder über den schmalen Pfad des Lebens peitscht und unmissverständlich darlegt, dass der Rest der Welt der ewigen Finsternis entgegengeht. Auf diese Weise ist wenigstens auch der Unterschied zwischen uns leichter zu erkennen. Und ich muss nicht das Gefühl haben dazuzugehören. Denn darum habe ich zu keinem Zeitpunkt in meinem Leben je gebetet.

Ich mochte den Typen ganz einfach nicht.

Ohne dem Gang der Ereignisse vorgreifen zu wollen, möchte ich aber doch bereits jetzt erzählen, dass mein erster Gedanke, als ich einige Stunden später von Cato Hammers Tod erfuhr, folgender war: Er war kein so schlechter Mensch gewesen.

»Sie dürfen sich nicht so aufregen«, ermahnte er die wütende Furie. »So entsteht Distanz zwischen den Menschen, Kari Thue. Muslime und Islamisten sind nicht dasselbe. So einfach ist das nicht. Sie teilen uns auf in …«

»Idiot!«, fauchte sie. »So etwas habe ich nie gesagt und nie gemeint. Sie aber sind auf diese naive norwegische politische Korrektheit hereingefallen, die es zulässt, dass dieses Land überflutet wird von …«

Ich hörte weg.

Obwohl Religion meiner Ansicht nach wirklich die Geißel der Menschheit ist, kann ich weder Logik noch großes Einfühlungsvermögen darin erkennen, unter den Gläubigen eine Rangordnung aufzustellen. Religion ist immer sowohl Tyrannei als auch Zivilisation, Verstoßen und Einbinden, Liebe und Unterdrückung. Und warum gerade der Islam schlimmer sein sollte als ein anderer Aberglaube, das leuchtet mir nicht ein. Kari Thue hingegen schon. Sie ist die Anführerin einer Bewegung, die behauptet, aus Solidarität Alarm zu schlagen, aus Solidarität mit Frauen, Homosexuellen, Kindern und allem, was es sonst noch so an *norwegischen Werten* geben mag.

Ich bin allergisch gegen den Begriff *Wert*.

Und in Verbindung mit dem Adjektiv *norwegisch* wird das Ganze unerträglich. In ihrem fanatischen Drang, hart gegen die *islamistische Weltbedrohung* vorzugehen, machen Kari Thue und ihre immer zahlreicheren und beängstigend einflussreichen Spießgesellen den hart arbeitenden, gut integrierten norwegischen Muslimen das Leben schwer.

Das andere Gefühl, das mich überkam, als ich einige Stunden später die Todesnachricht hörte, war eine tiefe Verärgerung darüber, dass nicht Kari Thue anstelle von Cato Hammer starr gefroren in der Schneewehe lag.

Aber so etwas darf man wohl nicht sagen.

3 »Schläfst du?«

»Nein«, sagte ich und versuchte, mich in meinem Stuhl aufzusetzen. »Jedenfalls noch nicht.«

Ich fühlte mich steif. Auch wenn ich meine Beinverletzung nicht spürte, tat mir alles weh wie nach einer Prügelei. Mein Rücken schmerzte, meine linke Schulter war verspannt, mein Mund ausgetrocknet. Dr. Streng hatte sich einen Stuhl herangezogen. Er bot mir Rotwein an.

»Nein, danke. Aber ein Glas Wasser wäre jetzt gut.«

Schon wenige Minuten später war er wieder da.

»Danke«, sagte ich und leerte das Glas in einem Zug.

»Gut«, sagte Dr. Streng. »Es ist wichtig, Flüssigkeit aufzunehmen.«

»Immer«, sagte ich und lächelte verkrampft.

»Entsetzliches Wetter«, sagte er fröhlich.

Auf solche Phrasen gebe ich grundsätzlich keine Antwort.

»Ich wollte vorhin nach draußen gehen«, erzählte er unverdrossen weiter. »Um die Kälte mal zu spüren. Aber das war nicht möglich! Da draußen wütet nicht nur ein Orkan, angeblich hat hier oben niemand je zuvor solche Schneemassen erlebt. Der Schnee bedeckt bereits Wände und Fenster, und ... wir haben jetzt sechsundzwanzig Grad unter null, und bei diesem Wind wird die effektive Kälte ...«

Er überlegte.

»Eiskalt?«, schlug ich vor.

Ich stellte das Glas auf den Boden. Löste die Bremsen meines Stuhls und nickte dem Arzt kurz zu, ehe ich mich langsam in Bewegung setzte. Aber er verstand diesen Hinweis leider nicht.

»Wir können uns hierhin setzen«, schlug er vor und kam mit zwei Rotweingläsern in den Händen hinter mir hergewatschelt. »Dann können wir uns das Wetter ansehen.«

Ich gab auf und stellte mich vor das Fenster.

»Nicht viel zu sehen«, sagte ich. »Weißes Wetter. Eis. Schnee.«

»Und Wind«, sagte Magnus Streng. »Was für ein Wind!«

Damit hatte er allerdings recht. Der Lärm von draußen zwang alle, ihre Stimmen zu heben, um gehört zu werden. Bemerkenswerter war es jedoch, dass der Wind die Fenster vibrieren ließ, als wäre das Unwetter ein lebendiges Wesen mit Herz und schwerem Puls. Der Blick fand keine Anhaltspunkte, keinen Halt. Keine Bäume, keine Gegenstände, sogar die Wände des Anbaus verschwanden in einem wirbelnden Chaos aus Schnee.

»Ganz ruhig«, sagte eine Stimme hinter mir. »Diese Fenster halten dem Druck stand. Das ist dreischichtiges Glas. Wenn eine Schicht bricht, sind immer noch zwei übrig.«

Geir Rugholmen war offenbar kein nachtragender Mensch. Er setzte sich auf die Tischkante und prostete mir zu. Sein Getränk sah aus wie Cola.

»Bestimmt«, sagte ich.

»Faszinierend«, sagte der Arzt vergnügt. »Diese Fenster hier sind ja nicht so groß, aber in der *Blåstue* wird einem anschaulich demonstriert, dass Glas ein elastisches Material ist. Sag mal, Rugholmen, kannst du uns erzählen, ob etwas an den Gerüchten stimmt, dass Angehörige der Königsfamilie unter uns weilen?«

Ich war mir sicher, im Gesichtsausdruck des Bergensers eine minimale Veränderung gesehen zu haben. Etwas Wachsames, ein winziges Flackern des Blickes, ehe er sich hinter seinem Glas versteckte.

»Purer Unsinn«, sagte er dann. »Man darf nicht alles glauben, was man hört.«

»Aber dieser Wagen«, protestierte Magnus Streng. »Da war doch wirklich ein Extra–«

»Alles in Ordnung bei dir?«, fragte Rugholmen und sah mich mit einem leichten Lächeln an, als wolle er damit unsere letzte Auseinandersetzung ungeschehen machen.

Ich nickte und schüttelte danach den Kopf, als Magnus Streng abermals versuchte, mir das Rotweinglas aufzudrängen.

»Jetzt müssten eigentlich alle untergebracht sein«, sagte Rugholmen. »Und wir können froh sein, dass wir die anderen rechtzeitig in die umliegenden Häuser schaffen konnten. Im Moment ist es unmöglich, sich draußen zu bewegen. Man wird sofort zu Boden gerissen.«

»Wann werden wir hier abgeholt?«, fragte ich.

Geir Rugholmen lachte. Sein Lachen war hell und dünn, wie das eines Mädchens. Er zog eine Dose Kautabak hervor.

»Du gibst wohl nie auf«, sagte er.

»Wie lange wird dieser Sturm noch dauern?«, fragte ich.

»Lange.«

»Was heißt lange?«

»Schwer zu sagen.«

»Aber ihr müsst doch in Kontakt zum Meteorologischen Institut stehen«, sagte ich und versuchte nicht einmal, meine Verärgerung zu verbergen.

Er rammte sich ein Stück Tabak unter die Oberlippe und steckte die Dose wieder in die Hose.

»Es sieht nicht gut aus«, sagte er. »Aber du kannst beruhigt sein. Wir haben genug zu essen, genug Brennstoff und jede Menge zu trinken. Also mach es dir gemütlich.«

»Da es nun einmal passiert ist«, sagte Magnus Streng, »haben wir doch fantastisches Glück gehabt, dass wir nur wenige Hundert Meter vom Bahnhof entfernt waren. Und auch unsere Geschwindigkeit war deshalb noch nicht so hoch. Etwas unter siebzig Stundenkilometern, habe ich gehört. Und da können wir wirklich vom Glück im Unglück reden. Und dann noch dieses Hotel! Was für ein Zufluchtsort! Was für ein Service! Nur Lächeln und Freundlichkeit überall. Man könnte meinen, dass die jeden Tag Unfallopfer aufnehmen ...«

»Wer ist hier eigentlich verantwortlich?«, fiel ich ihm ins Wort und sah Geir Rugholmen an.

»Verantwortlich? Für das Hotel?«

Ich seufzte.

»Für den Unfall?«, fragte er sarkastisch und breitete die Arme aus. »Für das Wetter?«

»Für uns«, sagte ich. »Wer ist für die Rettungsarbeiten verantwortlich? Dafür, uns hier wegzuholen? Soviel ich weiß, liegt die operative Verantwortlichkeit bei der lokalen Polizei. Wer ist das? Die Dienststelle Ulvik? Gibt es einen lokalen Repräsentanten? Ist die Hauptrettungszentrale in Sola ...«

»Das waren aber verdammt viele Fragen«, unterbrach Geir Rugholmen mich so laut, dass alle, die in der Nähe saßen, in unsere

Richtung blickten. »Und es ist wohl nicht meine Aufgabe, solche Fragen zu beantworten.«

»Ich dachte, du bist vom Rettungsdienst. Dem Roten Kreuz?«

»Da irrst du dich aber gewaltig.«

Er knallte sein Glas auf den Tisch.

»Ich bin Anwalt«, sagte er wütend. »Und wohne in Bergen. Ich habe hier eine Wohnung und habe mir eine Woche freigenommen, um vor den Winterferien die Küche zu renovieren. Als es knallte, brauchte man nicht viel Fantasie, um zu begreifen, was da passiert war. Ich habe ein Schneemobil. Ich habe dir und vielen anderen geholfen und verlange dafür keinen Dank. Aber ein bisschen freundlicher könntest du schon sein? Oder nicht?«

Sein Gesicht war so nah an meinem, dass ich einen feinen Speichelregen spürte, als er weiterfauchte:

»Und wenn du schon nicht dankbar sein willst, dann könntest du vielleicht dem Mann ein bisschen entgegenkommen, der bei diesem verdammten Unwetter wie ein Verrückter hin- und hergefahren ist, um dich und deinen verdammten Stuhl in Sicherheit zu bringen, statt seinen Küchenschrank anzustreichen?«

Ich bin daran gewöhnt, dass die Leute weggehen. Das ist ja sogar mein Ziel. Es geht darum, das Gleichgewicht von Unhöflichkeit und Verschlossenheit zu finden. Zu viel von Letzterem macht die Leute nur neugierig und aufdringlich, so wie Magnus Streng, der offenbar beschlossen hatte, mich besser kennenzulernen. Aber gerade hatte ich zu viel von Ersterem gezeigt.

»Tut mir leid«, sagte ich und versuchte, aufrichtig zu wirken. »Natürlich bin ich dankbar für deine Hilfe. Vor allem, weil du mir den Stuhl geholt hast, obwohl das Wetter noch schlimmer geworden ist. Danke. Tausend Dank.«

Es war gelungen. Geir Rugholmen sah mich einige Sekunden lang verwundert an, dann zuckte er mit den Schultern und grinste.

»Na gut«, sagte er. »Und ich kann noch berichten, dass es ein Informationstreffen gibt, und zwar in ... «

Er warf einen Blick auf eine Taucheruhr aus schwarzem Kunststoff.

»... einer halben Stunde. Hier unten, aus Rücksicht auf dich übrigens. Das war mein Vorschlag. Und um es ein letztes Mal ganz deutlich zu sagen: Es wird lange dauern, bis wir geholt werden. Wie lange, das kann niemand vorhersehen. Die Überlandleitungen sind ein Stück westlich von Haugastøl umgestürzt. Und bei diesem Schneesturm kommen nicht einmal Räumfahrzeuge mit Dieselantrieb durch. Von Hubschraubern können wir bei diesem Wetter nur träumen. Wir sind vollkommen isoliert. Also kannst du genauso gut versuchen, die Sache ganz gelassen anzugehen. In Ordnung?«

Ohne auf eine Antwort zu warten, trank er den Rest seiner Cola aus und ging.

Adrian hatte Gesellschaft gefunden.

Das überraschte mich. Ich hatte ihn schon kurz zuvor beobachtet, wie er über den groben, abgenutzten Bretterboden schlurfte, dicht gefolgt von einem älteren Mädchen. Sie mochte so um die achtzehn sein. Aber das war schwer zu schätzen. Sie sah aus wie eine hässliche Ausgabe der Comicfigur Nemi Montoya. Klapperdürr und dunkle Kleidung, mit pechschwarzen Haaren. Nur der mausgraue Haaransatz am Mittelscheitel, ein silbernes Piercing in der Unterlippe und ihre blasse Gesichtshaut durchbrachen die Farbmonotonie. Sie war so stark geschminkt, dass sie genauso gut auch fünfzehn oder fünfundzwanzig hätte sein können. Die beiden saßen neben der Küchentür auf dem Boden, mit dem Rücken gegen die Wand gelehnt, die Arme um die Knie geschlungen. Ich hatte nicht den Eindruck, dass sie miteinander redeten. Sie saßen einfach nur da, wie zwei stumme Ausgestoßene inmitten einer

Menschenmenge, die im Laufe des Abends immer ausgelassener wurde.

»Bist du sicher, dass du nichts möchtest?«

Magnus Streng hielt mir das Rotweinglas hin.

Am liebsten hätte ich ihn daran erinnert, dass er Arzt war. Und dass ich unlängst in einen schwerwiegenden Unfall verwickelt gewesen war, ein Skistock hatte sich durch mein Bein gebohrt und zu hohem Blutverlust geführt. Ich hätte ihn gern gefragt, ob er Alkohol als eine geeignete Medizin für eine gelähmte Frau mittleren Alters in einem zweifellos geschwächten Allgemeinzustand ansah.

Aber es gibt Grenzen, auch für mich:

»Nein, danke.«

Aber ich lächelte nicht. Das hatte ungefähr denselben Effekt. Er stellte vorsichtig das Glas ab.

»Na gut«, sagte er und erhob sich. »Dann noch einen schönen Abend. Ich versuche mal, diesem königlichen Mysterium auf den Grund zu gehen.«

Mein Telefon klingelte.

Das heißt, es leuchtete lautlos. Ich habe es immer auf lautlos gestellt. Bisher hatte es in der Tasche meiner Daunenjacke gesteckt. Fünfzehn unbeantwortete Anrufe.

Vermutlich hatten mittlerweile alle Medien das Unglück gemeldet. Und da die Satellitenschüsseln von Finse entweder vom Sturm herabgeworfen oder vom Schnee begraben waren, gab es keinen funktionierenden Fernsehapparat, weder im Hotel noch in den privaten Wohnungen. Einige hatten im Laufe des Nachmittags und Abends Radio gehört. Aber niemand hatte etwas Neues über die Rettungsaktion zu berichten. Offenbar war die ganz einfach eingestellt worden, es ließ sich ja auch kaum behaupten, dass wir große Not litten. Selbst ich musste zugeben, dass es keinen Sinn ergab, Leben und Gesundheit aufs Spiel zu setzen, um

Überlebende zu retten, die sicher und warm in einem gemütlichen Hotel untergebracht waren. Der tote Lokomotivführer hatte es wohl auch nicht eilig mit dem Verlassen der Berge. Und was den geheimnisvollen Zusatzwaggon anging, waren dessen Fahrgäste ganz offenkundig im obersten und luxuriösesten Appartement einlogiert worden.

Im Grunde war also alles so weit in Ordnung.

Abgesehen von der Tatsache, dass ich etwas vergessen hatte.

Sogar ich habe Menschen, die mir nahestehen, eine Frau und ein Kind.

Ich hatte vergessen, zu Hause anzurufen.

Obwohl mir vor dem Gespräch mit Nefis grauste und ich versuchte, vor dem Anruf eine Strategie zu entwickeln, konnte ich doch Geir Rugholmens Reaktion auf meine Frage nach dem geheimnisvollen Wagen nicht vergessen. Dass Mette-Marit sich im Zug befunden haben sollte, war absolut unwahrscheinlich. Aber es hatte diesen Wagen gegeben. Und es hatten Wachen auf dem abgesperrten Bahnsteigabschnitt im Osloer Hauptbahnhof gestanden.

»Ich lebe noch«, sagte ich, ehe Nefis auch nur ein Wort herausbringen konnte. »Ich bin unversehrt, und es geht mir relativ gut.«

Sie beschimpfte mich so lange, dass ich zum Schluss nicht mehr zuhörte.

Wenn im letzten Wagen keine Angehörigen der Königsfamilie gesessen hatten, wer dann?

»Verzeih mir«, sagte ich leise, als es am anderen Ende der Leitung endlich still wurde. »Es tut mir wirklich leid. Ich hätte sofort anrufen müssen.«

Wer immer mit dem letzten und absolut außerplanmäßigen Wagen im Zug von Oslo nach Bergen gereist sein mochte, es war unbegreiflich, dass diese Leute seit dem Unfall von niemandem gesehen worden waren. Das konnte einfach nicht sein. Jemand musste ihnen geholfen haben. Jemand vom Rettungsteam hatte ihnen auf dem Weg vom Tunneleingang zum Hotel beistehen müssen. Was immer es mit den Gerüchten auf sich haben mochte, ich sah keine andere Erklärung als die, dass den Menschen aus dem letzten Wagen zuerst geholfen worden war und sie sich deshalb bereits im Haus und im Appartement unterm Dach befanden, bevor wir anderen aus dem Zug im *Finse 1222* eingetroffen waren.

»Es tut mir leid«, beteuerte ich noch einmal. »Wirklich.«

Nefis weinte am anderen Ende der Leitung.

2 LAUT BEAUFORTSKALA:

Auswirkungen des Windes im Gebirge
Leichte Brise. Windgeschwindigkeit: 6–11 km/h
Spürbar bei starker Kälte.
Die Schneeflocken bewegen sich eher horizontal
als vertikal.

1 Ich war allein in der Rezeption. Diese Halle fungierte ansonsten auch als Aufenthaltsort für die anderen Hotelgäste. Der lange Tisch vor den Fenstern und zwei grobe Manilasessel neben der Treppe luden zum Verweilen ein, ebenso eine abgenutzte Sitzgruppe in einer Ecke, die mit gutem Willen als Bar bezeichnet werden konnte. Die meisten Lampen waren gelöscht. Im Halbdunkel fuhr ich in die Ecke hinter einer kräftigen quadratischen Stützsäule, wo Thermoskannen mit Kaffee und eine kleine Maschine standen, die angeblich heiße Schokolade herstellen konnte. Über dem Tresen hing ebenfalls ein grob geschnitztes Schild: *Millibar*. Für einen Moment spielte ich mit dem Gedanken, die Nacht auf einem der kurzen Sofas zu verbringen. Das wäre definitiv bequemer. Ich ließ es aber sein.

Es war Viertel nach eins, und ich war ganz allein.

Das Informationstreffen war ungeheuer wenig informativ gewesen. Wir hatten erfahren, dass es schlimmer schneite als seit Menschengedenken. Dass es stürmte und extrem kalt war. Dass der verunglückte Zug die Bahnlinie nach Westen versperrte und dass in nächster Zeit auch von Osten keine Hilfe zu erwarten war. Hilfe aus der Luft war selbstverständlich ausgeschlossen. Außerdem wurde zu unserer Beruhigung versichert, dass es für mehrere Tage genug zu essen und zu trinken gebe und dass die Stromversorgung auch kein Problem darstelle, zumal ein Notaggregat vorhanden sei.

Letzteres war das Einzige, was ich vorher noch nicht gewusst hatte.

Eine langweilige Veranstaltung.

Trotzdem war ich später froh darüber, daran teilgenommen zu haben.

2 Die Zahl der Hotelgäste war jetzt auf einhundertsechsundneunzig gesunken, wenn man die Insassen des geheimen Wagens außen vor ließ. Zu diesen einhundertsechsundneunzig Menschen zählten die sieben Hotelangestellten sowie die vier Männer und die eine Frau vom Roten Kreuz, die sich glücklicherweise gerade in Finse aufgehalten hatten, um alles für die Winterferien vorzubereiten. Drei deutsche Touristen waren die einzigen regulären Hotelgäste. Zwei von ihnen waren mit demselben Zug gekommen wie wir, ich hatte gesehen, wie sie sich kurz vor Abfahrt des Zuges in Finse über den Bahnsteig gekämpft hatten. Sie schienen sich über den Orkan zu freuen und hatten eine Menge Bier getrunken, ehe sie als Letzte schlafen gegangen waren. Die übrigen Fahrgäste aus dem Zug waren in den umliegenden Häusern untergebracht. Diese Häuser hatten Namen, die zur Eisenbahn und zur Gebirgswelt passten: Finsenut, Elektrohus und Tusenheimen. Sie befanden sich lediglich hundert bis dreihundert Meter von uns entfernt, wie wir nun erfuhren. Aber bei diesem Wetter hatten die Menschen dort trotzdem keine Möglichkeit, an dem Treffen teilzunehmen.

Einhundertsechsundneunzig Menschen sind natürlich keine akzeptable Zahlenmenge, um daraus statistische Schlüsse zu ziehen. Es waren zum Beispiel zu viele Männer dabei, um uns mit der Normalbevölkerung vergleichen zu können. Und viel zu wenige Personen über sechzig, wenn ich das richtig beobachtet hatte. Ich hatte außerdem nur vier Kinder unter zehn gezählt, zusätzlich zu dem rosafarbenen Baby aus dem Zug, das ich seit dem Unfall nicht mehr gesehen hatte. Auch wusste ich wenig über die verschiedenen Berufsgruppen, obwohl sich inzwischen herausgestellt hatte, dass die Zahl der Geistlichen und Kirchenmitarbeiter erschreckend hoch war. Ein ganzer Schwarm von ihnen hatte zu einem Kongress nach Bergen gewollt, auf dem über die Zukunft der Staatskirchenordnung verhandelt werden sollte. Zu dieser Gruppe gehörte auch der nicht übermäßig beliebte Fußballpastor. Obwohl ich ihn nach seinem Zusammenstoß mit Kari Thue mit anderen Augen sah. Bei der Informationsveranstaltung saß er allein hinter einer Säule an der Bar, was es ihm unmöglich machte, die Frau in den Kniebundhosen zu sehen, die uns mit milder Stimme und ein wenig zu leise bat, die Ruhe zu bewahren. Ehe er aus meinem Blickfeld verschwand, registrierte ich, dass er ungewöhnlich ernst wirkte. Kari Thue konnte sogar dem Teufel einen Schrecken einjagen.

Trotz der niedrigen Zahlengrundlage, bei der Gottes Diener und Äskulaps Jünger numerisch übermäßig vertreten waren, hatte ich dennoch das Gefühl, einen repräsentativen Querschnitt der norwegischen Bevölkerung zu beobachten. Ich saß an der Wand neben der Treppe, die hinunter zum Kaminzimmer und hinauf zu dem alten Eisenbahnwagen führte, der als eine Verbindungsbrücke zwischen dem Hotel und den privaten Wohnungen im Appartementtrakt fungierte und frei in der Luft zu schweben schien. Von dort hatte ich einen guten Blick über eine fast ausschließlich weißhäutige Versammlung. Abgesehen von dem kurdischen Ehepaar und den drei Deutschen gab es nur eine weitere Person nichtnorwegischer Herkunft: einen dunkelhäutigen Mann Mitte fünfzig, den ich aufgrund seiner englischen Aussprache in Südafrika verortete.

Ich konnte auch nicht ausschließen, dass sich unter uns der eine oder andere Schwede oder Däne versteckte.

Da die Anzahl der in Norwegen ansässigen Ausländer unter neun Prozent liegt, waren wir ein wenig vom wirklichen Leben entfernt. Aber ansonsten war fast alles vertreten. Arrogante Jugendliche in schweineteuren Klamotten, die mit dem ›Abschaum‹ Adrian und seiner jämmerlichen Freundin kein Wort wechselten. Gestresste Geschäftsleute mit teuren Laptops, die immer wieder versuchten, eine Internetverbindung herzustellen. Es gab heulende Kinder und Frauen mittleren Alters. Eine Mannschaft von vierzehnjährigen Handballerinnen sah gar nicht ein, warum sie Rücksicht nehmen sollten. Sie tobten durch das ganze Hotel und stritten lauthals darüber, wer mit wem das Zimmer teilen sollte. Einige der Erwachsenen zeigten sich dem Trubel gegenüber demonstrativ gleichgültig, andere plapperten aufgeregt über alles Mögliche, von der Bettenverteilung und dem überraschend guten Essen bis zu dem Bridgeturnier, das im Kaminzimmer begonnen hatte. Allen Norwegern war eine Sache gemeinsam, und das unterschied uns von den Kurden, den Deutschen und dem Südafrikaner: Wir hatten keine Angst. Während das muslimische Ehepaar immer wieder ängstlich zu den Fenstern hinüberschaute und Kari Thue und der tobende Sturm sie erschaudern ließen, fühlten wir anderen uns mehr oder weniger wie im Skiurlaub. Die Deutschen wirkten zwar überglücklich darüber, ihren gesammelten Erlebnissen auch noch einen Orkan hinzufügen zu können, aber nach sechs großen Bieren konnte keiner von ihnen mehr seinen Respekt vor dem Wetter und seine Angst vor dessen Folgen verbergen. Den Südafrikaner schienen eher die wissenschaftlichen Aspekte zu interessieren. Er lief immer wieder zum Fenster, schüttelte mit dem Kopf, presste die Hand gegen das Glas und schaute aus zusammengekniffenen Augen in das Schneegestöber hinaus, als suche er dort etwas. Zweimal stieg er auf die Fensterbank, legte die Stirn an das kalte Glas und schien sich ganz und gar in seinen Träumereien zu verlieren.

Wir anderen verhielten uns nach norwegischer Manier und wurden zu einem kleinen Stück Norwegen.

Und das würde zwangsläufig früher oder später zu einem Verbrechen führen. Ich überschlug die Zahlen im Kopf und wusste, dass es innerhalb der nächsten fünf Tage passieren würde, rein statistisch gesehen und ohne Berücksichtigung der besonderen Umstände.

Aber in fünf Tagen würde ich sehr weit von Finse entfernt sein.

Das würden wir alle.

Ich muss übrigens noch die Hunde erwähnen. Beim Entgleisen des Zuges waren vier an Bord gewesen, und alle vier waren gerettet worden. Ein Pudel, ein Gordon Setter und ein, wie ich später erfuhr, Portugiesischer Wasserhund.

Der vierte Hund jagte seiner Umgebung eine solche Angst ein, dass sein Besitzer ihn einsperren musste, weit entfernt von Kindern und anderen zarten Gemütern.

3 Ich war eingeschlafen.

Zum Glück war mir das sofort bewusst, als Geir Rugholmen an meiner Schulter rüttelte. Ich wandte mein Gesicht ab und fuhr mir mit dem Ärmel über den Mund. Beim Schlafen sabbere ich wie eine Verrückte.

»Hat der Arzt recht?«

Er sprach leise, ein angestrengtes Flüstern.

»Was?«

Ich setzte mich auf und hob die Arme. Er war mir zu nahe gekommen.

»Bist du bei der Polizei?«

»Das war ich mal. Ist lange her. Kann ich ein bisschen Platz haben?«

Gereizt zog ich den Kopf zurück. Ich schaute auf die Uhr, es war fünf nach halb sechs. Morgens.

»Bei was für einer Polizei?«, beharrte er, ohne Platz zu machen.

»Der norwegischen. Ich war eine ganz normale norwegische Polizistin.«

»Ach, hör auf. Was für Fälle hast du da bearbeitet?«

»Ich war zwanzig Jahre lang bei der Osloer Polizei. Und hatte alle möglichen Fälle.«

»Welcher Dienstgrad?«

»Warum willst du das alles wissen?«

Geir Rugholmen ließ sich in einen Sessel fallen.

»Jetzt hör doch endlich auf«, sagte er müde. »Ich kapier nicht, wieso du dich hier wie ein Arschloch aufführen musst. Draußen liegt eine Leiche. Steif gefroren.«

Er schlug die Hände vors Gesicht und stützte die Ellbogen auf die Knie.

Sein Geruch gefiel mir. Er roch nach Gebirge und Mann und Freiluftleben. Ich habe eigentlich wenig übrig für Gebirge und Männer und Freiluftleben. Nicht, dass ich das alles verabscheue, aber es spielte in meinem Leben keine Rolle. Der Geruch seiner Kleider erinnerte mich aber trotzdem an etwas, das ich nicht genauer benennen konnte, an etwas Warmes und Geborgenheit Ausstrahlendes, das ich vermutlich absichtlich verdrängt hatte.

»Ziemlich idiotisch, vor die Tür zu gehen«, sagte ich. »Ausgerechnet jetzt. Schreit ja geradezu danach. Zu erfrieren, meine ich.«

»Er ist nicht erfroren.«

Ich versuchte, gleichgültig zu wirken. Geir Rugholmen erhob sich mit steifen Bewegungen. Schüttelte den Kopf, grinste müde und zeigte auf die Fenster, die bei gutem Wetter angeblich einen großartigen Blick auf den See Finsevann und den mächtigen Gletscher Hardangerjøkul am anderen Seeufer boten. Die Fensterbänke waren breit und konnten als Bänke genutzt werden.

»Dein Freund legt ja keinen großen Wert auf Komfort«, sagte er und ging.

Ich war doch nicht allein gewesen. Adrian schlief auf der Fensterbank unter einer Wolldecke, in eisigem Luftzug, mit einer Jacke als Kopfkissen. Die Füße in den ausgelatschten Turnschuhen ragten unter der Decke hervor, die Mütze war tief über die Augen gezogen. Er atmete regelmäßig.

»Was ist passiert?«, fragte ich, als Geir Rugholmen sich in Bewegung setzte.

»Ich hab keinen Bock mehr.«

»Du hast gesagt, dass er steif gefroren war. Trotzdem ist er nicht erfroren. Was ist passiert?«

Er blieb stehen, ohne sich umzusehen.

»Gibst du endlich nach? Willst du wirklich helfen?«

Ich wollte nicht helfen. Das Einzige, was ich wollte, war, von hier weggeholt zu werden. Die Berge, die Menschen und vor allem den verdammten Schnee hinter mir zu lassen, der das Hinausschauen inzwischen fast unmöglich machte. Mir wurde schwindlig und schlecht, wenn ich auf das Chaos vor dem Fenster sah, wo es nichts gab, an das sich mein Blick heften konnte.

Ich gab keine Antwort, aber er blieb stehen.

»Er ist erschossen worden«, sagte er. »Aus nächster Nähe, wenn ich das richtig beurteilen kann.«

»Erschossen.«

Ich wiederholte das Wort, um sicher zu sein, dass ich richtig gehört hatte.

»Ja. Kopfschuss.«

Langsam drehte er sich um. Er machte zwei Schritte auf mich zu, dann blieb er abermals stehen, wischte sich mit Daumen und Zeigefinger Tabak aus den Mundwinkeln und holte rief Luft.

»Ich heiße Hanne Wilhelmsen«, sagte ich, um ihm zuvorzukommen. »Und viele würden mich wohl als eigenartig bezeichnen.«

Geir Rugholmen nahm meine ausgestreckte Hand, ohne zu lächeln.

»Damit hast du auf jeden Fall recht. Ich heiße Geir, aber das hast du bestimmt schon vergessen.«

»Nein. Und wer liegt jetzt da draußen?«

Er ließ meine Hand nicht los.

»Cato«, sagte er nach kurzem Zögern. »Der Fußballpastor. Cato Hammer.«

Aus irgendeinem Grund war ich nicht überrascht.

Und das überraschte mich.

Um meine Gedanken nicht zu verraten, schaute ich zu Adrian hinüber. Ich versuchte, eine Erklärung dafür zu finden, warum ich an Cato Hammer gedacht hatte, bevor Geir Rugholmen mir antwortete. Natürlich könnte meine Antipathie gegen den Mann die Ursache sein, aber eigentlich hätte ich ja viel lieber Kari Thue tot gesehen. Ganz abgesehen davon, dass ich überhaupt niemandem den Tod wünschte. Schon gar keinen Tod durch Mord.

Ich wollte nur noch nach Hause.

Adrian schnarchte ein wenig und drehte sich im Schlaf um. Dann rollte er sich zusammen, und sein Atem wurde wieder ruhig und regelmäßig.

Er erinnerte mich an einen geprügelten streunenden Hund.

4 »Wir haben ihn von allen Seiten fotografiert, so gut das bei dem Sturm möglich war«, sagte Geir Rugholmen und stöhnte unter dem Gewicht des verblichenen Cato Hammer: Pastor der Ris-Kirche in Oslo, geboren in Trondheim, aufgewachsen in Kristiansand und aus unerklärlichen Gründen Anhänger des Fußballvereins Brann.

Die leise sprechende Frau vom Informationstreffen sah sich unschlüssig um. Jemand hatte sie mir als Hoteldirektorin vorgestellt. Sie selbst schien einen weniger großartigen Titel vorzuziehen.

»Berit Tverre«, sagte sie ernst. »Chefin hier im *Finse 1222*.«

Ihre Hand war eiskalt und die Haut rau. Sie trug eine blaue Kniebundhose, militärgrüne Strümpfe mit Zopfmuster und einen weiten beigen Wollpullover. Ihre blonden Haare waren zu einem Pferdeschwanz gebunden, und ihre Augen waren so blau wie auf einem Werbeplakat für Nazideutschland. Eine gesunde und gut aussehende Hoteldirektorin von knapp fünfunddreißig Jahren.

»Ich habe ihn gefunden«, sagte sie, hob ihre Fäuste vor den Mund und blies hinein. »O verflixt, das war vielleicht kalt, die Kamera zu halten. Ich hoffe, die Bilder taugen etwas.«

Sie reichte mir eine Digitalkamera, als ob ich ohne meine Einverständniserklärung plötzlich zur Chefermittlerin ernannt worden wäre. Ich nahm die Kamera nicht. Berit Tverre zögerte und legte den Apparat auf einen riesigen Backofen. Ich hoffte, dass der schon länger nicht mehr benutzt worden war.

»Ich weiß nicht so recht, ob die Küche der ideale Aufbewahrungsort für eine Leiche ist«, warf ich ein. »Aber das Ordnungsamt wird bei diesem Wetter ja wohl nicht angestürzt kommen.«

Geir wuchtete den Leichnam auf eine Arbeitsinsel mitten im Raum. Die Insel setzte sich zusammen aus einem Gasherd, einem großen Spülbecken und einem altmodischen Herd mit Eisenplatten. Keines der Elemente hatte die gleiche Höhe. Berit hatte eine Metallplatte über das Spülbecken geschoben. Über diesem Arrangement hing ein riesiger Abzug, ein mehrere Meter langes Rechteck aus Frostglas mit Aluminiumbeschlägen. Ich musste unwillkürlich an einen Sarg denken, der sich jeden Moment über die Leiche senken könnte.

Cato Hammer schien seine Lage auch nicht bequem zu finden. Seine Augen waren weit aufgerissen. Sein Mund stand offen, und seine Zunge klebte am Gaumen. Die Kugel war durch die linke Wange unmittelbar unter dem Auge eingedrungen, und man benötigte keine große Polizeierfahrung, um zu sehen, dass der Schuss aus nächster Nähe abgegeben worden sein musste. Ich nahm sogar an, dass der Lauf die Haut berührt hatte. Ein bläulicher Ring zeichnete sich um das Loch ab. Als Geir die Leiche angeschleppt hatte, war mir das riesige Austrittsloch am Hinterkopf schon aufgefallen. Ich verspürte keinerlei Bedürfnis, es mir genauer anzusehen.

»Sollten wir nicht ...«, setzte Geir atemlos an, »die Temperatur des Typen messen? Um festzustellen, wie lange er schon tot ist?«

»Wenn du Lust hast, ihm ein Bratenthermometer in die Leber zu schieben, von mir aus.«

Ich berührte mit der Hand ganz kurz das tote Gesicht und fügte hinzu:

»Du könntest es auch mit dem Gehirn probieren. Oder einem anderen inneren Organ. Aber ich würde darauf verzichten. Ohne präzise Instrumente bringt so eine Messung nicht viel.«

»Aber? Du hast doch gesagt ...«

»Ich war früher einmal taktische Ermittlerin«, sagte ich. »Als Anwalt solltest du wissen, dass das etwas ganz anderes ist, als was die bei CSI so treiben.«

»Ich beschäftige mich mit Immobilienhandel«, sagte Geir. »Als Polizistin müsstest du wissen, dass das etwas ganz anderes ist als Strafrecht. Und ich verschwende meine Zeit nicht mit Fernsehserien. Was machen wir jetzt?«

Ich rollte meinen Stuhl langsam um das Brett mit der Leiche herum. Es war eng, und hinten bei den Fenstern blieb ich fast stecken. Es sah aus, als hätte Cato Hammer einen gebrochenen Arm. Ohne ihn zu berühren, beugte ich mich vor. Etwas fiel mir am Winkel seines Unterarms auf, es wirkte unnatürlich. Die Handfläche hatte den Daumen an der falschen Stelle.

»Ich fürchte, das ist meine Schuld«, sagte Geir. »Soviel ich weiß, hatte er nichts gebrochen, ehe ich ihn hochgehoben habe und ... Er ist mir draußen auf den Boden gefallen. Tut mir leid. Wir haben wie gesagt Fotos davon, wie er wirklich ausgesehen hat. Was machen wir jetzt?«

Eintritts- und Austrittswunde zeigten, dass Cato Hammer mit einer großkalibrigen Waffe erschossen worden war. Ich tippte auf einen Revolver.

»Das macht einen ziemlichen Knall«, sagte ich.

»Was?«

»Wo habt ihr ihn eigentlich gefunden?«

»Zwei, drei Meter von der Tür entfernte, sagte Berit Tverre. »Und das auch nur durch Zufall.«

»Um ein Haar wäre er im Schnee verschwunden gewesen. Ich sah seine Hand und Teile der linken Wade. Ich wollte nur schnell ein neues Thermometer anbringen.«

»Notier das.«

»Wie bitte?«

»Schreib auf, wie viel von dem Leichnam zu sehen war«, sagte ich, ohne den Blick von dem Toten abzuwenden.

Auch wenn die Leiche verängstigt aussah, so hatte der Gesichtsausdruck bei genauerem Hinsehen doch auch fast etwas Hoffnungsvolles. Es sah aus, als sei er zuerst ungeheuer überrascht gewesen, um dann zu erkennen, dass es sich um eine angenehme Überraschung handelte. Vielleicht hatte er noch rechtzeitig seinen Gott geschaut und begriffen, dass das alles überhaupt nicht gefährlich war.

»Was in aller Welt wollte er denn da draußen?«, fragte Geir. »Draußen! Bei diesem Wetter? Oder glaubst du, er ist vielleicht zuerst erschossen und dann erst hinausgezerrt worden, von ...«

»Das«, unterbrach ich ihn, »ist eine ziemlich entscheidende Frage. Wenn wir feststellen können, was Cato Hammer mitten in der Nacht draußen im Schneesturm wollte, dann wird der Mörder uns auf einem silbernen Tablett serviert. Leider ist es gar nicht so leicht, dem armen Cato eine Antwort zu entlocken.«

»Er kennt sich in den Bergen ziemlich gut aus«, sagte Berit und musterte die Leiche mit einer Miene, aus der eher Bekümmerung sprach als Trauer. »Er hätte wissen müssen, dass er nicht hinausgehen durfte. Bei diesem Wetter. Ich verstehe das nicht. Er ist ... er war wirklich bergerfahren!«

»Woher weißt du das?«, fragte ich.

»Er war schon mal hier. Im Hotel, meine ich. Mehrmals. Die meisten, die sich als bergerfahren ausgeben, lügen. Aber er ...«

Ich meinte, ein leichtes Erröten ihrer Wangen zu sehen, andererseits waren die eigentlich dauerhaft gerötet.

»Er war außerdem ziemlich vorsichtig«, sagte Geir und starrte den Toten skeptisch an.

»Hast du ihn auch gekannt?«

»Gekannt ist vielleicht übertrieben. Ich sitze im Vorstand von Brann. Und da ist es sozusagen unmöglich, nicht über diesen Burschen zu stolpern.«

»Aber ... vorsichtig? Wie meinst du das?«

Geir zuckte mit den Schultern.

»Geht auf Nummer sicher. Will sozusagen zu allen nett sein.

So ... ohne Ecken und Kanten. Es allen recht machen. So irgendwie.«

Er rümpfte die Nase und schob seinen Kautabak zurecht.

»Ich habe einen vollkommen anderen Eindruck«, sagte ich. »Er kann doch zweifellos als umstritten bezeichnet werden?«

Geir gab keine Antwort.

»Gibt es hier eine Erste-Hilfe-Puppe?«, fragte ich.

»Eine was?«

»So eine ... wird die nicht Anne genannt? Die Puppe, an der man die Mund-zu-Mund-Beatmung lernt?«

»Nein«, erwiderte Berit Tverre skeptisch.

»Ein bisschen zu spät für Hammer, oder nicht?«

Geir lachte. Sein schrilles, mädchenhaftes Lachen ließ ihn in diesem Moment noch unsicherer wirken.

»Irgendeine Puppe«, sagte ich. »Lebensgroß. Hast du so was? Wenn nicht, könnte man eine basteln. Aus Wolldecken und von mir aus einem Kohlkopf.«

»Und was sollen wir dann damit anfangen?«

Es ist wirklich erstaunlich, wie schwer von Begriff manche Leute sein können. Sogar bergerfahrene Menschen mit guter Ausbildung. Ich sah Berit Tverre abwartend an.

»Ah«, sagte sie endlich. »Wir legen die Puppe an der Fundstelle der Leiche in den Schnee und warten ab, wie lange es dauert, bis sie eingeschneit ist.«

»Das könnte eine Art Hinweis auf den Zeitpunkt des Mordes geben«, bestätigte ich nickend. »Falls die Wetterverhältnisse ungefähr gleich bleiben. Das wäre bestimmt hilfreich. Für die, die dann später in diesem Fall ermitteln sollen. Was übrigens eine ausgesprochen einfache Aufgabe sein wird.«

Ich hatte mehr als genug gesehen. Dasselbe galt für Cato Hammer. Ich fuhr mit der Hand über seine weit aufgerissenen, toten

Augen. Der Auftauprozess hatte bereits eingesetzt, und es war leicht, seine Augen zu schließen.

Mein Stuhl hatte schon die halbe Küche durchfahren, als Geir sich endlich gefasst hatte.

»Wo lassen wir die Leiche?«

»Im Kühlraum«, schlug ich vor. »Oder draußen. Sucht euch eine windgeschützte Stelle und schützt ihn mit einer Plane oder so. Benutzt eure Fantasie. Hier oben müsste es doch genug eiskalte Stellen geben. Wo liegt denn der Lokomotivführer?«

Ohne auf eine Antwort zu warten, fuhr ich weiter und sagte zum Abschied:

»Sollen die Toten sich um die Toten kümmern.«

»Aber warte doch!«

Ich hielt an und schaffte es sogar, mir einen Seufzer zu verkneifen.

»Was machen wir jetzt?«, beharrte Geir. »Hier läuft ein Mörder herum, und soviel ich weiß, bist du die Einzige mit verwertbarer polizeilicher Erfahrung, und das ...«

»Hör mir mal gut zu«, sagte ich und drehte meinen Stuhl um.

Ich kann sehr freundlich wirken, wenn ich das wirklich will.

»Der sogenannte Königswagen«, sagte ich und zeichnete Gänsefüßchen in die Luft. »Wenn ich das richtig verstanden habe, dann sind seine Fahrgäste im Appartementtrakt unterm Dach untergebracht worden. Ich habe keine Ahnung, wer da an Bord war. Angehörige der Königsfamilie möchte ich ausschließen. So verhalten sich die Mitglieder unseres Königshauses ganz einfach nicht. Aber da der Bahnsteig in Oslo abgesperrt war und da die ganze Aktion von einer so auffälligen Geheimniskrämerei umgeben ist, würde ich ohne Weiteres den Schluss ziehen, dass auch die Polizei anwesend ist. Leibwächter vielleicht, wenn auch nicht die königlichen. Und da das hier zweifellos ein Fall für die Polizei ist, wäre es doch eine sehr gute Idee, sie aufzusuchen und ihnen die Lage zu schildern.«

Natürlich hatte ich bei diesem plötzlichen Wortschwall einen Hintergedanken. Mein Blick haftete an Geirs Augen, während ich redete. Wieder sah ich dieses Flackern, das ich nicht deuten konnte. Er leckte sich die Mundwinkel, als würde er damit die Aufmerksamkeit von seinem Blinzeln ablenken wollen.

»Ich glaube, ihr beide wisst, wer sich dort oben aufhält«, fügte ich lächelnd hinzu und sah zu Berit.

Sie schwiegen beide, tauschten aber auch keine Blicke aus. Berit Tverre sah zu Boden, aber ich konnte nicht entdecken, was sie so interessiert betrachtete. In der nun folgenden Stille ertappte ich mich dabei, dass ich, zum allerersten Mal, seit ich nach meiner Rettung aus dem Zugwrack auf dem Boden der Rezeption aufgewacht war, Angst vor dem Orkan hatte. Die Windstöße waren so stark, dass Gläser klirrten und Konservendosen klapperten. In kurzen, unregelmäßigen Abständen hörte man kräftige Stöße und Schläge gegen die Wände, so als glaubten die Wettergottheiten, dass es nun endlich nach so vielen stürmischen Wintern im Hochgebirge möglich sein würde, das Gebäude in seine Bestandteile zu zerlegen.

»Ich glaube, ihr beide wisst, wer da oben ist«, wiederholte ich und fuhr auf die Tür zu, die zur Rezeption führte. »Aber das geht mich natürlich nichts an. Zum Glück geht mich das hier alles nichts an. Dennoch ...«

Ein gewaltiger Windstoß gegen die Wand ließ mich abrupt anhalten.

»Dennoch möchte ich euch einen Rat geben«, sagte ich, als der unerwartete Moment der Angst vergangen war. »Holt einen Arzt. Wir haben ja genug von denen da. Nicht, dass Hammer noch geholfen werden könnte, aber eine vorläufige Untersuchung wäre nützlich. Was den Mord angeht, das muss warten. Es bringt nichts, hier und jetzt mit den Ermittlungen zu beginnen. Wartet auf besseres Wetter. Wartet auf die Polizei. Die sollen das machen, was sie gut können, dann ist der Fall im Handumdrehen aufgeklärt!«

Ich hatte die Tür erreicht, schob sie auf und verließ die Küche. Niemand versuchte, mich zurückzurufen.

5 Natürlich konnte ich nicht schlafen.

Ich hatte mich an den langen Tisch gestellt und wusste nicht so recht, ob ich damit Adrian näher kommen oder mich nur weit von der Küche entfernen wollte. Geir und Berit waren wortlos an mir vorbeigegangen. Ich hatte keine Ahnung, was sie in der Küche mit der Leiche gemacht hatten, aber mir fiel in diesem Augenblick auf, dass ich Hunger hatte.

Adrian lag noch zusammengerollt auf der Fensterbank und kehrte dem Sturm den Rücken zu. Die Decke war verrutscht. Ich war nahe genug, um den unangenehmen Geruch von feuchter Kleidung und Fußschweiß wahrzunehmen, aber so weit entfernt, dass er es nicht zu bemerken schien, als ich den Stuhl umdrehte, um ihn mir genauer anzusehen. Er lag vollkommen regungslos da.

So habe ich früher auch schlafen können.

Der Junge war hübsch. Sein Mund war nicht zu der einstudierten, abweisenden Miene zusammengekniffen, und ich sah, dass er volle Lippen hatte. Sie waren trocken, mit abgeblätterten Hautschuppen, und eine Wunde zog sich über die Mitte der Unterlippe, aber der halb offene Mund verriet, wie jung er war. Seine Zähne waren weiß und gerade und die Zunge dahinter hellrot und glatt wie bei einem Hundebaby. Ein kleiner Pickel an der Nasenwurzel war der einzige Makel der bartlosen Gesichtshaut; ein Schönheitsfleck. Ich war versucht, ihm die Mütze von den Augen zu schieben. Aber dazu kam ich nicht. Er fuhr hoch und hob die rechte Hand schützend vor seinen Kopf.

»Ich bin's nur«, sagte ich leise. »Möchtest du dich lieber dahinten aufs Sofa legen?«

»*Shit*«, murmelte er. »Ich habe geträumt.«

Seinen Pullover kannte ich noch nicht. Er war viel zu eng, sogar für diesen klapperdürren Jungen. Darunter trug er seine eigene weite Kapuzenjacke; die quoll an Hals und Ärmeln hervor, als wäre er in einem Kokon gefangen und wolle hinaus.

»Du solltest nicht in so engen Klamotten schlafen.«

»Ich friere«, sagte er und gähnte.

»Versuch es andersrum«, sagte ich. »Den Wollpullover unter die Kapuzenjacke.«

»Der kratzt so schrecklich.«

»Was ist besser, kratzen oder frieren?«

Er gab keine Antwort, sondern schnitt eine Grimasse, während er sich aufsetzte.

»Du kannst meine Daunenjacke leihen und dich damit zudecken«, sagte ich und zeigte auf die Sitzgruppe bei der Bar.

In dieser Nacht würde ich nicht mehr schlafen.

»Den hab ich von Veronica geliehen«, murmelte er und schaute an sich hinunter. »Hat sie selbst gestrickt.«

»Sie heißt also Veronica.«

Er grinste und schaute auf.

»Schau mal ...«

Er zog den Pullover ein Stück hoch. Vorne war über dem Bund das Logo von Vålerenga eingestrickt, nachlässig und in schwer lesbaren Buchstaben. Adrian lachte. Ein trockenes, ungeübtes Lachen.

»Saudoof eigentlich, das Logo so weit unten zu haben.«

»Passt gar nicht zu deiner Nemi, sich für Fußball zu interessieren«, sagte ich. »Solltest du nicht versuchen, noch ein bisschen zu schlafen?«

Statt zu antworten, setzte er sich richtig auf und warf seine Turnschuhe auf den Boden. Er gähnte ausgiebig. Sein Atem war scharf mit einem Hauch von Alkohol.

»Wer hat dir was zu trinken gegeben?«, fragte ich.

»Jemand.«

»Dieselbe Person, von der du den Pullover hast?«

»Das kann dir ja wohl scheißegal sein!«

Ich wandte mich ab.

»Das ist eigentlich ungerecht«, hörte ich Adrian murmeln. »Einige durften ihr Gepäck aus dem Zug mitbringen. Ich nicht. Du vielleicht?«

»Ich war bewusstlos«, sagte ich und mühte mich ab, um dem Automaten in der Bar einen Becher heiße Schokolade zu entlocken. »Die Antwort lautet also Nein.«

»Mein iPod ist noch im Zug. Und meine Klamotten. Und eine Zahnbürste hab ich auch nicht.«

»Die kannst du unten im Kiosk kaufen.«

Der Automat war ganz offensichtlich nicht in Betrieb. Kein einziges Lämpchen blinkte. Ich manövrierte meinen Stuhl um den Tresen herum, um nach einem Kabel zu suchen. Da fiel mir etwas ein.

»Du warst bei der Rettungsaktion doch bei Bewusstsein«, sagte ich in gleichgültigem Tonfall. »Konnten die meisten ihre Siebensachen mitnehmen?«

»Nööööö ...«

Adrian zögerte.

»Die Frau mit dem pinken Baby hat rumgeschrien, weil die den Kinderwagen im Zug lassen wollten. Dann war da ein Typ, der einen Riesenkoffer mitnehmen wollte. Das durfte er auch nicht. Ich hab in dem Moment auch gar nicht an meine Tasche gedacht. Da wollte ich nur weg …«

»Wurdest du schon früh gerettet?«

»Früh?«

»Ja, gehörtest du zu den Ersten, die hier im Hotel angekommen sind?«

Ich hatte den Automaten aufgegeben und sah Adrian an. Er war rot im Gesicht.

»Ich bin gerade mal fünfzehn, verdammt! Dauernd muss ich mir anhören, dass ich nur ein Kind bin, nur ein Kind …«

Er verstellte seine Stimme und wollte sich vermutlich anhören wie eine Sozialpädagogin vom Jugendamt.

»… und da hab ich ja wohl das Recht, als einer der Ersten gerettet zu werden!«

»Das stimmt. Aber das bedeutet, dass du hier warst, als das Hotel sich mit Leuten füllte. Erinnerst du dich noch an mehr Einzelheiten mit dem Gepäck?«

Adrian stand auf und kam auf mich zu. Mit geübtem Blick untersuchte er den Automaten, dann legte er sich auf alle viere, fischte einen Stecker hervor und schob ihn in eine Steckdose, die ich nicht sehen konnte.

»Jetzt müsste er funktionieren«, sagte er. »Kommst du da ran?«

»Ja. Danke.«

»Eigentlich war das nur wenig Gepäck«, sagte er jetzt nachdenklich. »Wo du jetzt fragst, meine ich. Die Leute kamen einfach in Massen hier rein, verfroren und genervt. Aber einige von den Männern, von diesen Geschäftsheinis mit Schlips und Anzug, die hatten ihre Laptops bei sich. Die drückten die Dinger an sich, ungefähr so wie die Frau aus unserem Wagen ihr Baby. Und dann war da so ein altes Huhn mit einer Tüte voll Strickzeug. Sie hat jedenfalls behauptet, dass es Strickzeug war. Und eine Menge Frauen mit ganz normalen Handtaschen. Und Veronica hatte natürlich ihre schwarze Reisetasche. Und dann ... «

»Kannst du das für mich aufschreiben, Adrian?«

»Hä?«

»Könntest du so nett sein und alles aufschreiben, an das du dich erinnern kannst? Wer welches Gepäckstück hatte?«

»Aufschreiben? Ich kann hier keinen Computer sehen. Du vielleicht?«

»Mit der Hand, Adrian. Du kannst doch sicher mit der Hand schreiben.«

Er war vollkommen vertieft darin, einen Becher mit Schokolade zu füllen.

»Mir doch schnurz, wie mies du schreibst«, sagte ich.

»Kein Bock«, murmelte er. »Warum sollte ich?«

»Weil ich dich höflich bitte. Und weil es wirklich wichtig für mich wäre. Und weil ich glaube, dass du ein richtig lieber, netter Junge bist, so im tiefsten Herzen.«

Er war jedenfalls alt genug, um Ironie zu verstehen. Er konnte lächeln. Die heiße Schokolade schäumte aus der Düse.

»Lieb und nett«, wiederholte er. »Und wie.«

Er verbrannte sich die Zunge an dem heißen Getränk.

»Papier«, bat er und fächerte sich Luft zu.

»So was findest du bestimmt da drüben«, sagte ich und zeigte auf den Rezeptionstresen. »Und einen Kugelschreiber auch.«

Er zuckte mit den Schultern und schlurfte mit dem Becher in der Hand über den Boden. Er trug noch immer den engen Pullover, der seinen Oberkörper viel zu klein und fehl am Platze wirken ließ über der riesigen, weiten und schlackernden Jeans.

Auf der Treppe waren Schritte zu hören.

»Was wollen Sie denn hier?«, fragte Adrian verärgert. »Wissen Sie nicht, wie spät es ist, oder was?«

Magnus Streng nickte dem Jungen ausgesucht freundlich zu, während er auf mich zuging und dann vor mir stehen blieb.

»Ich höre, du weißt Bescheid«, flüsterte er. »Es wäre eine große Hilfe, wenn du mit in die Küche kommen könntest, um … um dir das alles genauer anzusehen.«

»Ich habe bereits gesehen, was sich zu sehen lohnt«, erwiderte ich leise und schaute zu Adrian hinüber, der ein wenig zu interessiert auf der Personalseite des Rezeptionstresens herumwühlte. »Adrian! Du sollst Papier suchen! Und nicht in fremden Sachen herumstöbern!«

»Bitte, bitte!«

Dr. Streng bettelte inständig. Ich zögerte einen Moment, wendete meinen Stuhl und zeigte gebieterisch auf die Küchentür, auf der ein großes Metallschild verkündete: »*Lebensgefahr beim Berühren der Leitungen mit Angelrute oder -schnur!*«

Adrian blieb allein zurück.

Als ich zurückkam, stellte sich heraus, dass er eine bemerkenswerte Liste angefertigt hatte. Zum einen war sie ungeheuer detailliert. Er hatte zwar nicht alle Fahrgäste bei ihrem Eintreffen im Hotel beobachtet, aber seine Liste enthielt eine genaue Beschreibung von mehr als fünfzig Personen und den Gegenständen, die sie aus dem Zug mitgebracht hatten. Lediglich sechs hatte er mit Namen benennen können, er hatte vor dem Entgleisen des Zuges ja niemanden gekannt. Die Übrigen waren jedoch so treffend beschrieben, dass ich sofort wusste, wer gemeint war. Der Junge besaß eine seltene Beobachtungsgabe, und das, obwohl er mit einer Mütze vor den Augen lebte. Er besaß offenbar auch die Fähigkeit, schnell und konzentriert zu arbeiten; ich war nicht länger als vierzig Minuten weg gewesen.

Das Bemerkenswerteste war jedoch der optische Eindruck. Seine Handschrift war elegant und maschinenhaft gleichmäßig, in einer Schreibschrift, die in norwegischen Schulen zuletzt vor dem Krieg gelehrt worden ist. Obwohl das Papier unliniert war, sah es aus, als hätte Adrian ein Lineal benutzt. Es gab Punkte und gerade Ränder, zierliche Schlingen und schöne Großbuchstaben, wie einem Lehrbuch der Kalligrafie entnommen. Außerdem konnte ich in der sechs Seiten langen Liste nicht einen einzigen Schreibfehler entdecken.

Aber das alles wusste ich noch nicht, als ich Dr. Streng und Geir Rugholmen in die Küche folgte. Als ich einen letzten Blick auf den Jungen warf, ehe die Tür sich hinter mir schloss, kam mir ein Gedanke. Ich hätte zu gern gewusst, wann sich Adrian auf der Fensterbank zum Schlafen gelegt hatte.

Wahrscheinlich war ich nicht die Einzige, die seinen Kommentar gehört hatte, als Cato Hammer auf dem Tisch gestanden und eine Rede gehalten hatte. Seine letzte Rede vor einer großen Gemeinde, wie sich herausstellen sollte.

Ich konnte nur hoffen, dass niemand genauer auf Adrians Ausfall geachtet hatte.

Niemand außer mir, meine ich.

6 »Ich glaube, er war im Grunde ein guter Mann«, sagte Dr. Streng, während er langsam um Cato Hammers Leichnam herumwatschelte. »Auch wenn er viel Dummes getan hat. Er hatte seine Dämonen, das steht fest. Es gab Zeiten, da hat er schrecklich kämpfen müssen, mit seinem Gott und dem Leibhaftigen in den tieferen Stockwerken.«

»Du scheinst ihn gekannt zu haben«, sagte ich.

Der Arzt gab keine Antwort. Nickte nur langsam und vielsagend, während er den Leichnam genauer musterte. Die Nase, die eine seltsame bläulich-gelbe Farbe hatte. Die Augen, die beängstigenderweise wieder aufgerissen waren; ich wusste genau, dass ich sie kurz zuvor zugedrückt hatte. Bei dem gebrochenen Arm blieb er stehen und beugte sich interessiert vor. Geir Rugholmen beeilte sich, von seinem kleinen Missgeschick beim Leichentransport zu berichten. Dr. Streng winkte beruhigend mit der rechten Hand und setzte seine Wanderung um den Toten fort.

»Ich bin an meine Schweigepflicht gebunden«, sagte Dr. Streng endlich, ohne den Blick von dem Leichnam abzuwenden. »Aber unter diesen Umständen darf ich wohl preisgeben, dass Cato Hammer seinerzeit mein Patient war. Vor einigen Jahren, meine ich. Ich hatte neben meinem Posten an der Universität eine kleine Privatpraxis. Da sein medizinisches Anliegen aber ein wenig außerhalb meiner Kompetenz lag, habe ich ihn nach zwei oder drei Terminen an einen Kollegen verwiesen.«

Er blieb stehen, verschränkte die Hände auf dem Rücken und wippte auf den Fußballen hin und her. Er sah aus wie ein patrouillierender Pinguin.

»Mmmm«, brummte er dann mehrmals, ohne dass ich verstand, was er damit bestätigen wollte.

»Was denn?«, fragte ich.

»Wie beliebt?«, erwiderte Streng überrascht.

»Was war denn sein Problem?«

»Die unheilbare Einsamkeit der Seele. Ja, so war es.«

»Einsam ist er mir nicht vorgekommen«, murmelte Geir.

»Ich rede von der Seele, guter Mann. Von Konflikten des Gemütes. Von dem ewigen inneren Kampf zwischen Gut und Böse. Oder, in Cato Hammers Fall, zwischen Gott und Satan. Nicht leicht, so was. Gar nicht leicht.«

Du meine Güte, dachte ich, hielt aber glücklicherweise den Mund.

»Ich habe ihn an einen Psychiater überwiesen«, sagte Streng, nachdem er tief Luft geholt hatte. »Obwohl ich davon überzeugt war, dass es besser für ihn gewesen wäre, mit einem gelehrten und erfahrenen Theologen zu sprechen. Das habe ich ihm auch gesagt. Aber es hat nichts geholfen. Ich glaube, er hat sich ganz einfach nicht getraut.«

Eine betretene Stille senkte sich über die Küche, als stürze uns die Information, dass der selbstsichere Fernsehpromi Cato Hammer psychiatrische Hilfe benötigt hatte, in Verlegenheit.

»Es wäre wünschenswert ...«, sagte Dr. Streng so plötzlich, dass ich zusammenzuckte.

Dann verstummte er. Musterte aus zusammengekniffenen Augen das Einschussloch. Sein Kopf überragte die Leiche nur um wenige Zentimeter, aber er suchte sich keinen Tritt oder einen Stuhl.

»Es wäre wünschenswert gewesen«, wiederholte er, »wenn sich irgendjemand die Mühe gemacht hätte, die Temperatur des Mannes zu messen, nachdem er gefunden wurde.«

Geir sah mich an. Ein kleines Zucken im Mundwinkel war alles, was er sich erlaubte. Und er verriet mich nicht. Stattdessen zuckte er bedauernd mit den Schultern und sagte:

»Es gibt hier im Hotel nur elektronische Fieberthermometer. Und wir hielten es für unsinnig, die Temperatur im Ohr einer Leiche zu messen.«

»Tja«, sagte Streng. »Die Leber wäre besser gewesen. Ein Bratenthermometer hätte ausgereicht. So was gibt es hier doch wohl? Das Gehirn ist ja ein wenig ... zerstört ...«

Vorsichtig hob er Hammers Kopf und musterte das riesige Austrittsloch.

»... darum hätte die einfachste Methode, nämlich hier das Thermometer hinein- ... «

Er zeigte auf Hammers Nasenloch.

»... und dann bis ins Gehirn hochzuschieben, uns vermutlich nicht weitergebracht. Wann wurde er ins Haus geholt?«

Geir schaute auf die Uhr.

»Vor gut einer Stunde.«

»Die Rechnung ist an sich einfach«, sagte Magnus Streng. »Im Prinzip dauert es vierundzwanzig Stunden, bis sich der Temperaturunterschied zwischen Körper und Umgebung halbiert hat. Mit anderen Worten: Wenn es draußen fünfundzwanzig Grad unter null sind und wir davon ausgehen, dass Hammer ein gesunder Mann mit einer Körpertemperatur von 37 Grad war, dann beträgt die Differenz ... «

»62 Grad«, sagte ich.

Der Arzt lächelte und nickte.

»Vierundzwanzig Stunden im Schnee würden unserem Mann also eine Kerntemperatur von sechs Grad geben«, fügte ich hinzu. »37 minus die Hälfte von 62, nämlich 31. Sechs Grad. Das nenne ich tot. Aber so lange hat er dort ja gar nicht gelegen. Außerdem ist er schon eine ganze Weile im Haus. Und er war teilweise von Schnee bedeckt, was ihn beschützt hat. Außerdem ist der kräftige Wind da draußen ein Unsicherheitsfaktor, was die reale Temperatur angeht. Außerdem ... «

Wieder lächelte Streng und hob seine klobigen Hände.

»Ich habe schon längst verstanden, was du uns sagen willst.«

Berit Tverre betrat die Küche. Sie war außer Atem und hatte sich noch nicht ausgezogen. Ihre Stimme verschwand fast, als sie um die Halbwand vor dem Spülbereich bog und sich mit ihrem enormen Anorak abmühte.

»Das hat keinen Zweck. Ich habe es drei Mal versucht. Beim

ersten Mal war Herr Kohlkopf nach viereinhalb Minuten zugeschneit. Beim zweiten Mal hat es fast eine Viertelstunde gedauert. Das dritte Mal ging es so schnell, dass ich die Zeit nicht richtig messen konnte.«

»Ergo«, sagte ich. »Werden wir in diesem Fall auf die gute altmodische, taktische Arbeit setzen müssen.«

»Was ein Leichtes werden wird, wie du vorhin gesagt hast.«

Ich sah Geir fragend an.

»Das hast du gesagt, als du vorhin in der Küche warst«, erklärte er. »Da hast du gesagt, dass diese Ermittlung ein Leichtes wird. Oder so ähnlich. War das ernst gemeint?«

Ich nickte kurz.

»Wir haben eine überaus begrenzte Anzahl von Verdächtigen, die noch dazu alle hier oben gefangen sind. Dazu ein ebenfalls begrenztes geografisches Areal, in dem ermittelt wird. Ich glaube, der Mord wird innerhalb von einem oder zwei Tagen aufgeklärt sein, wenn die Polizei die Sache in die Hand genommen hat, natürlich. Die müssen ja erst noch anfangen.«

»Aber bis dahin«, sagte Berit Tverre und zögerte.

»Bis dahin könntet ihr tun, was ich vorgeschlagen habe, und einen von den Polizisten holen, die sich meiner Vermutung nach in der Dachgeschosswohnung aufhalten. Oder ihr tut das, was ihr allen anderen empfohlen habt: Ruhe bewahren. Irgendwann muss dieser Sturm ja ein Ende haben.«

Bis dahin, dachte ich, läuft unter uns ein Mörder mit einer großkalibrigen Waffe herum. Bis dahin können wir nur hoffen, dass dieser Mörder seinen guten Grund hatte, Cato Hammer umzubringen, und dass er nicht im Traum auf die Idee kommen würde, uns anderen etwas anzutun. Während wir auf die Polizei warten, dachte ich, sagte es aber nicht laut, können wir alle Gottheiten anflehen, an die wir glauben, dass der Täter rational und zielgerichtet gehandelt hat und nicht vermutet, jemand von uns anderen könnte wissen, wer er ist. Und dass er auch keinen Verdacht hegt, dass irgendjemand von uns hier und jetzt Ermittlungen anstellen wollte.

»Ganz ruhig jetzt, Leute«, sagte ich lächelnd. »Das wird schon werden.«

3 LAUT BEAUFORTSKALA:

Auswirkungen des Windes im Gebirge

Schwache Brise. Windgeschwindigkeit: 12–19 km/h
Der Wind ist deutlich zu spüren und kann störend wirken.
Fallender Schnee scheint sich horizontal
schneller zu bewegen als vertikal.

1 Ich war unzweifelhaft im Begriff, ein wenig einzurosten.

Als Adrian mir seine Liste gab, war ich beeindruckt. Das Problem war nur, dass ich nicht wusste, was ich damit machen sollte. Vielleicht hatte ich gehofft, sie werde vollständig sein. Dass ich überhaupt auf so eine Idee kommen konnte, nahm ich als Beweis dafür, dass ich mich weiter vom Polizeibezirk Oslo entfernt hatte, als ich dachte. Und das nicht nur im buchstäblichen Sinn.

Die Liste wäre nützlich gewesen, wenn sie eine vollständige Übersicht über die Fahrgäste und darüber geliefert hätte, was diese aus dem Zug mitgebracht hatten. Eine solche Liste hätte aber vorausgesetzt, dass jemand schon mit ihrer Erstellung begonnen hätte, ehe überhaupt die ersten Passagiere im Hotel eingetroffen wären. Eine gewissenhafte Registrierung also, wie in einem Gefängnis. Die Liste, die der Junge mir mit einer verlegenen Geste reichte, eignete sich höchstens für das Offensichtliche: Sie beeindruckte mich durch ihre kunstfertige Ausführung, und sie erzählte mir etwas über Adrian.

»Danke«, sagte ich und meinte das aufrichtig.

»Schon gut.«

Ich schaute zu ihm auf, als ich genug gesehen hatte, faltete die Blätter zusammen und schob sie in eine Tasche an meinem Rollstuhl. Er stand einfach nur da, ließ die Hände hängen, unbeholfen, mit gesenktem Blick.

»Du hattest jemanden«, sagte ich. »Das hatte ich auch. Für mich sind es Baumhäuser.«

»Was?«

»Für mich waren es Baumhäuser. Als Kind hatte ich einen Nachbarn. Er war Schreiner. Hausmeister. Um ehrlich zu sein, hatte ich nur ihn. Die anderen Erwachsenen in meiner Nähe haben sich nicht besonders um mich gekümmert. Aber im Baumhäuserbauen bin ich ein Ass.«

Adrian sah skeptisch meinen Stuhl an.

»Okay, war ich«, korrigierte ich und nickte. »Ich war eine gute Baumhausbauerin. Saugut.«

»Was willst du mit der Liste?«

»Sie könnte nützlich sein. Wen hattest du? Wer hat dir das hier beigebracht? Diese unglaublich schöne Schrift?«

»Ist etwas passiert, oder was?«

Er scharrte mit dem Schuh über abgenutzte, unebene Dielenbretter.

»Ja.«

»Was denn?«

Ich musste mir zum Glück keine Antwort ausdenken. Geir Rugholmen kam angerannt. Ohne etwas zu sagen, packte er meinen Stuhl und schob mich in Richtung Küche. Adrian folgte ihm einige Schritte, blieb aber auf Geirs gefauchtes Kommando hin stehen.

»Ich will nicht geschoben werden«, sagte ich, als die Tür hinter uns zufiel.

Die Leiche war verschwunden. Da sie nicht ungesehen von mir durch die Rezeption hatte transportiert werden können, nahm ich an, dass sie sich für den Kühlraum entschieden hatten. Andererseits wusste ich nicht, ob man die Küche noch auf einem anderen Weg als eben durch den Rezeptionsbereich verlassen konnte.

Als ich an den Kühlraum dachte, bemerkte ich, wie hungrig ich war, und ich legte mir die Hände auf den Magen.

»Hör mal«, sagte Geir und trat dicht vor mich. »Hör mir mal zu.«

Seine Stimme war heller als sonst.

»Ich habe getan, was du gesagt hast.«

Er hustete und ging in die Hocke. Jetzt war sein Kopf tiefer als meiner, aber ich wusste nicht, ob das besser war, als von oben herab betrachtet zu werden.

»Ich bin ins Dachgeschoss gegangen. Da gibt es übrigens drei Wohnungen, Nr. 17, 18 und 19. Sie haben einen gemeinsamen Gang. Und da steht eine Wache.«

Als sei er nicht richtig sicher, ob ich wirklich zuhörte, wartete er auf eine Reaktion von mir.

»Ja und?«, erwiderte ich und zuckte mit den Schultern. »Eine Wache. Bei der ganzen Geheimniskrämerei dürfte dich das doch nicht überraschen. Natürlich haben sie eine Wache.«

»Eine bewaffnete Wache.«

Es gibt ein paar Menschen, die mich wirklich gekannt haben. Nicht viele, selbstverständlich, und bis ich zwanzig wurde, hatte eigentlich nur der Schreiner aus dem Nachbarhaus einen aufrichtigen Versuch unternommen festzustellen, wer und was ich war. Später haben viele diesen Versuch wiederholt. Viele, zu viele, aber ich war stark genug, um ihre Erfolge zu vereiteln. Als mich meine Kräfte verließen, habe ich gar keine Versuche mehr gestattet.

Aber es gibt, wie gesagt, ein paar. Alle haben dasselbe gesagt, klagend und anklagend: Hanne verschließt sich. Bei jeder Diskussion, vom lauten Streit bis zum einfachsten Gespräch, komme ich früher oder später an einen Punkt, wo ich nichts mehr zu teilen habe. Meistens früher als später, wird mir gesagt. Immer viel zu früh, haben alle gesagt.

Aber ich denke am besten allein.

»Hallo!«

Geir rüttelte an meinem Arm.

»Hast du gehört, was ich gesagt habe? Im Gang vor den drei Dachgeschosswohnungen steht eine bewaffnete Wache.«

»Was für eine Waffe?«, fragte ich, um überhaupt etwas zu sagen.

»Woher soll ich das wissen? Ein Gewehr! Ein Maschinengewehr. Oder Pistole vielleicht, mir kam es vor wie ein Zwischending.«

»Warst du nicht beim Militär?«

»Zivildienst. Ich habe alte Leute durch ein Pflegeheim gekarrt.«

»Gehst du auch nicht auf die Jagd?«

»Nein, verdammt! Ich hab keine Ahnung von Waffen, aber dass dieser Typ eine Waffe hatte, hätte auch mein fünf Jahre alter Sohn begriffen.«

»War er Norweger?«

»Was?«

»War der Mann mit der Waffe Norweger?«

»Natürlich war er Norweger. Es ist ja schließlich kein verdammtes ausländisches Geschwader hier in Finse einmarschiert.«

»Geschwader gibt es bei der Luftwaffe und der Marine«, belehrte ich ihn. »Nicht beim Heer. Außerdem reden wir hier wohl kaum von militärischen Wachen. Woher weißt du, dass er Norweger war?«

Geir richtete sich auf und seufzte demonstrativ.

»Er hat Norwegisch gesprochen. Er sah sehr norwegisch aus. Mit anderen Worten, er war durch und durch norwegisch.«

»Worüber habt ihr denn gesprochen?«

Das hier nahm so langsam die Form eines Gesprächs an, und Geir beruhigte sich wieder. Er hielt Ausschau nach einer Sitzgelegenheit.

»Ich habe Hallo gesagt«, sagte er und sprang auf die Metallplatte, die bis vor Kurzem Cato Hammers sterblichen Überresten als Unterlage gedient hatte. »Und dann habe ich mich vorgestellt. Weiter bin ich nicht gekommen.«

Er wartete vergeblich auf eine Reaktion meinerseits.

»Er hat nur gesagt, ich solle mich entfernen«, fuhr er schließlich ungeduldig fort.

»Hat er auf dich gezielt?«

»Ob er … nein. Er hat ziemlich energisch gesagt, ich solle mich entfernen. Ich stand noch nicht ganz im Gang und wollte gerade die Tür hinter mir zuziehen, da fiel er mir ins Wort und wiederholte seinen Befehl. Entfernen Sie sich von hier. So hat er das gesagt. Mehrere Male.«

Das war der endgültige und unwiderlegbare Beweis dafür, dass die Königsfamilie sich in dieser stürmischen Nacht im Februar nicht in Finse aufhielt. Sie hätten einen solchen Schutz weder gebraucht noch gewünscht. Die Frage war jetzt, wer das tat.

Die Antwort, die mir sofort in den Sinn kam, war beängstigend.

Ein gewaltiger Krach ließ mich in meinem Stuhl so zusammenzucken, dass ich fast umgekippt wäre.

Eiseskälte strömte durch das zerbrochene Fenster herein, und schon nach wenigen Sekunden war eine große Fläche des Fußbodens mit Schnee bedeckt. Die Luft wurde grauweiß, und ich hatte Atembeschwerden. Berit Tverre kam hereingestürzt. Glas und Papier flogen herum, und ich beugte mich im Stuhl vor und verschränkte die Hände im Nacken wie bei einem Flugzeugabsturz. Mir war eine lange Reihe unterschiedlich großer Schöpflöffel aufgefallen, die an einer Stange unter dem Abzug hingen. Jetzt wirbelten sie durch die Küche, und einer streifte sogar meinen Kopf.

Früher hatte ich ein gutes Gefühl für Zeit.

Ich konnte mit großer Präzision ein Zeitintervall bestimmen, ohne eine Uhr zu benutzen. Das war sehr nützlich. Diese Fähigkeit aber, oder vielleicht sollte ich eher von Intuition sprechen, ist verschwunden. Ich irre mich. Ich bin orientierungslos und habe darum keine Ahnung, wie lange es dauerte, bis plötzlich Stille eintrat. Der Sturm toste zwar weiter, aber jetzt auf der richtigen Seite der Wand. Verglichen mit dem Geräuschinferno, als das Fenster zerbrach, war das hier die totale Stille.

Ich ließ meinen Nacken los und hob langsam den Kopf.

Berit und Geir saßen atemlos auf der Eckbank unter dem kleinsten Fenster im Kochbereich der Küche. Das hatten sie mit einer riesigen Holzblende bedeckt. Es war zwar noch eiskalt im Raum, aber der Schnee auf dem Boden schmolz bereits.

»Danke«, platzte es aus mir raus.

Die beiden prusteten los. Sie rangen keuchend um Atem und lachten. Sie fuchtelten mit ihren Hämmern in der Luft herum, als hätten sie in einem Kampf um Leben und Tod den Sieg davongetragen. Und irgendwie hatten sie das ja auch.

»Cool«, erklang eine Stimme. »Echt cool, Mann! Können die Fenster hier drinnen auch platzen?«

Adrian war unbemerkt in die Küche gekommen. Er schlurfte hinter der Sichtblende entlang, die den Spülbereich von der eigentlichen Küche trennte, und stand vor uns.

»Sind da draußen noch andere?«, fragte ich.

»Nein, die schlafen alle. Können die großen Fenster auch platzen?«

Berit stand auf und streckte Geir die Hand hin, um ihm auf die Beine zu helfen.

»Nein«, sagte sie energisch. »Dieses Fenster hat schon lange Ärger gemacht. Ich hätte es zu Beginn des Sturms gleich sichern müssen.«

Adrian grinste, als glaube er kein Wort von den Beteuerungen der Hotelchefin und freue sich auf das bevorstehende Spektakel.

Ich wischte den Schnee von Kleidung und Stuhl. Wenigstens hatte der plötzliche Einbruch des Sturms ins Hotel ein Gespräch unterbrochen, aus dem ich aussteigen wollte.

»Komm«, sagte ich zu Adrian und fuhr auf die Rezeption zu. »Die anderen können hier aufräumen.«

Das Metall der Räder war so kalt, dass meine Handflächen brannten. Ich machte mir große Sorgen, aber leider hatte meine Besorgnis nichts mit dem Wetter zu tun.

2 »Was geht hier eigentlich ab?«

Adrian saß auf der Fensterbank, die Füße auf dem Tisch. Die Arme hatte er demonstrativ vor der Brust verschränkt. Ich beschloss, ihn zu ignorieren. Daraufhin richtete er sich auf.

Es gab keine Möglichkeit, den Mord an Cato Hammer geheim zu halten. Das hatte ich sofort begriffen. Der Pastor war eine der markantesten Persönlichkeiten im Zug gewesen und hatte sich am Abend zuvor auch nicht gerade unsichtbar gemacht. Auch wenn viele Fahrgäste ihre Skepsis und Abneigung zum Ausdruck gebracht hatten, waren andere ganz offensichtlich von dem Mann begeistert gewesen. Es hatte tatsächlich eine Art Andacht im Kaminzimmer stattgefunden. Eine ziemlich stimmungsvolle und noch dazu zahlreich besuchte, hatte ich der Unterhaltung eines älteren Ehepaars entnommen, das neben mir stand und dachte, ich schliefe. Vielleicht hatte Cato Hammer für den nächsten Vormittag Pläne gemacht, und außerdem gehörte er zu einer größeren Reisegruppe.

Früher oder später würde jemand das Verschwinden des Fußballpastors hinterfragen. Die Frage war, ob ich Adrian bis dahin anlügen musste.

»Bist du schwerhörig, oder was? Was geht hier ab? Warum hängt ihr die ganze Zeit in der Küche rum?«

Ich starrte den Jungen an.

Insgesamt gab es in diesem Fall hundertvierundneunzig Verdächtige, da ich mit Sicherheit nur wissen konnte, dass ich selbst und das rosafarbene Baby unschuldig waren. Wenn es möglich gewesen wäre, sich trotz des Sturmes zwischen den Häusern in Finse hin und her zu bewegen, dann müssten wir den Kreis der möglichen Mörder erweitern. Neben den Fahrgästen, die außerhalb des Hotelkomplexes untergebracht waren, gab es dort draußen offenbar auch noch andere Bewohner, den einen oder anderen Besitzer eines Ferienhauses sowie vier polnische Tischler, die eine der Wohnungen im *Elektrohus* renovierten.

Eine unsichere, aber begrenzte Anzahl möglicher Mörder.

Adrian gehörte auch dazu.

»Bist du total weggetreten? Hanne! Hallo!«

Zum ersten Mal hatte er meinen Namen benutzt. Ich hatte keine Ahnung, woher er den kannte. Er musste mein Gespräch mit Dr. Streng belauscht haben, als der Arzt meine Wunde versorgt hatte.

Adrian war tags zuvor ausgesprochen aggressiv gewesen. Ich war trotzdem davon überzeugt, dass sein Wutausbruch gegen den Geistlichen eher seine generelle Verachtung von Erwachsenen zum Ausdruck gebracht hatte. Besonders von Autoritäten. Und ganz besonders von Anhängern anderer Fußballmannschaften als Vålerenga.

»Sieh mich an«, sagte ich endlich.

»Hä?« Er zog die Mütze tiefer über seine Augen.

Ich beugte mich vor und schob sie wieder hoch.

»Sieh mich an«, wiederholte ich. »Was hast du gegen Cato Hammer?«

»Cato Hammer? Der Brann-Idiot?«

Ich sah nicht einen Hauch von Scham oder Angst. Im Gegenteil, er kniff die Augen verächtlich zusammen, und als er den Kopf hob und sich im Raum umsah, schien er zu hoffen, dass der Pastor gleich auftauchen würde, um sich ein weiteres Mal zur Sau machen zu lassen.

»Über Fußball macht man keine Witze«, fauchte Adrian. »Brann ist ein Scheißverein. Außerdem redet der Typ ja nicht mal wie einer aus Bergen. Hat nicht mal da gewohnt. Der hat nicht mal ...«

»Die wenigsten Vålerenga-Fans sind in Oslo-Ost geboren und aufgewachsen«, fiel ich ihm ins Wort. »Wie ist das denn bei dir?«

Dumme Frage. Adrian war vermutlich überall und nirgends aufgewachsen. Er gab auch keine Antwort.

»Cato Hammer ist tot«, sagte ich.

Adrians Gesicht war einige Sekunden lang ausdruckslos, dann kniff er die Augen wieder misstrauisch zusammen. Als er endlich den Mund öffnete, um etwas zu sagen, meinte ich, in seinen Augen einen Anflug von Angst zu sehen. Im selben Moment kam eine vierköpfige Familie die Treppe herunter in die Rezeption gepoltert, den Portugiesischen Wasserhund an einer straffen Leine. Der bellte, als er mich sah.

»Es ist sieben«, brüllte der Vater enthusiastisch. »Ein neuer Tag mit neuen Möglichkeiten!«

»Was wolltest du eben sagen?«, fragte ich Adrian leise und versuchte, seinen Blick wieder einzufangen. »Du hast ausgesehen, als ob du etwas sagen wolltest?« Aber es war zu spät. Er zuckte mit den Schultern und zog an seiner geliebten Mütze.

»Nichts.«

»Nichts?«

»Tut mir leid, vielleicht. Oder, ach, wie traurig. Hast du so was gemeint? Bitte sehr.«

»Sehr merkwürdig, dass du mich nicht fragst, woran er gestorben ist.«

Adrian seufzte.

»Woran ist er gestorben?«, fragte er.

»Er wurde ermordet.«

»Was?«

»Er wurde erschossen.«

»Wann denn?« Diese Frage überraschte mich. Ich hatte mich mehr auf seinen Gesichtsausdruck konzentriert, statt ihm zuzuhören.

»Heute Nacht«, antwortete ich knapp.

»Wo ist er jetzt?«

»Du stellst seltsame Fragen«, sagte ich.

»Genau wie du«, erwiderte er, erhob sich und nickte zur Kaffeemaschine hinüber. »Möchtest du etwas?«

Mich hatten schon einige Erwachsene täuschen können. Aber Adrian war ein Kind, und ein Kind, das ein solches Schauspiel aufführen kann, muss mir erst noch begegnen.

»Sag es niemandem«, bat ich ihn. »Noch nicht.«

Er starrte mich eine Sekunde lang an, dann schüttelte er den Kopf.

»So was geheim halten«, murmelte er. »Klappt doch nie im Leben. Willst du was, oder willst du nix?«

Adrian war wieder er selbst. Das Ärgerliche war, dass ich nicht sicher sein konnte, was ich in seinem Gesicht gesehen hatte, als uns die trampelnde Familie gestört hatte.

Es hätte Angst gewesen sein können, und ich konnte nicht ergründen, warum mir das so wenig gefiel.

3 Ob Adrian sich verplappert hatte, konnte ich nicht wissen. Vermutlich aber nicht. Wenn der Junge überhaupt mit anderen außer mir kommunizierte, geschah das mit mürrischen, einsilbigen Worten. Mit Ausnahme von Veronica, nahm ich an, obwohl ich die beiden bisher nur in stummer Gemeinschaft gesehen hatte. Die Kleine war noch nicht zum Frühstück erschienen. Im Gegensatz zu den meisten anderen. Kari Thue beklagte sich lauthals darüber, wie gut sie geschlafen hatte.

»Das ist ein Skandal.« Ihre dünne Stimme drang bis zu mir durch. »Es ist einfach nicht zu verantworten, Leute unter diesen Umständen so lange und so tief schlafen zu lassen. Viele von uns hätten doch durch den Aufprall eine Gehirnerschütterung haben können. Und dann muss man in regelmäßigen Abständen geweckt werden.«

Die Rezeption war zu einer Transithalle geworden, und die Gerüchte umschwirrten summend die Menschen, die kamen und gingen. Alle schienen irgendwohin unterwegs zu sein. Sie blieben nur lange genug stehen, um den Klatsch wieder in Schwung zu bringen. Ich blieb fasziniert sitzen und hörte mir eine unwahrscheinlichere Geschichte nach der anderen an. Die wilden Erzählungen aber hatten alle eine wahre Übereinstimmung: Cato Hammer war verschwunden,

Der Speisesaal lag in dem Flügel, der zum Finsevann hinzeigte, und war durch die *St. Paal's Kro* zu erreichen. Das Personal hatte noch einen leer stehenden Konferenzraum zum Speisesaal umfunktioniert, der sich neben der *Blåstue* befand. Mir wurde das Frühstück auf einem Tablett von einer Frau serviert, die ununterbrochen lächelte. Sie war mir schon am Vorabend aufgefallen. Die Hotelangestellte vermittelte mir mit ihrem freundlichen Verhalten eine Zusammengehörigkeit, die ich nicht nachvollziehen konnte. Obwohl ich an den Abenteuern der Nacht teilgenommen hatte und einen Sonderstatus bekleidete, weil ich die Rezeption nicht verlassen konnte, gab es keinen Grund, mich als Mitglied eines geheimen Finse-Verbandes zu betrachten. Ich vermutete also, dass ihr Cato Hammers Schicksal bekannt war. Es wäre schwierig gewesen, die Leiche und die damit einhergehenden praktischen Probleme zu handhaben, ohne die Angestellten zu informieren. Sie lief umher wie eine holde Sennerin und warf mit Lächeln und Lachen um sich. Was ich eigentlich sehr ungewöhnlich fand. Die Stimmung unter den Gästen, die im Speisesaal ein und aus gingen, wurde immer gereizter, als die Fragen hagelten und niemand eine Antwort geben konnte.

»Alle werden informiert werden«, sagte die Holde lachend. Ein erfolgloser Versuch, die Massen zu beruhigen. »Um halb zehn findet hier im Raum ein Informationstreffen statt. Dann werden alle informiert!«

Ich mochte sie nicht, aber das Essen schmeckte.

»Stimmt das?«

Eine der jungen Handballspielerinnen starrte mich an. Sie war mager, flachbrüstig und lang wie eine Bohnenstange. Ihr Trainingsanzug war rot, und sie trug neue Turnschuhe, aus denen sie aus irgendeinem Grund die Schnürsenkel entfernt hatte. Ich runzelte die Stirn.

»Stimmt das?«, fragte sie noch einmal.

Ihre Zähne waren hinter einem soliden Stahlgitter eingesperrt. Ich erwiderte ihr Lächeln.

»Was denn?«, fragte ich.

»Dass dieser Typ tot ist. Der Pastor.«

»Warum fragst du mich das?«

»Sie sitzen wenigstens still«, sagte sie und schaute sich um, ehe sie sich auf den langen Tisch setzte und mit den Beinen baumelte. »Alle anderen Erwachsenen rennen nur durch die Gegend.«

Die Jugendlichen, die den ganzen Abend gepokert und sich hemmungslos über den verstorbenen Geistlichen lustig gemacht hatten, behaupteten, Cato Hammer habe versucht, mit einem gestohlenen Schneemobil nach Haugastøl zu fahren. Da mehrere bestätigten, nachts Motorenlärm gehört zu haben, und da Kari Thue ziemlich sicher war, dass der Sturm gegen drei Uhr ein wenig nachgelassen hatte, verbreitete sich die Geschichte von Cato Hammers wilder Flucht durch das Gebirge in rasantem Tempo. Jemand behauptete, um diese Zeit Rufe und Geschrei gehört zu haben, und wo steckten eigentlich die Leute vom Roten Kreuz? War es zum Kampf gekommen? Eine aufgeregte Dame, die sich später als Urheberin des ganzen Aufruhrs entpuppte, behauptete beharrlich, sie habe um acht Uhr, also vor einer Stunde, eine Verabredung mit Hammer gehabt, und er würde sie niemals versetzen. Sie kenne ihn gut, beteuerte sie und kämpfte mit den Tränen. Nie im Leben würde ein Mann wie Cato Hammer sie alle an diesem gottverlassenen Ort im Stich lassen. Und da er nicht auf seinem Zimmer sei und ihn niemand, wirklich niemand, seit halb zwölf letzter Nacht gesehen habe, müsse er tot oder schwer verletzt sein. Vielleicht lag er hilflos im Schnee. Könnte jetzt bitte jemand um Himmels willen endlich anfangen, nach ihm zu suchen?

»Hier ist es ja wohl nicht gerade gottverlassen«, sagte das Mädchen und grinste, dass die Zahnklammer nur so funkelte. »Ziemlich schönes Hotel eigentlich. Finden Sie nicht?«

Ein Mann in Jeans und blauem Blazer stand nur wenige Meter von mir entfernt regungslos mitten im Raum. Er sah verloren aus, wie eine Wendeboje, um die herum sich alles bewegte. Er war mir schon am Vortag aufgefallen. Auch er gehörte zu der kirchlichen Delegation. Als Cato Hammer begann, alle zur Andacht zusammenzutrommeln, hatte der Mann in der blauen Jacke verlegen gewirkt, fast peinlich berührt. Zweimal hatte er versucht, Hammer am Ärmel zu zupfen, als wollte er den übereifrigen Geistlichen beruhigen. Jetzt stand er nur unschlüssig da und fuhr sich nervös durch seine dünnen, schütteren Haare.

»Stimmt das?«, beharrte die Handballerin. »Ist der tot oder abgehauen? Aber warum sollte er abhauen? Kann man bei diesem Wetter überhaupt fliehen? Wissen Sie irgendwas?«

»Hallo«, sagte ich und nickte dem Mann zu, der zwei Schritte auf mich und das rot gekleidete Mädchen zu gemacht hatte. »Kann ich irgendwie behilflich sein?«

Er lächelte gequält, kam näher und streckte mir seine Hand entgegen.

»Roar Hanson«, sagte er und schien nicht so recht zu wissen, ob er auch das Mädchen begrüßen sollte.

»Hanne Wilhelmsen«, erwiderte ich und nickte. »Du siehst aus, als ob du dir über irgendetwas Gedanken machst.«

»Das geht uns doch allen so«, sagte der Mann und zog sich einen Stuhl heran. »Ich muss sagen, ich bin ein wenig besorgt.«

»Kennst du Cato Hammer?«, fragte ich. »Oder ... «
Ich lächelte.

»Wie gut kennst du ihn? Ich habe euch gestern öfter zusammen stehen und reden sehen, und ... «

»Wir sind befreundet«, sagte Roar Hanson ernst und zögerte. »Doch. Wir sind befreundet. Zwar nicht besonders eng, aber wir haben zusammen studiert und ... ich begreife nicht ... «

Er unterbrach sich.

Ich versuchte, seinem Blick zu folgen. Die trampelnde Familie mit dem Wasserhund versuchte, an dem langen Tisch Sitzplätze zu ergattern. Adrian war nicht bereit, ihnen Platz zu machen, aber für Veronica rutschte er zur Seite. Sie war so stark geschminkt wie am Vortag und setzte sich wortlos neben ihn. An den Füßen trug sie rote Wollsocken, die ich noch nachts in Adrians Turnschuhen gesehen hatte. Ich hatte immer gedacht, dass nur kleine Kinder Kleidungsstücke untereinander tauschten. Vielleicht war das auch romantisch. Was weiß ich schon von solchen Dingen.

Der Hund bellte, und sein beschwingter Besitzer warf etwas von seinem Rührei auf den Boden, dann hielt er einen Streifen Speck in die Luft und ließ den Hund Männchen machen. Die Kinder klatschten. Roar Hanson rümpfte die Nase.

»Die sind hier in diesem Hotel ja sehr liberal, was die Hundehaltung angeht«, sagte er und wirkte eher traurig als empört.

»Du bist also auch Geistlicher?«, fragte ich.

»Ja. Das heißt, ich bin ordiniert, aber im Moment habe ich mich beurlauben lassen und arbeite als Sekretär für die Staatskirchenkommission. Wir sind unterwegs nach ... wir wollten ... «

Aus irgendeinem Grund konnte er seinen Blick nicht von der Hundefamilie abwenden. Das Tier verschlang gerade eine große Portion Cornflakes mit Marmelade. Die Milch spritzte nur so. Adrian machte sich einen Spaß daraus, Salamistücke in die süße Mischung zu werfen. Veronica verzog keine Miene.

»Du wolltest nach Bergen«, sagte ich. »Das wollten wir alle. Wie hast du ... «

»Ist er tot?«, flüsterte Roar Hanson.

Seine Lippen zitterten.

Ich fragte mich, ob auf meiner Stirn »Polizei« gestempelt stand. Das Einzige, was mich von allen anderen unterscheidet, ist, dass ich im Rollstuhl sitze. Und dass ich möglicherweise abweisender bin als die meisten anderen. Beides hat eigentlich denselben Effekt: Die Leute machen einen Bogen um mich. Aber jetzt hätte man den Eindruck bekommen können, ich wäre von einer Art empathischem Magnetismus heimgesucht worden. Die Leute drängten sich mir auf, fragten und bohrten. Meine ständige Anwesenheit in einem Raum, in dem alle anderen nur kamen und gingen, schien mir einen Status als Orakel zu verleihen, den einer allwissenden Autorität, nach der ich nicht ersucht hatte.

»Warum fragst du ausgerechnet mich danach?«, fragte ich.

»Ist Cato tot?«, wiederholte er. »Ist er ... ist Cato umgebracht worden?«

Wir hatten beide das Handballmädchen vergessen. Jetzt beugte sie sich mit halb offenem Mund zu uns vor. Sie roch nach Pfefferminz und lutschte eifrig an ihrem Bonbon, ohne ihr begeistertes Lächeln zu verbergen.

»Stimmt das?«, flüsterte sie. »Ist er echt umgebracht worden?«

»Ja«, sagte Roar Hanson und fuhr sich über die Augen. »Ich glaube, es stimmt. Ich kann es nicht fassen.«

Ich wusste nicht, was ich sagen sollte. Es war noch eine Viertelstunde bis zum Informationstreffen. Was dort mitgeteilt werden sollte, wusste ich nicht. Eigentlich neige ich zu der Annahme, dass Aufrichtigkeit sich bezahlt macht. Als ich meinen Blick vom begeisterten Gesicht des Mädchens zum ängstlichen des Geistlichen wandern ließ, war ich mir nicht mehr so sicher.

Das Beste wäre vermutlich, sich eine erstklassige Lüge aus den Fingern zu saugen.

4 Das blieb mir erspart.

Ich wurde von einem Lärm gerettet, der mich für einen Moment befürchten ließ, dass noch ein Fenster dem Sturm nachgeben musste. Zum Glück hatte ich mich geirrt. Der Lärm kam von der Treppe, die zwei junge Männer mit Skistiefeln herunterpolterten. Sie lärmten und schrien, und zuerst konnte niemand verstehen, was sie zu erzählen versuchten.

Die unbeschwerte Stimmung im *Finse 1222* hatte die Nacht nicht überlebt.

Nach dem traumatischen Erlebnis im Zug hatte uns die Gewissheit, im Hotel warme Mahlzeiten und Getränke, Gemeinschaft, Bettenzuteilung und Kartenspiel zu finden, miteinander verbunden. Da keiner der Fahrgäste den Lokomotivführer gekannt hatte, hatte sein dramatischer Tod das Gefühl von geselliger Dankbarkeit nicht dämpfen können. Im Gegenteil. Der Tod des armen Einar Holter gab dem Geschehen seine Würze. Es erinnerte uns daran, was für ein Glück wir anderen gehabt hatten.

Der Morgen war mit wachsender und gereizter Ungeduld angebrochen. Die Familie mit dem schwarzen Hund war zwar anhaltend fröhlich, aber als sich gegen halb neun Speisesäle und Rezeption zu füllen begannen, registrierte ich den Stimmungswechsel.

Zum einen ging uns inzwischen der Sturm auf die Nerven. Das Wetter wurde immer schlimmer, und niemand konnte sich das erklären. Der Windmesser an der Säule, die den Rezeptionstresen teilte, hatte bisher Sturm mit orkanartigen Böen angezeigt. Doch jetzt war er an die Grenze seiner Messfähigkeit gelangt. Immer wieder lief Berit Tverre zum Tresen und überprüfte das Gerät. Ab und zu warf sie den riesigen Fenstern misstrauische Blicke zu, und zwischen ihren Augenbrauen hatte sich eine tiefe Furche gebildet.

Viel schlimmer jedoch war die Sache mit Cato Hammers Verschwinden. Ich hätte nicht erwartet, dass das die anderen Gäste besonders interessieren würde. Ich meine, natürlich würden sie auf die brutale Wahrheit reagieren, dass er ermordet worden war. Aber bisher wussten das ja nur das Personal, Dr. Streng, Adrian und ich. Die allgemeine Besorgnis darüber, dass jemand nicht zum Frühstück erschienen war, kam mir sonderbar vor. Schließlich war das *Finse 1222* gebaut wie ein Krähenschloss, ein Labyrinth aus vielen geheimen Zimmern und engen, unübersichtlichen Korridoren.

Berücksichtigte man Cato Hammers theologische Großzügigkeit, für die er in der Öffentlichkeit unablässig warb, konnte der Mann auch noch in einem warmen, einladenden Bett liegen, in dem er den Zehn Geboten zufolge gar nichts zu suchen hatte.

Die Stimmung der meisten war folglich nicht die beste, als die beiden Männer die Treppe zur Rezeption herunterpolterten und wild durcheinanderbrüllten:

»Er schießt! Da oben wird geschossen! Die sind bewaffnet!«

Etwa ein halbes Dutzend stürmte sofort zum Fuß der Treppe, zwei davon gehörten dem Handballteam an. Die beiden kreischten auf, als hätte sie ein Schuljunge unter der Dusche überrascht. Von meinem Platz neben dem großen Tisch aus beobachtete ich einen älteren Mann, der so heftig zusammenzuckte, dass er dabei eine volle Kaffeetasse in die Luft warf. Die Tasse drehte sich langsam um sich selbst, als sie zu Boden fiel. Der Mann verlor das Gleichgewicht. Der fröhliche Hund wurde vom glühend heißen Kaffee an der Schnauze getroffen, und er heulte, fiepte und bellte abwechselnd, als er im Zickzack durch die Menschenmenge lief, um sein Herrchen zu finden. Als der alte Mann auf den Boden auftraf, schlugen die Mädchen die Hände vors Gesicht und setzten zu einem schrillen atonalen Schrei an. Jemand rief nach einem Arzt. Der Hundebesitzer verwünschte uns alle auf ungeheuer fantasievolle Weise, ehe er endlich sein Tier zu fassen bekam und gegen seine Brust presste, um dann auf die Herrentoilette zu stürzen. Roar Hanson, der seltsamerweise hinter dem Tresen der *Millibar* stand, zu dem eigentlich nur das Hotelpersonal Zugang hatte, ließ sich zu Boden fallen. Da fiel mir auf, dass auch Veronica, Adrians Freundin, auf der anderen Seite des Tresens stand. Sie lachte ein seltsam heiseres und dunkles Lachen, das überhaupt nicht zu ihrer zierlichen Gestalt passte. Der Kurde ließ sich ebenfalls fallen, aber anders als der Geistliche dachte er an andere. Er warf sich über seine Frau und schützte sie mit seinem Körper. Diese Bewegung war so schnell und präzise, dass er sie trainiert haben musste. Eine Frau, die am Vorabend die ganze Zeit allein gesessen und gestrickt hatte, brach in ein lautes Schluchzen aus. Das rosafarbene Baby, das ich seit dem Unfall nicht mehr gesehen hatte, wachte auf und begann, in den Armen seiner Mutter zu schreien. Der Lärmpegel in der Rezeption überstieg inzwischen den Orkan. Die Männer auf der Treppe hatten nicht aufgehört, über Schüsse und Waffen zu rufen. Einer der Geschäftsmänner hatte auf der Fensterbank gesessen. Ich war der Meinung, ihn aus dem Wirtschaftsteil der Zeitung zu kennen, konnte mich aber nicht an seinen Namen erinnern. Er klappte seinen Laptop zu, rutschte von der Fensterbank und rannte mit dem Gerät unter dem Arm in Richtung *St. Paal's Kro*.

»Die schießen auf uns«, brüllte jetzt wieder jemand. »Sie kommen!«

Der Mann mit dem Laptop wurde schneller. Viele folgten ihm. Ein vielleicht vier Jahre alter Junge mit dem Mund voll Essen und einem halben Brötchen in jeder Hand wurde von einer Frau über den Haufen gerannt. Ich versuchte, dem Kind zu Hilfe zu kommen, und hatte gerade meine Bremsen entriegelt, als Geir Rugholmen aus der Küche gestürmt kam. Er hob den Jungen hoch und setzte mir das Kind auf den Schoß, dann sprang er auf den Tisch, riss die Arme hoch und schrie:

»Aufhören! Aufhören! Ruhe, verdammt!«

Es war, als hätte er auf einen Knopf gedrückt.

Es wurde nicht nur still, alle laufenden, fuchtelnden und drängelnden Menschen erstarrten, wie bei der »Reise nach Jerusalem«, wenn die Musik aussetzt.

Im Nachhinein betrachte ich diesen Augenblick als einen Wendepunkt. Die Stimmung war bereits gekippt. Trotzdem bekam ich es erst jetzt wirklich mit der Angst zu tun. Aber ich fürchtete mich nicht vor dem Wetter. Und auch nicht vor dem frei herumlaufenden Mörder.

»Jetzt hört mir mal alle zu!«

Geir schrie nicht mehr. Das war nicht nötig.

»Er stirbt«, rief da eine verängstigte Stimme in der Nähe der Treppe. »Elias stirbt! Helft mir doch!«

Geir ließ seinen Blick über die Versammlung schweifen, alle Augen waren auf ihn gerichtet. Ehe er die Gesuchten gefunden hatte, rannten Dr. Streng und die Gynäkologin bereits los. Sie liefen im Slalom durch die erstarrten Menschen. Die Ärztin war zuerst da. Sie beugte sich über den Mann und verschwand aus meinem Sichtfeld.

Der Junge auf meinem Schoß weinte leise.

»Bleibt genau da, wo ihr seid«, befahl Geir Rugholmen. »Niemand schießt hier. Hört ihr? *Es ist nicht geschossen worden, und es wird auch nicht geschossen werden.* Alles in Ordnung dahinten?«

Keine Antwort. Ich hörte hinter der Rezeption ein rhythmisches Zählen und nahm an, dass Elias' erschöpftes Herz in den vergangenen vierundzwanzig Stunden zu viel Aufregung hatte ertragen müssen.

Hinter mir hörte ich leise Schritte. Ich drehte mich um. Es war die Frau, die den Kleinen umgerannt hatte. Sie blieb auf der Treppe zwischen der *St. Paal's Kro* und der Rezeption stehen, neben ihr der Geschäftsmann, der ebenfalls zurückgekehrt war, kleinlaut und mit roten Wangen. Auch einige der anderen, die versucht hatten, vor dem imaginären Schussdrama zu fliehen, näherten sich zögernd. Die Frau starrte mich aus Augen an, die mich daran erinnerten, wovor ich tatsächlich Angst hatte.

Eine Unruhe machte sich im Raum breit. Die Ärzte hatten aufgehört zu zählen. Ich schaute zu Geir, der von dort oben alles sehen konnte. Er fuhr sich mit der Hand über die Augen.

»Es tut mir leid«, sagte die Ärztin leise.

Das Einzige, was jetzt noch zu hören war, waren das Wimmern des Jungen auf meinem Schoß und das Weinen der frischgebackenen Witwe.

Die Finse-Katastrophe hatte ihr drittes Opfer gefordert.

Die Frau hinter mir trat neben meinen Stuhl, streckte eine dünne, zitternde Hand aus und sagte:

»Entschuldigung. Sie müssen mir verzeihen!«

Ich sah sie nicht an. Stattdessen erwiderte ich Geir Rugholmens Blick. Er stand noch immer auf dem Tisch, breitbeinig und stark, doch seine Schultern sanken resigniert nach unten. Wir beide dachten dasselbe:

Die eingeschneiten Gäste im *Finse 1222* hatten begonnen, ihre Würde und Menschlichkeit zu verlieren. Und dabei waren seit dem Unglück erst achtzehn Stunden vergangen.

5 Nach dem zeitlich ungelegenen Herzinfarkt von Elias Grav versuchten sich alle zusammenzureißen. Die jungen Männer, die mit ihrem Geschrei über einen Schusswechsel alles ausgelöst hatten, wirkten peinlich berührt. Geir hatte nicht lockergelassen, bis sie lautstark zugaben, dass vielleicht doch keine Schüsse gefallen waren. Aber Waffen hätten sie gesehen! Ein Mann oder vielleicht sogar zwei stünden mit Maschinengewehren im Gang vor den Dachgeschosswohnungen. Darauf beharrten sie. Das mit den Schüssen könnte auch der Sturm gewesen sein. Möglicherweise hätten sie sich da verhört. Sie hätten niemandem Angst einjagen wollen, verteidigten sie sich, aber als sie die Gerüchte über die Wachtposten vor den Dachgeschosswohnungen gehört hatten, wollten sie das überprüfen. Geir hatte seinen klaren Befehl wiederholt, die Absperrung zu respektieren, die er vor der Tür zu dem schmalen Gang errichtet hatte, und dann ergriff Berit Tverre das Wort und informierte die Anwesenden ziemlich knapp darüber, dass Cato Hammer leider in der vergangenen Nacht von uns gegangen sei. Er habe gegen drei Uhr in der Rezeption kurz etwas erledigen wollen und sei dort zusammengebrochen. Vermutlich sei eine starke Gehirnblutung die Ursache gewesen. Magnus Streng bestätigte diese Aussage, tiefernst und mit gefalteten Händen, so als wollte er seinem Respekt vor dem Beruf des Verstorbenen Ausdruck verleihen.

»Und das entspricht im Grunde ja auch der Wahrheit«, sagte ich. »Eine ziemlich starke Gehirnblutung.«

Niemand zeigte auch nur die Spur eines Lächelns. Wir waren in der Küche: Berit Tverre, Geir, Dr. Streng und ich. Aus der Rezeption war kein Laut zu hören, und das lag nicht nur am Toben des Sturms. Der Infarkt des alten Mannes war für viele ein großer Schock gewesen. Die Menschen wichen in stiller Verlegenheit zurück, und als Cato Hammers Verschwinden seine düstere Erklärung fand, hatten die meisten mehr als genug. Einige zogen sich auf ihre Zimmer zurück. Andere blieben vor Ort, ohne so richtig zu wissen, was sie dort sollten. Die Fortsetzung des Bridgeturniers war bis auf Weiteres verschoben worden. Es kam den Teilnehmern offenbar taktlos vor, in dieser Situation Karten zu spielen. Die pokernden Jugendlichen sahen das keineswegs so, aber sie besaßen immerhin Anstand genug, um sich in die *Blåstue* zurückzuziehen. Überhaupt schienen alle Berits Lüge vorbehaltlos geschluckt zu haben. Grund zur Besorgnis lieferte jedoch die Frage, wie der Mörder selbst auf den Bluff reagieren würde. Ich hatte versucht, Gesichtsausdrücke und Mienenspiel zu beobachten, als Berit ihre kleine Rede hielt, aber den wenigen Menschen, die ich von meiner Position aus sehen konnte, hatte ich nichts anmerken können.

Falls sich der Täter überhaupt in der Rezeption aufgehalten hatte, als Cato Hammers Tod bekannt gegeben worden war, konnten wir nur hoffen, dass er die falsche Todesursache als vorläufiges Friedensangebot vonseiten der Hotelleitung auffassen würde.

Die Leute mussten um jeden Preis beruhigt werden.

Der Mörder auch.

»Wer ist denn nun da oben unterm Dach?«, fragte ich und ließ meinen Blick von Berit Tverre zu Geir Rugholmen wandern. »Jetzt muss ich das wissen.«

Die Antwort blieb ihnen erspart.

»Es ist schwer, für fast zweihundert Menschen zu kochen, wenn die Küche in ein Besprechungszimmer umfunktioniert worden ist«, erklärte der Koch verärgert.

Er war überraschend jung, mit dünnem Schnurrbart und glatt rasiertem Schädel. Trotz des kalten Luftzugs, der durch das zerbrochene Fenster eindrang, trug er nur ein Unterhemd über der langen, eng sitzenden Kochschürze. Beide Kleidungsstücke waren leuchtend weiß und frisch gebügelt. Er kaute auf einem Zahnstocher herum. Hinter ihm standen zwei Küchenhilfen, beide sehr jung, eine Frau und ein Mann.

»Könnt ihr rübergehen? Nach dahinten?«

»Das wird zu eng«, sagte Berit und zuckte bedauernd mit den Schultern. »Aber wir können ja ...«

Sie zog einen der Hocker, die im Laufe des Morgens aufgetaucht waren, zu der bisher noch nicht geöffneten Tür nach Norden. Ich fuhr langsam hinterher, dicht gefolgt von Geir und Magnus Streng.

Wir standen in einer Art Durchgang mit drei großen Türen auf der rechten Seite. Gefrierraum, Kühlraum und noch ein Kühlraum.

»Und hier haben wir die Warenannahme«, sagte Berit und schlug mit der Hand gegen eine doppelte Metalltür. »Hier ist es leider nicht gut isoliert, das merkst du bestimmt. Aber damit müssen wir uns zufriedengeben. Wir haben zwar ein Büro hinter der Rezeption, das ohne Treppen zu erreichen ist.«

Sie nickte mir zu.

»Aber da sitzen drei Männer und versuchen, mit der Umwelt in Kontakt zu bleiben. Das hier ist der einzige Ort auf diesem Planeten, wo wir einigermaßen unsere Ruhe haben. Vergiss das Küchenpersonal. Die konzentrieren sich auf ihre Aufgaben.«

»Ich jedenfalls sitze gut«, sagte ich.

Auch diese Bemerkung fand niemand witzig. Magnus Streng kletterte bemerkenswert geschickt auf den hohen Barhocker. Berit nahm den anderen. Geir Rugholmen lehnte sich gegen die Wand und schlug die Arme übereinander.

»Und nun?«, brach ich das Schweigen.

»Eigentlich wissen wir wenig«, sagte Geir und kratzte sich den Bart.

Ich wartete vergeblich darauf, dass er weitersprechen würde. Berit und Geir wechselten fragende Blicke, als wüssten sie noch nicht so recht, wer von ihnen zuerst das Wort ergreifen sollte.

»Als es geknallt hat«, begann Berit zögernd und holte tief Luft, ehe sie von Neuem begann. »Als es geknallt hat und der Zug entgleiste, haben wir das natürlich gehört. Auch wenn das Wetter zu dem Zeitpunkt schon ziemlich unangenehm war. Die Leute vom Roten Kreuz kamen sofort angestürzt.«

Ich erinnerte mich daran, dass jemand ein Depot des Roten Kreuzes erwähnt hatte, einen Anbau Wand an Wand mit dem Appartementtrakt, auf der anderen Seite des Hotels.

»Aber das Seltsame ist«, fuhr Berit fort und zögerte dann erneut, »das Seltsame ist, dass wir einen Anruf bekamen. Das Telefon klingelte höchstens zwei oder drei Minuten nach dem Knall. Zuerst wollte ich nicht rangehen, ich war ja überzeugt davon, dass ein fürchterliches Zugunglück geschehen war, und wollte so schnell wie möglich mit den Rettungsarbeiten anfangen können. Aber aus irgendeinem Grund ...«

Sie schüttelte den Kopf, als versuche sie, eine Erklärung für ihr seltsames Verhalten zu finden.

»Ich ging also ran.«

Aus der Küche waren ein Scheppern und ein Kreischen zu hören, das ich einer elektrischen Fleischsäge zuordnete. Der Luftzug hatte zugenommen, und ich fröstelte.

»Und wer war dran?«, fragte ich, als Berit keinerlei Anstalten machte weiterzureden.

»Ich weiß das nicht, wenn ich ehrlich bin.«

»Na gut. Und was wollte diese Person?«

»Er ... das war ein Mann. Er hat seinen Namen genannt, aber den habe ich in der Eile nicht verstanden. Aber immerhin habe ich begriffen, dass er vom Norwegischen Nachrichtendienst war. Seine Stimme klang ... eindringlich, würde ich sagen. Gebieterisch. Als sei er gewohnt, Befehle zu erteilen. Und das alles ging sehr schnell.«

»Aber was hat er gesagt?«, fragte Magnus Streng ungeduldig. »Was wollte dieser Mann, an dessen Namen du dich nicht erinnern kannst, und was hast du dann gemacht?«

»Er hat gesagt, der letzte Wagen müsse als Erstes evakuiert werden. Sie hätten ein eigenes Schneemobil dabei, sagte er, aber sie brauchten mehrere. Ein zusätzliches.«

»Ein eigenes Schneemobil? Ein Schneemobil? Im Zug?«

Magnus Streng erinnerte wieder an einen Clown, gerade als ich angefangen hatte zu vergessen, wie drollig er war.

»Ja. Und das stimmte auch. Es war kein großes, aber doch so groß, dass ein Fahrer und ein Passagier vor allen anderen hier ankamen. Vielleicht zwanzig Minuten früher oder so. Aber das Seltsamste war, dass er genau wusste, wohin sie sollten.«

»Wer denn?«, fragte ich. »Der am Telefon oder der Mann, der das Schneemobil gefahren hat?«

»Beide, glaube ich. Aber ich habe den Anrufer gemeint. *Bringen Sie die Leute in der Wohnung von Trygve Norman unter*, hat er gesagt.«

Magnus Streng starrte sie an. Ich sah bestimmt auch nicht viel intelligenter aus. Wir wechselten einen Blick und klappten gleichzeitig den Mund wieder zu.

»Ja.«

Berit hob die Hände zu einer halb resignierten, halb energischen Geste.

»Das hat er gesagt! Genau das hat er gesagt. Und Trygve gehört ja auch tatsächlich die Dachgeschosswohnung im Westtrakt. Die schönste hier im *1222*, wenn wir von der Direktorenwohnung absehen, die ist natürlich …«

Sie schüttelte den Kopf und verstummte.

»Es ist kein Geheimnis, dass diese Wohnung Trygve gehört, im Gegenteil, er ist eine der wichtigsten, treibenden Kräfte, um diesen Ort hier zu erhalten, und …«

Wieder verstummte sie, räusperte sich dann und fuhr fort:

»Ich war trotzdem so verdutzt, dass ich nur Ja und Amen gesagt habe. Und dann … hat er mir eine Handynummer gegeben. Aber erst, nachdem er …«

Ihre Augen füllten sich plötzlich mit Wasser. Ich sah, wie die Muskeln über ihren Wangenknochen arbeiteten, als sie die Zähne zusammenbiss. Sie atmete tief durch die Nase ein.

»Es wird alles gut«, sagte Dr. Streng und legte seine Pranke auf ihre Hand.

Sie nickte nur. Dann schluckte sie noch einmal und sprach weiter:

»Das ist ja keine gefährliche Situation.«

»Der Mann am Telefon«, erinnerte ich sie. »Zuerst hat er irgendetwas gemacht oder gesagt. Dann hat er Ihnen eine Telefonnummer gegeben.«

»Ja. Zuerst hat er gesagt, es sei extrem wichtig, dass ich mache, was er mir sagt. Dass die Menschen aus dem letzten Wagen zuerst ins Hotel gebracht werden. Er hat wirklich das Wort *extrem* benutzt. Und dann hat er hinzufügt, dass ...«

Sie suchte nach Worten.

»... dass das aus Gründen der Staatssicherheit so sein müsse. Sagt man das nicht so?«

»Ja«, bestätigte ich. »So sagt man das. Wenn er das gemeint hat. Was ist mit der Nummer?«

»Die habe ich ganz schnell runtergekritzelt. Er hat gesagt, ich könnte da anrufen, wenn ich ihm nicht glaubte. Aber dann müsste ich mich beeilen.«

Plötzlich fing sie an, in ihrer Hosentasche zu wühlen. Sie fand das Gesuchte auf der rechten Seite nicht, dann aber zog sie aus der linken Tasche einen zusammengefalteten Zettel.

»Ich beschloss, ihm zu vertrauen. Ich hatte doch keine Wahl. Also habe ich nicht zurückgerufen. Sondern habe dafür gesorgt, die Leute sofort nach oben in die Wohnung zu bringen. Die ersten beiden, meine ich. Der eine von den beiden sprach Norwegisch. Er war höflich, aber gestresst. Oder ... er hatte es jedenfalls schrecklich eilig. Der andere sagte nichts. Er war so dick angezogen, dass ich nicht einmal sicher bin, ob es ein Mann war. Aber ich glaube, doch. Er war groß. Kräftig, glaube ich. Aber das kann natürlich auch an der Kleidung liegen. Mütze, Kapuze, Anorak, Schneebrille ...«

Ich streckte die Hand nach dem Zettel aus. Sie gehorchte und gab ihn mir.

»Hat dein Display die Nummer des Anrufers angezeigt?«, fragte ich und sah mir die acht Ziffern auf dem Papier an.

Eine Auslandsvorwahl war nicht dabei.

»Nein. Da stand *unbekannter Anrufer*. Aber diese Nummer hat er mir dann gegeben.«

»Hat hier irgendjemand so ein Telefon?«, fragte ich, ohne den Zettel aus den Augen zu lassen. »Mit so einer geheimen Nummer, meine ich, sodass man nicht sehen kann, wer anruft?«

»Hier«, sagte Magnus Streng und reichte mir seines. »Ich habe zwei Mobiltelefone. Eines für die Arbeit und dann das hier für die Familie und andere sehr wichtige Menschen. Das hier ist mit unterdrückter Nummer. Ab und zu ist es nett, nicht für alle Welt erreichbar zu sein.«

Er grinste breit und fügte hinzu:

»So geht es uns wohl allen.«

Ohne zu antworten, wählte ich die Nummer auf dem Zettel. Es klingelte zweimal, dann meldete sich jemand. Ein Mann nannte seinen Namen.

Auf einmal hörte ich weder den Sturm noch das Klappern der drei Köche in der Küche. Mich störte auch der eiskalte Luftzug nicht mehr. Im Gegenteil wurde mir am ganzen Körper heiß, und mein Kopf wurde ganz leicht.

Gedankenleer.

Später sollte ich bereuen, dass ich aufgelegt hatte. Dass ich kein Wort sagte, sondern die Verbindung abbrach, nachdem der Mann zweimal nachgefragt hatte, wer da anrufe. Als ich später noch einen Versuch machte, hörte ich nur eine mechanische Stimme: *Diese Nummer ist nicht mehr vergeben. Diese Nummer ist nicht mehr vergeben. Diese Nummer ist nicht mehr vergeben.*

Die neue Nummer verriet die Stimme nicht.

Ich hätte etwas sagen müssen, als ich die Gelegenheit dazu hatte. Denn der Mann am anderen Ende der Leitung war leicht zu erkennen gewesen. Er hatte selbst abgenommen, hatte sich mit vollem

Namen gemeldet, es hatte keine Zwischenstation gegeben, keine Sekretärin und keinen Berater und kein *Bitte, warten Sie einen Moment, dann stelle ich Sie zum Außenminister durch.*

Die Nummer, die Berit Tverre einige Minuten nach dem Zugunglück von einem Fremden erhalten hatte, war die persönliche Handynummer des norwegischen Außenministers gewesen.

Oder die eines genialen Imitators.

Unabhängig von der Wahrheit verstand ich nur noch Bahnhof.

6

»Wer war das?«

»Niemand.«

»Niemand? Ich hab doch gehört, dass jemand geantwortet hat.«

»Das war niemand«, wiederholte ich und rief die Anrufliste auf. Nach zweimaligem Klicken war die Nummer, die ich soeben angerufen hatte, aus dem Gedächtnis des Apparates getilgt. Ich reichte Dr. Streng das elegante stahlgraue Telefon. Er starrte es fragend an, als erwarte er, dass es gleich etwas sagen würde.

Den Zettel steckte ich in die Hosentasche.

»Das war für unsere Situation total irrelevant«, sagte ich. »Machen wir weiter.«

»Weiter?«

»Geir«, sagte ich und holte mühsam Atem. »Du hast eine ermüdende Neigung, meine Worte zu wiederholen.«

»Und du hast eine ermüdende Neigung, meine Fragen nicht zu beantworten.«

»Denken«, sagte ich. »Denken.«

Geir öffnete den Mund, und ich hätte schwören können, dass

er auch das wiederholen wollte, allerdings mit einem riesigen Fragezeichen versehen. Aber er riss sich zusammen.

»Ich finde, wir überlassen *the mad woman in the attic* ihrem eigenen Schicksal«, sagte ich und lächelte. »Oder den Mann. Wie auch immer, wir sollten uns auf unsere eigenen Probleme konzentrieren. Lassen wir die da oben in Ruhe. Die haben nichts mit dem Mord an Cato Hammer zu tun. Und mit dem Wetter noch viel weniger. Übrigens ... «

Geir musste sich offenbar sehr zusammennehmen, um keine erneute Fragensalve abzufeuern. Ich lächelte Berit an und nickte zur Rezeption hinüber.

»Hut ab für die Lüge, die du den Leuten da vorhin serviert hast. Sehr vernünftig. Es sah wirklich aus, als ob alle dir geglaubt haben. Vielleicht hat auch der Herzinfarkt des alten Mannes dazu beigetragen. Der hat uns alle an unsere Verletzlichkeit erinnert. Daran, wie schnell es gehen kann. Wie zerbrechlich das Leben ist. Normalerweise halte ich ja nichts von Lügen, aber in diesem Fall ... «

»Du hältst doch am meisten davon, den Mund zu halten«, sagte Geir.

»Tja«, erwiderte ich und zuckte mit den Schultern. »In diesem Fall war es jedenfalls schlau zu schwindeln. Zumindest gehe ich davon aus. Wenn wir an die Hysterie denken, die ausgebrochen ist, als die Jungs die Treppe runtergerannt kamen, dann weiß der Himmel, was passiert wäre, wenn die Leute von Hammers Hinrichtung erfahren hätten. Wie konntest du übrigens so sicher sein, dass die beiden wirklich keine Schüsse gehört hatten? Soweit ich das gesehen habe, kamst du doch aus der Küche und warst gar nicht in der Nähe der Treppe.«

»Hab ich einfach geraten«, gab Geir zu. »Ich habe angenommen, dass sie sich geirrt hatten. Es ist doch ziemlich klar, dass wir es da oben mit Profis zu tun haben. Wäre doch nicht gerade professionell, auf Zivilisten zu schießen, die man vermutlich mit einem energischen BUH genauso gut verscheuchen könnte. Eigentlich überhaupt nicht professionell, auf Unbewaffnete zu schießen. Außerdem ... «

Er kratzte sich im Nacken und schnitt eine Grimasse, die ich nicht richtig deuten konnte.

»Wenn sie wirklich Schüsse gehört hätten, wäre es wichtig gewesen, ihnen einzureden, dass sie sich geirrt haben. Die Leute haben ohnehin kaum noch ... «

Wir wussten, welches Wort er suchte.

»Ich muss machen, dass ich weiterkomme«, sagte Magnus Streng nach einer Pause, die uns allen peinlich war. »Zu meinen Patienten. Ich muss Verbände wechseln. Nach Knochenbrüchen sehen. Ich kann mich da viel nützlicher machen als hier. Wenn ich mich so unbescheiden ausdrücken darf. Adieu, meine Damen und Herren.«

Ich musste ein wenig lachen und winkte ihm hinterher. Magnus Streng war ein Mann, dem man hinterherwinkte. Magnus Streng war überhaupt ein Mensch, den man unmöglich verabscheuen konnte, egal, wie sehr ich das auch versucht hatte. Ich beschloss, diesen Versuch aufzugeben, als mein Blick der seltsamen Erscheinung zur Küchentür folgte. Die Zeit hatte Dr. Strengs Verbindlichkeit und archaische Sprache schon längst überholt. Zugleich umgab ihn eine Aura von altmodischer Ritterlichkeit; ein wenig zu aufdringlich und ab und zu etwas lächerlich, aber dennoch: Magnus Streng war ein sympathischer Bursche. Solche begegnen mir nur selten. Ich erlaube mir auch nur selten, solchen Menschen zu begegnen. Ich will das nicht.

»Hallo!«

Ich fuhr zusammen, als Geir mir mit der Hand vor den Augen herumfuchtelte.

»Wo ist Berit?«, murmelte ich.

»Ab und zu sieht es so aus, als ob du in Trance fällst«, sagte Geir. Ich wusste nicht, ob er gereizt oder besorgt war. »Sie ist gegangen. Hast du das nicht mitbekommen?«

Ich gab keine Antwort. Stattdessen starrte ich ihn an, als ob ich ihn noch nie gesehen hätte. Seine Augen hatten eine undefinierbare graubraune Farbe. Sein Gesicht war dunkler, als es in dieser Jahreszeit zu erwarten gewesen wäre. Unter seinen schwarzen Bartstoppeln schimmerten hellgraue, trockene Flechten durch. Er war garantiert jünger als ich, die groben Furchen um die Augen und auf der Stirn waren die Folge von Sonne, Wind und Kälte. Nicht von Alter. Ich schätzte ihn auf um die vierzig. Mir war aufgefallen, dass er einen Priem nach dem anderen lutschte, aber jetzt zog er plötzlich eine Packung Zigaretten hervor. Bot mir eine an. Ich überraschte uns beide, indem ich dankend annahm, die Zigarette in den Mund steckte und mich vorbeugte, damit er mir Feuer geben konnte. Wir kehrten dem Geschepper aus der Küche den Rücken zu.

Der erste Zug.

Man vergisst nie, wie gut der schmeckt.

Alle Zigaretten müssten nach dem ersten Zug ausgedrückt werden.

»Lange her?«

Geir lächelte und nahm sich auch eine.

»Viele Jahre. Ich habe ein Kind.«

»Ich auch. Sogar drei. Rauche trotzdem. Heimlich, meistens.«

Er lachte laut, dieses mädchenhafte, glückliche Lachen.

Er roch gut. Es war ein Duft, an den ich nicht denken wollte, der aber gerade hier und jetzt so stark war, dass ich es nicht verhindern konnte.

Früher kannte ich einen Menschen namens Billy T. Er war

mein bester Freund, und deshalb musste ich ihn zurückweisen. In meinem Leben gibt es gerade noch Platz für Nefis. Dass es uns überhaupt möglich ist, in einer Beziehung zu leben, die manchmal sehr gut funktioniert und mir Geborgenheit schenkt, hat mit Nefis einzigartiger Fähigkeit zu tun, zugleich nah und fern zu sein.

Und außerdem habe ich Ida. Sie hat eisblaue Augen, die mich mit einer Liebe ansehen, wie ich sie nicht für möglich gehalten hätte. Ida hält mich für einen guten Menschen. Aber sie ist ja auch noch keine vier Jahre alt.

Wir haben außerdem eine Art Haushälterin in unserer kleinen Familie, einen alten Spatz mit gebrochenen Flügeln, der sich bei uns niedergelassen hat, ohne wirklich dazu aufgefordert worden zu sein. Aber ich liebe Marry nicht. Sie ist einfach nur da, wie ein menschliches Möbelstück, mit dem ich gelernt habe, unter einem Dach zu leben.

Das genügt mir: Nefis, Ida und eine müde, stillgelegte Nutte, die uns das Essen kocht.

Ich denke sonst nie an Billy T.

Vielleicht lag es an Geir Rugholmens Geruch. Vielleicht lag es an dem ununterbrochenen Rauschen des Windes, der auf das *Finse 1222* einhämmerte und uns hundertsechsundneunzig Individuen zusammenpferchte. Eigentlich hundertvierundneunzig; Hammer und Elias Grav hatten sich aus unseren Reihen ja schon abgemeldet. Vielleicht lag es auch daran. Zwei dramatische Todesfälle in weniger als vierundzwanzig Stunden waren zu viel, sogar für meine Verhältnisse.

Früher bin ich durch Leichen gewatet. Zwei Mal im wahrsten Sinne des Wortes.

Ich war wirklich nicht mehr im Training. Weder in Sachen Polizeiarbeit noch bei allem anderen.

Es hatte mich zu viel Kraft gekostet, Menschen an mich heranzulassen, deshalb habe ich damit aufgehört. Erst jetzt, nach so vielen Jahren in selbst gewählter Isolation, sah ich langsam ein, wie anstrengend es war, sich die Menschen vom Leib zu halten. Und zum ersten Mal seit sehr langer Zeit dachte ich an Billy T.

»Jetzt machst du es schon wieder«, sagte Geir und trat seine Kippe mit dem Absatz aus.

»Was denn?«

»Du fällst in Trance.«

»Du solltest die Kippe da nicht liegen lassen«, sagte ich. »Wir sind doch in einer Küche.«

Er streckte die Hand nach meiner Zigarette aus, ließ sie auf den Boden fallen und trat sie aus, dann hob er beide Stummel auf.

»Was denkst du über die da oben?«, fragte ich vorsichtig.

Er runzelte die Stirn.

»Gerade eben hast du noch gesagt, wir sollten sie vergessen!«

»Ja. Aber jetzt sind wir unter uns. Also, was denkst du?«

»Alles und nichts. Ich habe wirklich keine Ahnung, wer sie sein könnten.«

»Dann hast du dir die Fakten, die uns vorliegen, noch nicht näher angesehen.«

»Und die wären?«

Plötzlich stand der Koch in der großen Türöffnung zur Küche. Er stemmte die Arme in die Seiten und starrte uns wütend an.

»Wird hier etwa geraucht? Was?«

»Nein«, sagten Geir und ich wie aus einem Munde.

Geir ließ die Kippen unmerklich in seiner Tasche verschwinden. Ich ertappte mich bei der Hoffnung, dass sie doch noch ein wenig glühten.

»Es stinkt«, verkündete der Koch und rümpfte die Nase. »Noch ein Mal, und es ist Schluss damit, dass diese Ecke des Hauses als Besprechungsort benutzt wird. Kapiert?«

Wir murmelten beide unsere tief empfundenen Beteuerungen.

Der Koch kehrte zu seinem Herd zurück. Ich hätte meine Bremsen entriegeln und mich für die Zigarette bedanken können. Ich hätte zur Rezeption zurückfahren und anfangen können, mich aufs Mittagessen zu freuen. Ich hatte alle Möglichkeiten, Geir zu verärgern.

»Sie sind Norweger«, behauptete ich stattdessen. »Sie haben etwas oder jemanden bei sich, das oder der eine extreme Bewachung erfordert. Einen Gegenstand oder einen Menschen.«

»Einen Menschen«, sagte Geir entschieden; er kletterte auf den Barhocker, den Berit verlassen hatte. »Sie konnten aus dem Zug kein Gepäck mitnehmen. Und diese Bewachung wäre ziemlich übertrieben, wenn das bewachte Dings in einem leeren Zugwrack läge.«

»Es kann sich um einen kleinen Gegenstand handeln. Den könnten sie mitgenommen haben.«

»Auf einen kleinen Gegenstand könntest du hier unten aufpassen. Wegen eines kleinen Gegenstands braucht man sich nicht in einer Wohnung zu verbarrikadieren.«

»Genau.«

»Aber du hast doch gesagt ... ich dachte ...«

»Ich wollte nur die Möglichkeit zur Sprache bringen. Aber ich bin ganz deiner Ansicht. Da oben ist ein Mensch, der bewacht werden muss. Und wer muss das?«

»Hä?«

»Wer muss streng bewacht werden?«

»Politiker, das Königshaus, Superpromis ...«

»Wir sind hier in Norwegen«, unterbrach ich ihn. »Hier brauchen weder Politiker noch Mitglieder des Königshauses diese Art von Schutz. Und Superpromis haben wir doch praktisch keine.

Und sogar Madonna oder Robbie Williams würden sich bedanken. Sie würden lieber … «

»Ein Gefangener«, fiel er mir plötzlich ins Wort.

»Genau. Ein Gefangener. Und da die Staatsbahn wohl nur auf Anfrage einer staatlichen Behörde bereit ist, einen zusätzlichen Wagen an den Zug anzuhängen, müssen wir davon ausgehen, dass es sich um einen Gefangenentransport handelt. «

Die Zugluft wurde mir zunehmend unangenehm. Meine Muskeln schmerzten, und ich bereute es, meine Daunenjacke in der Rezeption liegen gelassen zu haben.

»Ein Gefangener, der verlegt werden soll«, fasste ich zusammen. »Wie verlegt man Gefangene? «

»Wie man Gefangene verlegt? «

Ich deutete ein Lächeln an. Ehe ich andeuten konnte, dass er in seine alten Unsitten zurückverfiel, fügte er hinzu:

»Mit dem Flugzeug. Mit dem Auto. Aber mit … dem Zug? «

»Sehr unpraktisch. « Ich nickte. »Hab noch nie von so was gehört. Der Zug ist an die Schienen gebunden. Er wird von anderen gelenkt. Er fahrt und hält nach einem Fahrplan. Schreck und Graus. Dasselbe gilt natürlich auch für das Flugzeug, aber da geht es wenigstens schnell. «

»Vielleicht leidet der Gefangene an Flugangst? «

»Dann kann man ein Auto nehmen, viel einfacher. Auch wenn im Winter die Fahrt durch das Gebirge kein Spaß ist, so wäre es doch viel praktischer, ein Auto zu nehmen, als an einen voll besetzten Zug einen Wagen anzuhängen. Um ganz ehrlich zu sein … «

Ich starrte vermutlich sehnsüchtig die Zigarettenpackung in seiner Brusttasche an. Er zog sie heraus und hielt sie mir hin.

»Nein. Will mich doch nicht mit dem Koch anlegen. «

»Du wolltest ganz ehrlich sein … «

»Ja. Wir sind schon zu dem Schluss gekommen, dass es sich um einen Gefangenen handelt. Und bei dem ganzen Aufwand können wir davon ausgehen, dass wir es mit einem Risikogefangenen zu tun haben. Und dann ...«

Die Kälte machte mir wirklich zu schaffen. Ich faltete die Hände und hielt sie vor meinen Mund. Blies. Die warme Luft ließ mich erschaudern.

»Niemand«, sagte ich nachdrücklich. »Kein einziger Vertreter des Gesetzes auf diesem Erdball würde freiwillig einen Risikogefangenen mit einem Passagierzug transportieren. Schon gar nicht mitten im Winter auf der Trasse nach Bergen. Sie haben offenbar einkalkuliert, welches Risiko der Schnee bedeuten könnte, schließlich hatten sie ein eigenes Schneemobil dabei. Beeindruckend. Und gerade dieses Detail sagt uns mehr als vieles andere: Das hier ist eine Reise, vor der ihnen gegraust hat. Eine Reise, die sie lange geplant haben. Eine Reise, die ihnen eine Scheißangst eingejagt hat.«

»Aber warum machen sie das dann? Und wer sind eigentlich *sie*? Die Polizei? Das Militär? Das Gefängniswesen? Warum konnten sie nicht einfach ...«

Er unterbrach sich, als er mich zum ersten Mal strahlend lächeln sah. Vielleicht machte ihm das Angst.

»Sie hatten keine Wahl«, sagte ich und fuhr auf die Tür zu.

»Sie haben doch bestimmt immer eine Wahl ...«

»Nicht in diesem Fall.«

Ich schaute über meine Schulter.

»Wir reden hier nämlich nicht nur von einem gefährlichen Gefangenen. Wir reden von einem gefährlichen Gefangenen, der es sich erlauben kann, Forderungen zu stellen. Es gibt keine andere Erklärung für die Wahl des Transportmittels, außer dass dieser Gefangenen das verlangt hat. Unklar, aus welchem Grund.«

Letzteres war gelogen. Die Ursache, warum ein Häftling lieber mit dem Zug nach Bergen reisen wollte als mit dem Flugzeug oder dem Auto, war beängstigend offensichtlich. Aber es gab doch eine Grenze dafür, welche Erkenntnisse ich mit Geir Rugholmen teilen wollte. Jedenfalls vorläufig.

»Und es gibt kaum etwas Gefährlicheres als einen Gefangenen, der die Polizei zu einem so idiotischen Vorgehen veranlassen kann«, sagte ich deshalb. »Darum wiederhole ich meinen Rat: Lassen wir die Leute oben im Haus in Ruhe. Ich bin davon überzeugt, dass sie mit dem Mord an Cato Hammer nichts zu tun haben. Das Problem, dass ein Mörder unter uns ist, scheint mir, vorsichtig ausgedrückt, viel größer als die Tatsache, dass auf dem Dachboden nervöse Gefängniswärter herumstehen.«

Ich verließ unser Besprechungszimmer. Leichte Kopfschmerzen erinnerten mich daran, wie müde ich war. Obwohl mein Gespräch mit Geir Rugholmen durchaus interessant gewesen war, zumindest für ihn, hatte ich nicht einen einzigen Moment aufgehört, mir über die Telefonnummer des Außenministers den Kopf zu zerbrechen.

In der Küche duftete es nach Hühnersuppe, und der Koch war nicht mehr sauer. Im Gegenteil, er reichte mir eine Kostprobe in einer Kaffeetasse. Als Vorspeise, sagte er lächelnd. Um den Appetit anzuregen. Er nannte es Mulligatawney-Suppe. Ich korrigierte ihn nicht, auch wenn die kräftige, reichhaltige Suppe, in der das Fett auf der gelbbraunen Brühe schwamm, weder Apfelstücke noch Reis enthielt.

Es war das Beste, was ich je gekostet hatte.

Trostsuppe wird sie in Amerika genannt.

Und Trost konnten wir wirklich gebrauchen.

4 LAUT BEAUFORTSKALA:

Auswirkungen des Windes im Gebirge

Mäßige Brise. Windgeschwindigkeit: 20–28 km/h
Wind ist sehr beeinträchtigend
bei tiefen Temperaturen, spürbarer Windwiderstand.
Fallender Schnee wirbelt davon.
Das Schneetreiben vermindert die Sicht und ist
unangenehm auf der Haut.

1 Die Zeit verging erstaunlich langsam. Vielleicht hatte ich deshalb ununterbrochen Hunger. Kaum hatten wir ein ausgiebiges Mittagessen zu uns genommen, schon veranlasste mich ein Ziehen im Zwerchfell, Ausschau nach etwas Essbarem zu halten. Als ich nichts fand, suchte ich Adrian und drückte ihm einen Hunderter in die Hand.

»Bitte geh für mich zum Kiosk. Kauf was zum Knabbern. Kartoffelchips oder Erdnüsse. Und einen halben Liter Cola.«

»Ich bin doch kein Scheißbote. Und du frisst verdammt viel, also echt. Kann doch nicht gesund sein. Am Ende siehst du aus wie ...«

Er schien sich nicht so recht vorstellen zu können, wie ich dann aussehen würde. Das kann ich verstehen. Ich verfüge über ein gewisses Maß an Selbsterkenntnis. Ich sehe jünger aus, als ich bin, und ich wiege vierundsechzig Kilo. Etwas zu wenig bei einer Körpergröße von eins zweiundsiebzig. Wenn ich gemessen werden sollte, müsste ich dafür der Länge nach auf dem Boden liegen. Das kommt nicht infrage, aber meine Größe wurde damals, als ich noch stehen konnte, in meinen Pass eingetragen. Fettleibigkeit ist nicht mein Problem, aber ich habe oft Hunger. Eigentlich immer. Eine Psychologin, die mir vor langer Zeit einmal aufgezwungen worden war, hatte gerade dieser Tatsache ein zu großes Gewicht beigemessen.

»Bist du ein braver Junge, oder bist du kein braver Junge?«

Adrian war richtig schön, wenn er lächelte.

»Echt braves Kerlchen«, sagte er und lachte.

Ich hätte gern gewusst, wo er das Wort Kerlchen aufgeschnappt hatte. Ich hätte überhaupt gern allerlei über Adrian gewusst. Als er den Hunderter in die Hosentasche steckte und loslief, sprang Veronica auf und folgte ihm. Bisher hatte ich die Kleine noch kein einziges Wort sagen hören. Sie bewegte sich bemerkenswert lautlos. Da auf dem Boden kein Schnee und keine Pfützen mehr waren, liefen die meisten auf Strümpfen herum. Die Wollsocken, die sie sich von Adrian geliehen hatte, sahen unter ihren gruftiinspirierten Kleidern seltsam aus. Sie erinnerte mich an eine schleichende schwarze Katze mit feuerroten Pfoten. Allerdings hatte sie ein gutes Verhältnis zu Hunden, die kamen schwanzwedelnd angelaufen, wenn sie sich näherte, obwohl sie kurz zuvor tief geschlafen hatten.

Im Laufe des Vormittags hatten die Fenster zum Finsevann hin Risse bekommen. Das sei nur die äußere Glasschicht, erklärte Berit Tverre. Sie hatte es als normale Materialermüdung abgetan, als die eine geplatzt war. Ein lautloser Blitz aus zerspringendem Glas. Als der Rest der Fenster diesem Beispiel folgte, zuckte sie mit den Schultern und erinnerte uns daran, dass es noch zwei Schichten gebe. Keine Gefahr. Absolut keine Gefahr.

Das Seltsame war, dass die Leute ihr glaubten.

Der dramatische Morgen hatte die Stimmung wieder massiv verändert. Während die Atmosphäre am Vorabend locker gewesen war und der neue Tag mit gereizter Nervosität begonnen hatte, schienen jetzt die meisten in stiller Resignation versunken zu sein.

Sie warteten.

Sie warteten, so gut sie konnten; darauf, dass das Wetter sich beruhigte, dass Hilfe kommen könnte. Sie warteten darauf, nach Hause zu dürfen. In der Zwischenzeit gab es nicht viel zu tun. Da wir alle Reisende waren, gab es genug Lesestoff zum Tauschen. Jemand hatte auf den Tisch in der Rezeption einen Haufen halb zerfledderter Taschenbücher gelegt. Im Kaminzimmer befand sich offenbar ein relativ gut gefülltes Bücherregal. Einige hatten sich am Kiosk Bücher gekauft, auch wenn die Auswahl dort sehr beschränkt war. Es gab eines über Roald Amundsen und eines über die Geschichte der Ortschaft Finse. Außerdem war ein nicht sonderlich verlockender Bildband über die Bergenbahn im Angebot.

Das war alles.

Die pokernden Jugendlichen hatten ihre Karten weggelegt, allerdings nicht, um zu lesen. Sie saßen am längsten Tisch in der *St. Paal's Kro*. Alle hatten Stöpsel in den Ohren und MP3-Player an einem Band um den Hals hängen. Einige summten leise und falsch zu der Musik. Ich verspürte einen wachsenden Widerwillen gegen den Platzhirsch in dieser Bande, einen breitschultrigen jungen Mann von Anfang zwanzig mit einem rosa Piratenkopftuch. Die anderen nannten ihn Mikkel. Seine Haare, vermutlich blond, waren dunkel von Wachs oder Gel. Seine Augen waren blau, die Nase kräftig. Sein Gesicht hätte wirklich hübsch sein können, wenn da nicht der Mund gewesen wäre, der in einem Ausdruck verwöhnter Unzufriedenheit erstarrt war. Die restliche Bande umtänzelte ihn schwanzwedelnd. Bisher hatte ich nicht gesehen, dass Mikkel sein Bier auch nur ein einziges Mal selbst geholt hätte. Außerdem hatte er den anderen beim Pokern ein Vermögen abgezockt. Ich hätte dasselbe Vermögen darauf gesetzt, dass er schummelte und die anderen das wussten. Ohne etwas dagegen zu tun.

Ich wandte meinen Blick ab.

Hinter den gesprungenen Fensterscheiben hatte der Himmel eine seltsame Farbe angenommen.

Es war irgendwie zu hell.

Bisher war das Weiß der Außenwelt eigentlich grau gewesen. Das Tageslicht wurde durch schwere Wolken und gewaltige Mengen von wirbelndem Schnee gefiltert. Das *Finse 1222* war in ein gedämpftes, trübes Licht getaucht. Doch etwas hatte sich verändert. Über dem peitschenden Wind und dem wilden Schneegestöber musste die Wolkendecke aufgerissen sein. Ich konnte jedenfalls keine andere Erklärung für das blendende Weiß finden, das es noch schwieriger machte, aus dem Fenster zu schauen. Vielleicht war das ein gutes Zeichen. Vielleicht schlug das Wetter um. Ich gab diesen optimistischen Gedanken auf, als eine Serie von Donner, Schlägen und Stößen an der Ostwand die meisten besorgt von ihren Büchern und alten Zeitungen aufblicken ließ.

Roar Hanson kam auf mich zu. Er zögerte und wollte kehrtmachen, als ich ihn mit einem Lächeln umstimmte.

»Störe ich?«, murmelte er zaghaft.

»Überhaupt nicht«, sagte ich und nickte zu einem freien Stuhl hinüber. »Vielleicht könntest du mir sogar helfen, eine Frage zu beantworten.«

»Welche denn?«, fragte er, ohne mein Lächeln zu erwidern.

Er kam mir noch verzweifelter vor als bei unserer ersten Begegnung. Er griff sich immer wieder an die Schulter. Die hatte er sich beim Unfall ausgekugelt, und sie schien ihm immer noch große Probleme zu machen. Seine Augen waren feucht, ohne dass er geweint hätte. In seinen Mundwinkeln lagerte sich ein Sekret ab, von dem ich wünschte, er hätte es weggewischt. Sein ungewaschenes, dünnes Haar hatte er sorgfältig über seinen Schädel verteilt, und als er sich setzte, nahm ich einen strengen Schweißgeruch wahr, der nicht durch physische Aktivitäten entstanden war.

»Bist du gestresst?«, fragte ich und bereute das sofort.

»Was wolltest du denn fragen?«, murmelte er.

»Also. Diese Hunde …«

Ich zeigte auf den Setter, der brav neben seinem Besitzer auf dem Boden lag, während dieser in der *Millibar* eine Tasse Schokolade trank. Der Portugiesische Wasserhund hatte sich nicht mehr blicken lassen, seit ihm der glühend heiße Kaffee über die Schnauze gekippt worden war.

»Wo erledigen die ihr Geschäft? Die können doch nicht raus, und ab und zu müssen sie bestimmt auch mal pinkeln.«

»Ich habe ihnen im Keller ein Klo eingerichtet.«

Berit Tverre legte mir eine Hand auf die Schulter. Ich hatte sie nicht kommen hören. Sie lächelte und fügte hinzu:

»Wir haben viele seltsame Winkel und Räume in diesem Hotel, und einer ist jetzt mit alten Zeitungen ausgelegt. Übrigens eines der Personalzimmer. Wir reinigen es viermal täglich.«

»Meine Güte«, sagte ich. »An dem Service hier ist ja wirklich nichts auszusetzen.«

»Bis später«, sagte sie mit einem flüchtigen Lächeln und eilte weiter.

»Bleib doch noch einen Moment«, bat ich Roar Hanson, der sich zum Gehen wandte.

Er setzte sich wieder hin. Ich fuhr etwas dichter an ihn heran und beugte mich vor.

»Das mit Cato Hammer«, sagte ich leise. »Ich verstehe ja, dass dich das belastet. Er war dein Freund, wenn ich das richtig verstanden habe. Und ...«

»Das mit der Gehirnblutung glaube ich nicht«, flüsterte er. Ich versuchte, ihm in die Augen zu sehen, aber er wollte meinen Blick nicht erwidern. Stattdessen schaute er andauernd über seine verletzte Schulter, als fürchte er, jemand könne sie berühren.

»Warum nicht?«

»Ich glaube, er ist ermordet worden.«

»Warum glaubst du das?«

»Ist er ermordet worden?«

»Warum glaubst du, dass Cato Hammer umgebracht worden ist?«

»Weil niemand vor seinen Sünden davonlaufen kann. Nicht bis in alle Ewigkeit.«

Lieber Herrgott. Ich schluckte und versuchte, meine Stimme neutral klingen zu lassen.

»Sind wir nicht alle Sünder?«, warf ich vorsichtig ein.

»In Gottes Augen sind wir das.«

»Und jetzt hat Gott Cato zu sich geholt.«

Ich kann so etwas überhaupt nicht. Vielleicht bin ich auch rot geworden. Ich habe keinen Fuß mehr in eine Kirche gesetzt, seit ich vor fast zehn Jahren zur Teilnahme an einer Taufe gezwungen wurde. Aber ich musste versuchen, den Mann zum Reden zu bringen, und ich durfte auf keinen Fall anfangen zu lachen. Roar Hanson wies alle Anzeichen eines bevorstehenden Zusammenbruchs auf.

»Eine Floskel«, sagte er und schaute mir zum ersten Mal in die Augen. »Eine törichte Phrase. Gott holt niemanden.«

Da wurde ich rot. Ich musste ein Themengebiet finden, in dem ich mich besser auskannte.

»Welcher Sünde hatte Cato sich denn schuldig gemacht? War es ein Verbrechen?«

»Gier und Verrat.«

Wie die meisten von uns, dachte ich. Diesmal hielt ich allerdings den Mund.

»Und das Schlimmste von allem ist der Verrat«, sagte Roar Hanson. »Gier kann man wiedergutmachen. Bei Verrat gibt es keine Vergebung.«

Ich hatte gedacht, es gebe für alles Vergebung. So kann man sich irren.

»Hier sind die Kartoffelchips«, sagte Adrian und ließ mir die Tüte in den Schoß fallen. »Und die Cola. Da, bitte. Veronica und ich sehen uns mal die Tischtennisplatte da drüben an.«

Die junge Frau wartete in ein paar Meter Entfernung auf ihn.

Ich nahm die Colaflasche.

Später habe ich versucht, die folgenden Ereignisse Revue passieren zu lassen. Ich war so darauf konzentriert, die Chipstüte nicht auf den Boden fallen zu lassen, und so verärgert, weil Adrian Paprikachips gekauft hatte, dass ich ein wenig zu spät meinen Blick hob und das Geschehen nicht von Anfang an beobachten konnte.

»Füße waschen, und zwar täglich«, sagte Roar Hanson.

Er sprach immer so leise, dass ich ihn ansehen musste, um ihn richtig zu verstehen. Als Adrian konterte, war das hingegen unmöglich zu überhören:

»Fuck you, too!«

Der Junge macht auf dem Absatz kehrt und war verschwunden.

»Was war das denn?«, fragte ich.

»Keine Ahnung«, sagte Roar Hanson und erhob sich. »Ich muss gehen.«

»Wohin denn?«, fragte ich in dem Versuch, unser Gespräch zu verlängern.

Er drehte sich nicht um. Sein Rücken kam mir schmaler vor, als er in Richtung Treppenhaus ging und dort aus meiner Sicht verschwand.

Ich wusste nicht, was ich von diesem Mann halten sollte. Einerseits suchte er Kontakt, andererseits kommunizierte er in kryptischen Wendungen und ließ mich stehen, nachdem er zwei davon ausgesprochen hatte. Warum er Adrian an die Bedeutung von Fußhygiene erinnerte, war mir schleierhaft. Am liebsten hätte ich den ganzen Gottesmann vergessen, er bot einen abstoßenden Anblick und befand sich offensichtlich in einem psychisch labilen Zustand.

Was ein ernsthaftes Problem darstellte.

Diese Gruppe würde einen Zusammenbruch eines der Teilnehmer wohl kaum verkraften können. Nach dem letzten Zwischenfall, bei dem die meisten panisch reagiert und ein wenig zu viele bewiesen hatten, dass man sie lieber nicht in einen Krieg mitnehmen sollte, hatten Geir, Berit und ich erkannt, dass es in den kommenden Stunden das Wichtigste sein würde, Ruhe zu bewahren. Und nur die Götter konnten wissen, was passieren würde, wenn Roar Hanson wirklich zusammenbrach und mit Mordvorwürfen um sich warf.

»Adrian«, sagte ich mit scharfer Stimme und versuchte, ihn zu mir zu winken.

Er saß auf der Treppe zum Seitenflügel, das rechte Hosenbein hatte er hochgekrempelt. Der Verband um sein Knie war von Blut durchtränkt. Ich hatte keine Ahnung, dass er beim Zugunglück verletzt worden war. Seine Hose war ohnehin schon so zerlöchert, dass ich gedacht hatte, er habe den Riss am Knie absichtlich angebracht.

»Ich glaube, der muss erneuert werden«, stöhnte er und schnitt eine Grimasse. »Das tut auch viel mehr weh als gestern, Mann. Krieg ich jetzt Wundbrand oder so was?«

»Nein«, sagte ich. »Komm mal zu mir!«

Er erhob sich widerwillig und hinkte demonstrativ die drei, vier Schritte zu mir.

»Aua, scheiße!«

»So weh kann das überhaupt nicht tun«, sagte ich. »Warum hast du gestern nichts gesagt, als ich dich gefragt habe, ob du verletzt bist? Hier. Nimm das hier.«

Ich drückte zwei Paracetamol aus einer Packung, die ich in einer Seitentasche des Rollstuhls aufbewahre.

»Was ist los mit dir und Roar Hanson?«

»Mit dem Schwein? Dem mit der weißen Schmiere in der Fresse?«

Adrian stopfte sich die Tabletten in den Mund und spülte sie mit Cola hinunter.

»Roar Hanson«, wiederholte ich.

»Altes Schwein. Wollte sich gestern an Veronica ranmachen. Zwei Mal.«

»Sagt wer?«, fragte ich.

»Veronica natürlich. Und ich hab's außerdem gesehen. Der hat sich aufgedrängt. Zum Kotzen!«

»War doch möglich, dass er nur reden wollte. Nett sein wollte. Der ist doch schließlich Pastor, und Veronica wirkt nicht gerade wie die Beliebteste ...«

»Mensch! Red keinen Scheiß! Veronica kennt jede Menge Leute. Promis, meine ich. Die hängt mit so vielen rum, davon kannst du bloß träumen. *In your wildest*, Mann! Außerdem hat sie den schwarzen Gürtel in Taekwondo und unterrichtet sogar Leute, von denen du überhaupt keine Ahnung hast!«

»Na gut. Du hast ja recht. Aber warum warst du vorhin so sauer?«

»Kannst du ja wohl doppelt und dreifach drauf scheißen!«

»Adrian ...«

»Verdammt. Ich dachte, du bist anders.«

»Danke«, sagte ich.

Er zog sich die Mütze noch tiefer ins Gesicht. »Wofür denn?«

»Dafür, dass du nichts gesagt hast. Das, worüber wir heute Morgen gesprochen haben. Über ... du weißt schon. Ich hatte beschlossen, dir zu vertrauen, und ich bin froh, dass ich mich nicht geirrt habe.«

Der Junge zögerte. Ich hatte zu einem billigen Trick gegriffen, aber Adrian war in seinem Leben nicht mit Vertrauen verwöhnt worden, und ich musste die Mittel nutzen, die ich hatte. Er öffnete und schloss zweimal den Mund, dann sagte er endlich:

»Der hat gesagt … dieser Möwenficker hat gesagt … «

Drüben am Rezeptionstresen ging irgendetwas vor sich.

»Er ist erschossen worden«, schrie eine Mädchenstimme. »Dieser Pastor hatte keine Gehirnblutung. Dem ist in den Kopf geschossen worden!«

Adrian fuhr herum. Ich versuchte, meinen Oberkörper aus dem Stuhl zu heben, indem ich mich an den Armlehnen hochstemmte. Ich konnte trotzdem nicht sehen, wem die Stimme gehörte. Mein erster Gedanke war, dass ich jetzt zur Zeugin einer ganz anderen Reaktion wurde als der explosiven Panik am Morgen. Das hier kam mir eher vor wie eine Implosion. Alle erstarrten, niemand sagte ein Wort. Ich versuchte, dem Geschehen zu folgen.

»Echt wahr«, weinte die Stimme. »Ich wollte mich bloß umschauen. Ich wollte nur … der hat ein riesiges Loch im Gesicht und … «

Es war das Handballmädchen mit dem roten Trainingsanzug.

»Aber, aber, aber. «

Eine Männerstimme versuchte zu trösten.

»Stimmt das? Habt ihr gelogen? «

Kari Thues Stimme war unverkennbar. Die Leute, die sich bisher im Seitenflügel aufgehalten hatten, waren jetzt auf dem Weg in die Eingangshalle. Sie gingen langsam und zögernd, als ob sie nicht richtig an die Geschichte glauben wollten, die sich lawinenartig verbreitete. Mikkel mit dem rosa Piratenkopftuch bahnte sich einen Weg zum Rezeptionstresen. Aus dem Augenwinkel sah ich Adrian. Er war auf den Tisch geklettert, wo kurz zuvor die Kaffeekannen nachgefüllt worden waren, zum vierten Mal seit dem Frühstück. Aus irgendeinem Grund hatte er seine Mütze abgenommen, setzte sie aber eilig wieder auf.

»Lügnerin!«, schrie Kari Thue; ich konnte nicht sehen, wen sie damit meinte, aber ich nahm an, dass Berit Tverre in Schussnähe stand. »Wir alle haben ein vorbehaltloses Recht zu erfahren, dass wir mit ... einem Mörder eingesperrt sind!«

Es war, als hätte jemand einen gigantischen Lautstärkeregler aufs Maximum aufgedreht. Immer mehr strömten herein, sie kamen aus dem Treppenhaus und dem Seitenflügel, wo das Personal begonnen hatte, die Tische zum Abendessen zu decken. Alle drängten sich zusammen und redeten wild durcheinander. Und alle steuerten auf denselben Punkt zu: ein rot gekleidetes, verängstigtes Mädchen von vielleicht vierzehn Jahren, das in jugendlicher Neugier über Cato Hammers sterbliche Überreste gestolpert war.

Geir Rugholmen kam aus der Küche gestürzt. Er blieb stehen, holte Luft und hielt Ausschau nach jemandem. Und zwar nach mir, wie sich herausstellte. Er starrte mich mehrere Sekunden lang an, um dann lautlos mit den Lippen die Frage zu formulieren:

»Was machen wir jetzt?«

Ihr hättet die Leiche ja wohl ein bisschen besser verstecken können, dachte ich. Dann ging mir auf, dass ich ja gar nicht wusste, wo sie sich befand. Ich hatte nicht danach gefragt. Später erfuhr ich, dass sie den toten Pastor in die Warenannahme neben der Küche gelegt hatten. In dem Raum waren es zehn Grad unter null, wie ich erfuhr, konservierungstechnisch war das also eine gute Lösung gewesen. Aber um den Mord geheim zu halten, hätten sie sich etwas Besseres ausdenken müssen. Ich wusste auch nicht so recht, was der Koch dazu sagte, dass eine Leiche dort lag, wo er sonst jeden Tag frische Lebensmittel und andere Lieferungen entgegennahm. Wahrscheinlich hatte er keine Ahnung gehabt.

»Was machen wir jetzt?«, wiederholte Geir seine Frage. Mir fiel aber keine Antwort ein.

2 »Das einzig Vernünftige ist, uns aufzuteilen«, rief Kari Thue. »Ich habe das Selbstbestimmungsrecht zu entscheiden, wem ich vertraue. Mit wem ich eingeschneit sein will. Wir sollten zwei getrennte Gruppen bilden.«

Es fiel mir schwer, meinen Ohren zu trauen. Und meinen Augen. Ich muss strohdumm ausgesehen haben, wie ich dort saß, ganz hinten in der Ecke bei der Küche, mit einer Kaffeetasse auf einem bunt bemalten Bauernschrank neben mir, ungläubig und glotzend, während immer neue Leute sich auf der anderen Seite des Raumes um Kari Thue scharten. Das rot gekleidete Mädchen war bereits vergessen. Sie hatte ihre Schuldigkeit getan, und ich konnte sie nirgendwo entdecken. Hoffentlich hatte eine erwachsene Person sie auf ihr Zimmer gebracht. Zum Glück schaute niemand in meine Richtung. Zum ersten Mal seit dem Unfall spielte ich mit dem Gedanken, Geir um Hilfe zu bitten, um von hier wegzukommen. In ein Einzelzimmer. Mit einem Schlüssel im Schloss, der es ermöglichte, mir alle anderen vom Leib zu halten, bis der Sturm vorüber war und ich nach Hause fahren konnte, ohne mit jemandem ein Wort wechseln zu müssen. Die Demütigung, getragen werden zu müssen, wäre das vielleicht wert.

Aber Geir war mit ganz anderen Dingen beschäftigt.

Der lange Tisch war nach dem Zugunglück zu einer Art Rednerpult befördert worden. Kari Thue stand auf der breiten Holzplatte und redete laut, schnell und gestikulierte wild, während Berit Tverre vergeblich versuchte, sie herunterzuholen. Geir bahnte sich gerade einen Weg durch die Menschenmenge, um Berit zu Hilfe zu eilen.

»Da wir Zugang zu zwei Gebäudetrakten haben«, schrie Kari Thue, »schlage ich vor, dass eine Gruppe Essen und Trinken mit hinüber in den Appartementtrakt nimmt, während die andere Gruppe hierbleibt. Der Bahnwaggon, der die beiden Trakte miteinander verbindet, kann an beiden Enden problemlos blockiert werden. Und natürlich werden wir dort noch Wachen aufstellen. Ich melde mich freiwillig für das Verteilungskomitee. Es sollte aus drei Mitgliedern bestehen. Sie ... «

Sie richtete einen dünnen Zeigefinger auf die strickende Frau, die sich an ihrer Handarbeit festklammerte und hauptsächlich damit beschäftigt zu sein schien, nicht zusammenzubrechen.

»Und du ... «

Ihr Finger krümmte sich zu einem Haken und zielte auf den Geschäftsmann, der mir bekannt vorkam, dessen Name mir aber noch immer nicht eingefallen war.

»Ich schlage vor, dass wir drei im Laufe der nächsten Stunde eine Aufteilung vornehmen, mit der wir alle zufrieden sein können. Wenn ich das richtig verstanden habe ... «

Hier schlug ihre Stimme ins Falsett um. Berit hatte Kari Thues Unterarm gepackt und versuchte energisch, sie vom Tisch zu ziehen. Kari Thue riss ihren Arm wütend nach oben. Berit musste loslassen und wäre rückwärts umgekippt, wenn hinter ihr nicht eine Wand aus Menschen gestanden hätte.

»Runter da«, rief Berit. »Sofort. Ich bin hier die ... «

Der restliche Satz ging im Stimmengewirr unter, und ich konnte sie nicht mehr sehen. Inzwischen hatten sich an die fünfzig Menschen in der Rezeption versammelt, und immer weitere kamen dazu. Mikkel, der Kopftuchträger aus der *St. Paal's Kro*, hatte seine Clique mitgeschleift und sich hinter die Menschenmenge gestellt, wo sie sich einen Spaß daraus machten, alle anderen nach vorn zu schieben. Die Szene am Tisch schien für sie nur eine willkommene Abwechslung zu sein. Irgendjemand äußerte laut seine Zustimmung für Kari Thue. Andere versuchten, Berit zu helfen. Der Südafrikaner war auf die Fensterbank geklettert und stand mit einem Fuß auf dem Tisch, während er Kari Thue inständig bat, sich zu beruhigen. Ich konnte nur einzelne Wortfetzen in gebrochenem Norwegisch verstehen, aber ich begriff, dass der Mann sich aufrichtig Sorgen machte. Er war außerdem der Einzige von uns, der so gepflegt und korrekt gekleidet war wie zum Zeitpunkt des Unfalls, er trug einen grauen Nadelstreifenanzug und ein strahlend weißes Hemd mit straff gebundenem roten Seidenschlips. Das half jedoch leider wenig. Kari Thue schlug nach ihm, traf ihn aber nicht. Dabei redete sie ununterbrochen:

»Hier ist die Rede von einem brutalen Mörder! Wir werden viel sicherer sein, wenn wir uns aufteilen. Ich habe ein Recht zu entscheiden, mit wem ich ...«

Geir war auf das andere Ende des Tisches gesprungen. Er lief zu ihr, duckte sich haarscharf unter den von der Decke hängenden Lampen, und ohne zu zögern, schlang er die Arme um die schmächtige Frau und hielt sie fest. Ihr unentbehrlicher winziger Rucksack wurde zwischen seinem Bauch und ihrem Rücken eingeklemmt, aber das schien Geir nicht weiter zu stören.

»Immer mit der Ruhe! *Halten Sie endlich den Mund!*«

Um zu betonen, dass er das ernst meinte, drückte er sie noch fester an sich und hob sie vom Tisch.

»Kapiert!«, schrie er, dann flüsterte er ihr irgendetwas ins Ohr. Ich habe keine Ahnung, was er gesagt hatte, aber es war effektiv. Kari Thue fiel in seinen Armen zusammen wie eine Stoffpuppe. Vorsichtig ließ er ihre Füße die Tischplatte berühren, ehe er sie langsam losließ. Sie schlug nicht um sich. Sie schrie auch nicht. Das tat auch sonst keiner. Sogar die jungen Rowdies wichen zurück, wie in der plötzlichen und peinlichen Erkenntnis, dass sie jemanden hätten verletzen können.

»Kommen Sie da runter«, sagte ich. »Kommen Sie runter vom Tisch, dann überlegen wir, was wir tun sollen.«

Plötzlich sah ich in etwa fünfzig Gesichter, die mein Wortbeitrag entschieden mehr überrascht hatte, als wenn ich aufgestanden und gelaufen wäre. Und ehrlich gesagt war ich selbst auch ein wenig überrascht.

»Erstens ist Berit Tverre hier die Verantwortliche«, sagte ich. »Und zweitens kommt es nicht infrage, dass wir uns in Gruppen aufteilen.«

Wenn ich mich schon einmal zu Wort meldete, hätte ich etwas weniger Selbstverständliches sagen müssen. Meine Stimme klang mir irgendwie unbekannt. Ich hatte schon lange nicht mehr laut reden müssen. Andererseits: Das Wichtigste war hier offenbar nicht, was, sondern wie es gesagt wurde. Kari Thue ließ sich vom Tisch helfen. Geir war schon heruntergesprungen. Die Menschen kamen langsam auf mich zu. Ich hob die Handflächen, und sie blieben stehen wie gehorsame Hunde. Nur Kari Thue, Geir und Berit durchbrachen die Menschenmauer, die jetzt vier Meter von mir entfernt stand. Der Südafrikaner war der Einzige, der nicht mehr dazugehören wollte. Mit wütenden Schritten ging er in Richtung Treppe und verschwand. Mein Blick fiel auf den Kurden, der etwas abseits, ganz am Rand der Gruppe, stand. Er war der Einzige, der nicht mich ansah. Stattdessen betrachtete er einen ausgestopften Raben auf einer Glasvitrine neben der Rezeption. Er starrte in die schwarzen Augen und schien sich absolut für nichts anderes mehr zu interessieren. Die Frau mit dem Kopftuch, die ich für seine Ehefrau hielt, stand neben ihm. Als unsere Blicke sich begegneten, konnte ich in ihrem etwas lesen, das ich aber nicht richtig zu fassen bekam. Bisher hatte sie ungewöhnlich reserviert gewirkt, ein scheues Wesen, das jedem Versuch einer Kontaktaufnahme aus dem Weg ging. Jetzt starrte sie mir direkt ins Gesicht. Ihre Augen waren groß und flaschengrün und hatten braune Einsprengsel. Ich erkannte, dass ich sie bisher nicht richtig angesehen hatte. Ihr Kopftuch lenkte die Aufmerksamkeit von allem anderen ab, was wohl auch der Sinn der Sache war. Ihr Gesicht war breit, wirkte aber nicht maskulin, es war ausdrucksstark und überraschend offen, mit symmetrischen Zügen und einem Zug um den Mund, den ich nicht deuten konnte.

»Weiter«, flüsterte Geir mir ins Ohr. Ich hatte nicht einmal bemerkt, dass er neben mir stand.

»Wer zum Teufel hat denn bestimmt, dass du hier bestimmst?«

Mikkel kam mir zuvor. Selbst wenn er lächelte, machte er einen unzufriedenen Eindruck. Er stand mit verschränkten Armen neben Kari Thue. Sein Kopf war zurückgelegt, um demonstrativ meinen Status als Krüppel zu betonen.

»Ich bestimme nicht«, sagte ich. »Hier bestimmt Berit Tverre.«

»Und wer hat das bestimmt?«

Ich muss zugeben, dass ich Vorurteile habe.

Früher war es mir die Mühe wert, gegen diese Vorurteile anzukämpfen. In den letzten Jahren ist es mir gleichgültig geworden. Ich habe ihnen nachgegeben, sozusagen. Da ich sowieso meistens zu Hause bin, sehe ich keinen Grund, warum ich Kraft aufwenden sollte, um ein besserer Mensch zu werden. Vermutlich ist es ohnehin schon zu spät. Ich gehe im Sauseschritt auf die fünfzig zu. In drei Jahren werde ich dieses Kap umschiffen, und ich möchte meine Kräfte für andere Dinge nutzen, als stinkreichen Papasöhnchen aus schicken Vororten mit verständnisvoller Offenheit zu begegnen. Mikkel war mindestens fünfzehn Jahre jünger als Kari Thue, ließ sich aber hemmungslos von ihren Blicken verschlingen, und sie musste sich sehr zusammenreißen, um ihn nicht anzufassen.

»Ich habe das bestimmt«, sagte ich. »Und alle anderen, deren Vernunft noch intakt ist. Wir sind Berit Tverres Gäste. Also fang an, dich auch so zu benehmen.«

»Wir leben in einer Demokratie«, verkündete Kari Thue

krächzend. »Einer Demokratie, die nicht aufgehoben wird, nur weil wir isoliert sind. Wenn die Mehrheit mir zustimmt, dass wir sicherer sind, wenn wir ...«

»Das wirst du aber niemals in Erfahrung bringen«, sagte Berit und trat einen Schritt vor. »Es wird hier nämlich keine Abstimmung geben. Hanne Wilhelmsen hat vollkommen recht. Ihr seid meine Gäste. Ich bestimme. Und jetzt bestimme ich, dass ...«

Der Krach, der sie an dieser Stelle unterbrach, war nicht von dieser Welt.

Inzwischen hatten wir uns alle irgendwie an das Tosen des Orkans gewöhnt, an Schläge und Windstöße gegen die Wände und das laute Heulen des Windes, der um Ecken und Vorsprünge fegte. Der Lärm des Sturms schien zu einer Geräuschkulisse geworden zu sein, an die wir uns gewöhnt hatten wie an den Wellenschlag an der Küste oder das Rauschen des Wasserfalls bei einer alten Mühle.

Das hier war etwas anderes.

Zuerst hielt ich es für eine kräftige Explosion. Meine Ohren sangen, und die Wände bebten. Heftiges Vibrieren des Bodens setzte meinen Rollstuhl in Bewegung. In der *Millibar* klirrten die Gläser. Der Gordonsetter, der einzige Hund, den ich sehen konnte, sprang mit lautem Geheul auf, dann presste er sich auf die groben Dielenbretter. Er schien zu glauben, das Dach könnte herunterfallen. Da war er nicht der Einzige. Viele suchten Schutz unter dem Tisch. Einzelne liefen zum Seitenflügel, was sicher nicht dumm war, der ohrenbetäubende Lärm kam von der anderen Seite der Rezeption. Berit und Geir liefen gegen den Strom und hatten die Treppe schon erreicht. Ich verlor sie aus den Augen, als Mikkel und seine Bande an mir vorbei zur *St. Paal's Kro* stürmten. Nur Kari Thue stand ganz still da. Sie schluchzte und hatte die Hände vors Gesicht geschlagen. Ihre Schultern waren schmal und so mager, dass sie fast den dünnen Blusenstoff durchstießen. Sie wartete auf den Tod, und unter anderen Umständen hätte sie mir vielleicht leidgetan.

Jetzt hatte ich dazu weder die Zeit noch die Möglichkeit.

Der Krach hörte nicht auf. Auf den ersten Knall folgte ein schriller, schneidender Laut, unterbrochen von weiterem Krach und Getöse, die viel schlimmer waren als alles, was der Sturm uns seit fast vierundzwanzig Stunden geboten hatte. Sogar das Geschrei der Menschen, die Schutz suchten, ertrank im Lärm, der einwandfrei von keiner Explosion herrührte.

Explosionen sind kurz. Sie gehen vorbei.

Das hier dauerte an.

Und die Temperatur sank rapide.

Ich bemerkte es nicht sofort. Erst nachdem ich mir einen Überblick verschafft und mir eingeprägt hatte, wer wohin lief und wo die Leute Zuflucht suchten, spürte ich, wie kalt es geworden war.

Und es wurde noch kälter, sehr schnell sogar.

Das Geräusch ebbte ab. Stattdessen schien der Lärm des Sturms ins Haus gedrungen zu sein. Ein beißender Wind fegte über den Boden, er packte ein Schokoladenpapier und ließ es in wildem Tanz Richtung Küche fliegen.

Plötzlich stand Adrian vor mir. Er hielt Veronica an der Hand. Sie sahen aus wie große Schwester und kleiner Bruder. Ihr Gesicht war wie immer ausdruckslos und blass, aber sie legte behutsam ihren Arm um die Schulter des weinenden Jungen. Er schluchzte:

»Müssen wir jetzt sterben, Hanne?«

Ich hätte so gerne eine Antwort parat gehabt. Ich hatte keine Ahnung, was geschehen war oder was uns bevorstand. Trotz des Lärms konnte ich hören, wie mein Herz raste, mir war ganz schlecht vor Angst. Aber etwas geschah mit mir, ich war nicht mehr steif und eingerostet. Das Adrenalin, das bei jedem Knall und Windstoß durch meinen Körper schoss, hatte mich wachsam gemacht, statt mich zu lähmen. Ich sah alles, und ich hatte alles gesehen. Wenn ich jetzt, viele Monate später, die Augen schließe, um mir die Ereignisse in diesen Sekunden und Minuten im *Finse 1222* in Erinnerung zu rufen, habe ich das Gefühl, einen Film in Zeitlupe zu sehen. Ich kann jedes einzelne Detail beschreiben. In der eigentlichen Situation aber, während ich aufgrund von Schock und Kälte mit den Zähnen klapperte, richtete sich meine Aufmerksamkeit nur auf eins:

Als das Spektakel begann und das Chaos vollkommen war, öffnete der Kurde seine graubraune Jacke und zog die Waffe, die er in einem Schulterholster stecken hatte. Blitzschnell nahm er im Schutz der Säule an der Rezeption Schussposition ein; ein Knie auf den Boden, den anderen Fuß als Stütze vorangestellt. Das war an sich schon schockierend genug. Es gab aber noch eine viel größere Überraschung, die ich, wahrscheinlich aufgrund meiner Vorurteile, überhaupt nicht begreifen konnte. Seine Frau folgte seinem Beispiel. Anders als ihr Mann aber zog sie die Waffe aus dem Holster und zielte auf einen imaginären Feind neben der Treppe. Ihr weites, formloses Kleid musste maßgeschneidert sein, denn es hatte sie weder daran gehindert, die Waffe zu ziehen, noch daran, sich blitzschnell zu bewegen. Erst als die hereinströmende Kälte sie traf und es keine weitere Bedrohung gab, steckte sie den Revolver wieder ins Holster.

In den folgenden Minuten stellte ich fest, dass ich diese erstaunliche Szene als Einzige beobachtet hatte. Zuerst kam mir das sehr merkwürdig vor. Bei genauerem Überlegen war es vollkommen logisch; alle waren entweder in Bewegung gewesen oder hatten sich reflexmäßig zu Boden fallen lassen und ihr Gesicht verdeckt. Das kurdische Ehepaar hatte mich auch nicht bemerkt und fiel augenblicklich zurück in seine Rollen als sehr besorgter, beschützender Immigrant und seine verängstigte, schluchzende Frau.

Ich beschloss, die Sache vorläufig auf sich beruhen zu lassen. Vielleicht waren sie überhaupt keine Kurden.

Vielleicht waren sie ja nicht einmal miteinander verheiratet.

5 LAUT BEAUFORTSKALA:

Auswirkungen des Windes im Gebirge

Frische Brise. Windgeschwindigkeit: 29–38 km/h
Es wird schwer, auf Skiern gegen den Wind zu laufen.
Das Schneegestöber behindert die Sicht.
Das Schneetreiben peitscht den Schnee ins Gesicht.

1 Unerklärlicherweise musste ich an Cato Hammer denken.

Eigentlich war der Mord an dem umstrittenen Pastor unser geringstes Problem. Ich saß in meinem Stuhl neben der Küchentür, wo ich im Laufe einer knappen halben Stunde ein bisschen viel beobachtet hatte. Kari Thues Meutereiversuch war bedrohlich genug gewesen. Und dass sich das kurdische Paar wie zwei toptrainierte Agenten aufgeführt hatte, konnte ich auch nicht so leicht verdauen. Aber das Ereignis an der Westwand des Hotels war doch das Schlimmste gewesen. Während ich versuchte, meine Angst zu verdrängen, indem ich alle Gedanken sortierte, die ich mir in den vergangenen Stunden über den Mord an Cato Hammer gemacht hatte, beschlichen mich starke Zweifel, ob es überhaupt noch eine Westwand gab. Die Temperatur im Hotel sank beunruhigend schnell. Die vergangenen vierundzwanzig Stunden hatten wir in einem Dunst gelebt, der nach Kaffee, Essen, Schweiß und Hunden roch. Jetzt waren alle Gerüche verschwunden. Nur eine trockene drohende Kälte brannte in der Nase. Draußen waren es fast dreißig Grad unter null, ein Gedanke, dem ich mich nicht so ganz stellen konnte. Ich trug meine Daunenjacke und hatte eine Wolldecke um meine abgestorbenen Beine gewickelt. Dabei war mir aufgefallen, dass sich die Wunde an meinem Bein wieder geöffnet hatte. Ein rote Blume wuchs auf dem weißen Verband und hatte sich schon auf die Fetzen meines abgeschnittenen Hosenbeines ausgedehnt. Ich hielt Ausschau nach einer weiteren Decke.

Und dachte an Cato Hammer.

Das Seltsame war, dass so viele ihn kannten. Ich meine nicht,

dass sie schon einmal von ihm gehört hatten, das galt ja für die allermeisten von uns. Während ich mit meiner Angst vor der Ursache
dieses heftigen Temperatursturzes kämpfte, fiel mir auf, dass fast
alle, mit denen ich seit dem Zugunglück gesprochen hatte, in einer
Beziehung zu diesem Mann gestanden hatten. Cato Hammer war
Dr. Strengs Patient gewesen. Geir kannte ihn vom Vorstand von
Brann. Ich war mir auch sicher, dass Berit Tverre errötet war, als
sie von den Besuchen des Pastors im Gebirge erzählt hatte. Dass
Roar Hanson Hammer kannte, war natürlich nicht besonders verdächtig, sie hatten zusammen studiert und waren Arbeitskollegen.

Adrian war nur wütend gewesen.

Jähzornig und unverschämt. Er hatte sich Cato Hammer gegenüber ganz anders verhalten als bei allen anderen aus dem Zug.

»Der Waggon!«

Geir stand vor mir. Ich erkannte ihn nur an der gelben Alpinbrille, die fast sein gesamtes Gesicht bedeckte. Dann riss er sie
herunter und stützte sich keuchend auf meinen Stuhl.

»Der Eisenbahnwagen ist runtergefallen!«

Der Eisenbahnwagen!

Der war mir natürlich auch aufgefallen, als wir im Bahnhof
von Finse gehalten hatten, ohne zu ahnen, dass wir nur wenige
Minuten später in einem entgleisten Wrack sitzen würden. Der
Appartementtrakt und das Hotel, die beide so nah an der Trasse
lagen, dass sie wie Bahnhofsgebäude wirkten, waren durch einen
alten Waggon miteinander verbunden. Der hing drei oder vier
Meter über dem Boden und ermöglichte es, von einem Trakt zum
anderen zu gehen, ohne ins Freie zu müssen. Er hatte freundlich
ausgesehen, wie ein riesiger Spielzeugzug, eine rostrote Erinnerung
daran, dass Finse die einzige wirkliche Bahnhofsstadt im ganzen
Land war. Hierher kam man nur mit dem Zug. Der Wagen durch-
kreuzte auch keinen architektonischen Stil. Die ganze Konstruk-

tion war ohnehin ein einziges Flickwerk, und der schwebende Waggon war wie ein augenzwinkernder Gruß der Bevölkerung von Finse an die Norwegische Staatsbahn. Den Gesprächen der vergangenen vierundzwanzig Stunden hatte ich entnehmen können, dass der Waggon sich mit Schnee gefüllt hatte. Die Befestigungskonstruktion war alt, und an der Wand zum Appartementtrakt hatten sich Risse gebildet. Keine großen, aber doch so große, dass sich schon morgens einige Gäste besorgt gezeigt hatten. Zu Recht, wie sich nun also herausgestellt hatte.

»Der Schnee hat sich zwischen den Gebäuden in riesigen Mengen aufgetürmt«, sagte Geir und keuchte. »Darum ist der Wagen nicht besonders tief gefallen. Auf der anderen Seite hängt er noch zum Teil an der Wand fest. Auf unserer Seite ist ein ganzes Stück der Wand herausgerissen worden, mit Tür und allem Drum und Dran. Zum Glück war niemand im Waggon, als der runtergefallen ist.«

»Ja«, sagte ich. »Auf dieser Reise haben wir wirklich ein unbegreifliches Glück!«

Er sah mich an:

»Alles in Ordnung bei dir?«

Ich nickte und fügte hinzu:

»Dr. Streng sollte aber einen Blick auf mein Bein werfen. Es blutet wieder. Bestimmt nicht so schlimm. Und wie geht es dir?«

Leicht verwundert runzelte er die Stirn und richtete sich auf. Ließ sich Zeit mit einer großzügigen Portion Lutschtabak und sagte dann lächelnd:

»Das tut gut!«

»Was geschieht mit dem Loch?«, fragte ich.

»Johan holt die Polen. Material haben wir genug im Keller. Wir werden schon ...«

»Die Polen? Die Schreiner? Bei diesem Wetter? Oben aus ...«

Geir wickelte die Decke fester um mich. Sein Atem wurde zu hellem Dampf, der mein Gesicht in warmen Stößen traf und es noch kälter werden ließ. Wenn ich das richtig verstanden hatte, dann wohnten die vier Schreiner in einem der weiter entfernt gelegenen Häuser.

»Johan kann im Juni am Südpol Schneemobil fahren«, sagte Geir lächelnd. »Also, dann ist da unten Winter, wenn es bei …«

»Das weiß ich«, fiel ich ihm ins Wort. »Wenn es bei uns Sommer ist. Aber ich habe schon richtig gehört, dass eigentlich niemand von hier wegkann? Dass sich überhaupt niemand draußen aufhalten kann?«

»Johan kann. Er würde es aber auch nicht tun, wenn es nicht unbedingt nötig wäre. Aber er kann. Wenn er muss.«

Ich schob ihn weg, als er anfing, meine Füße zu heben, um auch sie neu einzuwickeln.

»Was ist das Besondere an diesem Johan?«

»Er ist hier oben geboren. Einer der wenigen. Die Sage berichtet, er sei bei einem Wintersturm im Freien geboren und in einer Schneehöhle bei Klemsbu aufgewachsen, aber das ist natürlich Unsinn. Sein Vater war Bahnhofsvorsteher, und sie haben ganz komfortabel gewohnt. Aber es stimmt, dass er schon mit fünf Jahren fahren konnte. Sein großer Bruder hatte ein Schneemobil für ihn frisiert, damit auch so ein kleiner Wicht Gas und Bremsen erreichen konnte. Heute lebt Johan in Ustaoset und betreibt ein Outdoorzentrum. Lockt stinkreiche Amis an und jagt ihnen oben im Gebirge eine Todesangst ein. So was bringt Geld. Aber er ist oft hier. Zum Glück war er auch hier, als es geknallt hat. Es gibt ziemlich strenge Vorschriften für die Verwendung von Schneemobilen, deshalb ist er Mitglied beim Roten Kreuz, um oft genug fahren zu dürfen. Du bist ihm übrigens begegnet. Erinnerst du dich? Er hat dich hergebracht.«

»Aber ... bei diesem Wetter!«

»Wie gesagt: Johan ist vermutlich der Einzige in Norwegen oder von mir aus auch auf der ganzen Welt, der mit jeder Witterung zurechtkommt. Wenn das Schneemobil durchhält, dann hält auch Johan durch. Er ist nicht ohne Grund o-beinig wie ein Cowboy. Nur dass sein Pferd Yamaha heißt.«

Es hing Schnee in der Luft.

Die Tür mit den kleinen Glasfenstern, die das Treppenhaus von dem grotesken Loch in der Wand trennte, war aufgerissen und vom Wind in Stücke geschlagen worden.

Obwohl ich hinten neben der Küchentür saß und mich darum die Rezeption, eine Treppe und ein halbes Stockwerk von dem Loch in der Wand trennten, konnte ich die Schneeflocken in der unruhigen Luft deutlich sehen und spüren. Noch schmolzen sie, sobald sie den Boden berührten.

»Er sollte sich vielleicht beeilen«, sagte ich und musste wieder an Cato Hammer denken. »Ich habe das Gefühl, dass es langsam eilt.«

Geir klatschte mit den Handschuhen. Dann beugte er sich wieder über mich und legte eine Hand auf jedes Rad. Zum Glück hatte ich die Bremsen angezogen.

»Es sieht vielleicht nicht so aus«, sagte er und hob die Augenbrauen. »Aber wir haben die Sache wirklich im Griff. Und eines kannst du mir glauben: Solange alle im Hotel bleiben ...«

In diesem Moment hätte ich gerne auf das Erlebnis verzichtet, im Hotel zu sein.

»... dann wird im *Finse 1222* niemand erfrieren. Darauf gebe ich dir mein Wort.«

Ich wagte, dem Mann zu glauben.

2. Und dazu hatte ich auch Grund, wie sich herausstellte.

Inzwischen war es halb fünf geworden. Es war noch immer unangenehm kalt, aber wenigstens hatte es aufgehört, bis in die Rezeption zu schneien. Als ich kurz überschlug, dass soeben unser zweiter Tag in Finse begonnen hatte, konnte ich es fast nicht glauben. Seit Jahren besteht mein Leben aus langsamen, einförmigen Routinen, die mir guttun. Nichts passiert, und nichts soll passieren. Alles ist vorhersehbar, und alles dauert seine Zeit. Davon habe ich mehr als genug, und ich verschwende sie hemmungslos. Die letzten fünfundzwanzig Stunden dagegen waren so ereignisreich gewesen, dass ich sogar vergessen hatte, wie müde ich war.

»Schläfst du?«, fragte Geir überrascht.

Er hatte den oberen Teil seines Skianzugs abgestreift. Der baumelte ihm jetzt um die Hüften. Er erinnerte mich an Ida, wenn sie angestürmt kommt, nachdem sie aus dem Kindergarten abgeholt wurde und keine Zeit hatte, sich ganz auszuziehen, bevor sie zu einer Runde Kuscheln und einer Fahrt durch die Wohnung auf meinen Schoß klettert.

Ich durfte nicht vergessen, zu Hause anzurufen.

»Nicht doch«, sagte ich verwirrt und blinzelte.

Ich durfte auf keinen Fall vergessen anzurufen.

»Das Loch ist dicht«, sagte er und hob die Faust zu einer Siegergeste. »Mit Holz und Metallplatten und allem, was wir sonst noch finden konnten. Zum Schluss haben wir die ganze Installation in Decken gewickelt und sie festgenagelt. Arschkalt da oben, und der Durchzug macht es fast unmöglich, sich dem zerstörten Teil der Wand zu nähern. Außerdem ist der Gang total vollgeschneit. Trotzdem ... «

Er band sich die Anzugärmel um die Taille.

»Wir überleben. Jetzt wird es wieder warm. In ein oder zwei Stunden müsste es hier wieder erträglich sein.«

Das wurde aber auch Zeit. Meine Lippen fühlten sich taub an, und meine Kiefer taten weh, weil ich die Zähne zusammengepresst hatte, um mir nicht auf die Zunge zu beißen.

»Wie sieht es denn auf der anderen Seite aus?«, fragte ich. »Haben die die Öffnung auch abdichten können?«

»Ja. Zwei Jungs vom Roten Kreuz, zwei Schreiner und zwei Männer aus dem Zug haben das gemacht. Von ihrer Seite aus war das einfacher. Die waren vor uns fertig.«

Er klopfte sich auf die Brusttasche.

»Die gute alte Telenor. Der Empfang auf meinem Handy war großartig. Wir standen in ständiger Verbindung mit dem Appartementtrakt.«

Ich holte tief Luft und versuchte, die Schultern zu senken. Sofort packte mich die Kälte, und alle Muskeln in meinem Körper verkrampften sich. Ich hielt Ausschau nach Magnus Streng. Meine Wunde vorne neben dem Schienbein blutete noch. Ich hatte noch nicht gewagt, mir die Rückseite anzusehen.

Der Arzt war nirgendwo zu entdecken.

»Komm mit«, sagte Geir.

Offenbar quälte mich die Kälte mehr als alle anderen. Ich blutete und bewegte mich kaum. Vermutlich war ich zwischendurch auch noch eingeschlafen. Hinter Geir herzufahren, wäre vielleicht nicht so dumm. Er ging in Richtung Eingangsbereich und öffnete die Tür zu einem Durchgang, dann half er mir weiter in einen kleinen Windfang. Der Kiosk dahinter war über eine kurze Treppe zu erreichen und nicht größer als fünfundzwanzig Quadratmeter. Er war voller Menschen, die alle nicht wussten, was sie eigentlich kaufen wollten. Es erschien mir wie ein groteskes Sinnbild unserer abendländischen Kultur, wir alle hatten dem Tod ins Auge gesehen und suchten sofort darin Trost, uns etwas zu kaufen. Die holde Sennerin saß mit ihrem strahlenden Lächeln hinter der Kasse. Sie war, wenn ich das richtig sah, die Einzige, die gute Laune hatte. Die Stimmung war ansonsten verhalten ängstlich und gedrückt.

Adrian und Veronica sahen sich an einem Gestell Sonnenbrillen an. Der Junge sah verweint aus, und als er den Kopf hob und mich entdeckte, schnappte er sich blitzschnell eine dunkle Brille und setzte sie auf. Roar Hansen stand direkt daneben. Er spielte an einem Paar orangefarbener Ulvang-Socken herum und sah nicht einmal auf, als ich ihn grüßte.

»Hier hinter«, sagte Geir und schlug mit der Faust gegen die Eingangstür. »Hier lassen wir es jetzt zuschneien. Sogar Johan sagt, dass es nur Kraftverschwendung wäre, das zu verhindern. Es kostet zu viel Energie. Und da nur er sich für längere Zeit draußen aufhalten kann, scheißen wir drauf.«

»Und bei Brand?«, sagte ich.

»Brand?«

»Was machen wir, wenn ein Feuer ausbricht?«

»Dann springen wir aus einem Fenster der oberen Stockwerke. Reißen die Sperre ein, die wir da angebracht haben, wo der Wagen befestigt war. Oder so. Aber es wird nicht brennen. Es muss ja wohl Grenzen dafür geben, was uns hier oben zugemutet wird.«

Er lächelte müde.

»Hast du durchgezählt?«, fragte ich, als er mir ungebeten half, meinen Stuhl über die Schwelle in die Rezeption zu bugsieren. »Wie viele sind wir jetzt in diesem Trakt?«

»Wir werden immer weniger«, sagte Geir mit aufgesetzter Munterkeit und schob mich weiter. »Als der Wagen runtergefallen ist, hielten sich insgesamt neunundsiebzig Menschen im Appartementtrakt auf. Wir waren insgesamt hundertsechsundneunzig im gesamten Komplex …«

»Hundertvierundneunzig«, korrigierte ich. »Wir müssen Elias Grav und Cato Hammer abziehen.«

»Richtig. Dafür kommen die vier Schreiner dazu. Einer von ihnen ist schon wieder weg. Drei sind noch hier. Dann sind wir also ... «

»Hundertachtzehn«, sagte ich. »Im Hoteltrakt sind noch hundertachtzehn Menschen.«

Kari Thue hatte am westlichen Ende des langen Tisches einen kleinen Hofstaat um sich versammelt. Das Gespräch verstummte abrupt, als Geir und ich uns näherten. In diesem Moment wünschte ich mir, dieses Frauenzimmer hätte rechtzeitig ihren Willen bekommen. Und wäre mit ihren Jüngern in ein Appartement umgezogen und dort geblieben.

Einen Tag zuvor waren zweihundertneunundsechzig Menschen mit dem Zug gefahren. Dann reduzierte sich die Zahl auf hundertsechsundneunzig. Zwei Männer waren gestorben, das machte hundertvierundneunzig. Und jetzt waren wir nur noch zu hundertachtzehn.

Ich musste an das Buch »Und dann gab's keines mehr« von Agatha Christie denken.

Ich versuchte, diesen Gedanken sofort zu verdrängen.

Dieses Buch hat nämlich kein gutes Ende.

3 »Vermutlich der Schock«, sagte Magnus Streng zufrieden und steckte sich ein großes Stück Lachs in den Mund. »Der hat die neue Blutung ausgelöst. Vielleicht hast du dich auch irgendwo gestoßen. Jedenfalls ... «

Er hob das Messer über seinem Teller zu einem Ausrufezeichen.

»Keine Gefahr! Du wirst wieder ganz gesund!«

Es war halb neun Uhr abends, und ich fühlte mich alles andere als ganz gesund. Ich war so müde, dass ich mich kaum auf etwas anderes konzentrieren konnte als auf das Essen. Meine eigenen Körpergerüche machten mir jetzt zu schaffen. Der einzige Trost war, dass die anderen genauso stanken. Und ihnen konnte man da durchaus Vorwürfe machen, sie hatten Zugang zu Duschen und heißem Wasser. Andererseits hatten wir alle ganz andere Sorgen als unsere persönliche Hygiene.

»Ich muss schon sagen«, sagte Magnus Streng und tunkte mit einem Stück Graubrot die Soße auf, »dass die Küche hier einen bemerkenswert hohen Standard hält. Dieser Fisch muss doch tiefgefroren gewesen sein, und trotzdem. Einfach köstlich. Ist euch das eigentlich klar – als das Schreckliche geschah und der Waggon herunterfiel und überhaupt, da standen unser Freund und seine getreuen Kumpane in der Küche und haben Brot gebacken! Brot gebacken! Das nenne ich wirklich eine selbstlose Arbeitseinstellung!«

Er lachte herzlich und stopfte sich den letzten Bissen in den Mund, um dann auch sein Rotweinglas zu leeren.

Die Temperatur war jetzt wieder erträglich. Vermutlich lag die Lufttemperatur nicht höher als fünfzehn Grad, aber im Vergleich zu den Stunden nach dem Absturz des Eisenbahnwagens wirkte das geradezu tropisch. Ich hatte zum allererersten Mal die Treppe als Hindernis auf dem Weg zum Speisesaal ignoriert. Geir hatte darauf bestanden. Johan hatte ihm geholfen, meinen Stuhl über die drei Stufen zu tragen, ehe ich genug Kraft für einen ehrlichen Protest hatte sammeln können. Vielleicht war ich zu müde. Vielleicht hatte ich eigentlich Lust. Lust, an einem Tisch zu sitzen. Ganz normal zu essen, zusammen mit anderen. Gutes Essen zusammen mit anderen Menschen zu genießen.

Und ich hatte sogar schon zu Hause angerufen.

Ich hatte nicht viel gesagt, aber ich hatte angerufen.

Nefis hatte sich gefreut.

Nefis' Freunde haben noch nie verstanden, warum sie es mit mir aushält. Natürlich begegne ich ihnen. Sie lädt sie gerne zum Essen ein. Sie feiert so überschwänglich Weihnachten, dass man leicht vergessen könnte, dass sie Muslimin ist. Am letzten Heiligabend saßen wir mit so vielen an dem üppig gedeckten Tisch, dass die Szene an einen Ausschnitt aus »Fanny und Alexander« erinnerte. Und ich mache das auch alles mit. Ich sage zwar kaum etwas, und Nefis' Freunde sagen schon lange nur noch das absolut Nötigste, in der Regel nichtssagende Phrasen. Aber ich bin dabei. Ich sitze am Kopfende des Tisches, höre zu, esse und beobachte Nefis. Wie glücklich sie ist. Ich gehe dann immer früh ins Bett. Wenn ich zum Stimmengewirr aus dem Esszimmer einschlafe, weiß ich, dass sie nicht begreifen, was sie an mir findet.

Ich glaube, ich weiß es: Ich zweifele nie.

Als ich sie in einem Straßencafé in Verona kennengelernt habe, war ich auf der Flucht vor einer Trauer, die mich fast das Leben gekostet hätte. Seit dem Tag war ich mir unserer Beziehung sicher. Als mir ein paar Jahre später in den Rücken geschossen wurde, ich meine Beweglichkeit verlor und nur noch Kraft hatte, die letzten Freunde zu verstoßen, behielt ich Nefis. Sie wollte ich bei mir am Krankenbett haben. Sie war die Einzige, die kommen durfte, als in der Reha vergeblich versucht wurde, mich wieder auf die Beine zu bringen, und nur zu ihr wollte ich nach Hause.

Im Spätwinter vor vier Jahren weckte sie mich mitten in der Nacht. Ich war zum ersten Mal aus dem Krankenhaus nach Hause gekommen, zwei Monate nach dem Unglück. Es war so ein schöner Abend gewesen. Jetzt weinte sie, leise und schuldbewusst. Sie war schwanger. Ich hatte mich gegen Kinder ausgesprochen, immer wieder, seit der Gedanke in unserer ersten gemeinsamen

Nacht zur Sprache gekommen war. Ich hatte gesagt, dass ich kein Kind mit einer Mutter wie mir belasten wolle, und seither hatte es nie den Hauch eines Zweifels gegeben: Wir würden keine Kinder bekommen.

Aber das würden wir jetzt also doch.

Ich lächelte nur in die Dunkelheit hinein in dieser Nacht.

Ich glaube, ich habe Danke gesagt. Ich konnte unmöglich schlafen. Ich war noch nie so glücklich gewesen.

Ich zweifele nie an Nefis und Ida und mir. In Zeiten wie unseren hat das schon etwas zu bedeuten.

Sie fehlten mir beide.

Sehnsucht ist ein Gefühl, das ich nur selten empfunden habe. Nur in meiner Kindheit, als mir so viel fehlte, dass ich gar nicht wusste, wohin mit mir. Diese Sehnsucht aber war ganz anders, ein warmes, süßes Ziehen im Zwerchfell, das mir fast ein Lächeln aufs Gesicht zauberte.

»Du siehst aus, als ob du gleich mit vollem Mund einschläfst«, sagte Berit.

»So schlimm ist es auch wieder nicht«, murmelte ich.

»Kaffee?«, fragte Geir und stellte mir eine Tasse hin; ich hatte nicht einmal bemerkt, dass er vom Tisch aufgestanden war. »Trink. Der ist kochend heiß.«

Ich legte die Hände um die Tasse. Die Wärme allein tat mir schon gut. Ich pustete vorsichtig und nahm dann einen Schluck.

Während der Mahlzeit hatte Roar Hanson unentwegt verstohlene Blicke in meine Richtung geworfen. Er saß zwei Tische weiter zusammen mit den anderen von der Staatskirchenkommission. Jedes Mal, wenn ich in seine Richtung sah, schlug er die Augen nieder. In Gedanken verfluchte ich Magnus Streng, der unbedingt meine Vergangenheit bei der Polizei erwähnen musste, als er mich zum ersten Mal behandelte. Wenn er das nicht getan hätte, wäre mir alles andere erspart geblieben. Die Nerverei. Die Sorgen. Und vor allem die quälende Neugier, was mir Roar Hanson eigentlich erzählen wollte. Ich war mir sicher, dass er mit dem Gedanken spielte, mir irgendetwas anzuvertrauen. Veronica und Adrian waren mittlerweile unzertrennlich. Sie hatten vergeblich versucht, sich einen eigenen Tisch zu sichern, aber da alle Plätze gebraucht wurden und sie deshalb mit anderen zusammensitzen mussten, waren sie mit ihren Tellern in der Rezeption verschwunden. Seit dem Sturz des Waggons hatte ich mit dem Jungen kein Wort mehr gewechselt. Er schämte sich offenbar, und ich war zu erschöpft, um zu versuchen, ihn auf andere Gedanken zu bringen.

Viele hatten versucht, an Kari Thues Tisch einen Platz zu ergattern. Obwohl der sofort voll besetzt war, hatten einige ihre Stühle herangezogen und die Teller auf ihren Knien abgestellt. Worüber sie redeten, konnte ich nur vermuten. Sie sprachen sehr leise und vermieden es demonstrativ, uns anzusehen. Berit zuckte mit den Schultern und legte ihr Besteck hin.

»Noch einen Versuch wird sie nicht wagen.«

»Da wäre ich mir nicht so sicher«, sagte ich. »Auch wenn es kein Appartement mehr gibt, in dem sie Zuflucht suchen kann, könnte sie doch ohne Weiteres verlangen, dass irgendwer von uns eingesperrt wird.«

»Ein intelligenter Mensch, diese Kari Thue. Sehr intelligent.« Magnus Streng füllte sein Glas erneut bis an den Rand.

»Aber nicht ganz richtig im Kopf«, fügte er hinzu und hob sein Glas zu einem Prost. »Eine ziemlich gefährliche Kombination, finde ich. Ich habe ihren Film gesehen, ›Erlöse uns von dem Bösen‹. Faszinierend. Und du, Hanne? Hast du den gesehen?«

»Nein.«

»Leider ist er gut. Ziemlich gut recherchiert. Sehr wenig Michael Moore, um das mal so zu sagen. Das Problem ist …«

Er lächelte strahlend, als ihm der Nachtisch hingestellt wurde.

»... dass der Film durch und durch unmoralisch ist, sowohl methodisch als auch inhaltlich.«

Ich war einfach nicht in Form für solche Gespräche.

»Du bist natürlich gerade nicht in Form für solche Gespräche«, sagte Magnus Streng und winkte eine Kellnerin herbei. »Es wäre nicht vielleicht möglich, noch etwas mehr von dieser wunderbaren Erdbeersoße zu bekommen?«

Er klopfte sich auf den Bauch und griff wieder zum Löffel.

»Ihr wisst schon ... Menschen wie ich machen den Menschen keine Angst. Meistens nicht. Soweit ich mich zurückerinnern kann, bin ich vor allem auf ... Neugier gestoßen. Auf Schweigen natürlich auch. Als Kind war diese Stille für mich ein Problem. Sie umgab mich wie eine Käseglocke, sobald ich meine vertraute Umgebung verließ. Ich kam mir manchmal vor wie ein Stück Brie. Nicht, dass ich je so gerochen hätte ...«

Er lächelte ironisch und fügte hinzu:

»Stumme Neugier! Das empfinden die meisten Menschen, wenn sie jemanden wie mich sehen.«

Die Serviette, die er sich in den Kragen gestopft hatte, war herausgerutscht. Er schob sie zurück und neigte den Kopf, als er mich ansah:

»Und Abscheu. Manchmal auch Abscheu.«

Vermutlich hätte ich protestieren sollen.

»Aber keine Angst«, fügte er rasch hinzu. »Keine Feindseligkeit und niemals Angst. Außer der verständlichen Angst, selbst so ein Kind zu bekommen. Und wisst ihr, warum?«

Niemand fühlte sich berufen, hier eine Prognose zu wagen.

»Wir sind nicht genug, um jemandem Angst zu machen«, sagte er langsam und betonte dabei jedes Wort. »Wir Kleinwüchsigen stellen ganz einfach keine Bedrohung dar. Soweit es uns überhaupt noch gibt. Es gibt ja Methoden, um uns auszumerzen, lange bevor die politische Mehrheit in unserem Land uns eine Seele zuspricht ... «

Jetzt hätte wirklich jemand von uns etwas sagen müssen.

»Und deshalb werden wir wohl bald ein Phänomen in den Geschichtsbüchern sein. Unsere Freunde dort drüben hingegen ... «

Er nickte zu der Frau im Kopftuch und ihrem Reisegefährten. Sie waren die Einzigen, die zu zweit an einem Tisch für vier Personen saßen. Sie aßen alles, was ihnen vorgesetzt wurde, und sprachen kein Wort, weder miteinander noch mit der Kellnerin.

»Ein wirklich schönes Paar«, sagte Magnus Streng und lächelte. »Sie sehen ganz normal aus, in jeder Hinsicht. Mehr Pigmente, eine fremdartige Kopfbedeckung und ein anderer Name für Gott, das ist alles, was sie von uns unterscheidet. Genau genommen. Aber das genügt schon. Und warum?«

Noch immer kam von uns keine Antwort.

»Weil sie viele sind. Weil es in unserer Nähe immer mehr von ihrer Sorte gibt. Angst, meine Damen und Herren, ist häufig eine Frage der Quantität. Niemand von uns fürchtet sich vor einer summenden Biene, gerät aber in Panik, wenn ein ganzer Schwarm angeflogen kommt.«

»Letzteres ist ja auch eindeutig gefährlicher als Ersteres«, murmelte Geir.

»Nicht unbedingt!«

Magnus Streng beugte sich vor.

»Fragt einen Imker! Zieht Fachwissen heran. Fragt einen Imker!«

Ich tat mich schwer, die Parallele zwischen Bienen und Muslimen zu erkennen, und goss mir Wasser ins Glas.

»Was noch schlimmer ist«, ereiferte sich Magnus Streng, »dass wir jede einzelne Biene misstrauisch anstarren, wenn wir erst einmal Angst vor dem Schwarm entwickelt haben. Und wenn man sich vor Bienen fürchtet, ist der Weg nicht weit zur Furcht vor jedem summenden, fliegenden Tier in unserer Fauna. Und das, meine Lieben, nennt man Kollektivismus. Sehr gefährlich. Kari Thue dort drüben ist vermutlich schon oft gestochen worden. Kari Thue ist eine ängstliche Frau.«

Er betrachtete sie mit einem Blick, der an Mitleid erinnerte.

»Ich muss mit dir reden!«

Ich zuckte zusammen. Der Geschäftsmann, an dessen Namen ich mich nicht erinnern konnte, beugte sich über Johan. Der Mann klammerte sich auch jetzt an seinen Laptop, und ich fragte mich, ob er ihn wohl auch mit ins Bett nahm. Seine Haare waren blond, dicht und halblang mit teuren Strähnen, was vermutlich gut ausgesehen hätte, wenn er nicht zu alt dafür und noch dazu übergewichtig gewesen wäre. Seine glatte Gesichtshaut, sein ausgeprägtes Doppelkinn und die jugendliche Frisur verliehen ihm eine weichliche Ausstrahlung, er wirkte fast feminin. Sollten seine Worte für uns andere nicht zu hören sein, dann war dieser Versuch ihm misslungen. Er flüsterte so laut, dass er problemlos einige Tische weiter noch zu hören war.

»Was ist los?«, fragte Johan, ohne von seinem Teller aufzublicken.

»Nicht hier. Ich muss wirklich dringend mit dir sprechen.«

»Dann musst du warten. Ich esse noch.«

»Es ist wichtig. Komm mit.«

Er flüsterte nicht mehr, stattdessen hatte sich ein seltsam drohender Unterton in seine Stimme geschlichen. Er richtete sich auf und machte ein Gesicht, das bei so manchem Aufsichtsrat wirkungsvoll sein kann. Hier wirkte es nur lächerlich.

»Ich habe ein Angebot für dich«, sagte er. »Ein sehr lukratives Angebot.«

Johan grinste und legte seinen Löffel neben den Teller.

»Ach was. Was denn?«

»Komm schon. Gehen wir ins ... «

»Wie du siehst, esse ich gerade.«

»Du bist fertig. Also komm.«

»Nein. Ich will noch Kaffee trinken. Und außerdem habe ich mich soeben entschieden. Ich will nicht mit dir reden. Nicht jetzt und nicht später. Ich finde es eigentlich sehr angenehm, hier zu sitzen. Geh jetzt bitte weg!«

»Eine Million«, sagte der Mann. »Du kannst eine Million Kronen verdienen.«

Johan prustete los. Er wischte sich den Mund und schaute zu dem Geschäftsmann hoch.

»Das nenne ich ein Angebot«, sagte er, nickte und erhob sich langsam. »Ein Angebot, das man sich durch den Kopf gehen lassen sollte. Wünsche, wohl gespeist zu haben, Leute.«

Er nickte uns anderen der Reihe nach zu, dann hielt er Magnus Streng die Hand hin. Verdutzt reichte der Arzt ihm seine klobige Pranke.

»Bis gleich«, sagte Johan, dann machte er auf dem Absatz kehrt und ging hinter dem Mann mit dem Laptop her.

»Steinar Aass«, sagte Magnus Streng und schnitt eine Grimasse, als die beiden außer Sichtweite waren. »Keiner, mit dem man Geschäfte machen sollte.«

Als sein Name fiel, erinnerte ich mich wieder. Steinar Aass war jemand, der in den Zeitungen gern als Finanzakrobat bezeichnet wird. Der Mann war schon ungefähr ein dutzend Mal wegen Verstößen gegen die existierenden Finanzgesetze angeklagt worden, es war aber nie zu einem Prozess gekommen. Das konnte natürlich daran liegen, dass er im Grunde ein verfolgter, aber dennoch absolut gesetzestreuer Mitbürger war. Eine andere Erklärung konnte der allseits bekannte Mangel an Personal und Mitteln im Ressort der Wirtschaftspolizei sein. Dem Wirtschaftsblatt *Dagens Næringsliv* war es im vorigen Sommer fast gelungen, Steinar Aass in einem siebenseitigen Artikel zu überführen, aber eben nur fast. Sie folgten dem Geldstrom von einer Verbrecherbande aus Norwegen bis zu enormen Immobilieninvestitionen in Brasilien. An der schönen Atlantikküste rotierte das Geld ein- oder zweimal mithilfe von Steinar Aass und dreier seiner Freunde aus dem Osloer Reichenviertel Aker Brygge, ehe es auf wundersame Weise als legitimes Kapital aus der Geldwaschanlage gefischt werden konnte.

»Verflixt«, sagte Geir und streckte den Hals. »Du hast recht! Der ist das also.«

Die Kellnerin ging um den Tisch herum und schenkte uns allen Kaffee ein. Ich merkte, wie das Koffein seine Wirkung tat. Meine Augenlider waren nicht mehr so schwer. Meine Rückenschmerzen, die mich seit vielen Stunden quälten, verschwanden. Magnus Streng schien über etwas nachzudenken, dann legte er der Kellnerin die Hand auf den Unterarm und sagte:

»Es wäre nicht vielleicht möglich, auch einen kleinen Tropfen Cognac zu bekommen, junge Frau? Gestern Abend habe ich einen richtig köstlichen Otard getrunken, der jetzt bestimmt Wunder wirken würde.«

Die Frau lächelte und nickte.

Nachdem wir uns alle an sein apartes Auftreten gewöhnt hatten, erntete Magnus Streng von uns nur noch Lächeln. Sogar Mikkels Bande hatte ihr unsicheres, spöttisches Grinsen aufgegeben, mit dem sie dem kleinwüchsigen Mann bisher begegnet war. Nur Kari Thue behielt ihre mürrische Miene, egal, wen sie ansah. Abgesehen von Mikkel natürlich. Ich entdeckte plötzlich, dass sie nicht mehr so demonstrativ zu Boden sah. Im Gegenteil, immer wieder schielte sie zu unserem Tisch herüber. Ich konnte nicht so recht feststellen, wer von uns sie am meisten interessierte. Aber auf jeden Fall lächelte sie nicht dabei.

»Meine Kollegen dahinten«, riss Magnus mich aus meinen Überlegungen. Er nickte zu dem Tisch hinüber, wo die anderen Ärzte zusammensaßen.

»Die waren bisher ungewöhnlich liebenswürdig, muss ich sagen.«

Dass die sieben anderen Mediziner liebenswürdig waren, konnte ich eigentlich nicht bestätigen. Wenn sie ihre Zimmer überhaupt verließen, dann gluckten sie entweder zusammen oder vertieften sich in ihre Bücher. Zwei von ihnen hatten Laptops bei sich und nutzten die Zeit im Gebirge, um sich auf einen Kongress vorzubereiten, der, soviel ich wusste, schon längst begonnen hatte. Nachdem sie sich am ersten Abend um Verletzungen und Schrammen gekümmert hatten, hatten sie sich aus unserer kleinen Gemeinschaft hier im *Finse 1222* nahezu abgemeldet. Und ich hatte auch nicht beobachtet, dass einer von ihnen mit Magnus Streng ein Wort gewechselt hätte.

»Sie haben mir die Bühne überlassen«, sagte er fröhlich. »Und dafür werde ich ihnen ewig dankbar sein. Und sieh mal, da kommt unser Freund zurück. So schnell!«

»Drei Millionen«, sagte Johan mit einem breiten Grinsen und nahm wieder Platz.

»Das ging ja flott«, sagte Geir. »Er hat dir drei Millionen gegeben?«

»Nein. Mit so einem Kerl will ich natürlich keine Geschäfte machen. Ich war nur neugierig.«

Er starrte das Cognacglas an, das soeben vor Dr. Streng hingestellt worden war. Die Kellnerin blickte ihn fragend an, und er nickte.

»Ich wollte wissen, welcher meiner Dienste so viel Geld wert sein könnte. Und als er erzählt hatte, was er wollte, konnte ich den Preis aufs Dreifache hochdrücken, bevor ich lachen musste.«

»Und was wollte er von dir?«, fragte Magnus Streng und steckte die Nase in den Cognacschwenker. »Weggebracht werden, nehme ich an?«

Johan starrte ihn an.

»Ja ... wenn ich ihn zum nächsten Ort mit einer Verkehrsanbindung nach Oslo brächte, würde ich drei Millionen Kronen bekommen. Er muss spätestens am Samstag in Brasilien sein, offenbar ist seine jüngste Tochter sehr krank. Als ich ablehnte, waren plötzlich alle Kinder todkrank. Aber das half dann auch nichts. Ich finde, wir reden hier wohl eher von krankem Geld ...«

Obwohl ich diesem Gespräch lauschte, versuchte ich auch, das Paar im Auge zu behalten, von dem ich nicht mehr sicher war, ob es wirklich ein Paar war. Sie redeten jetzt miteinander, aufgeregt und offenbar unterschiedlicher Ansicht.

»Drei Millionen«, wiederholte Berit langsam. »Ware das legal gewesen? Ich meine, hättest du eine solche Summe annehmen dürfen?«

Alle außer mir sahen Magnus Streng fragend an. Der erarbeitete sich so langsam eine Position als Tausendsassa, als wandelndes Lexikon, das über fast alles Auskunft geben konnte. Niemand schien daran zu denken, dass Geir Rugholmen Anwalt war.

»Tja«, sagte Magnus und schnalzte mit der Zunge. »Hierzulande herrscht Vertragsfreiheit. Wenn der Mann freiwillig bezahlt hätte, wäre das möglicherweise kein Problem gewesen. Aber hättest du das Geld eintreiben müssen, ist die Frage, ob es nicht als sittenwidrig gegolten hätte. Wie beim Pokern oder bei Wetten. Aber du hast abgelehnt?«

»Ja. Natürlich.«

»Aber hättest du es denn geschafft? Hättest du bis nach Haugastøl fahren können? Bei diesem Wetter?«

Johan zuckte mit den Schultern.

»Ich hätte es vermutlich geschafft, wenn das Schneemobil durchgehalten hätte. Und da wäre ich mir gar nicht so sicher. Ich habe bei so extremer Kälte bisher noch nie lange Fahrten unternommen. Ein vollkommen unnötiges Risiko. Und unnötige Risiken gehe ich niemals ein. Außerdem ... «

Alle am Tisch verfolgten interessiert das Gespräch von Johan und Magnus. Ich selbst versuchte gleichzeitig zuzuhören, was bei dem ausländischen Paar vor sich ging. Das eine oder andere Wort drang bis zu meinem Ohr vor, aber ich erkannte die Sprache nicht. Ich kann genug Türkisch, um es zu erkennen. Es war auch kein Arabisch; Nefis hatte schon begonnen, Ida in dieser Sprache zu unterrichten, damit sie später in ihrem Leben ohne unbefugte Einmischung den Koran lesen könnte, wie Nefis ab und zu mit einem ironischen Lächeln betont.

»... außerdem hätte Steinar Aass keine zehn Minuten überlebt«, sagte Johan. »Ich wäre mit einem Toten in Haugastøl angekommen.«

Diese Vorstellung schien ihn zu erheitern. Er nahm sein Cognacglas und nippte kurz daran. Er lächelte breit, als habe er gerade jemanden aufs Raffinierteste hinters Licht geführt.

»Entschuldigung ... «

Der Kurde, oder sollte ich lieber sagen, der Mann, den ich bisher für einen Kurden gehalten hatte, war aufgestanden. Er näherte sich zögernd unserem Tisch und ließ seinen Blick zwischen Berit und Geir hin- und herwandern. Dann lächelte er Magnus Streng und Johan angespannt zu. Mich ignorierte er. Ich stutzte und überlegte, ob er doch wusste, dass ich ihn mit der Waffe in der Hand gesehen hatte. Hatte ich mich da geirrt?

»Es tut mir leid, hier zu stören«, sagte er. »Aber könnten meine Frau und ich wohl einen Wunsch vorbringen?«

Er sprach so gut Norwegisch, dass ich ihn zuerst gar nicht verstand. Er hatte praktisch keinen Akzent, ohne sein Äußeres und seine altmodische Kleidung hätte ich ihn sofort für einen Norweger gehalten. Es war natürlich ein wenig peinlich, dass mir das nicht schon vorher aufgefallen war, nach über vierundzwanzig Stunden im selben Hotel.

»Natürlich«, sagte Berit. »Was denn?«

»Wir hätten sehr gern ...«

Er fuhr sich mit der Hand über den Schnurrbart und schaute zu seiner Frau. Sie war am Tisch sitzen geblieben. Ab und zu blickte sie für einen Moment auf, um dann aber sofort die Augen auf eine Art niederzuschlagen, die auf mich jetzt einstudiert servil wirkte.

»Wir würden sehr gern in den Appartementtrakt umziehen«, sagte der Mann leise.

»Ach«, sagte Berit und runzelte die Stirn. »Ich habe großes ...«

Alle außer mir sahen zu Kari Thue hinüber.

»Ich habe großes Verständnis dafür«, sagte Berit freundlich. »Aber ich fürchte, es ist unmöglich. Wir haben alle Eingänge zuschneien lassen. Außerdem muss ich hinzufügen ...«

Sie zögerte und sah Johan an. Der schüttelte unmerklich den Kopf.

»... dass das nicht zu verantworten wäre. Jemanden bei diesen Wetterbedingungen aus dem Haus zu lassen. Gestern haben wir zwar zwischen den beiden Eingängen ein Seil aufgespannt, aber das ist längst eingeschneit. Also ...«

Sie zuckte bedauernd mit den Schultern.

»Es geht leider nicht.«

»Es ist sehr wichtig für uns«, sagte der Mann.

»Wie gesagt: Das kann ich verstehen. Aber es lässt sich nicht ...«

»Und wenn wir auf eigene Verantwortung hinübergehen? Wenn uns nur jemand dabei hilft, den Eingangsbereich frei-zuschaufeln, dann ... «

»Dann würde ich dich davon abhalten«, sagte Johan ruhig. »Und wenn nötig, würde ich dich einsperren. Das ist ganz ein-fach indiskutabel. Niemand verlässt das Haus. Niemand. Okay?«

Der Mann schluckte. Wieder fuhr er sich über seinen üppigen Schnurrbart. Einige Sekunden verstrichen, dann sagte er:

»Ich verstehe. Ich bedaure die Störung.«

»Kann gut verstehen, dass die nicht hier sein wollen«, mur-melte Berit, als der Mann sich wieder gesetzt hatte. »Kari Thue ist doch für uns alle kaum auszuhalten. Und für die beiden muss es besonders schlimm sein.«

Alle am Tisch murmelten zustimmend.

Ich selbst meinte, es besser zu wissen.

Ich war nicht der Ansicht, dass der bewaffnete Mann sich vor Kari Thue fürchtete. Ich hatte noch nicht einmal den Eindruck, dass er es unangenehm fand, sich im selben Raum wie sie aufzuhal-ten. Im Gegenteil, Kari Thues Aggression am Vorabend hatte die Rolle, die er spielen wollte, noch gestärkt. Dass er und die Frau mit dem Kopftuch in den Appartementtrakt übersiedeln wollten, hatte ganz andere Gründe. Sie wollten in demselben Haus sein wie die Passagiere des geheimen Eisenbahnwagens.

Ich wusste zwar nicht, warum, aber natürlich keimte in mir ein Verdacht auf.

5 Roar Hanson wurde zu einem immer größeren Rätsel.

Die Tafel war nach einer feuchtfröhlichen und etwas zu langatmigen Dankesrede von Magnus Streng aufgehoben worden.

Ich wäre am liebsten schlafen gegangen. Geir und Berit hatten noch einen Versuch gemacht, mir ein richtiges Bett aufzuschwatzen. Da wir jetzt viel weniger waren als gestern, hätte ich ein Einzelzimmer bekommen können. Ich lehnte energisch ab.

Gleich nach dem Essen ließ ich mich die drei Stufen zur Rezeption hochziehen. Ich komme mir wie ein Kind im Kinderwagen vor, wenn andere die Kontrolle über meinen Stuhl ergreifen. Und ich will mich einfach nicht wie ein Kind fühlen müssen. Es war schlimm genug, eines zu sein. Die Vorstellung, dass jemand mich einen ganzen Stock höher tragen musste, war mit anderen Worten unerträglich. Berit gab sich endlich geschlagen und schlug vor, eines der kurzen Sofas in der *Millibar* durch ein längeres aus der *Blåstue* zu ersetzen. Auf diese Weise würde ich mich wenigstens richtig hinlegen können.

Ich nahm dankend an, musste aber mit dem Schlafen warten, bis die Rezeption sich geleert hatte. Das eine war, im Stuhl einzunicken, wenn andere in der Nähe waren. Sich vor den Augen der Allgemeinheit hinzulegen, war etwas ganz anderes. Als ich so dasaß und ein Gähnen nach dem anderen unterdrückte, kam ich mir vor wie die todmüde Gastgeberin bei einem gelungenen Fest, das niemand verlassen will. Mir war aufgefallen, dass die Stimmung sich wieder gebessert hatte. Vermutlich hing das mit dem Alkoholausschank zusammen. Nach den Ereignissen des Tages hatten sich bestimmt auch die Enthaltsamsten ein Glas genehmigt. Was ich ihnen auch von Herzen gönnte.

»Könnte ich ...«

Ich blinzelte.

Da war er wieder. Roar Hanson.

»Setz dich«, sagte ich, allerdings nicht mehr so freundlich wie letztes Mal.

»Warum hast du gelogen?«, fragte er ohne Umschweife.

»Ich habe nicht gelogen.«

»Doch. Du hast abgestritten, dass Cato ermordet worden ist.«

»Nein, das habe ich nicht. Als du … deinen Verdacht geäußert hast, habe ich dich gefragt, warum du das glaubst. Ich habe nichts abgestritten.«

Zögernd setzte er sich. Er schien das Gespräch rekonstruieren zu wollen, das wir geführt hatten, als die rot gekleidete Handballerin ihren makabren Fund in der Warenannahme verkündet hatte. Er schien ein gutes Gedächtnis zu haben, denn er wirkte um einiges weniger vorwurfsvoll, als er seufzte, sich mit den Unterarmen auf den Oberschenkeln abstützte, nach vorne beugte und noch einmal anfing:

»Ich weiß, wer Cato umgebracht hat«, sagte er so leise, dass ich es fast nicht verstanden hätte. »Und dieses Wissen quält mich.«

Über zwanzig Jahre habe ich als Polizistin gearbeitet. Gezählt habe ich nie, aber da ich fast die ganze Zeit für Mordfälle zuständig war, übertreibe ich wohl nicht, wenn ich behaupte, dass es über zweihundert gewesen sein müssen. Und in fast allen tauchte ein Mensch wie Roar Hanson auf. Einer, der behauptete, Bescheid zu wissen. Nicht selten war es der Täter selber, der versuchte, sich Anklagen gegenüber immun zu machen. Eine so stupide Taktik, dass auf allen denkbaren Tatwaffen davor gewarnt werden sollte. Mir ist in meiner Laufbahn kein einziger Ermittler begegnet, der nicht sofort zu dem hinüberschielte, der behauptete, Bescheid zu wissen. Außerdem sollten die Leute an das achte Gebot denken: Du sollst nicht falsch Zeugnis reden wider deinen Nächsten.

Roar Hanson sah nicht aus wie einer, der falsch Zeugnis redet.

Im Gegenteil zeigte er alle Anzeichen von seelischer Qual. Seine Haut war krankhaft grau und feucht, und seine Haare waren so fettig, dass sie in Strähnen an seinem Schädel klebten. Seine rot unterlaufenen Augen trieften, aber ich konnte nicht sehen, ob der Mann wirklich weinte. Jetzt ließ er den Kopf zwischen seine Schultern sinken. Jede andere Frau hätte ihm wohl die Hand auf den Rücken gelegt. Ich dagegen zog mich ein wenig zurück.

»Ich hätte schon damals etwas tun sollen«, sagte er.

Dann verstummte er.

»Was denn?«, fragte ich so gleichgültig, wie ich konnte.

»Ich hätte ...«

Plötzlich setzte er sich auf, fuhr sich mit dem Handrücken über den Mund. Das half leider nicht viel, in den Mundwinkeln klebte ein dickes weißes Sekret.

»Das war, als wir beide für den Informationsverbund gearbeitet haben. Cato war doch ...«

Er holte Luft und hielt sie an, wie um Anlauf zu nehmen.

»Ich kann wirklich nicht begreifen, dass ich nicht schon damals geredet habe. Dass ich nichts unternommen habe. Und Margrete, die ... ich kann damit nicht leben. Ich konnte es natürlich nicht wissen, aber es kam mir so ... unvorstellbar vor, dass er ... Du bist doch bei der Polizei, oder? Das habe ich doch richtig verstanden?«

Der Informationsverbund.

Eine Verbraucherzentrale für Fleisch und Geflügel? Obst und Gemüse?

Ich begriff nicht, wovon der Mann da redete. Ich hatte den Eindruck, dass er kurz vor einer Art paranoiden Psychose stand; immer wieder sah er sich nervös um, als rechne er die ganze Zeit mit einem Angriff. Da unsere nächsten Sitznachbarn mehrere Meter entfernt waren und sich außerdem laut in einer Runde Trivial Pursuit engagierten, kam mir das alles ziemlich skurril vor. Ab und zu schlug er sich auf die verletzte Schulter, als könnte das Böse Böses austreiben. Da ich seiner unzusammenhängenden Geschichte nichts Sinnvolles entnehmen konnte, hielt ich eine Lüge für angebracht.

»Ja«, sagte ich. »Das hast du richtig verstanden. Ich bin bei der Polizei. Du kannst also offen mit mir sprechen.«

»Glaubst du an Rache?«

»Was?«

Roar Hanson beugte sich noch weiter vor. Sein Atem traf mein Gesicht in kleinen sauren Stößen. Ich zuckte nicht mit der Wimper, versuchte aber, seine Konzentration mit meinem Blick zu fangen.

»Wie meinst du das?«, fragte ich langsam.

»Hältst du es für ethisch vertretbar, ein großes Unrecht zu rächen?«

Während ich nach der Antwort suchte, die er hören wollte, sah ich Adrian auf uns zukommen. Er hatte seine Mütze so weit nach unten gezogen, dass ich seine Augen überhaupt nicht sehen konnte. Da ich schon längst eingesehen hatte, dass er und Roar Hanson nicht gerade ineinander verliebt waren, hob ich abwehrend die Hand.

Das half nichts.

»Was zum Teufel willst du denn hier?«

Adrian stieß dem Pastor gegen die Schulter. Ich konnte nicht einmal protestieren, ehe der Junge fauchte:

»Nerv Hanne nicht. Klar?«

»Adrian«, sagte ich scharf. »Er nervt mich nicht. Geh weg!«

Es war zu spät. Roar Hanson erhob sich so langsam wie ein alter Mann. Er blinzelte einige Male, und sein Gesicht nahm einen gesammelten, beherrschten Ausdruck an. Das Lächeln, das er sich abrang, war so dünn, dass seine Lippen zwischen seinen Zähnen verschwanden.

»Nein«, sagte ich. »Du darfst jetzt nicht …«

Er hörte nicht. Ich ließ ihn nicht aus den Augen, als er im Treppenhaus verschwand.

»Warum hast du das getan?«, fragte ich Adrian und versuchte, mich nicht so wütend anzuhören, wie ich war. »Jetzt hast du schon zum zweiten Mal ein Gespräch gestört … zerstört, das ich mit diesem Mann führen wollte!«

»Aber ich … ich dachte, dass …«

Noch vor wenigen Stunden war Adrian ein weinender, kleiner Junge gewesen. Als er durch die Rezeption geschlurft war, um sich vor dem erwachsenen Geistlichen aufzuspielen, hatte er ein wenig von seinem abweisenden, aggressiven Wesen zurückgewonnen, mit dem er sich sonst verkleidete. Jetzt kam er mir wieder verloren vor, absolut unfähig, meine mangelnde Dankbarkeit zu begreifen.

»Aber«, stammelte er. »Aber … ich d… ich d…«

»Du dachtest? Ja, was denkst du eigentlich? Dass ich total hilflos bin? Und was hast du gegen diesen Mann? Was hat er dir getan? Hast du ihm etwas getan?«

Das waren zu viele Fragen für Adrian.

Wortlos ging er weg.

Zurückblickend weiß ich, dass vermutlich Menschenleben hätten gerettet werden können, wenn dieser Junge nicht Roar Hansons unzusammenhängendes Geständnis unterbrochen hätte.

Aber das wusste ich in diesem Moment natürlich noch nicht.

Zum Glück für Adrian, muss ich wohl hinzufügen. Ich war schon so wütend auf den Jungen, dass ich nicht einmal registrierte, wo er hinging.

6 LAUT BEAUFORTSKALA:

Auswirkungen des Windes im Gebirge

Starker Wind. Windgeschwindigkeit: 39 – 49 km/h
Es ist sehr anstrengend,
sich gegen den Wind zu stemmen.
Schneegestöber verringert die Sicht
auf weniger als 1 Kilometer.
Es ist schmerzhaft, den Wind längere Zeit
im ungeschützten Gesicht zu ertragen.
Bei dieser und höherer Windstärke wird
von Gebirgswanderungen abgeraten.

1 Ich versuchte zu schlafen. Vielleicht versuchte ich es zu sehr. Stundenlang hatte ich mich nach diesem Moment gesehnt, endlich allein in der Rezeption zu sein. Berit hatte mir Kissen und Decke gebracht, und ich hatte damit gerechnet, sofort in den Schlaf zu sinken, nachdem die drei Deutschen, gegen ihren Willen und unter Protest, kurz vor Mitternacht vom Barpersonal ins Bett gescheucht worden waren. Der Alkoholausschank war schon um zehn Uhr beendet worden. Mikkels Clique hatte angefangen, in Bier getunkte Taschenbücher in das lodernde Kaminfeuer der *Blåstue* zu werfen. Es gelang ihnen, ziemlich viel grauen, bitteren Rauch zu erzeugen, ehe die Angestellten angestürzt kamen und die Sache beendeten. Danach wurden die Zapfhähne zugedreht.

Aber der Schlaf wollte nicht kommen.

Ich lag bequem. Das Sofa war fest, breit und lang genug, sodass ich mich ohne große Mühe umdrehen konnte. Das Bettzeug duftete leicht nach Chlor und Äpfeln. Meine Augen fielen mir zu, aber die Bilder, die vor meinem inneren Auge vorüberwirbelten, hielten mich trotzdem wach.

Nicht nur hatte ich beschlossen, nicht mehr an den Mord an Cato Hammer zu denken, bis das Wetter sich besserte und die Polizei diesen an sich einfachen, wenn auch überaus tragischen Fall übernehmen könnte. Ich hatte noch dazu Berit, Geir und Magnus Streng überzeugen können, dass diese wirklich nur sehr vorübergehende Einstellung der Ermittlungen das einzig Vernünftige sei. Ein Mörder unter uns war schlimm genug, da sollten wir ihm keine unnötige Angst einjagen.

Trotzdem musste ich immer wieder an diesen Fall denken.

Zu meinem eigenen Ärger sah ich Cato Hammer mittlerweile mit anderen Augen, wohlwollender. Ich konnte nicht begreifen, warum. Ich habe schon lange keine Empathie mehr mit Mordopfern gehabt, nur weil sie einem Verbrechen zum Opfer gefallen sind. Dazu habe ich mich über zu viele Leichen gebeugt. Mir sind zu viele Tote begegnet, die im Leben sehenden Auges den Untergang angesteuert haben, gierig, abgestumpft und ohne einen Gedanken an andere.

Die Vorgeschichte der Opfer dagegen kann mich dazu bringen, Mitgefühl zu empfinden. Die Umstände des Verbrechens. Man kann hier von mir aus vom Grad der eigenen Schuld der Toten sprechen, so politisch unkorrekt sich das auch anhören mag. So viele Jahre lang habe ich meine ganze Kraft in die Arbeit gesteckt. Der Mord an einem Bandenmitglied mit zahllosen Vorstrafen wegen Gewaltverbrechen wurde von mir mit der gleichen Sorgfalt ermittelt wie das Verbrechen an einer geschändeten, ermordeten Elfjährigen.

Aber die Einsicht in meine Gefühle wurde nur wenigen erlaubt.

Sehr wenigen, muss ich zugeben.

Cato Hammer war ein eitler Pfau gewesen, eine Rampensau, die ich nie hatte ausstehen können. Normalerweise hätte ich meine Gedanken an den Mann verdrängt und mich auf das Verbrechen konzentriert, was ich in diesem Fall ja gerade nicht wollte. Trotzdem, etwas war mit ihm. Ich konnte sein Gesicht nicht vergessen, wie er da auf der Arbeitsinsel in der Küche gelegen hatte, entseelt und nackt, wenn auch nicht buchstäblich, so doch in übertragenem Sinn. Das Staunen in den toten Augen war so echt gewesen, der Ausdruck freudiger Überraschung so unzweideutig, dass ich mich nicht von dem Gedanken befreien konnte, er habe in dem weißen, leuchtenden Tunnel wirklich Gott erblickt.

Unsinn, wie gesagt.

Irrationale Gefühlsduselei, die der Tatsache zuzuschreiben war, dass ich lange nichts mehr mit Toten zu tun gehabt hatte. Der Anblick des ermordeten Cato Hammer hatte einwandfrei etwas in mir ausgelöst.

Der Mann hatte jedenfalls niemals einem anderen Menschen geschadet als sich selbst.

Im Gegensatz zu Kari Thue.

Ich ertappte mich dabei, dass ich mit verblüffender Innigkeit hoffte, sie habe Cato Hammer umgebracht. Eine heiße, beschämende Freude breitete sich bei diesem Gedanken in mir aus.

Es gab nicht den Hauch eines Beweises dafür, dass Kari Thue eine Mörderin sein könnte.

Aber Nefis wird immer so traurig, wenn sie ihr zuhört.

Nefis ist sonst selten traurig. Nefis ist Türkin, Lesbe, Professorin der Mathematik und deshalb dem Leben gegenüber pragmatisch eingestellt. Zugleich hat sie einen seltsamen Kinderglauben, eine Gewissheit göttlicher Nähe, mit der sie schon so lange lebt, dass weder Wissen noch Intelligenz daran rütteln können. Bizarr, natürlich, und in den ersten Jahren haben wir uns deshalb manchmal gestritten. Diese Art von Irrationalität bereitete mir wirklich Probleme. Erst als ich endlich einsah, dass es im Grunde darum geht, dass Nefis eine erinnernswerte Kindheit hatte, sah ich ein, dass ich dieses Thema auf sich beruhen lassen musste.

Für Nefis ist der Islam die strenge Liebe des Vaters und der Lärm der Schuhsohlen ihrer Brüder auf dem Fußboden, wenn sie lachend durch das große, palastähnliche Haus jagten, in dem sie aufgewachsen sind. Der Islam ist die vorwurfsvollen, jammernden und verzeihenden Umarmungen ihrer Mutter. Der Glaube ist für Nefis die Nähe der drei Schwestern und alles andere, was schön und würdevoll ist; die Großeltern auf dem Lande, der Duft der

Bücher in der großen Bibliothek ihres Vaters und die singende Stimme des Muezzins auf dem Minarett. Für Nefis ist Allah die Kraft, die ihren Vater dazu brachte, sie nach über zwei Jahren voller Verwünschungen und Zurückweisungen so sehr zu vermissen, dass er sich endlich geschlagen gab; auch eine lesbische Tochter ist ein von Gott geschenktes Kind, und er konnte sie nicht für immer und ewig verstoßen, obwohl sie eine Frau liebte und außerdem angefangen hatte, auserlesene Weine zu genießen. Nefis' Vater hat siebzehn Enkelkinder, aber Ida ist das jüngste und das einzige mit eisblauen Augen und den Haaren der Großmutter. Sie kann gar nicht genug geliebt und zutiefst verehrt werden. All das ist Nefis' Glaube und Religion.

Für mich ist Gott einer, der nie in meine Richtung gesehen hat.

Wenn es ihn gäbe, hätte er niemals zugelassen, dass meine ersten achtzehn Lebensjahre so waren, wie sie waren. Als ich endlich die Kraft fand, ganz mit meiner Familie zu brechen, mit meiner neurotischen, versnobten, vorurteilsvollen, akademisch-verstaubten und pseudochristlichen, durch und durch norwegischen Familie, war der HErr ebenfalls nirgendwo zu erblicken. Das Einzige, was ich fand, war eine resignierte, traurige Gewissheit, das Richtige getan zu haben.

Mit der Familie zu brechen, ist die am teuersten erkaufte Freiheit.

Es bedeutet, mit Teilen seiner selbst zu brechen.

Teile seiner selbst abzubrechen.

Kari Thue findet das hervorragend. Sie trampelt in Kampfstiefeln durch sensibles Gelände. Sie zeigt jungen Mädchen Möglichkeiten auf, wie sie sich befreien können. Diese jungen Frauen sind dabei oft gar nicht alt genug, um die Konsequenzen abzuwägen. Für Kari Thue ist der Islam eine Zwangsjacke, aus der man sich freikämpfen muss, und Menschen wie meiner Nefis glaubt sie nicht.

Das macht mich wütend. Aber das machte aus Kari Thue noch keine Mörderin. Jedenfalls nicht einfach so.

Ich wälzte mich auf dem Sofa hin und her.

Es bestand jedenfalls kein Grund mehr, mir den Kopf darüber zu zerbrechen, wer sich in Trygve Normans Wohnung im Appartementtrakt aufhielt. Die Fahrgäste aus dem geheimnisvollen letzten Wagen waren nach den turbulenten Ereignissen dieses Tages fürs Erste von uns abgeschnitten. Berit hatte mir versichert, dass die beiden Männer vom Roten Kreuz, die drüben waren, schon dafür sorgen würden, dass sich niemand den bewaffneten Wachen näherte.

Ich hätte mir über dieses Thema keine Gedanken mehr machen müssen, wenn da nicht das kurdische Paar gewesen wäre.

Es war unmöglich, eine gute Schlafposition zu finden.

Obwohl der Mann nach außen hin akzeptiert hatte, dass sie nicht umziehen konnten, war ich doch nicht überzeugt. Ich wäre viel ruhiger gewesen, wenn ich gewusst hätte, welche Rolle die beiden in der ganzen Heimlichtuerei spielten.

Ob sie Jäger oder Wächter waren, meine ich.

Ich musste mit dem Grübeln aufhören. Ich wollte doch schlafen.

Ich öffnete die Augen.

Das Geräusch des Sturms schien sich verändert zu haben. Der Wind war noch so wütend und laut wie zuvor, aber ich war der Meinung, dass die Häufigkeit und Heftigkeit der Schläge und Stöße abgenommen hatten. Da das Loch in der Westwand nicht vollkommen abgedichtet werden konnte, hatte die Luft im Haus eine neue Frische bekommen, einen Hauch von Kühle, der nie ganz verschwand, trotz Dauerbeheizung und Kaminfeuer.

Berit hatte gesagt, dass Wetter werde sich am frühen Abend des nächsten Tages beruhigen. Ich hatte den Eindruck, dass die Änderung schon einsetzte. Ich versuchte, mich im monotonen Lärm des Sturmes zu wiegen, wie in einem Schlaflied, das verhieß, dass alles am Ende gut gehen werde.

Ich dachte an Ida und schlief ein.

Kurz bevor ich einschlief, registrierte ich, dass Adrian zurückkam. Er legte sich auf die Fensterbank und deckte sich mit einer Wolldecke zu, wie in der ersten Nacht. Ich hatte nicht einmal mehr die Kraft, um etwas zu sagen.

2 »Hanne! Du musst aufwachen!«

Ich wusste nicht, wo ich war. Ich hatte schon lange nicht mehr so tief geschlafen. Die Reise aus dem Traumland zurück ins Leben war weit und voller Umwege, und mehrere Sekunden lang versuchten meine Augen vergeblich, den Mann, der vor mir hockte und mir die Hand auf die Schulter gelegt hatte, scharf zu sehen, während er erneut flüsterte:

»Du musst aufwachen!«

»Was ist denn los?«, murmelte ich. »Wie spät ist es?«

»Drei. Kurz vor drei.«

»Ich schlafe.«

»Roar Hanson ist verschwunden.«

Ich versuchte, mich aufzusetzen. Geir hatte zum Glück dazugelernt und versuchte nicht, mir zu helfen, obwohl ich ziemlich benommen wirken musste.

»Roar Hanson«, murmelte ich mechanisch. »Was soll das heißen, er ist verschwunden?«

Endlich saß ich aufrecht. Geir setzte sich auf das Sofa, auf dem ich geschlafen hatte, und beugte sich vor.

»Er teilt das Zimmer mit Sebastian Robeck.«

»Seb–, wovon redest du eigentlich?«

Ich ließ mich in die Kissen zurücksinken. Der Schlaf wollte mich einfach nicht loslassen, nachdem er endlich richtig zugegriffen hatte.

»Scheiß auf den Typen«, fauchte Geir. »Das ist nur so einer aus dieser Kommission. Die haben sich das Zimmer geteilt. Aber als Sebastian Robeck vor einer halben Stunde zum Pinkeln aufgestanden ist, hat er gesehen, dass Hansons Bett leer war. Und unberührt. Der war gar nicht erst schlafen gegangen.«

»Ein anderes Zimmer«, murmelte ich. »Er hat sich ein eigenes Zimmer gesucht, nehme ich an. Seit der Waggon runtergefallen ist, haben wir doch freie Zimmer.«

»Das dachte ich auch. Aber dieser Typ, dieser Robeck, hat da was angedeutet ... «

Ich winkte mit den Händen, um ihm klarzumachen, dass er von mir wegrücken sollte. Meine Zunge war trocken, und ich hatte einen widerlichen Geschmack im Mund. Ich griff nach meiner Daunenjacke, um nach einem Kaugummi zu suchen.

»Was hat er gesagt?«, fragte ich leise und rieb mir mit beiden Händen die Augen. »Schläft Adrian noch?«

Geir warf einen Blick zu den Fenstern hinüber und nickte.

»Roar Hanson hatte ihm etwas gesagt«, flüsterte er. »Gestern Abend, kurz bevor alle schlafen gegangen sind. Er hat seinem Zimmergenossen gesagt, er müsse etwas erledigen, das werde aber nur eine Viertelstunde dauern. Er bat ... «

Plötzlich schaute er auf.

»Da kommt er«, flüsterte er und zeigte über meine Schulter.

Berit Tverre kam mit ihrer Begleitung auf uns zu. Ich riss meine Decke beiseite und schaffte es, mich in den Rollstuhl zu setzen, ehe die beiden uns erreicht hatten. Zum Glück hatte ich mich vollständig angezogen schlafen gelegt. Der scharfe Geruch meines ungewaschenen Körpers ließ mich den Stuhl zurückschieben, als der Mann mir seine Hand entgegenstreckte. Er ließ sie sinken, zuckte mit den Schultern und stellte sich trotzdem vor. Ich murmelte meinen Namen.

»Was ist eigentlich los?«, fragte ich und schüttelte energisch den Kopf, was aber keinen Eindruck machte. »Ich verstehe diese Dramatik nicht. Es ist mitten in der Nacht, und da wir mittlerweile viele freie Zimmer zur Verfügung haben ...«

»Er hatte mich gebeten zu warten«, sagte Sebastian Robeck so laut, dass ich ihn ermahnen musste, leiser zu reden.

Als er weitersprach, war seine Stimme sehr gedämpft.

»Er wollte etwas erledigen oder jemanden treffen, oder vielleicht hat er gesagt, er müsse etwas holen. Das weiß ich nicht mehr so genau. Aber das Seltsame ist, dass er ... er hat mich gebeten zu warten. Es würde nur eine Viertelstunde oder so dauern. Ich fragte, warum, aber da wiederholte er nur: Ich solle bitte warten.«

»Aber wolltest du denn weggehen? Warum hat er dich gebeten zu warten? Du wolltest doch schlafen gehen, oder nicht?«

»Ja, doch.«

Der Mann kratzte sich am Arm und runzelte unzufrieden die Stirn.

»Er hat mich gebeten, nicht einzuschlafen. Ich sollte wach bleiben, bis er zurückkommt.«

»Warum?«

»Ich habe keine Ahnung.«

»Hast du ihn gefragt?«

»Ja. Aber da hat er mich nur noch inständiger gebeten zu warten.«

»Und was ist dann passiert?«

Der Mann wand sich.

»Ich bin eingeschlafen. Ich war so furchtbar müde und kaputt.«

Das sagte er mit einem bedauernden, fast schuldbewussten Unterton.

»Ich kann darin beim besten Willen kein Verbrechen sehen.«

Ich versuchte, ein Gähnen zu unterdrücken. Tränen stiegen mir in die Augen. Ich griff nach einer Mineralwasserflasche auf dem kleinen Beistelltisch und trank. Und schluckte dabei auch gleich das Kaugummi hinunter.

»Was machen wir?«, fragte Geir. »Fangen wir an zu suchen?«

Schweigen.

»Wir warten«, sagte Berit schließlich. »Das Letzte, was wir jetzt brauchen können, ist, alle Gäste zu wecken, bevor sie richtig ausgeschlafen haben. Vermutlich liegt Hanson in irgendeinem anderen Zimmer. Er kann doch zurückgekehrt sein, gesehen haben, dass Sebastian Robeck schlief, das Bedürfnis gehabt haben, ein wenig zu lesen, und sich ein anderes Zimmer gesucht haben, um ihn nicht zu stören.«

»Stehen die freien Zimmer offen?«, fragte ich. »Ich meine, muss man sich nicht in der Rezeption den Schlüssel holen?«

Berit lächelte resigniert.

»Damit haben wir schon gestern aufgehört. Alles steht offen. Wir haben überall Stapel mit sauberer Bettwäsche hingelegt. Wer ein anderes Zimmer will, muss das Bett selbst beziehen. Das macht es für uns natürlich leichter, aber wir haben auch weniger Kontrolle. Aber was sollten wir machen, wir ...«

»Klingt doch sehr vernünftig«, sagte ich. »Und ich bin ganz deiner Meinung. Da es aller Wahrscheinlichkeit nach für Roar Hansons Verschwinden eine ganz natürliche Erklärung gibt ...«

Ich verstummte. Die anderen sahen mich an. Alle drei wussten, dass ich log. Wir dachten alle dasselbe: Dass ein weiteres Mitglied der Staatskirchenkommission mitten in der Nacht unter ungeklärten Umständen verschwand, fast genau vierundzwanzig

Stunden nach der Ermordung seines Kollegen, war leider sehr verdächtig. Ich ging davon aus, dass ich nicht die Einzige war, die Roar Hansons labile Psyche bemerkt hatte. Weder Sebastian Robeck noch ich konnten wissen, ob der Pastor nicht ein Fenster eingeschlagen hatte und aus freien Stücken in die arktische Kälte hinausgesprungen war.

Oder so etwas Ähnliches.

»... warten wir noch ein bisschen, bevor wir Alarm schlagen. Ich befürchte, wenn wir die Leute jetzt wecken, könnte das zu einer größeren Katastrophe führen als ...«

Der Satz ließ sich nicht beenden. Es versuchte auch niemand, mir zu helfen.

»Können wir uns hier nicht um ...«

Jetzt war es zehn nach drei.

»... sechs. Nein, halb sieben müsste reichen. Dann schlafen die meisten ja noch. Und dann sehen wir weiter. Einverstanden?«

Niemand widersprach. Sie trotteten zurück in ihre Zimmer, und ich legte mich wieder hin. Adrian lag noch genauso da wie vor drei Stunden. Ehe ich die erneute Schlaflosigkeit fürchten konnte, schlief ich tief und traumlos.

Schon seltsam, wozu wir Menschen in der Lage sind.

7 LAUT BEAUFORT-SKALA:

Auswirkungen des Windes im Gebirge

Steifer Wind. Windgeschwindigkeit: 50-61 km/h
Bei Gegenwind muss man sich über die Skier beugen,
und auch im ebenen Gelände sind die Stöcke nur mit
großem Kraftaufwand zu benutzen.
Es fällt schwer, sich bei den Windstößen
auf den Beinen zu halten.
Das Schneegestöber verringert die Sicht
auf wenige Hundert Meter.
Eine Skitour im Gebirge bei dieser Windstärke ist
für die meisten eine große Belastung.

1 Die Uhr behauptete, dass der Tag schon angebrochen war. Zwanzig nach sechs erklärten die selbstleuchtenden roten Ziffern des Mobiltelefons. Mein Körper protestierte wütend. Als der mechanische, eintönige Laut mich aus dem Schlaf zu reißen versuchte, war ich so tief im Land der Träume wie einige Stunden zuvor, als mich Geir geweckt hatte.

Mein Rücken tat weh. Ein Feuer jagte mir das Kreuz hinunter, um sich dann in einem Schmerz zu verlieren, den ich eigentlich gar nicht mehr spüren konnte. Einen Moment lang überlegte ich, ob ich vielleicht meine Bewegungsfähigkeit zurückgewonnen hätte. Das aber wäre ein Wunder von geradezu biblischem Ausmaß. Ein großkalibriges Geschoss hatte zwischen dem zehnten und elften thorakalen Wirbel mein Rückenmark zerfetzt, und es bestand keinerlei Hoffnung, dass es sich jemals wieder erneuern würde.

Ich versuchte mich aufzusetzen. Obwohl das Sofa eigentlich eine gute Idee gewesen war, hatte es sein Versprechen nicht gehalten. Zu Hause haben wir ein Bett von Auping für 120 000 Kronen, eine Spezialanfertigung. Und sogar dieses Bett kann mir Probleme bereiten. Jetzt zweifelte ich einen Moment daran, ob ich mich jemals wieder aufrichten könnte.

Aber mit Mühe und Not ging es dann doch.

»Wir fangen mit den Zimmern an, die unseres Wissens leer stehen«, sagte Berit leise. Sie runzelte die Stirn, als sie bemerkte, dass Adrian nicht mehr auf der Fensterbank lag.

»Der Junge ist gerade erst gegangen«, murmelte ich. »Keine Ahnung, wohin.«

»Geir hat schon mit der Suche angefangen«, sagte Berit. »Und dieser Sebastian Robeck will unbedingt auch helfen. Mal sehen, ob wir Glück haben. Hoffentlich taucht er in irgendeinem Bett auf.«

»Wie viele Zimmer gibt es hier eigentlich?«

Ihr resigniertes Lächeln erreichte ihre Augen nicht.

»Mehr, als mir gerade heute lieb ist. Zuerst nehmen wir uns die Abstellräume, Kellerräume, die Werkstatt und die Betriebsräume vor. Und den Dachboden. Wenn wir Glück haben, dann schlafen heute alle lange. Nach allem, was gestern passiert ist, meine ich. Wenn alle so erschöpft sind wie ich, dann schlafen sie bis zwölf. Ich hoffe, wir finden Roar Hanson, bevor wir die Gäste wecken müssen.«

Ich sah das anders. Wenn der Pastor in einem Zimmer gefunden wurde, das kein Schlafzimmer war, dann hatte ich Angst vor dem Zustand, in dem er sich befinden würde. Da ich große Zweifel daran hatte, dass der labile Mann auf amouröse Abenteuer ausgezogen war, klammerte ich mich noch immer an die Hoffnung, dass er sich ein eigenes Schlafzimmer gesucht hatte. Und dann wäre es schwierig, ihn zu finden, ohne die anderen Gäste zu wecken.

Berit fuhr sich mit der Hand über ihre Haare, die mit einem dicken blauen Gummi zu einem Pferdeschwanz gebunden waren. Diese Bewegung hatte etwas Hilfloses, etwas Kindliches, was in einem seltsamen Kontrast zu ihrem ausdrucksstarken Gesicht, den strahlend blauen Augen und ihrem offenen Blick stand.

Sie bezeichnete uns als »Gäste«.

Nur eine Handvoll von uns hat sich während dieser vergangenen dramatischen anderthalb Tage veranlasst gesehen, Berit und den anderen Angestellten für ihre Hilfe zu danken. Viele hatten zwar die Qualität des Essens gelobt, aber die meisten waren so vertieft in ihr Schicksal als Unfallopfer, dass sie die Verpflegung als

Selbstverständlichkeit betrachteten. Einige beklagten sich über die Betten, andere darüber, dass die Hunde immer wieder in der *Blåstue* lagen, zu der sie laut Hausordnung keinen Zugang hatten. Ein Ehepaar um die fünfzig hatte viel Zustimmung für seine Behauptung geerntet, das Unterhaltungsangebot lasse zu wünschen übrig. Bei den meisten Spielen fehlten die Spielfiguren, und es seien viel zu wenig Kartenspiele aufzutreiben. Als die ewig gut gelaunte Sennerin aus dem Kiosk darauf aufmerksam machte, dass man diese Dinge bei ihr erstehen könne, verzog die Ehefrau abfällig den Mund. Sie habe schließlich nicht darum gebeten, im Gebirge zu verunglücken, und darum habe sie auch nicht vor, dafür extra zu bezahlen.

Berit hatte dunkle Ringe unter den Augen. Ein müder, fast trauriger Zug um den Mund hatte sich über Nacht dazugesellt.

Bisher wurde nur im Kiosk und in der *Millibar* Bares gefordert. Keine einzige Kreditkarte musste bisher bemüht werden, um die Ausgaben für Aufenthalt oder Verpflegung zu decken, keine einzige Kaution war verlangt worden. Das Personal arbeitete bis zu achtzehn Stunden am Tag. Und fast alle in einer Multifunktion: eine Mischung aus Seelsorger, Krankenschwester, Babysitter, Kellnerin, Klagemauer und Zimmermädchen.

Wir waren eine richtig undankbare Bande.

Wir waren richtige Norweger, die meisten von uns.

Berit Tverre nannte uns trotzdem noch immer Gäste, und sie bedachte mich mit einem weiteren zaghaften Lächeln, ehe sie Richtung Treppenhaus lief. Soweit ich das sehen konnte, ging sie nach unten.

Ich lauschte den Geräuschen des Sturmes. Letzte Nacht war ich mir sicher, dass er sich legen würde. Er griff uns nicht mehr so wütend an. Er schien endlich eingesehen zu haben, dass die Häuser von Finse zwar misshandelt werden konnten, sie konnten im

Schnee begraben und ernsthaft beschädigt werden, aber zerstört werden konnten sie nicht. Die Häuser um den kleinen Bahnhof zwischen dem Gebirgszug Hallingskarvet und dem Hochplateau Hardangerjøkul waren zu einer Zeit errichtet worden, als alles die Zeit hatte, die es benötigte. Sie waren von Menschen gebaut worden, die die Berge und die Launen der Wettergottheiten besser kannten als ihre eigenen Kinder.

Zu meinem Erstaunen stellte ich fest, dass der untere Teil der Fenster von kompaktem Schnee bedeckt war. Ich wusste es nicht genau, aber ich vermutete, dass man im Sommer drei bis vier Meter tief hinunter bis zum Boden sehen konnte. Vielleicht sogar mehr. Nur noch das obere Drittel der Fenster war frei, dahinter wirbelte der Schnee wie in einer riesigen Schleuder. Grauweiße Fetzen, die vor dem pechschwarzen, morgendlichen Himmel vom Licht aus den Zimmern beleuchtet wurden.

Das Wetter hatte sich nicht geändert, wir waren dabei, vom Schnee begraben zu werden.

Es gab keine großen, freien Wandflächen mehr, gegen die der Wind hämmern konnte. Bisher hatte der Schnee sich zwei Meter von der Hauswand entfernt zu gewaltigen Wehen aufgetürmt. Ich nahm an, dass das mit dem Wind und der Wärme des Hauses zu tun hatte, Wallgräben aus Luft zwischen uns und den beängstigenden Schneemengen. Jetzt wurden diese Gräben gefüllt. Dicke Schneedecken hatten sich um das Gebäude gelegt und ein Polster gegen die wütendsten Angriffe gebildet. Nur im Seitenflügel, dem höchsten Punkt des Hotels, das in den Hang gebaut war, konnte ich noch immer das vertraute Ächzen der Wände hören.

Ich wusste nicht, ob ich erleichtert oder besorgt sein sollte.

Ich hatte keine Ahnung, wie viel Schnee eigentlich vom Himmel fallen konnte, wenn das Wetter erst einmal begonnen hatte, verrücktzuspielen.

2 Niemand kam.

Zwischendurch hatte Berit zwar vorbeigeschaut, ansonsten aber war ich allein in der Rezeption. Der Koch und seine beiden Hilfskräfte waren in der Küche schon am Werk. Ab und zu hörte ich das Klirren von Metall und andere von Menschen erzeugte Geräusche, die sich mit dem monotonen Hintergrundlärm des Sturms vermischten. Ich wurde hungrig, als ich das hörte.

Vor allem aber war ich müde.

Ich bin zwar daran gewöhnt, um sechs aufzustehen, aber hier kam es mir vor wie ein Uhr nachts. Ein Gähnen löste das andere ab, und meine Augen tränten. Deshalb sah ich den Hund, der auf mich zugestürzt kam, zuerst nur als eine diffuse Bewegung; einen hellgelben, über den Boden jagenden Schatten. Ehe ich mir mit dem Handrücken die Augen wischen konnte, befand sich der Köter bereits auf halber Strecke zwischen Treppenhaus und *Millibar*, wo ich in meinem Rollstuhl saß und absolut nicht begriff, was hier eigentlich passierte.

Plötzlich waren alle Geräusche verschwunden.

Ein Schalter war umgelegt worden. Mein Körper schien nicht genug Energie zu besitzen, um alle Sinne zu versorgen. Es war wichtiger zu sehen, und ich sah. Die ganze Szene konnte kaum mehr als drei oder vier Sekunden gedauert haben, aber wieder hatte ich dieses Gefühl, alles zu registrieren. Absolut alles. Es war weder der Portugiesische Wasserhund noch der schreckhafte Gordon Setter, der auf mich zugestürzt kam. Es war auch nicht der Pudel, den ich übrigens seit dem ersten Abend nicht mehr gesehen hatte.

Da ich immer sitze, betrachte ich die Welt aus einer anderen Perspektive als andere Erwachsene. Auch im buchstäblichen Sinn. Das kann durchaus wertvoll sein. Ich sehe Dinge, die andere übersehen. Aber ich verpasse auch Dinge, die andere mitbekommen. In vieler Hinsicht sehe ich die Welt mit den Augen eines Kindes.

Pitbulls sind nicht gerade eine großwüchsige Rasse. Ein ausgewachsener Rüde kann zwar bis zu dreißig betondichte Kilo wiegen, aber da es keinen Rassenstandard gibt, besteht eine enorme Variationsbreite. Und diese Hunde sind in Norwegen ja sowieso verboten. Da ihre Ähnlichkeit mit anderen Kampfhunden aber so groß ist, dass sie leicht unter falscher Rassenbezeichnung einreisen können, gibt es trotzdem viele von ihrer Sorte.

Das Exemplar, das hier auf mich zugaloppiert kam, war eher Monster als Hund. Der Brustkasten war breiter, als die Beine lang waren, und aus dem riesigen Maul hing die längste Zunge, die ich jemals an irgendeinem Lebewesen gesehen hatte. Ich weiß nicht so recht, warum, aber ich begriff sofort und instinktiv, dass die dunklen Flecken in dem gelbbraunen, kurzen Fell Blut waren. Als das Tier noch knapp fünf Meter von mir entfernt war, sah ich, dass seine Zähne in rosafarbenem Geifer badeten, der aus dem aufgerissenen Maul spritzte, wenn die Vorderpfoten den Boden berührten.

Seine Augen waren farblos, eisklar, mit einem fast unsichtbaren Hauch von hellem, sehr hellem Blau. Der Hund schien sehen zu können und doch zugleich blind zu sein. Sein Blick war zwar auf mich fixiert, aber eher so, als säße ich am Ende eines finsteren Tunnels, und außer mir gäbe es nichts anderes im Raum.

Aber zum Glück gab es das.

Plötzlich konnte ich wieder hören: einen leichten, dumpfen Aufprall von etwas Weichem und Kompaktem, das zu Boden fiel. Obwohl alles, was ich bisher über Kampfhunde und deren Verhalten gelesen habe, besagt, dass der Hund eigentlich auf keine Ablenkung hätte reagieren dürfen, reagierte er eben doch. Er ließ mich nicht aus den Augen, aber eine kleine Kopfbewegung brachte seine Schritte aus dem Takt, und er stolperte, ohne zu stürzen.

Das Einzige, was ich mir wünschte, war, meine Beine benutzen zu können. Ich wusste, ich würde mich nur verteidigen können, wenn ich die Füße hob und zutrat, wenn der Hund zum letzten Sprung ansetzte. Wenn das Tier in die Nähe meines Gesichtes käme, wäre ich verloren. Meine ganze Kraft und Konzentration widmete ich daher dieser unmöglichen Aufgabe: die Knie zu heben und mit voller Kraft im richtigen Augenblick die Beine auszustrecken.

Aber es geschah kein Wunder.

Ich war gelähmt und würde es auch bleiben, bis ich sterbe.

Ich hatte keine Ahnung, wo Mikkel plötzlich herkam.

Er lag einen Meter vor meinen Füßen, das Monster unter sich begraben. Sein rechter Arm hielt den Hals des Hundes im Würgegriff gefangen. Seine linke Hand, zur Faust geballt, um nicht zwischen die Kiefer zu geraten, presste die Schnauze nach oben, und dann riss Mikkel den Kopf des Pitbulls in einer jähen, gewaltsamen Bewegung herum. Das Genick des Hundes zerbrach mit einem knackenden, schmatzenden Geräusch. Seine Pfoten kratzten zweimal spastisch über den Boden, dann richtete Mikkel sich auf, trat mit der Fußspitze gegen den Kadaver und murmelte:

»Scheißtöle.«

Ich beugte mich zur Seite und erbrach mich.

Mikkel machte keinerlei Anzeichen, mir zu helfen. Bot mir kein Wasser an, fragte nicht, ob er etwas für mich tun könne. Den Hund ließ er ungerührt auf dem Boden liegen. Er wandte sich zum Gehen, drehte sich dann aber zu mir um und sagte:

»Ich glaube, das Schneehuhn hat dran glauben müssen. Ich musste über den Tresen springen und hab es umgerissen.«

Dann zog er seinen Hosenbund zurecht und verschwand.

Auf dem Boden vor dem Rezeptionstresen lag ein ruinierter Wintervogel, ein trauriger Haufen aus weißen, zerzausten Federn. Das war der Kumpel des ausgestopften Raben, der unermüdlich mit ausgebreiteten Flügeln an seinem Platz stand und mit toten

Augen in den Raum starrte. Das Geräusch, das den Hund gestört hatte, musste durch den Sturz des kleinen Schneehuhns entstanden sein. Ich fand es merkwürdig, dass ich nur den weichen Aufprall gehört hatte, nicht aber den Lärm des Sturms und schon gar nicht Mikkel. Was er hinter dem Tresen getrieben hatte, zu dem nur das Personal Zugang hatte, so am frühen Morgen und ohne sich zu erkennen zu geben, konnte ich nur raten.

Aber dazu hatte ich in diesem Moment keine Kraft.

Das Papasöhnchen Mikkel mit dem Piratenkopftuch hatte mir das Leben gerettet.

Dann kam Berit auf mich zugelaufen. Als sie die Hundeleiche sah, fuhr sie zurück und griff sich an den Kopf. Erst jetzt sah ich, dass sie weinte. Und das wohl kaum aus Mitleid mit dem gelben Biest, dem Blut und Geifer am Maul und an den dicken, glänzenden Lefzen klebte.

3 Sie hatten Roar Hanson hinter der dritten Tür gefunden, die sie geöffnet hatten. Zum Glück war Berit dabei gewesen, denn sie war die Einzige von ihnen, die wusste, dass der entlegene Kellerraum zum provisorischen Aufenthaltsort für den bissigen Hund aus dem Zug ernannt worden war. Der Besitzer, ein Mann um die vierzig, der seit dem Unfall meistens allein unterwegs war, hatte den Hund alle zwei Stunden besucht. Er hatte die Reinigung des Raums selbst übernommen, und auf Berit hatte er pflichtbewusst und zuverlässig gewirkt. Nachts war der Hund hinter der verschlossenen Tür allein, bis sein Besitzer aufstand.

Das war er noch nicht. Zum Glück.

Roar Hanson war tot, aber nicht der Pitbull hatte ihn getötet. Auch wenn es im ersten Augenblick so ausgesehen hatte.

4 Wir hatten dazugelernt. Roar Hansons Leichnam wurde nicht in die Küche, die Warenannahme oder an einen anderen Ort gebracht, wo er zufällig entdeckt werden konnte. Im Moment lag er in eine Plane gewickelt, mit Eis und Schnee bedeckt, in einem Zimmer einige Türen entfernt von seinem Fundort. Der Abstellraum war mit einem Schlüssel und einem zusätzlichen Hängeschloss versperrt worden. Auch Cato Hammers Leiche war im Schutze der Nacht dorthin gebracht worden. Der Hundekadaver war vom Boden der Rezeption entfernt worden, und ich hatte mir nicht die Mühe gemacht zu fragen, wohin. Der Raum, in dem er mit der Leiche des Pastors eingesperrt gewesen war, war gereinigt und ausgeräumt worden. Der Besitzer hatte seinen eigenen Schlüssel. Da die Überraschung, seinen Hund nicht an Ort und Stelle vorzufinden, schon schlimm genug sein würde, sollte er nicht auch noch mit einem Raum voller Blut und zerfetztem Zeitungspapier konfrontiert werden, ehe er die traurige Nachricht vom Tod seines Tieres erfuhr. Mir war immer noch schwindlig und schlecht.

»Ich bin der Ansicht, dass wir es hier mit einer Novelle von Roald Dahl zu tun haben«, sagte Magnus Streng; er wirkte aufgekratzt, fast euphorisch. »Jetzt habe ich die Leiche lange und gründlich untersucht, und wahrlich ... «

Er holte Luft und atmete sie langsam durch die breite Lücke zwischen seinen oberen Schneidezähnen aus. Ein leises, summendes Pfeifgeräusch füllte den Raum, der ohnehin schon eng genug war.

Berit Tverre hatte uns das Büro hinter der Rezeption zugewiesen. Der Koch hatte sich eine weitere Nutzung des Küchenbereiches verbeten. Ich kann nicht behaupten, dass ich ihm das zum Vorwurf machte. Der Gestank unserer ungewaschenen Körper wurde in diesem kleinen Zimmer, in dem drei Schreibtische, Bürogeräte, Regale und Ordner in einem seligen Chaos durcheinanderstanden, sehr unangenehm. Obwohl nur die wenigsten von uns ihr Gepäck mit Kleidern und Toilettenartikeln aus dem Zug hatten mitnehmen dürfen – Waschgelegenheiten gab es ausreichend. Aber alle hatten sich offenbar von einem Klischee fangen lassen: In den Bergen darf man stinken.

Magnus Streng fuchtelte begeistert mit den Armen. Große Schweißringe unter seinen Achseln waren von einem getrockneten Salzrand gerahmt.

»Faszinierend«, rief er und klatschte leise in die Hände. »Eine leibhaftige Novelle.«

Ich war vermutlich die Einzige, die verstand, worauf er anspielte, obwohl ich die Einzige war, die Roar Hansons Leiche nicht gesehen hatte.

Berit hatte ein Flipchart besorgt. Magnus Streng suchte sich einen leeren Bogen und zeichnete die Skizze eines erwachsenen Menschen, so schnell, dass der Filzstift auf dem Papier kreischte. Er hatte nicht genug Platz für die Beine, weil er den Rumpf viel zu groß gemacht hatte.

»Die Füße des Mannes sind aber auch uninteressant«, sagte er und zeichnete einen Kreis auf den Bauch der Figur, unterhalb der Rippen und über dem Nabel. »Wir müssen uns hierauf konzentrieren. Ihr müsst wissen …«

Er drehte die Kappe auf den Filzstift und benutzte ihn als Zeigestock, so kurz und stummelig wie er selber.

»Der Hund hat an der Leiche nur geleckt. Er hat sie sauber geleckt, sozusagen. Nicht, dass ich mich mit Hunden auskenne …«

Er lächelte fast kokett.

»Aber ich habe ein wenig über sie gelesen. *Canis familiaris* ist ein faszinierendes Wesen. Domestizierter Hund, aber doch noch sehr viel vom Wolf. Große Variationsbreite natürlich, aber dieses Exemplar der Art Pitbull Terrier ist also ein Kampfhund.«

»Der Besitzer sagt, es sei ein Mischling«, unterbrach ihn Berit.

»Bastard, Pitbull ... nur eine DNA-Probe könnte den Unterschied belegen. Aber dieser war so groß, dass ich auf meinem Standpunkt beharren möchte. Egal. Nun gut.«

Er klopfte mit dem Filzstift aufs Papier.

»Kampfhunde sind, wie der Name schon sagt, Hunde, die kämpfen. Wenig Geduld. Sehr wenig Geduld, kann man sagen. Kräftiger Körper, enorm starke Kiefer. Trotzdem kennen wir alle diese richtig niedlichen Bilder, auf denen diese Hunde treu und geduldig kleine Kinder hüten, ja sogar winzige Säuglinge. Die dürfen den Hunden sogar an den Ohren ziehen und sind trotzdem so sicher wie in Mutters Armen!«

Er ließ seinen Blick in die Runde schweifen, um sich bestätigen zu lassen, dass alle schon einmal solche Fotos gesehen hatten. Niemand nickte.

»Diese Hunde sind in erster Linie eine Gefahr für andere Hunde. Das haben wir ja gesehen, als wir hier im Hotel angekommen sind. Die friedlicheren Tiere waren doch außer sich vor Angst, als dieses gelbe Biest die Zähne gebleckt hat.«

»Worauf willst du eigentlich hinaus?«

Geir sah unzufrieden aus. Die Falten um seine Augen waren tiefer geworden, und seine Bartstoppeln würden bald als Vollbart durchgehen.

»Wenn nicht der Hund Roar Hanson umgebracht hat, warum sollen wir dann so viel Zeit mit ihm vergeuden?«

»Hab ein bisschen Geduld mit mir«, sagte Magnus Streng freundlich. »Ich versuche, eine Zeitschiene zu erstellen. Und dazu müssen wir begreifen, was wirklich passiert ist. Vielleicht kannst du mir dabei helfen.«

»Ich?«

»Ja. Was hast du gemacht, als du die Tür geöffnet hast?«

»Von dem Raum, in dem Roar Hanson lag?«

»Ja.«

»Ich …«

Geir sah Berit an. Sie zuckte mit den Schultern.

»Berit sagte, der Hund wirke gefährlich und ich solle vorsichtig sein. Also öffnete ich die Tür nur einen Spaltbreit. Wirklich nur ganz wenig. Ich konnte Roar Hanson sehen. Er lag leblos auf dem Boden, und ich wusste sofort, dass er tot war. Niemand legt sich doch so …«

»Und der Hund?«

»Der Hund? Der knurrte und steckte die Schnauze durch den Türspalt. Um wegzulaufen, nehme ich an.«

»Und da bekamst du es natürlich mit der Angst zu tun.«

Geir runzelte die Stirn und blickte ihn verständnislos an.

»Er hatte Angst, nicht wahr?«

Jetzt wandte der Arzt sich an Berit. Sie versuchte, ein Lächeln zu verbergen, erwiderte aber nichts.

»Der hat wie wahnsinnig geknurrt«, rief Geir. »Und die Zähne gebleckt.«

»Was hast du gemacht?«

»Ich war doch überzeugt davon, dass dieses verdammte Biest … der ganze Hund war blutüberströmt, zum Teufel. Ich dachte, der hätte Hanson umgebracht. Ich war außer mir vor Angst!«

»Das kann ich gut verstehen.« Magnus nickte beruhigend. »Aber was hast du gemacht?«

»Er hat die Tür geöffnet«, sagte Berit langsam. »Als der Hund durch die Tür wollte, hat er ihn getreten. Fest zugetreten. Sehr fest. Es hat geknackt.«

»Aha«, sagte Magnus und hob den Zeigefinger. »Du hast das Biest neu kodiert. Mit deinem gezielten Tritt hast du …«

Er verstummte und sah Berit an.

»Weißt du, wie der Hund hieß?«

»Muffe.«

Ich war offensichtlich sehr übermüdet, denn ich musste lachen. Die anderen starrten mich an, als ob ich meinen Verstand verloren hätte.

»Muffe«, wiederholte ich und konnte mir ein Lächeln nicht verkneifen. »Ein Pitbull?«

»Aber er war doch auch ein ganz lieber Hund«, sagte Magnus eifrig. »Muffe war überhaupt nicht gefährlich. Jedenfalls nicht für Menschen. Hier haben wir also einen der nächsten Verwandten des Wolfs, der sich mehrere Stunden in einem Raum zusammen mit einem Kadaver aufhält und nicht zubeißt. Er leckt das Blut, er legt sich neben die Leiche und wird vom Blut befleckt, aber er frisst nicht. Ein menschenfreundliches Tier, meine Damen und Herren, unser kleiner Muffe.«

»Vielleicht war er ja satt«, sagte Geir verärgert.

»Vielleicht. Als ihn aber nun dein gezielter Tritt trifft, ist seine ohnehin schon geringe Geduld am Ende. Das Tier wird ängstlich, wütend, es tut ihm weh, schrecklich weh, aber statt anzugreifen, was sein eigentlicher Instinkt ist, rennt es weg. Oben in der Rezeption sieht die Töle dann Hanne. Ob das Tier da schon vollständig den Verstand verloren hatte und dir an die Gurgel wollte …«

Er nickte mir zu, dann drehte er sich wieder zu dem Flipchart um.

»Das wissen wir natürlich nicht. Vielleicht suchte Muffe nur Trost.«

»So sah es aber nicht aus«, murmelte ich.

»Komm zur Sache«, sagte Geir, er wurde immer missgelaunter.

»Das«, sagte Magnus und drückte mit dem Filzstift auf den roten Kreis auf der Zeichnung, »das ist ein tiefer Schnitt, verursacht von einer Mordwaffe, mit der ich es wirklich noch niemals zu tun hatte. Ein Hund war es jedenfalls nicht. Die Eintrittswunde ist, wie wir sehen …«

Vermutlich fiel ihm plötzlich ein, dass wir nur eine grobe Skizze vor uns hatten.

»… oder genauer gesagt, wie ich euch berichten kann, nachdem ich den Verstorbenen untersucht habe …«, sagte er. »Die Eintrittswunde also ist relativ groß. Sieben, acht, neun Zentimeter in etwa. Dann nimmt die Größe der Wunde nach innen hin ab. In konischer Form. Die Leber ist gerissen. Ein sehr stark durchblutetes Organ, die Leber. Ungeheuer kritisch, wenn sie reißt.«

Er machte ein sehr ernstes Gesicht, dann schüttelte er den Ernst ab und gewann seinen alten Eifer zurück.

»Ich kann natürlich nicht ganz sicher sein, Pathologie ist nicht gerade meine Spezialität. Eingeweide haben außerdem bekanntlich die törichte Eigenschaft zu wandern. Trotzdem weist alles darauf hin, dass die Mordwaffe so ausgesehen hat.«

Er blätterte eine Seite weiter auf dem Flipchart und zeichnete eine Pyramide. Eine sehr spitze Pyramide.

»Ein Spieß?«, fragte Geir.

»Nein, nein, nein! Dass ich mit relativ großer Sicherheit sagen kann, dass die Waffe eine solche Form hatte, liegt vor allem daran, dass ich die Leiche umgedreht habe. Da fand ich …«

Plötzlich riss er den Bogen mit dem Umriss einer männlichen Gestalt ab. Er hielt ihn für einen Moment hoch, dann reichte er ihn Berit mit der leeren Seite nach vorne. Durch das Papier schimmerten die roten Filzstiftstriche, und man konnte das große klaffende Loch sehen, das in die Bauchregion gezeichnet war, rechts über dem Nabel, gleich unter den Rippen.

»Hier sehen wir also den Rücken des Mannes«, sagte Magnus ernst. »Ich habe eine Wunde gefunden. Hier.«

Der Filzstift zeigte ungefähr auf die Mitte des Ringes.

»Die Waffe ist also nicht einmal quer durch den Körper gedrungen. Aber viel hat nicht gefehlt. Nur einige Millimeter. Die Blutung auf dieser Seite weist darauf hin, dass der Gegenstand dünn ist und ein spitzes Ende hat.«

»Um nicht zu sagen, scharf«, sagte ich.

»Genau. Scharf Und dünn.«

»Aber was in aller Welt soll das sein?«, fragte Berit und zeigte auf die Zeichnung der möglichen Tatwaffe.

»Ich weiß es nicht«, sagte Magnus. »Ich habe eine Theorie, aber ich weiß es nicht.«

»Du hast doch gesagt ... irgendetwas mit Roald Dahl?«

»Eine Lammkeule ist es jedenfalls nicht«, sagte ich.

»Nein.«

»Ich weiß, dass euch das nervt«, stöhnte Geir resigniert. »Aber jetzt muss ich doch fragen: Lammkeule?«

»Eine Erzählung von Dahl«, erklärte ich. »Eine Frau erschlägt ihren Mann mit einer Lammkeule. Die Polizei kommt, und während sie die Mordwaffe suchen, brät die Frau das Lamm und tischt es den Ermittlern auf. Sie essen die Tatwaffe gemeinsam auf. Sie wird nicht durchschaut. Nicht verhaftet.«

»Aber was hat ...«

»Das ist ein Eiszapfen«, sagte Berit langsam und hob die Hand zu der Zeichnung.

»Ja! Ja!«

Magnus hob die Faust.

»Genial! Eine Mordwaffe, die durch den Schmelzvorgang verschwindet!«

»Aber das weißt du nicht«, sagte ich.

»Nein, wie gesagt. Es ist nur eine Theorie. Und wie andere Theorien muss sie bewiesen werden. Aber wie andere Theorien kann sie auch vorerst als wahrscheinlich gelten, solange man keine andere Erklärung finden kann und wenn die Umstände sie stützen. Bis jetzt hat in diesem Hotel noch niemand einen Gegenstand gefunden, der genau so aussieht.«

Er schlug mit der Faust auf die Zeichnung.

»Wir haben aber auch nicht danach gesucht«, protestierte Geir; er war stocksauer und schien diese Besprechung nun eiligst beenden zu wollen. »Ich habe außerdem einen Wahnsinnshunger. Und Durst. Und bin müde.«

Berit seufzte und nickte.

Niemand schien den Ernst der Lage so richtig erfassen zu können. Seit Mittwochnachmittag war viel Dramatisches geschehen, und es war durchaus möglich, dass einige begannen, dagegen immun zu werden. Die menschliche Psyche besitzt die segensreiche Fähigkeit, das auszusperren, was sie nicht verarbeiten kann. Der Mord an Roar Hanson bedeutete jedoch einen brutalen Paradigmenwechsel unserer Situation im *Finse 1222*, und ich hatte nicht den Eindruck, dass die anderen wirklich begriffen, was jetzt zu tun war.

Während Berit und Geir vor Erschöpfung fast umfielen, schien Magnus sich zu amüsieren. Nicht über Hansons Tod, sondern über die absurden Details, die er darin zu entdecken glaubte. Ich war von der Theorie mit dem Eiszapfen nicht besonders überzeugt. Es spielte aber auch keine sonderlich große Rolle. Auch dieser Mord Nr. 2 würde nicht schwer aufzuklären sein. Eher im Gegenteil, wir waren jetzt weniger Verdächtige als zuvor, als es noch eine Verbindung zwischen Hotel und Appartementtrakt gegeben hatte.

Als der Waggon heruntergefallen war, waren wir von dem Problem mit den Passagieren in der Dachgeschosswohnung befreit worden. Ich mochte mir keine Gedanken mehr darüber machen, wie es im Appartementtrakt weiterging. So wie es aussah, hatten wir im Hotel ja doch den Schwarzen Peter gezogen.

Den Mörder.

Dass Cato Hammer und Roar Hanson zwei verschiedenen Mördern zum Opfer gefallen sein konnten, war unwahrscheinlich. Es gab besorgniserregende Unterschiede in der Methode und den Umständen, was, isoliert betrachtet, ein Hinweis darauf sein konnte, dass ich mich irrte. Die Verbindungen zwischen den beiden Opfern waren jedoch so zahlreich, dass ich jedenfalls bis auf Weiteres davon überzeugt war, dass wir es mit ein und demselben Täter zu tun hatten.

Ich hatte mich darauf verlassen, dass Cato Hammer der Einzige gewesen war, auf den es der Mörder abgesehen hatte. Ein katastrophaler Irrtum.

»Gibt es Neuigkeiten über das Wetter?«, fragte ich.

»Im Laufe der nächsten vierundzwanzig Stunden soll es besser werden«, sagte Berit. »Ab heute Nachmittag soll die Windstärke abnehmen. Aber es wird weiterhin kräftig schneien. Wir können frühestens in vierundzwanzig Stunden mit Hilfe rechnen. Frühestens.«

»Peinlich«, murmelte ich.

»Du kannst über unsere Situation sagen, was du willst«, sagte Magnus fröhlich. »Aber peinlich kann man sie nun wirklich nicht nennen.«

»Peinlich, dass wir den Täter finden müssen, ehe die Polizei kommt«, sagte ich, jetzt viel lauter. »Peinlich, dass unsere Strategie, ihn in Ruhe zu lassen, ein so großer Fehler war. Entsetzlich peinlich, dass Roar Hansons Familie aufgrund einer groben Fehleinschätzung meinerseits den Gatten und Vater verloren hat.«

Ich weiß nicht, was ich erwartet hatte. Vielleicht einen zaghaften Protest. Eine vorsichtige Andeutung möglicherweise, dass es nicht ausschließlich meine Verantwortung gewesen war.

Niemand sagte etwas.

»Du hast die ganze Zeit gesagt, das würde einfach sein«, sagte Geir ein wenig kleinlaut.

»Für die Polizei, ja. Die haben Personal, Register und außerdem eine ungeheuer avancierte Technologie. Sie haben Computer, taktische Teams und nicht zuletzt die Befugnis, Druckmittel anzuwenden. Die Polizei besitzt überhaupt die besten Voraussetzungen für die Arbeit, für die wir sie bezahlen: Verbrechen aufzuklären. Ich habe nur ... «

Ich suchte in meiner Tasche.

»Ein Telefon. Das ist alles, was ich einsetzen kann, um den Täter zu finden und einen möglichen dritten Mord zu verhindern. Das und einen verdammten Zeitdruck.«

Berit hüstelte.

»Nein. Du hast leider nicht ... «

Ich starrte erst sie an und dann das Telefon.

»Das Netz ist zusammengebrochen«, sagte sie müde. »Bestimmt sind die Masten umgeweht worden. Oder abgebrochen. Ich weiß es nicht. Johan sagt, er kann versuchen, zum Depot des Roten Kreuzes zu gelangen und das Satellitentelefon zu holen, aber da es nicht lebensnotwendig ist, habe ich abgelehnt. Bis auf Weiteres.«

»Na gut«, sagte ich und schloss die Augen. »Dann habe ich ... «

»Du hast uns«, sagte Magnus Streng und schlug sich auf die Brust. »Du hast auf jeden Fall noch uns, Hanne!«

Ich hätte große Lust gehabt, aufzuspringen und ihn zu Boden zu schlagen.

Zum Glück kann ich das ja gar nicht.

8 LAUT BEAUFORTSKALA:

Auswirkungen des Windes im Gebirge

Stürmischer Wind. Windgeschwindigkeit: 62 – 74 km/h

Das Gebirge scheint zu brodeln.

Der Wind reißt Zweige und Flechten von den Bäumen.

Auf Skiern vorwärtszukommen, ist sehr schwer.

Das Schneegestöber verringert die Sicht

auf unter 100 Meter.

Es ist unmöglich, sich im Terrain zu orientieren.

Selbst gut markierten Loipen kann man nicht mehr folgen.

Bleiben Sie lieber zu Hause!

1 Selten hatte es so gutgetan, Wasser am Körper zu spüren. Immer wieder tunkte ich den Waschlappen in die große Waschschüssel, ohne ihn auszuwringen, um ihn dann über meine Schultern zu halten und das glühend heiße Wasser hinunterlaufen zu lassen.

Berit Tverre hatte mir meinen größten Wunsch von den Augen abgelesen. Das gefiel mir überhaupt nicht. Trotzdem hatte ich dankend angenommen.

Sie hatte zwei große Behälter mit Wasser gefüllt und einen Plastikstuhl mit Stahlrahmen, drei Handtücher, einen weichen Waschlappen und Seife geholt. Alles, ohne mich zu fragen. Alles befand sich in der Damentoilette, die ich bereits zweimal benutzt hatte, um unter großen Mühen meine Beutel zu leeren. Als sie mich eine halbe Stunde nach unserer Besprechung und dem gemeinsamen Frühstück bat, ihr zu folgen, zögerte ich. Doch dann erkannte ich, dass sie wütend werden würde, wenn ich nicht gehorchte. Im Treppenhaus öffnete sie die Tür zur Damentoilette und erklärte:

»Ich habe saubere Kleider für dich bereitgelegt. Die sind zu groß, aber es wird schon gehen. Ich stehe vor der Tür Schmiere, bis du fertig bist. Lass dir ruhig Zeit.«

Vor den beiden Toilettenzellen gab es einen Raum mit Waschbecken und Spiegeln, er war gerade so groß, dass ich mich ausziehen, auf den Stahlrohrstuhl überwechseln und mich waschen konnte. Ganz ohne fremde Hilfe.

Es fiel mir schwer, vor Wohlbefinden nicht laut zu stöhnen.

Ich konnte mich nicht erinnern, wann ich zuletzt so fürchterlich gerochen hatte. Ich hatte das Gefühl, mir eine zusätzliche Haut-schicht zugelegt zu haben, stinkende Flocken aus Schweiß und Stress. Streifen aus grauem Seifenschaum und schmutzigem Wasser flossen langsam an meinem Körper hinab, an den Stuhlbeinen ent-lang und über den Boden. Ich konnte nicht verstehen, wieso ich so schmutzig geworden war. So *verdreckt*. Nach und nach wurde das Wasser immer klarer. Die Seife fing an zu schäumen, aber ich wollte einfach noch nicht aufhören. Der Verband um meine Wade wurde feucht und verfärbte sich hellrot. Das spielte keine Rolle.

Nichts spielte mehr eine Rolle, ich schlief dort auf dem Stuhl ein.

Ich muss wohl für eine Sekunde oder so eingenickt sein, denn ich schreckte hoch, als der Waschlappen auf den Boden klatschte, und fühlte mich hellwach.

Inzwischen wohnten nur noch hundertsiebzehn Personen im *Finse 1222*.

Hundertsechzehn Verdächtige mit anderen Worten, wobei es natürlich ausgeschlossen war, dass eines der Kinder dahinter-steckte. Ich glaubte auch nicht, dass Geir, Berit oder Magnus etwas mit den Morden zu tun haben könnten, aber meine Berufsjahre hatten mich gelehrt, dass immer dann böse Überraschungen auf uns warten, wenn wir übereilte Schlüsse ziehen.

Meine Hoffnung konzentrierte sich nach wie vor auf Kari Thue.

Ich wollte aber auch keine übereilten Schlüsse ziehen.

Sollte Magnus Streng wider Erwarten mit seiner Theorie vom Eiszapfen als Mordwaffe recht haben, dann würde das die Anzahl der Verdächtigen bedeutend verringern. Und ich wünschte mir so wenige Verdächtige wie möglich. So eine Waffe …

»Es kann kein Eiszapfen gewesen sein«, murmelte ich meinem Spiegelbild zu.

Vielleicht stimmte es aber doch. Wäre Eis überhaupt stark genug? Würde ein Eisspeer nicht in der Mitte durchbrechen, wenn er auf Widerstand in Form von menschlichem Fleisch und Gewebe stieß? Außerdem, und das war noch wichtiger: Ware ein Angriff mit einem Eiszapfen nicht ungeheuer leicht abzuwehren, sogar für einen physisch und psychisch so heruntergekommenen Mann wie Roar Hanson?

Kari Thue war schmächtig und magersüchtig.

Wenn Magnus recht hatte, dann suchte ich jemanden, der stark und schnell war und außerdem keine Angst vor wütenden Hunden hatte. Diese Person hatte Roar Hanson in einem Raum umgebracht, in dem sich ein Pitbull aufgehalten hatte. Wenn der Mord woanders geschehen war und die Leiche erst später in den Hunderaum gebracht wurde, musste sich diese Person so gut mit Kampfhunden auskennen, dass sie ohne Probleme eine blutende Leiche in einem provisorischen Hundehaus ablegen und sie arrangieren konnte, bevor sie in aller Ruhe den Toten und das Tier zurückließ.

Meine Gedanken streiften Mikkel.

Das Motiv, dachte ich und schrubbte meine Oberschenkel, bis die Haut knallrot war.

Bisher hatte niemand dieses Wort auch nur erwähnt. Nicht in einem einzigen der Gespräche, die ich mit Geir, Berit und Magnus geführt hatte, war das Motiv zur Sprache gekommen. Wir hatten uns zu keinem Zeitpunkt gefragt, was der Grund für den Mord an Cato Hammer gewesen sein könnte. Bei der Besprechung in dem kleinen Büro hinter der Rezeption, wo Magnus Streng so begeistert seine Theorie über gefrorenes Wasser als Mordwaffe lanciert hatte, hatte niemand die entscheidende, die grundlegende Frage gestellt: Warum?

Wir wollten es ganz einfach nicht wissen. Wir benötigten keine Antwort. Bis jetzt nicht.

Moderne Ermittlungsarbeit wird breit gefächert angelegt. Technische Beweise werden eingesammelt, taktische Überlegungen werden angestellt. Überall und im Überfluss werden Informationen zusammengetragen, ein Puzzlespiel soll gelegt werden, für das es oft zu viele Teile gibt, nie jedoch zu wenig. Noch die kleinste Auskunft, noch der belangloseste technische Fund kann entscheidend für die Aufklärung eines Falles sein. Trotzdem gibt es eine ganz besondere Wegscheide, diesen entscheidenden Kontrapunkt in jedem Mordfall, den Augenblick, in dem der Ermittler den Beweggrund des Verbrechens selbst entdeckt oder ihn vorgesetzt bekommt.

Das Motiv ist das Schlüsselloch eines Mordes, und bisher hatte ich nicht einmal versucht, dieses Schlüsselloch oder den dazu passenden Schlüssel zu finden.

Das Wasser war nicht mehr warm genug. Ich griff nach einem Handtuch und rubbelte mich trocken. Eigentlich hätte ich mir gern die Haare gewaschen, aber das wäre zu umständlich gewesen.

Die Kleidung war zu groß, wie Berit ganz richtig vermutet hatte. Aber sie war sauber. Die Jeans hätte mir nie gepasst, wenn ich gehen könnte, aber da ich zum Sitzen verurteilt war, machte das nichts. Der weiße Pullover duftete ein wenig nach Wollwaschmittel. Die Wolle kratzte angenehm auf meiner Haut.

Ich versuchte, ein wenig aufzuräumen. Das war nicht leicht. Das Zimmer war so klein, dass der Rollstuhl zwischen der Wand der einen Zellentür und dem Stuhl eingeklemmt war, auf dem ich mich vom Wasser hatte überrieseln lassen. Der Boden war klatschnass. Es roch nach Seife und war stickig, und erst jetzt fiel mir auf, dass der unentwegte Lärm des Windes verstummt war. Der Raum hatte keine Fenster und war auf allen Seiten von anderen Zimmern umgeben. Ich war vollkommen vom Lärm draußen isoliert. Einige Sekunden saß ich mit geschlossenen Augen da und genoss die Stille. Dann stopfte ich meine eigenen Kleidungsstücke in eine Plastiktüte, legte sie auf meinen Schoß und sah mich einen Moment lang um, ehe ich leicht gegen die geschlossene Tür klopfte.

Berit öffnete.

»Danke«, sagte ich. »Tausend Millionen Dank. Ich glaube, jemand muss den Boden putzen.«

Ich hatte schon lange kein so warmes Lächeln mehr gesehen. Berit Tverre war ein Mensch, der gerne half.

»Sind die anderen schon aufgestanden?«, fragte ich.

»Ein paar. Nicht viele. Bisher haben wir noch nichts sagen müssen. Alles ist ruhig.«

»Ich möchte Magnus⊠ Theorie überprüfen.«

»Die mit dem Eiszapfen?«

»Ja. Wo könnte man so einen wohl herbekommen? Alle Eingänge sind doch jetzt zugeschneit, oder nicht?«

Berit griff sich in den Nacken und bewegte ihren Kopf in Kreisbewegungen hin und her.

»Wir heizen für die Spatzen«, sagte sie. »Das Dach ist wahnsinnig schlecht isoliert. An den Dachsimsen bilden sich riesige Eiszapfen. In den Zimmern im obersten Stock braucht man nur das Fenster aufzumachen und sich zu bedienen. Abgesehen davon, dass das Fenster die Zapfen dabei abbrechen würde. Es sind Klappfenster, die von unten nach oben aufgehen. Außerdem hat der Wind aller Wahrscheinlichkeit nach die meisten Zapfen abgerissen. Das Krachen, das wir gehört haben, waren bestimmt riesige Eisstäbe, die gegen Wände und Fenster geknallt sind.«

»Aber ist es denn überhaupt möglich«, fragte ich, »bei diesem Wetter ein Fenster zu öffnen? Würden Wind und Luftdruck und so es nicht gleich wieder zudrücken? Und wenn man es doch aufbekommen sollte, würde es dann nicht ...«

»Möglich? Keine Ahnung. Dieses Wetter ... so etwas haben wir noch nie erlebt.«

Ich fuhr zu meinem Stammplatz auf der anderen Seite der Rezeption, in der Ecke bei der *Millibar*. Die Tüte mit der schmutzigen Wäsche auf meinen Oberschenkeln war feucht und kalt. Wieder kam Berit mir zuvor.

»Gib mir doch die Tüte. Soll ich die Sachen waschen lassen?«

»Nein, danke. Leg sie einfach irgendwohin. Wo ist Geir?«

»Der hat schon angefangen.«

»Womit?«

»Das Zimmer zu suchen, aus dem der Eiszapfen geholt worden ist.«

Ich blieb stehen.

»Wenn es wirklich so ist«, sprach Berit weiter, »dass jemand Roar Hanson mit einem Eiszapfen umgebracht hat ... Man kann sehen, ob das Fenster geöffnet wurde ... Wenn es nicht zerbrochen ist, dann muss der Boden nass sein, denn der Schnee wird innerhalb von Sekunden hereingefegt.«

Die Andeutung eines Lächelns huschte über ihr Gesicht.

»Wir können auch denken, Hanne.«

Ich glaube, sie hatte mich zum ersten Mal mit meinem Namen angesprochen.

Bevor ich darüber nachdenken konnte, kam Geir angerannt.

»Steinar Aass«, sagte er und rang nach Luft. »Ich glaube, es ist Steinar Aass.« Er stützte die Hände auf die Knie.

»Was ist denn?«, fragte ich.

»Er ist gesprungen. Er liegt da oben unter dem Fenster ... im Schnee ... er ...«

»Ganz ruhig«, sagte Berit. »Ich verstehe kein Wort.«

Geir hob den Kopf, atmete zweimal tief durch und fing noch einmal an.

»Zimmer 205«, sagte er und zeigte an die Decke. »Er hat das Fenster öffnen können und ist hinausgesprungen. Es ist ja nicht tief, und ich ...«

»205«, wiederholte Berit und lief zur *St. Paals' Kro.* »Wenn er da rausgesprungen ist, müssten wir das doch von hier aus ...«

Sie blieb am Tischende stehen. Ich fuhr zögernd hinterher. Berit schien erst jetzt zu bemerken, dass die Fenster fast komplett zugeschneit waren.

Berit kletterte auf die Fensterbank. Da ich nicht sehen konnte, was sie sah, versuchte ich, ihr Gesicht zu lesen. Es war ausdruckslos, dann schloss sie die Augen, holte tief Luft und fragte:

»Warum glaubst du, dass es Steinar Aass ist?«

Geir kletterte neben sie. Er musste die Knie beugen, der Fensterrahmen war nicht hoch genug für ihn.

»Da liegt ein Mann im Schnee«, sagte er, ohne mich anzusehen. »Er wollte wohl auf die hohen Schneewehen springen, die ein paar Meter von der Hauswand entfernt sind. Und die hat er natürlich verfehlt. Ist abgerutscht. Er ist teilweise zugeschneit, aber da er an einer Stelle liegt, wo der Wind am stärksten weht, können wir ihn noch sehen.«

»Tot?« Überflüssige Frage.

»Und wie!«

»Wie kannst du dir sicher sein, dass das Steinar Aass ist?«, wiederholte Berit. »Er liegt mit dem Gesicht nach unten und ... woher hat er übrigens diese Klamotten? Ist das nicht ... das ist doch Johans Anzug!«

»Der Schneemobilanzug hing im Trockenraum«, sagte Geir. »Steinar Aass hat ihn sich geholt. Und auch Mütze und Brille und Stiefel.«

»Mit anderen Worten kann hier keine Rede von Selbstmord sein«, sagte ich.

Beide sahen mich fragend an. Ich hob die Hände:

»Niemand zieht sich an wie ein Polarfahrer, wenn er erfrieren will. Und was die Höhe anbetrifft, war der Sprung absolut nicht ausreichend, um dabei zu Tode zu kommen. Bei dem Schnee und überhaupt. Aber du hast Berits Frage noch nicht beantwortet. Woher weißt du so genau, dass es ... «

»Sieh mal, was er auf dem Rücken hat«, fiel Geir mir ins Wort.

»Na ja«, sagte ich. »Es ist nicht ganz leicht für mich, das zu ... «

»Einen Computer«, sagte Berit. »Den verdammten Laptop, den er die ganze Zeit mit sich herumgeschleppt hat. Als er hergebracht wurde, habe ich gesehen, dass er den in so einer Tasche hatte. So eine, die mit zwei Handgriffen zum Rucksack umfunktioniert werden kann.«

Sie presste die Stirn an die Fensterscheibe und kniff die Augen zusammen.

»Die brasilianische Flagge«, murmelte sie. »Du hast recht. Das ist Steinar Aass. Aber was in aller Welt hatte er vor? Warum um Himmels willen ... «

Ihre Stimme erstarb.

»Er wollte durchbrennen«, sagte ich.

»Durchbrennen? *Durchbrennen?* Kann er denn mit einem Schneemobil umgehen? Weiß er überhaupt, wo die stehen? War ihm denn nicht klar, dass er Stunden brauchen würde, um sich einen Weg freizugraben und ... «

»Hybris«, sagte ich. »Eine der hervorstechendsten Charaktereigenschaften bei Menschen wie Steinar Aass. Außerdem ging es offenbar um viel. Um sehr viel. Die Verluste wären zu hoch gewesen, wenn er hiergeblieben wäre. Wir wissen doch aus den Zeitungen, dass ihm vermutlich der Boden unter den Füßen brannte.«

Ich wusste noch gar nicht, wie recht ich damit hatte. Schon wenige Wochen später wurden Steinar Aass' Geschäftspartner bei einem groß angelegten Polizeieinsatz in der brasilianischen Provinz Natal festgenommen. Sie konnten sich auf einen langen Prozess und eine noch längere Gefängnisstrafe freuen, das alles unter Verhältnissen, die die norwegischen Haftanstalten wie Fünfsternehotels aussehen ließen. Steinar Aass wurde kurz in einem Interview erwähnt, in dem der Leiter der norwegischen Sonderkommission eine Woche nach den Razzien in Norwegen und Brasilien die Lage zusammenfasste: *Wir hatten konkrete Fragen an einen weiteren norwegischen Geschäftsmann, und die hätten möglicherweise mehr Klarheit über einige der größten Transaktionen erbringen können, die wir gerade prüfen. Leider kam er bei der Finse-Katastrophe ums Leben. Für die Polizei gilt er heute als uninteressant.*

Die Hüter des Gesetzes hatten überraschenderweise beschlossen, Rücksicht auf die Hinterbliebenen zu nehmen, in diesem Fall eine brasilianische Ehefrau und vier vaterlose Kinder unter zehn Jahren.

Aber das alles wussten wir am 16. Februar natürlich noch nicht.

Dass ein weiterer Mensch ums Leben gekommen war, noch bevor der Mord an Roar Hanson bekannt gegeben werden konnte, war mein einziger Gedanke, als Geir und Berit von der Fensterbank stiegen und vor mir stehen blieben. Stumm und verzweifelt waren sie und hatten so viele Fragen, dass sie es nicht schafften, auch nur eine einzige zu stellen.

»Lass ihn liegen«, sagte ich. »Wir wollen hoffen, dass der Schnee ihn bedeckt hat, bevor ihn dort jemand entdeckt. Man muss auf die Fensterbank klettern, um ihn sehen zu können. Und das macht doch niemand.«

Außer dem Südafrikaner, dachte ich.

Aber den hatte ich nicht mehr gesehen, seit der Waggon heruntergefallen war. Er war sogar der Einzige gewesen, der weggegangen war, als ich plötzlich das Wort ergriffen hatte und sich alle um mich versammelten. Vielleicht war er in den Sekunden vor dem Unglück in den Appartementtrakt hinübergegangen. Vielleicht hatte er auch Angst vor Kari Thue und hielt sich in seinem Zimmer auf.

Außerdem hatte ich sowieso andere Sorgen.

Es war jetzt zehn nach neun Uhr morgens, und bald würde sich die Rezeption mit Gästen und neuen Gerüchten füllen.

2 »Er war kein Pitbull, das habe ich doch gesagt! Er war ein Mischling! Ein Viertel Amstaff und ...«

Muffes Besitzer war aufgesprungen. Berit hatte ihn zu dem Kadaver geführt. Jetzt stand der Mann mit dem toten Hund in den Armen in der Rezeption und überschüttete sie mit Vorwürfen, während er sich zwischendurch an die vorübergehenden Gäste wandte und ihnen zurief:

»Seht euch an, was sie getan haben! Jetzt seht doch her! Er war eingesperrt! Ich habe gut auf meinen Hund aufgepasst und alles getan, was ihr von mir verlangt habt!«

Niemand schien auf ihn zu achten. Im Gegenteil, wenn sich überhaupt jemand dazu herabließ, bei dem armen Hundebesitzer stehen zu bleiben, dann nur, um seine Erleichterung darüber zum Ausdruck zu bringen, dass der Hund tot war.

Der Mann fing an zu weinen. Er bohrte das Gesicht in das kurze Fell und schluchzte, während er den albernen Hundenamen wieder und wieder murmelte. Berit war stumm, total verstummt, für einen Moment schien sie zu schwanken. Ich fuhr auf sie zu, ohne so recht zu wissen, was ich dem trauernden Mann sagen sollte.

»So geht das doch nicht«, schimpfte Veronica. »Wer war das?«

Sie kam mit Adrian im Schlepptau vom Kiosk herauf. Der

Junge ließ zwischen Zeige- und Mittelfinger eine Anderthalb-literflasche Cola baumeln. Er wirkte verwahrlost, und schon von Weitem konnte ich seine Fahne riechen. Da er in der *Millibar* ganz bestimmt nicht bedient wurde, fragte ich mich, ob Veronica einen Barschrank mit ins Gebirge genommen hatte.

Ihre Stimme war überraschend tief.

»Wer zum Teufel hat dem Tier das angetan?«

»Die da«, weinte der Besitzer. »Die da!«

Er nickte zu Berit und mir herüber. Ich runzelte die Stirn und zeigte wortlos auf meinen Rollstuhl.

»Warst du das?«, fragte Veronica und starrte Berit wütend an.

»Nein«, sagte Berit und schluckte. »Und außerdem bin ich dir keine Rechenschaft schuldig. Geh jetzt essen. Das Frühstück ist serviert.«

»Ich esse, wann ich will«, sagte Veronica und legte die Hand auf den toten Hund.

Der Mann machte einen Schritt auf sie zu, wie in der stillen Hoffnung, die schwarz gekleidete, absurd geschminkte junge Frau sei eine Hexe, die wieder Leben in den toten Körper zaubern könnte.

»Feiner Hund«, sagte sie leise und fuhr mit der Hand über das Fell.

»Der beste auf der Welt«, flüsterte der Mann.

Adrian sagte nichts. Er schien mich kaum zu bemerken. Er interessierte sich aber auch nicht für den toten Hund. Sein Blick hing an Veronicas Gesicht, und er hatte vergessen, die Mütze herunterzuziehen. Sein Mund stand halb offen. Ein dünner Speichelfaden zitterte in den kurzen, kleinen Atemzügen zwischen seinen Lippen.

Adrian war ernsthaft verliebt. Aus irgendeinem Grund machte mir das Sorgen. Ich brauchte mich nicht weiter um den Jungen zu kümmern. Das Interesse, das er mir am ersten Tag entgegengebracht hatte, war längst erloschen, für Adrian gab es jetzt nur noch Veronica. Lange würde das nicht Bestand haben. Sobald Hilfe eintraf, würde der Junge in ein Heim gebracht werden, wo man sich besser um ihn kümmern könnte, als ich und seine momentane große Liebe es vermochten.

Oder sie könnten es lassen, was leider wahrscheinlicher war.

Trotzdem konnte ich meine Bedenken nicht verdrängen; das nagende Gefühl blieb, dass diese anämische, asoziale Frau nicht gerade den besten Einfluss auf Adrian ausübte.

Und es gefiel mir überhaupt nicht, dass sie zuließ, dass er sich jeden Abend betrank.

»Ich muss mit dir reden!«

Geir trat von hinten an mich heran, und ich fuhr zusammen, als er mir auf die Schulter klopfte.

»Der da«, rief der Hundebesitzer. »Der hat Muffe umgebracht!«

Veronica fuhr herum. Ihre Augen verengten sich zu zwei dick mit Kajal umrandeten Strichen, hinter denen ein kaltes, fast hasserfülltes Glitzern funkelte.

»Ist dir eigentlich klar, dass das verboten ist?«, sagte sie. »Wir haben hierzulande Tierschutzgesetze und … «

»Und du hältst mal schön die Luft an«, fauchte Geir zurück und trat dicht an sie heran.

Sie wich nicht einen Millimeter zurück.

Adrian grinste dämlich.

»Ich hab das verdammte Biest nicht umgebracht«, sagte Geir. »Und wenn ich es getan hätte, dann aus gutem Grund, da kannst du sicher sein. Wir haben außerdem in diesem Hotel größere Probleme als einen toten Hund. Und jetzt nimmst du deinen Kumpel, und ihr setzt euch hin. Noch ein Wort über dieses Vieh, und ich … «

Was er dann tun würde, blieb ungesagt. Die Drohung zeigte trotzdem Wirkung. Veronica musterte ihn noch einmal abfällig und runzelte nachdenklich die Stirn, dann zuckte sie gleichgültig mit den Schultern und ging in Richtung Speisesaal davon. Adrian trottete hinterher.

»Kommen Sie«, sagte Berit zu dem immer noch weinenden Hundebesitzer. »Kommen Sie, wir suchen jetzt einen Ort, wo wir Muffe hinlegen können.«

Sie legte ihm den Arm um die Schultern und führte ihn davon.

»Zimmer 207«, flüsterte Geir und beugte sich über mich.

»War das nicht 205?«, fragte ich leicht verwirrt.

»Doch, Steinar Aass ist aus 205 gesprungen. Auf der Fensterbank sind deutliche Spuren seiner Schuhe zu sehen, und der Schneemobilanzug ist an einem Nagel hängen geblieben. Aber im Zimmer 207 ...«

Er schaute sich um und winkte mich näher an den Rezeptionstresen heran, um den Leuten, die jetzt aus ihren Zimmern strömten, nicht im Weg zu stehen.

»Auch da ist jemand gewesen. Das Fenster steht offen. Das ganze Zimmer liegt voll Schnee und Eis. Eis, Hanne! Lange, riesige Zapfen! Alles, was vor dem Fenster gehangen hat, ist abgerissen worden, entweder vom Sturm oder als das Fenster geöffnet wurde. Aber offenbar hat sich jemand aus dem Fenster gestreckt und einen der Eiszapfen erreichen können.«

Ich erwiderte nichts.

»Magnus könnte recht haben, Hanne. Auf jeden Fall hat irgendjemand im Zimmer 207 Eiszapfen gesammelt. Die wären nie einfach so im Zimmer gelandet. Schnee von mir aus ja. Ein Haufen Schnee. Aber Eiszapfen?«

Ich blieb stumm.

Ich hatte zu viele Gedanken, zu viel zu sagen.

Immer mehr Menschen kamen aus ihren Zimmern. Es war schwer, ihre Stimmung einzuschätzen. Einige wirkten gelassen, fast munter, während andere mit hängenden Köpfen herumliefen. Zwei der Handballmädchen sahen ziemlich verweint aus, sie fühlten sich jetzt gar nicht mehr so erwachsen, das Abenteuer in den Bergen war nicht mehr so spannend, und sie hatten Heimweh. Die Frau mit dem unentbehrlichen Strickzeug konnte sich nicht so recht entscheiden, wo sie sitzen wollte, und sie lief zwischen Tisch und Kioskeingang hin und her. Plötzlich tauchte Mikkel aus dem Treppenhaus auf. Er warf einen undeutbaren Blick in meine Richtung, ehe er wortlos zum Speisesaal schlenderte.

Eine neue und fremde Angst drückte gegen meine Kehle. Ich hustete. Mir traten Tränen in die Augen, und ich presste sie zurück, während ich mich darauf konzentrierte, ruhig zu atmen.

»Alles in Ordnung?«, flüsterte Geir.

»Ja«, sagte ich und erwiderte seinen Blick. »Aber ich brauche einen Ort, wo ich ganz allein sein kann. Das Büro? Ich brauche Platz und Zeit zum Nachdenken. Okay?«

»Natürlich«, sagte er und schob mich auf den Rezeptionstresen zu.

Ich protestierte nicht und ließ meine Hände untätig auf den Knien liegen.

9 LAUT BEAUFORTSKALA:

Auswirkungen des Windes im Gebirge

Sturm. Windgeschwindigkeit: 75-88 km/h
Wind und Schneegestöber machen
das Vorankommen im Gebirge unmöglich.
Selbst bei klarem Wetter mit wenig Schneefall
kann die Belastung so groß werden,
dass eine Schneehöhle oder
eine Hütte die einzige Rettung ist.

1 Systematik, dachte ich.

Wie systematisches Denken in diesem Chaos aus Eindrücken möglich sein sollte, wusste ich nicht. Ich wusste nur, dass ich irgendwo anfangen musste.

Geir hatte mich ins Büro geschoben. Das Flipchart stand noch an derselben Stelle, und auch Magnussens rote Zeichnung von Roar Hansons Leiche war noch an den hellbraunen Jalousien befestigt. Das große Loch im Bauch sah aus wie ein aufgerissener Mund. Ein kleiner Amorbogen zog sich über das Oval, wo der Filzstift das Papier getroffen und verlassen hatte.

Obwohl ich eigentlich keine Grundlage besaß, auf der ich eine einzige Schlussfolgerung ziehen konnte, hatte ich beschlossen, dass hier nur von einem einzigen Täter die Rede sein konnte. Dass zwei Mörder unabhängig voneinander zuschlagen sollten, bei einer ziemlich begrenzten Anzahl von Menschen und in einem Zeitraum von weniger als zwei Tagen, erschien mir so gut wie ausgeschlossen. Die unterschiedlichen Mordmethoden waren jedoch beunruhigend. Magnus' Theorie eines gefrorenen Speers hatte mich noch nicht überzeugt, aber bis auf Weiteres bot sie einen guten Ausgangspunkt. Es war jedoch schwer zu verstehen, warum jemand zu einem Eiszapfen greifen sollte, wenn er doch nachweislich im Besitz einer Schusswaffe war. Ich hatte bisher angenommen, dass Cato Hammer mit einem Revolver getötet worden war, aber es konnte sich natürlich auch um eine großkalibrige Pistole handeln.

Die Kurden besaßen Schusswaffen. Die des Mannes hatte ich

nicht gesehen, aber sein instinktiver Griff an das Schulterholster war nicht misszuverstehen gewesen. Die Frau besaß einwandfrei einen Revolver. Also müsste ich sie beide verdächtigen. Aus irgendeinem Grund gelang es mir aber nicht, mich auf sie zu konzentrieren; ihre Gesichter verschwammen, wenn ich versuchte, sie in der Skizze von möglichen Tätern unterzubringen, die ich vor meinem inneren Auge gezeichnet hatte.

Intuition hatte ich das früher genannt.

Aber darauf war natürlich kein Verlass mehr.

Ich fuhr an das Flipchart heran. Der Filzstift lag in einer Metallschiene unter dem Papierblock, und ich zog langsam die Kappe ab. ›Cato Hammer‹, schrieb ich ganz oben auf das Blatt.

Der Name sagte mir alles und nichts. Rote Buchstaben auf grauem, billigem Papier. Ich versuchte, meine eigene schiefe Schrift zu vernachlässigen. Ein Name ist ein Ikon. Ein Kürzel seines Trägers.

Ich konnte das hier mal gut. Talentiert war ich. Früher einmal.

Ich griff noch einmal zu dem Filzstift. Schrieb ›Roar Hanson‹ unter den Namen des ersten Geistlichen. Vier Buchstaben in jedem Vornamen. Roar und Cato. Sechs Buchstaben in jedem Nachnamen. Hanson und Hammer.

Zufälle. Ich suchte hier nicht nach Zufällen. Ich suchte nach Zusammenhängen.

Beide waren Geistliche. Sie hatten zusammen studiert. Sie waren ungefähr im selben Alter. Sie hatten früher zusammengearbeitet, und sie arbeiteten jetzt zusammen. Na ja, die Mitgliedschaft in der Staatskirchenkommission war vielleicht keine Arbeit im herkömmlichen Sinne. Eher ein Ehrenamt, nahm ich an. Cato Hammer war extrovertiert und im ganzen Land bekannt. Korpulent, jovial, Fußballfan. Roar Hanson war anonym und grau, ungefähr so spannend wie ein Kreismeister im Schach.

Ich riss das Blatt ab. Schrieb die Namen noch einmal auf, diesmal Roar Hansons zuerst.

Ich musste den zum Ausgangspunkt machen, den ich am besten kannte.

Mit Cato Hammer hatte ich nicht ein einziges Wort gewechselt. Ich wusste über den Mann nur das, was ich gelesen und im Fernsehen gesehen hatte. Die meisten öffentlichen Personen werden auf dem Weg von der Wirklichkeit zur medialen Wiedergabe zu Pappfiguren. Diese Erkenntnis hätte mich natürlich daran hindern sollen, Hammer zu verabscheuen. Aber wie gesagt: Es ist mir nicht sonderlich wichtig, ein besserer Mensch zu werden. Tatsache aber war, dass ich Roar Hanson ein wenig besser kannte. Wenn Adrian mich nicht dauernd gestört hätte, würde ich noch mehr wissen. Bei diesem Gedanken schoss meine Wut auf ihn wieder in mir hoch, ich hätte den Knaben ohrfeigen können.

Vergiss Adrian, versuchte ich mich zu beruhigen.

Roar Hanson hatte etwas gewusst. Oder genauer gesagt: Er hatte geglaubt, etwas zu wissen. Der Mann war wie ein lebendes Gespenst umhergeirrt, mit krummem Rücken und fast durchsichtig vor Verzweiflung. Ob er wirklich gewusst hatte, von wem Cato Hammer erschossen worden war, konnte ich natürlich nicht wissen. Es wäre viel leichter gewesen, wenn wir unsere Gespräche beendet hätten, in denen er zweimal kurz davor gewesen war, mich in seinen Verdacht einzuweihen.

Ich wollte nicht an Adrian denken.

Der Junge war ohnehin verloren. Er war nicht mein Problem.

Jemand klopfte an die Tür.

Ich wollte keinen Besuch. Brauchte keinen.

»Herein«, sagte ich.

»Hier sitzt du also«, stellte Magnus Streng überflüssigerweise

fest und setzte sich in den Schreibtischsessel hinter dem überfüll-
ten Tisch, ohne zu fragen, ob mir das recht sei.

»Ja. Hier sitze ich und kann nicht anders.«

Er schaute neugierig auf das Flipchart.

»Kann ich mitspielen?«, fragte er.

»Wobei denn?«

»Bei diesem ... Gedankenspiel. Denn das machst du hier doch,
oder? Nachdenken?«

Ich seufzte. Ein wenig zu laut. Ein wenig zu demonstrativ.

»Hanne Wilhelmsen, meine gute Frrreundin.«

Er rollte theatralisch das R. Seine Stimme änderte ihren Ausdruck. Sie war jetzt viel tiefer, aber das klang nicht aufgesetzt; sondern als verstecke sich in dem zwergenhaften Körper ein anderer
Mann. Ich wusste nicht, was ich von ihm halten sollte. Er nannte
mich seine gute Freundin, obwohl er mich überhaupt nicht kannte. Sein Wechsel zwischen Unterhalter und Alleswisser, Arzt und
Clown, Gute-Laune-Verbreiter und scharfem Beobachter strapa-
zierte zunehmend die Sympathie, die ich diesem Mann zweifellos
entgegenbrachte.

»Hanne Wilhelmsen«, wiederholte er noch einmal und verschränkte seine klobigen Hände in seinem Nacken.

Schweißgeruch schlug mir entgegen. Da ich selbst frisch ge-
duscht war, fiel es mir schwerer, mich damit abzufinden. Er lächelte, als habe er das verstanden, als sei es ihm aber egal. Jedenfalls ließ
er seine Arme nicht sinken.

»Du kannst dich nicht richtig entscheiden«, sagte er und ließ
mich nicht aus den Augen. »Einerseits fällt es dir schwer, mich
zu verabscheuen. Meine ganze ... Erscheinung hindert dich daran, mich nicht leiden zu können. Man – und ich rede von dem
großen allgemeinen *Man* – hat Mitgefühl mit uns, die wir den
brutalen und unvorhersagbaren Launen der Natur ausgesetzt sind.

Mich nicht leiden zu können bedeutet, die Illusion zu verlieren, dass man ein guter Mensch sei. Glaub mir, das habe ich schon als kleiner Junge erkannt. Um ehrlich zu sein, habe ich das sogar ausgenutzt. Ausgiebig.« Er lächelte zufrieden. Bestimmt hätte ein ganzer Finger in seine Zahnlücke gepasst.

»Wir beide sind uns im Grunde ziemlich ähnlich«, fuhr er fort. »Wir sind beide anders als die anderen, wenn auch auf unterschiedliche Weise. Was uns unterscheidet, ist … «

Endlich ließ er seinen Nacken los. Er beugte sich vor.

»Weißt du, was mein Vater immer gemacht hat, als ich noch ein Kind war?«

Ich hatte keine Ahnung, was der alte Streng unternommen hatte, als Magnus noch ein Kind war. Mein Interesse an diesen Aktivitäten hielt sich durchaus in Grenzen.

»Jeden Abend nach dem Baden und vor dem Schlafengehen ging er mit mir in sein Arbeitszimmer. Jeden Abend. Ich trug schon den Schlafanzug. Einen gestreiften Flanellschlafanzug, den meine Mutter an Armen und Beinen gekürzt hatte. Umgenäht, sagt man wohl. Immer Flanellschlafanzüge. Blau-weiß gestreift. Er war ein Mann der alten Schule, mein Vater. In seinem Arbeitszimmer hob er mich auf seinen Schoß. Ein gewaltiger Brocken von Mann. So ein Freiluftmensch. Ich saß auf seinen Knien, während er in Büchern blätterte, Er zeigte mir Tiere. Ameisen, die fleißig ihre Hügel bauten. Elefanten in Thailand, die Baumstämme auf ihren Stoßzähnen balancierten. Jagende Löwinnen und bucklige Hyänen, die die Savanne von ansteckenden Kadavern befreien. Kolibris in stillem Schweben über wunderschönen Blumen.«

Er schloss die Augen. Sein Lächeln veränderte sich, als ob er in die Vergangenheit reiste und sich beobachtete.

Ich wusste wirklich nicht, was ich von Magnus Streng halten sollte.

»Wir saßen fünfzehn Minuten so da«, sagte er weiter lächelnd, ohne die Augen zu öffnen. »Nie länger, nie kürzer. Dann schloss er das Buch und brachte mich ins Bett. Und das ist der Unterschied zwischen uns beiden.«

Im Grunde hatte er recht.

Niemand hatte mir vor dem Schlafengehen Bücher gezeigt, und dabei war mein Vater sogar Professor der Zoologie gewesen. Ich konnte mich auch nicht an gestreifte Schlafanzüge erinnern. Worauf Magnus Streng nun aber hinauswollte, begriff ich wirklich nicht. Abgesehen davon, dass er mir unter die Nase reiben wollte, dass er einen liebevollen Papa gehabt hatte. Und da konnte ich ihm nur zustimmen, zwischen uns klaffte ein tiefer Abgrund.

»Mein Vater sprach wenig«, sagte er. »Aber er brauchte auch nichts zu sagen. Die Botschaft war auch so schon klar: Wir alle werden gebraucht. Wir sind unentbehrlich hier auf Erden. Groß und klein, dick und dünn, schön und hässlich. Ich war gut genug. Ich bin gut genug.«

»Du kennst mich überhaupt nicht«, sagte ich mit scharfer Stimme.

»Nein«, sagte er und schüttelte den Kopf. »Ich habe viel über dich gelesen, aber ich kenne dich nicht. Das stimmt.«

»Weißt du, was die Informationszentrale ist?«

Sein Lächeln verschwand. Er wirkte verwirrt. Enttäuscht vielleicht, aber nur für einen Moment. Dann ließ er sich im Sessel wieder zurücksinken.

»Tja«, er zögerte, »es gibt eine Informationszentrale für Fleischprodukte. Und eine für Obst und Gemüse, glaube ich. Meines Wissens gibt es sogar eine für weißes Fleisch und Eier. Bestimmt auch für Fisch. Das sind Verbraucherzentralen ... aber warum in aller Welt ...«

»Kann Cato Hammer mit so etwas zu tun gehabt haben? Als ... Werbeauftrag? Oder so?«

»Cato Hammer? Nein, nein, nein! Du meinst selbstredend den *Informationsverbund*. Die Fondsverwaltung. Das ist etwas ganz anderes.«

Ich versuchte an das letzte Gespräch zurückzudenken, das ich mit Roar Hanson geführt hatte, ehe Adrian dazwischengekommen war. Magnus konnte recht haben. Vielleicht hatte er wirklich von einem Informations*verbund* gesprochen. Und nicht von einer Zentrale. Ohne dass mir der Unterschied irgendetwas sagte.

»Cato Hammer hat viele Jahre dort gearbeitet«, erzählte Magnus zufrieden. »Du weißt ja, Hammer war ein vielseitiger Mann. Betriebswirt und Geistlicher. Solche Kombinationen sind gar nicht mehr so selten. Mein einer Bruder ist Diplomingenieur und Arzt, und wenn du wüsstest, welche Vorteile das in der heutigen ...«

»Was macht die?«, fiel ich ihm ins Wort.

»Was macht wer?«

»Diese Fondsverwaltung!«

»Die verwaltet Milliarden. Wortwörtlich, glaube ich. Jedenfalls geht es um sehr viel Geld.«

»Wem gehört ... für wen verwalten sie dieses Geld?«

»Für die Kirche natürlich. Für die Kirche, die Norwegische Staatskirche. Bei der Trennung von Kirche und Staat ist das größte Problem der Grundbesitz. Da geht es um ein Vermögen. Die Kirche ist reich, Hanne. Die Kirche ist der pure Krösus. Und da sie das meiste von ihrem Vermögen als Staatskirche erworben hat, ist die Verteilung das große Problem. Grundbesitz. Aktien. Immobilien. Häuser und Kirchen. Gehören sie dem Staat, also uns? Oder gehören sie der Kirche, sodass die Gläubigen sie als Ersatz für ihre verfassungsmäßigen Privilegien behalten können, wenn wir das mit einer Staatskonfession lösen?«

Ich wäre nie auf die Idee gekommen, dass die Kirche reich sein könnte. Im Gegenteil, ich erinnerte mich sehr gut an die Aufregung um die Renovierung des Osloer Doms vor der Hochzeit des Kronprinzenpaares. Wenn man den Zeitungen glauben wollte, dann stand das Bauwerk nach jahrelangem Geldmangel und Vernachlässigung kurz vor dem Einsturz.

»Er war dort Finanzchef«, sagte Magnus und zog seine kräftigen, zusammengewachsenen Augenbrauen noch weiter zusammen. »Oder Buchprüfer? Nein ... ich weiß es nicht mehr. Erst als er Pastor in der Gemeinde Ris wurde, wurde er wirklich ... sichtbar für die Massen, sozusagen.«

Er wieherte wie ein Pferd.

»Weißt du, ob auch Roar Hanson dort gearbeitet hat?«

»Nein ...«

Er zögerte ein wenig und kratzte sich mit dem Zeigefinger hinter dem Ohr.

»Ich habe bis heute, ehrlich gesagt, noch nie von Roar Hanson gehört. Ein anonymer Bursche, dieser Hanson. Er hatte wohl auch nichts vom Charme und der Volkstümlichkeit seines Kollegen, leider.«

Wieder wurde an die Tür geklopft.

»Was ist denn los?«, fragte ich verärgert. Ich hatte Geir gebeten, mich in Ruhe zu lassen, und er hatte versprochen, mir auch andere Störungen vom Hals zu halten.

»Verzeihung«, sagte Berit und zögerte, ehe sie den Raum betrat und die Tür hinter sich zuzog. »Aber es ist etwas passiert. Etwas, das ...«

Wieder machte sie sich an ihrem Pferdeschwanz zu schaffen.

»Erzähl mir bitte bloß nicht, dass es noch weitere Tote gibt«, murmelte ich.

»Nein, es ist ...«

»Und bitte auch nicht, dass noch mehr sich in den Kopf gesetzt haben, sich auf eigene Faust von hier zu entfernen.«

»Nein«, sagte Berit. »Man könnte eher sagen … im Gegenteil.«

»Im Gegenteil?«, wiederholte Magnus nachdenklich und schnalzte mit der Zunge. »Soll das heißen, dass jemand versucht, zu uns hereinzukommen?«

Dann lachte er herzlich und polternd, ganz anders, als ich es bisher von ihm gehört hatte. Magnus Streng besaß ein Lachrepertoire, um das ihn ein Stimmenimitator beneidet hätte.

»Ja.«

Ich ließ meinen Blick von Berit zu Magnus und wieder zurück wandern.

»Was?«

Sie kämpfte mit den Tränen. Schluckte und atmete schnell durch den geöffneten Mund ein und aus. Dann fuhr sie sich mit dem Handrücken über die Augen, rang sich ein Lächeln ab und sagte:

»Jemand gräbt sich zum Haupteingang durch. Von außen. Die wollen hier rein.«

Dann seufzte sie und fügte hinzu:

»So sieht es zumindest aus.«

2 Berit, Geir und Johan hatten die Gäste überredet, sich in die *Blåstue* und den *Jøkulsal* zurückzuziehen. Jedes einzelne Zimmer im Hotel war überprüft worden, um sicherzugehen, dass alle im unteren Teil des Seitenflügels untergebracht waren. Das galt nicht für die Angestellten, Geir, die Leute vom Roten Kreuz und mich. Magnus Streng hatte mit großem Ernst seinen Posten als Sicherheitschef übernommen und sofort Mikkel zum Hilfssheriff ernannt. Der junge Bandenführer hatte mürrisch seine Zustimmung gemurmelt und versucht, seine Überraschung und auch den Stolz zu verbergen. Kein Gast erfuhr die Wahrheit über diese Völkerwanderung. Geir bastelte eine Erklärung zusammen, wonach das Loch, das der Waggon hinterlassen hatte, noch einmal ausgebessert werden müsse. Außerdem seien noch Probleme mit der Treppenkonstruktion aufgetreten, behauptete er, und alle müssten sich fernhalten, ehe das alles geklärt sei. Magnus genoss seine Rolle. Ich hörte bereits seine Ermahnungen: Ruhe sei die erste Bürgerpflicht, und es bestehe keinerlei Grund zur Sorge.

Das war eine große Lüge, und alle wussten es.

Seit dem Unfall hatte es dauernd Grund zur Sorge gegeben.

Seltsamerweise schienen alle diese vorübergehende Internierung zu akzeptieren. Sogar Kari Thue hatte sich ohne Widerspruch in die *Blåstue* kommandieren lassen. Es war allerdings schwer zu erraten, was sie dachte, und sie setzte sich sofort und demonstrativ weit entfernt von dem muslimischen Paar ans andere Ende des Raumes. Innerhalb von nur zwei Tagen hatte sie einen Hofstaat um sich geschart. Und alle folgten ihr, sie saßen vor den Fenstern, die auf die nach Süden gelegene Terrasse schauten. Kari Thue setzte sich auf ein gelbes Sofa mit bunten Streifen und sorgte dafür, dass sie nur von Freunden umgeben war. Ich hatte neben der Treppe zur *St. Paal's Kro* Position bezogen und verfolgte das Geschehen. Die Aktion verlief besorgniserregend reibungslos.

»Jetzt sind sie bald fertig«, flüsterte Berit und legte mir eine Hand auf die Schulter. »Den Geräuschen nach zu urteilen, nähern sie sich.«

Ich fuhr hinter ihr her bis zur Eingangstür.

Wer immer dort draußen Schnee schaufelte, leistete gründliche Arbeit. Da Johan entschieden hatte, es sei überflüssig, gefährlich und im Grunde unmöglich, den Eingang frei zu halten, war es hinter den kleinen Fensterscheiben in der Eingangstür immer dunkler geworden, als die Schneewand sich draußen höher türmte. Jetzt wurde es wieder heller.

Es war kurz nach ein Uhr.

Der Koch war außer sich vor Zorn gewesen, als das Mittagessen aufgeschoben werden musste.

»Das sind welche aus dem Appartementtrakt«, murmelte Johan. »Die haben es nicht so weit. Sie müssen es sein. Und sie müssen einen verdammt guten Grund haben. Draußen sind es vierundzwanzig Grad unter null, und als ich vorhin die Windstärke überprüft habe, lag sie bei knapp unter hundert Stundenkilometern. Und es schneit wie Hölle. Aber jetzt haben sie es ja gleich geschafft.«

Ich gab mir alle Mühe, um mir einzureden, die Lage sei nicht gefährlich. Jedenfalls nicht für uns. Natürlich konnte in einem der Appartements etwas passiert sein. Ein Aufstand vielleicht, etwas Ähnliches wie jene Meuterei, zu der Kari Thue auf unserer Seite hatte anstiften wollen, ehe der Waggon heruntergefallen war. Berit hatte gesagt, in den Appartements gebe es genug zu essen, es handele sich aber vor allem um Konservenbüchsen und Trockennahrung, die die Wohnungsbesitzer bei ihren Besuchen hinterließen. Dennoch war es unwahrscheinlich, dass die Leute nach einem knappen Tag mit eintöniger Nahrung bereits an furchtbarem Hunger litten. Jedenfalls nicht so sehr, um sich auf diesen lebensgefährlichen Weg zu machen, nur um sich eine köstlichere Mahlzeit zu besorgen.

»Ich tippe auf die Leute aus der Dachgeschosswohnung«, sagte Johan und gähnte. »Die Jungs sind gut in Form. Stark.«

Das Kratzen wurde immer lauter und übertönte fast den Lärm des Unwetters. Jetzt konnte ich auch die Bewegungen hinter den schmalen Fenstern deutlich erkennen. Ein dunkler Schatten, der sich gegen das weiße Licht von draußen abzeichnete. Es war ein Mensch, der Schnee vom untersten Teil der Tür wegschabte.

»Hallo!«

Seine Stimme wurde fast von den Kratz- und Klopfgeräuschen übertönt. Berit ging zur Tür. Sie rief zurück:

»Wer seid ihr?«

»Lasst uns rein! Wir sind ...«

Die Antwort verschwand. Vielleicht wurde sie vom Winde verweht, vielleicht wollte der Absender sie ungehört lassen.

Der Mann rüttelte an der Tür, Berit überlegte einen Moment und sah zu Johan, der nickte. Sie legte die Schulter gegen die Tür und schob sie auf. Sofort wirbelten Wind und Schnee herein. Kaum war die Öffnung groß genug, da zwängte sich der Mann hindurch und drückte die Tür hinter sich zu. Er stellte sich davor, als wolle er die anderen draußen daran hindern, ihm zu folgen. Oder vielleicht wollte er uns daran hindern, hinauszugehen. Jedenfalls war es auffällig, wie breitbeinig er da stand, die Hände in die Hüften gestemmt, wie ein wütender Türsteher vor einem angesagten Nachtclub.

Er war sehr groß und trug Thermohosen, riesige Stiefel und einen Berganorak. Ein Wollpullover schaute unter dem Anorak hervor, der dicht behangen war mit kleinen Glöckchen aus Schnee. Er rang nach Luft und riss sich die Mütze vom Kopf, ehe er den Schal abwickelte und seine Schneebrille nach oben schob.

Er sah sich wortlos um. Der Frost hatte sich trotz Schal, Mütze und Brille als Eisblumen auf seinen Wangen niedergelassen. Sein Gesicht war mager, aber mit starken, fast schönen Zügen unter den angegrauten, dunklen Haaren, die ihm feucht in die Stirn hingen. Auf dem Rücken trug er einen Wanderrucksack. Der schien schwerer zu sein, als es die Größe erwarten ließ, denn die Riemen schnitten überraschend tief in die Schultern ein.

Ich versuchte, das alles zu begreifen. Mein Gehirn versuchte, dem Ganzen einen Sinn zu geben, es suchte nach einem logischen Zusammenhang in einer Kette von Gedanken, die viel zu lang wurde.

Als der Mann mich erblickte, erstarrte er, dann huschte der Schatten eines Lächelns über sein Gesicht, und er trat einen Schritt vor.

»Hanne«, sagte er und schnappte nach Luft. »Ich habe mich noch nie so gefreut, dich zu sehen.«

3 Als ich Severin Heger erkannte, dachte ich sofort an den Tag, an dem ich angeschossen worden war.

Das war nicht besonders verwunderlich. Als ich zuletzt mit Severin gesprochen hatte, kurz nach Weihnachten 2002, war er Abteilungschef bei der Polizei in Bergen. Ich kannte ihn schon lange. Er war ein Schulkamerad von Billy T. und hatte früher in der Abteilung gearbeitet, die damals Polizeilicher Überwachungsdienst hieß und in den obersten Etagen von Grønlandsleiret 44 untergebracht gewesen war. Wir waren zwar nie befreundet gewesen, aber im Laufe von fast zwanzig Jahren immer wieder aufeinandergestoßen. Ich benötigte seine Hilfe, und er gab mir, was erforderlich war, um den Kriminalchef der Osloer Polizei als korrupten Mörder zu entlarven. Während der Festnahme wurde ich angeschossen. Das eine Projektil hat mein Leben zerstört. Die Staatsanwaltschaft legte beim Prozess großes Gewicht auf den kaltblütigen Angriff auf eine Polizistin im Dienst. Ich persönlich fand es schlimmer, dass der korrupte Kriminalchef vier unschuldige Menschen ermordet hatte, um den Verlust von Amt und Ehre zu verhindern.

Er wurde wegen all dieser Vergehen verurteilt.

Also war es seine Schuld, dass ich nicht mehr gehen kann.

So wie ich das jetzt sehe, habe ich mir alles selbst zuzuschreiben.

Ich hatte fahrlässig gehandelt. Billy T. versuchte noch, mich zu warnen. Er lief hinter mir her, als ich diese Hütte in Nordmarka stürmte, in der sich der Verdächtige laut unseren Informationen aufhielt. Ich ließ mich nicht aufhalten. Ich war erschöpft. Zermürbt, in vielerlei Hinsicht. Mein Vorgehen war absolut dilettantisch. In der Ferne hörten wir bereits den Hubschrauber, Verstärkung war unterwegs.

Ich wurde gezwungen, eine Psychologin aufzusuchen, sobald ich gesund genug war, um mit jemandem zu sprechen. Sie meinte, ich sei von einem unbewussten Todeswunsch getrieben worden. Sie nannte es Todessehnsucht, glaube ich. Das ist der totale Humbug. Ich denke nicht im Traum ans Sterben. Mein Leben ist nicht gerade so verlaufen, wie ich mir das gewünscht habe, aber der Tod ist trotz allem eine wenig verlockende Alternative.

Ich war überarbeitet, wurde unachtsam und hätte bei der Polizei aufhören sollen, ehe alles schiefging. Ich kann mich sogar erinnern, dass das meine letzten Gedanken waren, ehe ich in die Hütte stürzte: Ich werde aussteigen. Dieser Beruf ist nichts mehr für mich.

Ich musste ein hohes Lehrgeld zahlen.

Später bekam ich Ida. Ich bin immer für sie da. Ich habe immer Zeit für meine Tochter. Alles hat einen Sinn.

Dass Severin Heger plötzlich in diesem apokalyptischen Sturm in Finse auftauchte, war schon um einiges schwerer zu begreifen. Als mein Gehirn endlich erfasst hatte, was hier vor sich ging, fügte sich das Bild zu einem Ganzen zusammen. Meine Vermutung, wer sich in dem geheimen Wagen und später in der Dachgeschosswohnung versteckt hielt, traf wohl doch zu. Sie stimmte zweifelsohne. Ich schaute zur Tür hinüber und bekam eine Gänsehaut bei der Vorstellung, wer da auf der anderen Seite stehen mochte. Dann richtete ich meinen Blick auf den hochgewachsenen Mann in Winterkleidung.

»Hallo, Severin.«

Mir fiel einfach nichts anderes ein.

Er versuchte nicht, mich zu umarmen. Sein Lächeln verschwand ebenso schnell, wie es erschienen war.

»Wer trägt hier die Verantwortung?«, fragte er noch immer atemlos.

»Ich«, sagte Berit.

Sie hielt ihm die Hand hin und nannte ihren Namen.

»Warum ... «

»Ich benötige einen abgetrennten Bereich des Hotels«, fiel Severin Heger ihr ins Wort. »Ohne Durchgangsverkehr.«

Berit machte ein halb überraschtes, halb missbilligendes Gesicht.

»Dieses Hotel kann im Moment keinen Spitzenservice leisten«, sagte sie. »Weshalb wir dieser Art von Sonderwünschen und -bedürfnissen derzeit leider nicht entgegenkommen können.«

Seit fast zwei Tagen hatte ich Berit Tverre nun in den unterschiedlichsten Stimmungen erlebt. Ironisch war sie bisher noch nie gewesen. Und es passte irgendwie nicht zu ihrem frischen, sportlichen Stil.

Severin öffnete den Mund, aber ich kam ihm zuvor.

»Warum seid ihr rübergekommen? Was ist im Appartementtrakt los? Ich gehe davon aus, dass du und deine Freunde ... «

Ich warf einen Blick auf die Tür, hinter der sich die Schatten zaghaft bewegten. Warum blieben die anderen draußen stehen? Dort war es zwar windgeschützt, aber trotzdem eiskalt.

»... in dem Sonderwagen angereist seid«, fuhr ich fort. »Und dass ihr in der Dachgeschosswohnung untergebracht wart. Was ist passiert?«

Severin schaute sich um. Ich wusste genau, was er dachte. Die Sekunden, die verstrichen, ehe er antwortete, nutzte er, um abzuwägen, wie viel er offenbaren musste, um das Gewünschte zu erhalten.

»Eine kleine ... Revolution«, sagte er leise und zögernd, um Zeit zu gewinnen.

Keiner sagte ein Wort, niemand stellte eine Frage. Alle starrten Severin Heger an.

»Ein Kind ist gestorben«, sagte er. »Ein Baby.«

»Ihr habt ein Kind erschossen?«

Geir kam drohend auf Severin zu. Es schien den Tod des Babys rächen zu wollen.

»Nein! Nein, nein! Das Kind ist heute Nacht gestorben. Still und leise. Es schlief neben der Mutter, aber als sie aufwachte, war das Kind tot. Kein Hinweis auf Gewalteinwirkung, kein Hinweis auf irgendetwas anderes als ... plötzlichen Kindstod.«

Er zuckte mit den Schultern, eher resigniert als gleichgültig.

»War das Kind rosa?«, fragte ich.

»Rosa?«

»War es rosafarben gekleidet, von Kopf bis Fuß?«

»Ja. Doch. Und da sind sie zu uns nach oben gekommen, eine ganze Bande, und wollten ... ich bin nach unten gegangen, um zu verhindern ... ich bin nach unten gegangen, um mit ihnen zu reden.«

Er schluckte schwer und fügte hinzu:

»Ja. Es war ein kleines Mädchen. Die Mutter ist total ausgerastet. Akute Psychose, nehme ich an. Es war wie der berühmte Funke in einem Benzintank. Die Panik drohte zu eskalieren. Zwei Männer, ich glaube, vom Roten Kreuz, haben zwar versucht, die Lage unter Kontrolle zu bringen, aber wir hielten es doch für klüger, uns zu entfernen.«

Wieder schluckte er schwer, ehe er wiederholte:

»Es war ein Mädchen.«

Ich hatte nicht gewusst, dass Sara und ihre Mutter im Appartementtrakt untergebracht waren. Ehrlich gesagt hatte ich kaum noch an sie gedacht, zumindest seit das Hotel keine Verbindung mehr zu den Wohnungen hatte.

Ich erinnerte mich an den schwachen Geruch von saurer Milch, ich sah das kleine Gesicht vor mir, das gleich nach dem Unfall auf meinem Schoß lag und schrie und schrie, während die Temperatur rapide sank und ich um unser Leben bangte.

»Sie hat einen kräftigen Schlag abbekommen ... auf den Kopf. Als wir entgleist sind.«

Niemand reagierte auf das, was ich gesagt hatte. Vielleicht hatte ich es nur gedacht.

»Aber ihr seid doch bewaffnet?«, sagte Geir. »Konntet ihr sie euch nicht vom Leib halten?«

»Wir sind bewaffnet«, nickte Severin. »Sie aber auch. Äxte, Hämmer. Küchenmesser. Eine Schlittendeichsel! Gott weiß, was sie alles bei sich hatten.«

»Ihr habt Schusswaffen«, beharrte Geir unbeeindruckt.

»Ja. Aber wir haben den dringlichen Wunsch, niemanden zu erschießen. Gleichgewicht des Terrors, verstehen Sie. Abschreckungseffekt. Unsere Waffen sind vor allem gedacht, um Frieden zu sichern. Aber sie waren total verzweifelt. Sie glaubten, wir hätten einen Arzt dabei, wir hätten mehr und besseres Essen, sie glaubten, wir hätten ...«

Er fuhr sich mit den Fingern über die Stirn und schüttelte den Kopf

»Sie hätten die Tür eingeschlagen, glaube ich. Sie behaupteten, wir hätten ein Mitglied der Königsfamilie bei uns und ...«

Von draußen waren kräftige Schläge gegen die Tür zu hören.

Severin riss sich zusammen. Berit wirkte immer skeptischer. Geir schaute den Polizisten mit einem Ausdruck an, den man feindselig nennen muss. Johan wirkte als Einziger nach wie vor tief beeindruckt, dass Severin den Weg vom Appartementtrakt zum Hotel gewagt hatte und mit heiler Haut angekommen war.

»Die Lage war überhaupt so, dass ich ...«

Er schob seinen Jackenärmel hoch und warf einen Blick auf die Uhr. Dann hob er erneut an:

»Ich brauche einen Teil des Hotels, in dem wir ungestört sind.«

Dieses Mal hatte er sich an mich gewandt.

Als wären nur wir beiden anwesend. Als ich begriff, warum er das tat, verspürte ich zum ersten Mal seit meinem Ausscheiden eine vage Sehnsucht nach dem Beruf, den ich so lange ausgeübt hatte. Es erinnerte mich an eine kollegiale Zusammengehörigkeit, von der ich ein Teil gewesen bin, auch wenn ich jahrelang versucht hatte, dem zu entkommen.

Severin Heger verließ sich auf mich. Ich wusste nicht, ob er noch immer bei der Bergener Polizei arbeitete, die jetzt PST hieß, oder ob er sich als Selbstständiger auf dem ständig wachsenden Markt für private Sicherheit verdingte. Da ich nun glaubte zu wissen, wen Severin Heger bewachte, nahm ich an, dass er die normale Polizeiarbeit verlassen hatte, zugunsten einer geheimnisorientierteren Abteilung. Aber im Moment waren wir beide Polizei, und er verließ sich darauf, dass ich ihm helfen würde, so wie er mir an dem Tag geholfen hatte, an dem ich fast gestorben wäre.

»Er braucht einen abgetrennten Bereich des Hotels«, sagte ich. »Und ich finde, den sollte er bekommen.«

»Aber wer ist das?«

Berit sah uns beide abwechselnd an.

»Wer bist du? Warum sollte ich … «

»Berit. Gib ihm bitte, was er haben will.«

Ich versuchte, leise zu sprechen.

»Glaub mir. Bitte.«

Die Schatten draußen hatten das Warten offenbar satt. Jemand schlug gegen die Tür, und Severin musste einen Schritt zurücktreten, damit sie geschlossen blieb. Der Blick, den er mir zuwarf, war leicht zu deuten.

»Der oberste Stock im Flügel, der zum Finsevann zeigt«, schlug ich vor. »Von Zimmer 207 aufwärts. Geht das?«

»Nein«, sagte Berit. »Das sind zu viele. Zu viele Zimmer.«

Sie wandte sich Severin zu und zog sich am Pferdeschwanz. Diese Geste sollte offenbar bedeuten, dass sie ihre Meinung änderte.

»Ihr könnt das Hundezimmer haben.«

»Das Hundezimmer?«, wiederholte Severin fragend.

»Ja. Wie viele seid ihr?«

»Vier Mann.«

»Gut. Wir haben ein Zimmer, das bis heute Nacht als Hundezimmer benutzt worden ist. Es riecht noch nach Kot und vielleicht ein wenig nach Blut, aber es ist sauber. Normalerweise nutzt das Personal es als Esszimmer. Ihr könnt dieses Zimmer haben.«

»Aber wie viele Türen hat es?«, fragte Severin.

»Eine. Eine Tür. Das Fenster ist zugeschneit.«

»Das geht nicht. Wir brauchen … «

»Take it or leave it. Du und deine Begleitung da draußen seid ebenso willkommen wie alle anderen Gäste im Hotel. Ich würde euch überhaupt keine Privilegien einräumen, wenn Hanne sich nicht für euch eingesetzt hätte. Ich kann euch aber nur das Hundezimmer anbieten.«

Ich sah Severin an und nickte.

»Ihr könnt abschließen«, fügte Berit hinzu. »Die Tür lässt sich von innen abschließen. Es gibt mehrere Schlüssel, aber die werde ich an mich nehmen. Ich kann euch also jederzeit besuchen. Ich werde für Lebensmittel und Getränke sorgen. Mehr kann ich euch nicht anbieten.«

»Es ist bestimmt das Beste so«, warf ich ein.

»Ich nehme an, ihr wollt nicht gesehen werden«, sagte Berit. »Jetzt so wenig wie vorher. Dann solltet ihr die Gelegenheit nutzen. Wir haben gerade alle Gäste in einem entlegenen Seitenflügel untergebracht. Ihr könnt unbeobachtet in den Keller gelangen.«

Severin sah ein, dass hier nicht mehr zu holen war. Er nickte kurz und öffnete die Tür. Drei Mann kamen herein. Sie waren dick vermummt, und ihre Gesichter waren von Brillen, Schals und Mützen vollständig verdeckt. Keiner machte Anstalten, sich auszuziehen. Jeder von ihnen trug einen Rucksack, und alle Rucksäcke waren genauso schwer wie Severins. Sogar an dieses Detail hatten sie gedacht. Wenn einer ohne Gepäck gekommen wäre, wäre der Unterschied zwischen ihm und den anderen sofort aufgefallen. Wäre der eine Rucksack sichtlich leichter gewesen als die anderen, hätte es Grund zu der Annahme gegeben, dass er zumindest keine Waffen enthielt. So, wie die vier Männer jetzt gekleidet und ausgerüstet waren, war es unmöglich zu sagen, wer hier Wächter war und wer bewacht wurde.

Severin sah Berit fragend an, und die lief auf das Treppenhaus zu und winkte ihn hinter sich her.

Auf halbem Weg blieb er plötzlich stehen und drehte sich um.

»Hanne«, sagte er bittend.

Ich fuhr zu ihm und ließ zu, dass er sich über mich beugte. Als er dann redete, war sein Mund so nahe, dass seine Worte meine Ohrläppchen kitzelten.

»Befinden sich in diesem Trakt des Hotels zwei arabisch aussehende Menschen?«, flüsterte er. »Ein Mann und eine Frau? Sie können unmöglich im Appartementtrakt gewesen sein. Sie trägt ein schwarzes Kopftuch, er eine graubraune Jacke und …«

Ich nickte. Er richtete sich auf. Sein Zögern konnte bedeuten, dass er mit dem Gedanken spielte, mir etwas zu erzählen. Seinem Gesichtsausdruck war unmöglich zu entnehmen, ob die Anwesenheit der beiden eine gute oder eine schlechte Nachricht war.

Er beschloss, nichts zu sagen.

Aber er gab mir trotzdem ein Signal. Er fixierte mich mit seinem Blick, sekundenlang, und es war mir unmöglich, mich loszureißen. Dann blinzelte er dreimal und lief den anderen hinterher.

Ich glaubte zu wissen, was er meinte.

Nur wenige Stunden später musste ich mich darauf verlassen, dass ich das richtig gedeutet hatte. Ich musste ein gewaltiges Risiko eingehen, nur wegen eines Blickes, aber das wusste ich natürlich noch nicht, als ich dort saß und hörte, wie die Schritte von vier Menschen auf den Treppenstufen verhallten.

Ich dachte nur an die kleine Sara, das rosafarbene Baby, das nicht mehr lebte.

4   Obwohl ich selbst noch nie eine Schneelawine erlebt habe, habe ich eine bestimmte Vorstellung davon, wie sie sich anhört. Wenn man nachts häufig Discovery Channel sieht, so wie ich es mir zur Gewohnheit gemacht habe, seit mein Rücken ruiniert ist und mich immer wieder zu den unchristlichsten Zeiten aus dem Bett jagt, lernt man überhaupt sehr viel über Katastrophen. Auch über Lawinen.

Als Kari Thues Stimme durch das Zimmer schnitt, erinnerte sie mich an die ersten Warnzeichen einer drohenden Lawine. Häufig sieht man zuerst nur einen schmalen und scheinbar unbedeutenden Riss im Schnee, aber ein Geräusch ist schon zu hören, der Laut kommt aus der Tiefe, unter dem Schnee, wo die Massen sich bereits in Bewegung gesetzt haben.

»Wo ist Roar Hanson? Hat irgendjemand Steinar Aass gesehen? Wo steckt Roar Hanson?«

Vielleicht war es ein Fehler gewesen, alle Gäste unten im Seitenflügel zu versammeln. Bisher war das Verschwinden des unauffälligen Geistlichen niemandem aufgefallen. Den ganzen Vormittag lang waren alle mit ihren eigenen Angelegenheiten beschäftigt gewesen. Hansons Verschwinden war viel weniger auffällig als das von Cato Hammer. Steinar Aass hatte, soviel ich wusste, auf der Reise keine einzige Bekanntschaft geschlossen, und insgeheim hatte ich gehofft, dass niemand an den Typen auch nur einen einzigen Gedanken verschwenden würde.

Alle Gäste an einem Ort zusammenzupferchen, hatte das Risiko, dass die neuen Gäste entdeckt werden, erheblich verringert. Gleichzeitig erleichterte es aber, festzustellen, dass sowohl Roar Hansen als auch Steinar Aass fehlten.

Kari Thue hatte das alles entdeckt. Nicht nur war die klapperdürre, nervtötende Frau aufmerksam wie ein Eichhörnchen, sie war zudem clever und außerdem dauernd darauf bedacht, die ansonsten unbestrittene Führungsposition von Berit, Geir und Johan ins Wanken zu bringen.

»Ich verlange eine Antwort. Wir alle haben ein Recht, das zu erfahren. Wo sind Roar Hanson und Steinar Aass?«

Kari Thue war der fast unsichtbare Riss in der Schneedecke, unmittelbar unterhalb des Berggipfels. Mir gelang es nicht, mich von dem Gedanken an das Kind zu befreien, das bei dem Unfall durch die Luft geflogen und auf meinem Schoß gelandet war. Der Tod der Kleinen machte auf mich einen tieferen Eindruck als alles andere, was seit Mittwochnachmittag geschehen war. Sara hatte bei ihrem Tod noch nicht einmal ihren ersten Geburtstag feiern dürfen. Ich machte mir Vorwürfe, weil ich den Ärzten nicht mitgeteilt hatte, dass sie verletzt sein könnte, obwohl sie den heftigen Aufprall gegen die Zugwand doch zunächst unversehrt überstanden hatte. Vermutlich hatte ich angenommen, die Mutter würde für eine gründliche Untersuchung sorgen, wohl wissend, dass man sich auf Vermutungen nie verlassen sollte. Ich sah die Mutter vor mir, wie sie mich im Zug beschimpft hatte. Ihre Verzweiflung darüber, ihr Kind fallen gelassen zu haben, war so groß, dass sie nicht wusste, was sie sagte. Ich hätte ...

Ich wusste wirklich nicht, was ich hätte tun können, und das machte mich noch niedergeschlagener.

Kari Thues Ausbruch hatte die Lawine ausgelöst. Der Geräuschpegel stieg, alle redeten durcheinander. Berit war noch nicht aus dem Keller zurückgekehrt, und ich hatte keine Ahnung, wo Geir und Johan stecken mochten. Ich rollte langsam auf das eskalierende Chaos zu. Am liebsten wäre ich im Büro hinter der Rezeption in Deckung gegangen und hätte die Tür abgeschlossen.

Aber ich dachte an Magnus, der dort unten für Ruhe und Ordnung sorgen sollte. Er schien damit ernsthafte Probleme zu haben.

Als er mich an der Treppe zur *St. Paals' Kro* entdeckte, erhob er sich mit großer Mühe aus einem rotbraunen Sessel und lief quer durch den Raum. Trotz meiner Trauer um Sara und der Gewissheit, dass Kari Thue ein weiteres Mal für noch größere Unruhe sorgen würde, musste ich ein Lächeln unterdrücken, als er sich aufgewühlt der Treppe näherte. Er war nicht zum Laufen gemacht, dieser Magnus Streng. Und auch nicht zum Treppensteigen. Seine Knie schienen nicht richtig zu funktionieren. Sie wirkten zu locker für einen ganz normalen, vorwärtsgerichteten Gang. Er beschrieb stattdessen mit den Beinen aus der Hüfte drehend kleine Halbkreise. Es sah aus wie eine Parodie der olympischen Disziplin Gehen.

»Jetzt geht das wieder los!«

Sein Atem pfiff. Er griff sich an den Hals, hustete und fuchtelte mit der freien Hand in der Luft herum, als wolle er um Entschuldigung bitten.

»Asthma«, keuchte er. »Ich habe leider keine Medikamente dabei. Ich habe um diese Jahreszeit normalerweise keine Beschwerden, deshalb ...«

»Setz dich«, sagte ich und zeigte auf einen Stuhl.

»Ja«, sagte er und rang nach Luft. »Das ist wirklich ... ziemlich unangenehm.«

Er versuchte, sich die Lippen anzufeuchten, ehe er zu einem Glas Wasser griff, dass jemand auf dem Tisch vergessen hatte. Er leerte es in einem Zug.

»Sie sieht alles«, stöhnte er. »Kann sich an alles erinnern. Ich bin verdammt noch mal sicher, sie würde auch in Kims Spiel die Weltmeisterschaft erringen.«

Der Lärm von unten war so überwältigend, dass ich darauf keine Antwort gab.

Während Mikkels Clique eigentlich immer nur nervig und rücksichtslos gewesen war, war der Kreis, der sich um Kari Thue geschart hatte, um ein Vielfaches bedrohlicher. Vierzig Mitglieder zählte er schon. Kari Thue selbst war auf einen Couchtisch gestiegen und adressierte ihre Anhänger wie eine charismatische Sektenführerin.

»Uns werden Dinge vorenthalten«, rief sie und hakte die Daumen in die Riemen des kleinen Rucksacks, bei dem ich mich langsam fragte, ob sie ihn vielleicht auch mit ins Bett nahm. »Und ich frage mich, wer unter diesen Umständen eigentlich das Sagen hat und mit welcher Befugnis und Berechtigung? Uns ist erzählt

worden, dass alle, absolut alle, sich hier unten versammeln sollten. Das Loch in der Wand solle noch einmal abgedeckt werden,
wurde uns gesagt, und die Treppenkonstruktion müsse überprüft
werden. Aber wo sind Roar Hanson und Steinar Aass? Haben sie
Privilegien, die uns anderen verwehrt werden? Werden wir unterschiedlich behandelt?«

»Was jetzt?«, flüsterte ich Magnus Streng zu.

»Ich ... weiß ... nicht ... recht.«

Er holte nach jedem Wort angestrengt Luft. Ich machte mir
ehrlich Sorgen, seine Haut war fahlgrau und feucht, und seine
rechte Hand klammerte sich so fest an die Tischkante, dass die
Fingerknöchel weiß wurden.

Berit kam angerannt.

Einige Menschen zerbrechen unter lang andauerndem Druck.
Andere klammern sich an den Nächstbesten und werden wieder
zum Kind, angewiesen auf Trost und beruhigende Lügen. Wieder andere werden gelähmt. Das Leben hat mich gelehrt, dass es
sich nicht voraussagen lässt, wie jemand auf eine große Belastung
reagieren wird.

Soldaten auszusuchen ist eine Kunst, und Berit Tverre wäre
im Krieg die ideale Gefährtin. Sie blieb auf der obersten Stufe der
Treppe zur *St. Paal's Kro* stehen. In Sekundenschnelle hatte sie die
Lage erfasst. Zuerst ging sie neben Magnus in die Hocke. Ohne
ihm irgendeine Frage zu stellen, zog sie einen Inhalator aus der
Tasche und drückte ihm diesen in die Hand.

»Briancyl«, murmelte sie. »Ich habe auch Asthma. Tief und
ruhig durchatmen.«

Ich werde niemals Magnus Strengs Gesichtsausdruck vergessen,
wie er gierig die Luft mit den heilenden Mikropartikeln in sich
einsaugte. Seine Hände falteten sich um den raketenförmigen
Inhalator. Seine Augen hingen dankbar an Berit. Große, schwere

Tränen lösten sich von seinen Wimpern und liefen hinunter bis zu den Mundwinkeln. Erneut betätigte er das Spray und atmete tief ein.

Als Berit begriff, dass Magnus seine Lage im Griff hatte, hob sie beide Hände und rief den erregten Menschen zu:

»Roar Hanson ist tot!« Sie brüllte es fast. »Und Steinar Aass auch. Setzen Sie sich. Setzen Sie sich bitte!«

Es wurde augenblicklich totenstill. Sogar die Wettergottheiten schienen einen Schock erlitten zu haben, denn der eintönige Lärm von draußen klang entfernter und gedämpfter. Berit ging zügig die kleine Treppe hinunter und durchquerte die *St. Paal's Kro*. Bei der großen Türöffnung zur *Blåstue*, deren Türen offen standen, um aus den beiden Räumen einen großen Saal zu machen, blieb sie stehen. Kari Thue stand noch auf dem Tisch. Die meisten anderen hielten verlegen Ausschau nach einer Sitzgelegenheit. Die Hundebesitzer hatten sich in einer Ecke zusammengefunden, und die drei überlebenden Hunde schienen sich gut miteinander zu verstehen. Ich konnte Muffes Besitzer nirgendwo sehen, aber viele der Gäste waren von den Trennwänden zwischen den beiden Räumen verdeckt. Einige saßen nebenan im *Jøkulsal*. Auch dessen Doppeltüren standen offen, sodass alle hören konnten, was gesagt wurde. Dort hielten sich auch garantiert Adrian und Veronica auf, denn ich konnte sie nicht entdecken.

»Komm da runter«, fauchte Berit Kari Thue an. »Ich lasse es mir nicht bieten, dass du meine Möbel so behandelst. Runter! Runter!«

Sie sprach wie mit einem widerspenstigen Hund.

»Was ist mit Roar und Steinar passiert?«, fragte Kari Thue, die nicht gehorchen wollte.

»Wie gesagt sind sie beide tot. Steinar Aass hatte die idiotische Idee, sich selbst auf den Weg nach Hause zu machen. Er ist erfroren. Roar Hanson ... der ist auch tot. Daran kannst du auch nichts mehr ändern.«

»Wie ist er gestorben?«

Ich musste mir alle Mühe geben, um hören zu können, was sie sagten. Zum ersten Mal seit dem Unglück bereute ich, nicht um eine Rampe zwischen Rezeption und Seitenflügel gebeten zu haben.

»Jetzt komm da runter!«

Berit versuchte, Kari Thue am Arm zu ziehen. Mikkel, der am anderen Ende des Raumes saß, erhob sich zögernd. Er schien nicht richtig zu wissen, was er vorhatte. Langsam bahnte er sich einen Weg zwischen Tischen und Stühlen hindurch, als er plötzlich schneller wurde. Bei Kari Thue angekommen, blieb er stehen und stemmte die Hände in die Hüften.

»Tu, was die Frau sagt. Komm runter!«

»Erst will ich wissen, was passiert ist«, sagte Kari Thue.

»Du wirst erfahren, was du wissen musst«, sagte Berit.

»Nein. Ihr habt uns schon einmal angelogen. Ich will die Wahrheit über Roar Hanson wissen, und zwar jetzt.«

»Du siehst total bescheuert aus«, sagte Mikkel. »Hör jetzt auf mit dem Scheiß. Komm da unter. Die Frau hat hier das Sagen. Okay?«

Kari Thue sah ihn an wie etwas, das sie gerade aus dem Abfluss gefischt hatte.

»Ich glaube mich erinnern zu können, dass du meiner Meinung warst.«

Mikkel kehrte mir den Rücken zu, aber seine Körperhaltung verriet mir seinen Gesichtsausdruck. Er legte den Kopf langsam in den Nacken und hob die Schultern.

»*Bitch*«, fauchte er plötzlich und fuchtelte mit der Hand in der Luft herum, wie um ein aufdringliches Insekt zu verjagen.

Er drehte sich um und schlenderte gleichgültig davon. Dabei murmelte er etwas, das ich nicht verstehen konnte. Als zwei seiner Kumpels aufstehen und ihm folgen wollten, fauchte er sie zurück. Ich rechnete damit, dass er wortlos an Magnus und mir vorbeigehen würde. Zu meiner Überraschung setzte er sich vor mir auf die Treppe, auf die unterste Stufe.

»Fotze«, murmelte er, ohne uns anzusehen.

Kari Thue fühlte sich sicher, bei diesem Kampf einwandfrei in Führung zu liegen. Irgendwie tat sie das auch. Mit erneuertem Selbstvertrauen schaute sie in die Runde, dann wandte sie sich wieder an Berit.

»Es kann wohl kaum ein Zufall sein, dass innerhalb weniger Stunden zwei Mitglieder der Staatskirchenkommission ums Leben kommen. Ihr habt bereits zugegeben, dass Cato Hammer ermordet worden ist, gleichwohl ihr uns auch in seinem Fall hinters Licht führen wolltet. Was übrigens eine grundlegende Verletzung meiner und der Rechte aller anderen ist. Wir sind im Gebirge eingeschneit, befinden uns in einer Extremsituation. Jede und jeder von uns hat das Recht, Entschlüsse zu fassen, um das eigene Leben zu sichern.«

Sie redete, ohne richtig Luft zu holen. Die kurze Pause, die jetzt folgte, war deshalb umso dramatischer.

»Im Rahmen der Gesetze natürlich. Ich möchte daran erinnern, dass wir hier nicht auf einem Schiff sind. Du bist nicht der Kapitän. Hier gelten nicht dieselben hierarchischen Regeln wie auf dem Meer.«

Sie tippte Berits Schulter mit dem Zeigefinger an, und Berit trat einen Schritt zurück.

»Ich weiß von keinem Gesetz, das dich berechtigt, für uns alle Entscheidungen zu treffen«, fuhr Kari Thue weiter. »Im Gegenteil. In Ermangelung der Polizei oder einer anderen Ordnungsbehörde müssen wir selbst die besten Lösungen finden, um zu überleben. Und deshalb habe ich ein Recht auf die Informationen, die ich brauche, um mein Leben zu erhalten. Ich würde behaupten, dass ... «

»Mikkel«, flüsterte ich.

Er drehte sich zu mir um und strich sich ungerührt über sein Kopftuch.

»Was denn?«, murmelte er.

»Hilf mir mal bitte die Treppe runter.«

»Ich würde behaupten«, wiederholte Kari Thue, »dass bei der hohen Todesrate in diesem Hotel die Information darüber, woran diese Menschen eigentlich gestorben sind, als eine *sehr wesentliche Information* eingestuft werden kann.«

Statt den Stuhl kontrolliert die drei Stufen hinunterrollen zu lassen, wie Geir und Johan das getan hatten, packte Mikkel den Stuhl und trug mich die Treppe hinunter, ehe er mich sanft und gelassen wieder abstellte. Der Knabe war tatsächlich so stark, wie er aussah.

»Danke«, flüsterte ich.

Er gab keine Antwort.

»Woran ist Roar Hanson gestorben?«, schrie Kari Thue Berit vorwurfsvoll an.

»Du hast recht«, rief ich zurück, während ich mich der Versammlung näherte. Kari Thue fuhr zusammen.

»Ihr alle habt das Recht zu erfahren, woran die Leute hier oben sterben.«

Ich blieb drei oder vier Meter vor der Tür zur *Blåstue* stehen. Arretierte die Bremsen und legte die Hände in den Schoß.

»Steinar Aass ist erfroren«, sagte ich laut. »So, wie Berit es euch soeben erzählt hat. Was Roar Hanson angeht, so sieht es aus, als ob er ermordet worden sei. Heute Nacht.«

Die Frau mit dem Strickzeug, von der ich endlich erfahren hatte, dass sie eines der Laienmitglieder der Staatskirchenkommission war, brach in Tränen aus. Sie hob ihr unvollendetes Werk vors Gesicht und schluchzte. Ein Mann beugte sich über sie, um sie zu trösten. Das Murmeln wurde immer lauter, und nach wenigen Sekunden redeten alle wild durcheinander. Kari Thue schien nicht so recht zu wissen, was sie tun sollte. Mein Eingeständnis schien sie aus dem Gleichgewicht geworfen zu haben, zumindest rhetorisch.

»Ich hatte also recht«, sagte sie erstaunt, aber niemand achtete auf sie.

»Woran ist er … wie wurde er ermordet?«

Wir sprachen beide mit gesenkter Stimme. Es war ein Gespräch zwischen ihr und mir, so wie ich es mir gewünscht hatte. Trotzdem mahnten die Umsitzenden einander zum Schweigen. Sie wollten zuhören.

»Wir wissen das nicht genau«, gestand ich. »Aber er wurde mit einem Gegenstand erstochen.«

»Einem Messer?«

Mir fiel auf, dass sie jetzt häufiger zwinkerte. Ob das ein Zeichen von zunehmender Unsicherheit war, konnte ich nicht beurteilen.

»Nein«, sagte ich. »Nicht mit einem Messer. Und was hast du jetzt vor? Mit der Information, auf die du ein Anrecht zu haben meinst?«

Sie sah sich um. Ihre Position auf dem Tisch war optimal, um Berit zu entthronen. Für ein ruhiges Gespräch mit mir aber fand sie den Ort offensichtlich unpassend. Zugleich wäre es einer Niederlage gleichgekommen, von der provisorischen Rednerbühne herabzusteigen. Sie entschied sich für ein Zwischending und setzte sich. Das war sichtlich unbequem, so im Schneidersitz zu sitzen, deshalb rutschte sie immer näher an die Tischkante. Am Ende stand sie auf dem Boden. Aber sie sagte nichts.

»Ich warte«, sagte ich und lächelte.

»Ja, was machen wir, Kari? Was machen wir jetzt?«

Eine der Hofschranzen, eine Frau Mitte fünfzig mit solarium-braun Haut, hatte diese Frage gestellt. Sie hatte sich Kari Thues Gemeinde als eine der Ersten angeschlossen, schon am ersten Abend nach dem Intermezzo mit dem kurdischen Paar.

Noch immer kam keine Antwort. Kari Thue schluckte. Es war so still im Raum, dass ich das Geräusch hören konnte.

»Seht mal! Leute, seht doch!«

Einer von Mikkels Jungs war aufgesprungen. Er stand vor dem Fenster zur Terrasse. Er schwenkte die Hand und rief:

»Das Wetter! Seht doch nur!«

Die Terrasse war schon längst zugeschneit. Die Tür war voll-ständig blockiert. Nur der oberste Teil der Fenster war noch frei, was den wenigsten aufgefallen war, weil das niemals endende Schneegestöber die Sicht versperrt hatte.

Die Wolkendecke war aufgerissen. Es schneite zwar kräftig, aber das Licht, das die wirbelnden Flocken durchbrach, war weiß und intensiv. Die Sonne selbst schien uns daran erinnern zu wollen, dass es sie dort oben noch gab. Dass sie uns nicht vergessen hatte und dass sie dieses Ungeheuer von Orkan, das uns schon viel zu lange quälte, bald zurückschlagen würde.

Kari Thue war vergessen. Alles war vergessen. Viele sprangen auf und liefen zu den Fenstern, als könnten sie nicht richtig glauben, was sie dort sahen. Andere klatschten in die Hände und lachten, einige vorsichtig, andere hingerissen. Die Frau mit dem Strickzeug wischte sich die Tränen aus dem Gesicht und heulte dann hysterisch vor Freude weiter.

Das Ganze dauerte nicht länger als etwa eine Minute.

Der Himmel zog sich wieder zu. Die graue Dunkelheit schob sich vor den Fenstern zusammen. Der Schnee gewann seine schmutzig graue Farbe zurück und wurde erneut zu einer Mauer der Trostlosigkeit.

Ein tiefes, einstimmiges Seufzen erhob sich im Saal.

»Die Temperatur steigt«, sagte Geir fröhlich. Ich hatte mich so sehr aufs Wetter konzentriert, dass ich ihn nicht hatte kommen hören. »Im Moment haben wir einundzwanzig Grad unter null, und wir sind schon auf achtundachtzig Stundenkilometer Windgeschwindigkeit gesunken. Ein kleiner Sturm, Leute. Nichts im Vergleich dazu, was wir bisher hatten!«

Wie die meisten anderen ließ ich meinen Blick zwischen Geir und den Fenstern hin- und herwandern. Der kurze Eindruck besserer Zeiten hatte sich als Illusion entpuppt. Nichts in der monotonen, begrenzten Aussicht ließ annehmen, dass das Wetter sich in absehbarer Zukunft bessern würde.

»Wie schön«, sagte ich und rang mir ein Lächeln ab. »Bedeutet das, dass wir bald abgeholt werden können?«

»Tja …«

Er grinste breit.

»Alle müssen sich auf eine weitere Nacht in Finse gefasst machen. Aber wenn der Wetterumschwung anhält, können die Ersten von uns morgen wohl die Heimreise antreten.«

»Vielleicht«, meinte Berit skeptisch. »Wir haben keine Erfahrung mit solchen Schneemengen. Wir wissen nicht einmal, wie es draußen aussieht. Die Bahntrassen müssen geräumt werden, und außerdem …«

»Wir wollen doch optimistisch sein«, sagte Geir. »Ich könnte mir schon vorstellen, dass die ein paar Hubschrauber springen lassen, nach allem, was wir durchgemacht haben. Noch eine Nacht, und dann fahren wir alle nach Hause.«

Er vergaß, dass die Polizei ein Wort mitreden würde, ob wir das Hotel überhaupt verlassen dürften, sobald das technisch möglich wäre. Aber in unserer momentanen Lage sah ich keinen Grund, ihn daran zu erinnern.

Obwohl die heitere Stimmung sich um einiges gedämpft hatte, als sich herausstellte, dass die Aufklärung des Himmels über Finse nur von sehr vorübergehender Natur gewesen war, schien Geirs Optimismus um sich zu greifen. Niemand redete noch über Roar Hansens Tod oder über die Sicherheit der Gäste. Die Gespräche drehten sich um Wind und Wetter, im wahrsten Sinne des Wortes, und schon wurden Wetten darüber abgeschlossen, wann die ersten Hubschrauber Finse erreichen würden. Die Leute verteilten sich auf die Sitzgruppen, und viele holten sich aus der *Millibar* Kaffee, während sie darauf warteten, dass die Tische zum verspäteten Mittagessen gedeckt wurden. Einige Teenies fingen an zu singen.

Es kam mir unfassbar vor, dass diese Menschen soeben erfahren hatten, dass einer aus ihrer Mitte ermordet worden war. Andererseits hatte mich ein relativ langes Arbeitsleben gelehrt, dass der Mensch ein phänomenales Talent dafür besitzt, sich durch gute Nachrichten ablenken zu lassen. Niemand hatte in einer engeren Beziehung zu Roar Hanson oder Steinar Aass gestanden, vielleicht abgesehen von der strickenden Frau. Ich war nicht einmal davon überzeugt, dass ihr Zusammenbruch bei der Nachricht vom Tod ihres Kollegen aufrichtig gewesen war. Jetzt saß sie nämlich mit einem seligen Lächeln da und schlürfte Kaffee mit viel Sahne, während sie immer wieder zu den Fenstern hinüberschaute, in der Hoffnung, Gott möge sich gnädig erweisen.

Kari Thue hatte sich hingesetzt. Sie blätterte interessiert in einem Buch, aber ich glaubte keine Sekunde lang, dass sie las.

Das kurdische Paar musste sich auch die ganze Zeit in den Räumen aufgehalten haben, aber ich entdeckte die beiden erst jetzt. Eilig verließen sie die *Blåstue* und liefen zur Rezeption. Ich sah ihnen hinterher, aber sie drehten sich nicht um und machten auch sonst keinerlei Anstalten, mit mir oder sonst jemandem zu sprechen. Die Frau hatte den Kopf gesenkt, während ihr mutmaßlicher Ehemann ihren Unterarm mit gebieterischer Geste festhielt.

Magnus Streng ging es wieder besser. Ich konnte ihn an der Rezeption stehen sehen. Er sprach leise mit Berit, die sich plötzlich vorbeugte und ihn herzlich umarmte.

Die Situation beruhigte sich allmählich und bekam zunehmend Ähnlichkeit mit einem Normalzustand. Und niemand hatte eine einzige Frage zu der wirklich großen Lüge gestellt: dass das vom abgestürzten Waggon hinterlassene Loch besser abgedichtet und die Treppenhauskonstruktion überprüft werden musste. Kein einziger Gast im *Finse 1222* ahnte im Entferntesten, dass hinter einer verschlossenen Tür im Keller die vier fremden Männer aus dem geheimen Bahnwagen saßen. Niemand hatte gefragt, warum sie alle in der *Blåstue* zusammengepfercht worden waren.

Das Ganze erinnerte an einen Zaubertrick. Man winkt dramatisch mit der einen Hand, damit niemand merkt, was man mit der anderen macht. In diesem Fall war Kari Thue die Zauberin gewesen. Sie hatte ja keine Ahnung, dass ihr Spektakel es uns ermöglicht hatte, die Leute aus dem Appartementtrakt ins Haus zu lassen und sie unbemerkt in ihr Versteck zu führen.

Die Welt will wahrlich betrogen werden.

»Du wirkst niedergeschlagen«, sagte Geir und klopfte mir auf die Schulter. »Komm, dann helfe ich dir zurück in die Rezeption.«

Ich wusste nicht, ob ich das wollte. Ich wusste überhaupt nicht mehr, was ich eigentlich wollte.

»Aber Hanne. Das Wetter wird doch jetzt besser. Noch eine Nacht, und dann geht's ab nach Hause.«

Genau das machte mich ja so mutlos.

»Ich weiß nicht, ob wir noch eine Nacht ertragen können«,

sagte ich leise, denn niemand außer ihm sollte mich hören. »Was mir Angst macht, sind die Nächte. Bisher hatten wir noch keine Nacht ohne Mord.«

Geir kniff die Augen zusammen und schluckte. Er schien etwas sagen zu wollen. Ein tröstliches Wort vielleicht. Ihm fiel nichts ein. Verständlicherweise, denn ich hatte leider recht. Also trottete er hinter mir her, als ich langsam auf die Treppe hoch zur Rezeption zurollte.

»Ich brauche Kaffee«, sagte ich. »Literweise Kaffee. Ich habe nicht vor zu schlafen, ehe wir gerettet werden. Wenn ich mich das nächste Mal schlafen lege, dann in meinem eigenen Bett.«

10 LAUT BEAUFORTSKALA:

Auswirkungen des Windes im Gebirge

Schwerer Sturm. Windgeschwindigkeit: 89-102 km/h
Solchen und höheren Windstärken sind
die wenigsten Menschen jemals ausgesetzt.
Bäume stürzen auf Telefon- und Stromleitungen,
Holzwände drohen zu zerbersten.
Kleine Leichtbauhäuser werden
aus den Grundmauern gerissen.

1 »Das müsste reichen«, sagte Berit und stellte mir eine Drei-literthermoskanne hin. »Milch?«

»Normalerweise ja, aber da ich wach bleiben will, glaube ich, ich trinke ihn schwarz. Ist bestimmt alles nur Einbildung, aber ich finde, er wirkt besser, je dunkler er ist.«

Allein die Vorstellung, frühestens am nächsten Nachmittag wieder schlafen zu können, ließ meinen Kopf unbeschreiblich schwer werden. Geir hatte vorgeschlagen, ich könnte in dem kleinen Büro hinter der Rezeption eine Stunde lang ein Nickerchen machen. Um drei Uhr nachmittags, wenn alle wach wären, würde doch wohl niemand ermordet werden, behauptete er grinsend. Da hatte er vermutlich recht. Ich lehnte trotzdem ab, nahm aber das Angebot, das Büro nutzen zu dürfen, dankend an. Eine Stunde im Land der Träume würde mich nur noch schläfriger machen. Erfahrungsgemäß würde ich vierundzwanzig Stunden durchhalten, wenn ich erst einmal die Grenze zwischen todmüde und übermüdet passiert hätte. Eine kräftige Dosis Koffein würde deshalb nützlicher sein als eine Mütze voll Schlaf.

»Brauchst du sonst noch was?« Berit machte eine Geste, als könne sie mir die Erfüllung all meiner Wünsche anbieten.

»Nein danke. Aber tausend Dank für alles. Du machst das so toll, Berit. Ich bin beeindruckt davon, wie gut du … das hier im Griff hast.«

»Der Aufenthalt in den Bergen tut dir wirklich gut«, sagte Geir lächelnd und versetzte meinem Hinterkopf einen Klaps, ehe er zur Tür ging. »Du solltest häufiger herkommen.«

Er zog die Tür hinter ihnen zu, und ich war allein.

Es war halb drei Uhr nachmittags, und ich konnte noch nicht richtig Sinn und Zweck meines Vorhabens erkennen.

2 Ab und zu bilde ich mir ein, noch Gefühl in den Beinen zu haben. Ich wollte nie meine Umwelt damit belasten, über eine Verletzung zu jammern, an der ich selbst schuld bin. Deshalb erwähne ich auch nie diese Andeutung von Schmerz, die mich ab und zu daran erinnert, wie es war, auf zwei Beinen zu gehen.

Nicht, dass ich so viele Menschen um mich hätte, mit denen ich meine Gedanken teilen könnte, im Alltag, meine ich. Es können Wochen vergehen, bis ich anderen begegne außer Nefis, Ida und Marry, unserer alten Haushälterin. Das ist das Leben, für das ich mich entschieden habe.

Jetzt saß ich allein da und fühlte mich einsam.

Das war schon seltsam.

Die Wunde an meinem Bein tat weh. Ich meine: Sie tat wirklich weh. Natürlich sehe ich ein, dass das alles Einbildung war, ich habe schließlich die Aufnahme der zerfetzten Nervenbündel in meinem Rückgrat gesehen. Brei, hat der Arzt es genannt und fasziniert die Fotos betrachtet, die bei meiner Operation aufgenommen worden waren.

Es gibt keine Möglichkeiten für die Zellen unterhalb meines Nabels, das geringste Signal an mein Gehirn zu senden. Die Kommunikation ist für immer abgerissen, und damit habe ich mich schon längst abgefunden. Trotzdem hatte ich das Gefühl, dass die Wunde an meinem Bein brannte. Nicht wie ein Phantomschmerz, sondern wie eine richtige, eiternde Verletzung.

Es war eigenartig, sich so einsam zu fühlen.

Cato Hammer musste viele Feinde gehabt haben. Vielleicht nicht einmal Feinde. Dazu war er zu harmlos gewesen. Zu glatt und seltsam. Seine Ansichten zu allem und jedem waren eher irritierend als scharf, eher laut als wirklich beleidigend. Trotzdem war ich sicher, dass es vielen gegangen war wie mir: Der Typ war unerträglich egozentrisch gewesen mit seinem aufgesetzten Engagement für andere.

So ein Verhalten provoziert aber normalerweise keinen Mord.

Das Flipchart stand noch in der Ecke des kleinen Büros. Der Bogen, auf den ich die Namen der beiden Ermordeten geschrieben hatte, hing dort unberührt. Ich fuhr langsam hin und griff nach dem roten Filzstift. Unter die beiden Namen zog ich einen Strich, der den Bogen in zwei Hälften teilte. Dann schrieb ich weitere Namen dazu.

Einar Holter, der Lokomotivführer, den ich nicht kennengelernt hatte.

Elias Grav, schrieb ich.

Steinar Aass.

Sara.

Ich hätte gern ihren Nachnamen gewusst. So wie die Liste jetzt aussah, konnte man den Eindruck bekommen, als wäre mir das kleine Mädchen gleichgültig gewesen. Ihren Nachnamen nicht zu benutzen, war respektlos, als sei sie weniger wert als die anderen. Wie ein Hund. Oder eine Katze. Sippenlos und ohne Zugehörigkeit zu einer richtigen Familie.

Langsam und in meiner schönsten Schrift schrieb ich Rosenkvist. Sara Rosenkvist. Das passte zu ihr.

Vier Menschen waren tot, ohne dass jemand dafür verantwortlich gemacht werden konnte, außer diesem verdammten, verfluchten Sturm. Einar, Elias, Steinar und die kleine Sara Rosenkvist. Sie waren ebenso unerwartet aus dem Leben gerissen worden wie die beiden Ermordeten. Und genauso sinnlos. Trotzdem würde die Polizei, wenn sie morgen oder schlimmstenfalls in zwei Tagen die Eiswüste erreichte, sich auf die beiden obersten Namen auf der Liste derer konzentrieren, die dem Februarorkan des Jahres 2007 in Finse zum Opfer gefallen waren. Sie würden alles aufbieten, was sie an Ressourcen und Energie besaßen, und innerhalb von einem oder zwei Tagen würden sie den Mörder gefasst haben und dafür sorgen, dass er fünfzehn Jahre oder länger am Gefängnisgitter rütteln könnte.

Was war eigentlich der Unterschied zwischen diesen Menschen?

War es schlimmer, dass Cato Hammer und Roar Hanson ihr Leben verloren hatten, als dass Sara niemals heranwachsen würde? War Cato Hammers Tod ein größerer Verlust für seine Familie als die Tatsache, dass drei Kinder von Einar Holter sich später kaum an ihren Vater erinnern würden? Warum bot die Gesellschaft all ihre Mittel auf, um den oder die zu verfolgen und zu bestrafen, die hinter den Morden standen, während die anderen von der Öffentlichkeit vergessen sein würden, sobald die Opfer begraben waren?

Konzentrier dich, ermahnte ich mich und trank noch mehr Kaffee.

Ich starrte Cato Hammers Namen an und versuchte, ihn vor mir zu sehen. Aber sosehr ich mich auch bemühte, ihn als lebendigen Menschen im Gedächtnis zu behalten, hatte sich doch vor allem sein totes verdutztes Gesicht in meine Erinnerung eingegraben.

Das Informationstreffen.

Der Gedanke tauchte plötzlich auf, und ich begriff zuerst nicht, warum. Ich schloss die Augen und versuchte, an den ersten Abend zurückzudenken, als der Lokomotivführer unser einziger Toter war und alle eher erleichtert als schockiert über das Unglück waren. Ich hatte beobachtet, wie Cato Hammer hinter den Säulen in der Rezeption verschwunden war, kurz bevor Berit

Tverre das Wort ergriffen hatte, und mir war aufgefallen, dass er verändert wirkte. Am frühen Abend hatte er vor aufdringlicher Freude und nervtötender Dynamik geradezu gesprüht. Sogar aus der harten Konfrontation mit Kari Thue war er mit einem selbstsicheren Lächeln hervorgegangen. Deshalb war es mir so seltsam vorgekommen, dass er später so ernst gewirkt hatte. Fast traurig.

Ängstlich?

Als ich ihn hinter der Säule verschwinden sah, war mein spontaner Gedanke gewesen, Kari Thue habe ihm Angst eingejagt. Ich hatte in diesem Moment keine Veranlassung gehabt, weiter über seinen Stimmungswechsel nachzudenken. Aber mittlerweile war ich mir ganz sicher, dass er nach der Auseinandersetzung mit Kari Thue über den Streit mit den Kurden so froh und gelassen wie zuvor gewesen war.

Ich riss das Blatt ab und schrieb Cato Hammers Namen auf ein neues. Unter diesen Namen zeichnete ich eine Zeitleiste, in der ich den ungefähren Zeitpunkt der wütenden Diskussion und des Informationstreffens eintrug. Ich nahm einen grünen Filzstift, um das erste Ereignis zu markieren, und einen schwarzen für das zweite.

Mit dem grünen Filzstift schrieb ich »fröhlich, eifrig, nachsichtig«. Dann zeichnete ich einen Pfeil nach rechts, ohne sagen zu können, wann seine gute Stimmung verflogen war. Mit dem schwarzen Filzstift schrieb ich »ernst, möglicherweise ängstlich«. Nach einer kurzen Denkpause setzte ich hinter das letzte Wort ein Fragezeichen.

Soweit ich zurückrechnen und mich erinnern konnte, waren zwischen diesen beiden Ereignissen anderthalb Stunden vergangen. Kari Thue hatte sich die ganze Zeit in der Rezeption aufgehalten. Cato Hammer war im Kaminzimmer gewesen, wo die Andacht abgehalten wurde und dann das große Bridgeturnier begann. Ich war zwar eingenickt, aber höchstens für Sekunden, maximal zwei Minuten. Ich war so sicher, wie das überhaupt nur möglich ist, dass Cato Hammer und Kari Thue in dem skizzierten Zeitraum nicht miteinander geredet hatten.

Kari Thue hatte Cato Hammer keine Angst eingejagt.

Nicht zu diesem Zeitpunkt jedenfalls.

Es musste jemand anderes gewesen sein.

Da war die Auswahl allerdings viel zu groß. Außerdem musste Cato Hammers veränderte Gemütslage nicht unbedingt etwas mit der Tatsache zu tun haben, dass er einige Stunden später umgebracht wurde.

Ich war also nicht weitergekommen und ließ entnervt den Filzstift fallen.

Leise hörte ich es an der Tür klopfen, dann wurde sie geöffnet.

»Störe ich?«, fragte Magnus und trat ein, ohne meine Antwort abzuwarten. »Hier bist du?«

Es gab keinen Grund, eine dieser Fragen zu beantworten.

»Mir geht es viel besser«, sagte er fröhlich und setzte sich. »Fantastische Frau, diese Berit Tverre. Die weiß wirklich fast immer Rat. Was machst du da?«

»Versuche nachzudenken.«

»Ach was. Das kann schwierig sein. Vor allem unter solchen Umständen.«

»Ja«, sagte ich, ohne zu wissen, von welchen Umständen er redete.

Er holte seine riesige Hornbrille hervor und setzte sie auf.

»Was haben wir hier«, sagte er. »Eine … eine Zeitschiene, nehme ich an.«

Er beugte sich vor und kniff die Augen zusammen. Dann schnalzte er leise mit der Zunge, eine seiner vielen schlechten Angewohnheiten.

»Dir ist sie also auch aufgefallen.«

»Was denn?«

»Diese ...«

Er lächelte und nahm die Brille wieder ab. Die Gläser waren so schmutzig, dass ich sie ihm gern weggenommen und geputzt hätte.

»Diese Stimmungsschwankung bei Cato Hammer«, sagte er und legte die Brille auf den Schreibtisch. »Lustig und laut, als wir das Hotel betraten. Ernst und zurückhaltend, als er zurückkam, bevor das Informationstreffen anfing.«

»Zurückkam? Aus dem Kaminzimmer, meinst du?«

»Tja. Er war ziemlich lange da. Aber nicht die ganze Zeit. Ich bin ein wenig hin und her gewandert ... Ja!«

Sein Zeigefinger stach ein Loch in die Luft.

»Wir hatten doch einen sehr netten Plausch, wir beide. Ich habe dir Wein angeboten, aber du hast energisch auf deinem Enthaltsamkeitsgelübde beharrt.«

»Ich habe doch kein Gelübde ...«

»Und danach bin ich ins Kaminzimmer gegangen. Und da war Hammer. Voll im Einsatz, könnte man sagen. Der Kerl hatte vielleicht eine Stimme. Und eine gute Laune, meine Güte. Eine Überdosis gute Laune und Engagement. Aber dann hat er uns verlassen. Ich hatte gerade sechs Pik geboten und war sicher, die Stiche alle zu kriegen. Später, als ich dann in die Rezeption zurückkehrte, war Cato Hammer dort auch nicht mehr. Er kam erst unmittelbar vor Beginn des Informationstreffens zurück. Aber dieses Haus hat zahllose Räume, deshalb kann er im Grunde überall gewesen sein.«

»Hast du eigentlich mit ihm gesprochen?«

»Nein. Wie ich schon bei unserer kleinen ... Leichenschau erwähnt habe, war er mein Patient. Was ich natürlich niemals erwähnt hätte, wenn der Mann nicht tot gewesen wäre. Unter solchen außergewöhnlichen Umständen gestorben, muss ich hinzufügen. Ich habe es mir zur Gewohnheit gemacht, niemals meine Patienten anzusprechen, wenn ich ihnen außerhalb der Praxis begegne, es sei denn, sie richten zuerst das Wort an mich. Diskretion, Einhaltung der Schweigepflicht.«

»Und das hat er nicht getan? Dich angesprochen, meine ich?«

»Nein. Er hat mich nicht einmal gegrüßt. Vielleicht hat er mich nicht erkannt.«

Ich gab vor, zu gähnen. Ausgiebig.

»Bestimmt hat er dich erkannt«, sagte ich dann und biss mir so fest in die Unterlippe, dass ich Blut schmecken konnte.

Magnus legte den Kopf schräg und versank in Gedanken.

»Hallo«, sagte ich vorsichtig.

Eine breite, tiefe Furche zerteilte seine Nasenwurzel. Er holte tief Luft, als wolle er etwas sagen, behielt den Gedanken dann aber doch für sich.

»Man kann sich natürlich fragen«, sagte er schließlich, »warum ist mir ausgerechnet Cato Hammers Stimmungsumschwung aufgefallen?«

Seine Augen faszinierten mich. Die seltsamen Gesichtszüge lenkten die Aufmerksamkeit davon ab, dass seine Augen eigentlich schön und fast indigoblau waren.

»Dann frage ich dich«, sagte ich. »Warum ist dir ausgerechnet Cato Hammers Stimmungsumschwung aufgefallen?«

»Na gut«, sagte er und lächelte. »Das will ich dir sagen. Mir ist es aufgefallen, weil ich etwas über ihn weiß.«

Ich nickte und wartete.

»Ich weiß, dass Cato Hammers Gemütsverfassung, dieses enorme Engagement, das er in der Öffentlichkeit zeigt, diese ...«

Er machte sich an seiner Brille zu schaffen und suchte nach Worten.

»... dass diese übertriebene Toleranz, dieses Umarmen der ganzen Welt ...«, sagte er dann. »Ich weiß, dass die nicht ganz echt ist. Er war in vieler Hinsicht ein fürsorglicher Mann. Und gewissenhaft in dem Sinn, dass er dazu fähig war, von schlechtem Gewissen gequält zu werden. Ob er aber im Grunde seines Herzens ein guter Mensch war ...«

Sein Zeigefinger kratzte über seine Wange, auf der ein unregelmäßiger Bart wuchs, der ein eigenartiges Muster auf die Haut zeichnete.

»Davon bin ich, ehrlich gesagt, nicht vollends überzeugt.«

Ich war nicht sicher, ob ich etwas sagen oder einfach auf den Rest warten sollte.

»Bei solchen Dingen muss man natürlich vorsichtig sein. Sehr vorsichtig.«

Plötzlich richtete er seinen Blick auf mich, als würde er mich warnen wollen.

»Vorsichtig damit, andere zu verurteilen, meine ich. Vor allem, wenn es auf so unsicherer Grundlage fußt. Cato Hammer war drei-, vielleicht viermal bei mir, dann hatte ich erkannt, dass seine unspezifizierten Leiden, über die er klagte, eigentlich Anzeichen für eine Psyche in großem Aufruhr waren. In ungeheurem Aufruhr. Und deshalb habe ich ihn überwiesen.«

Ein Lächeln überzog sein Gesicht.

»Aber das habe ich dir ja schon erzählt.«

»Warum zweifelst du daran ... dass er gut war?«

»Kann ich diese Tasse nehmen?«

Seine Hand griff nach einer schmutzigen Tasse, von der ich nicht wusste, wer sie bereits benutzt hatte. Ich zuckte mit den Schultern, und er hob die Tasse unter die Öffnung der Thermoskanne und füllte sie bis zum Rand.

»Was bedeutet es, ein guter Mensch zu sein?«, fragte er und verdrehte die Augen. »Ist man einer, wenn man Gutes tut? Oder ist es, da wir Menschen nun einmal mit einem ungeheuren Egoismus ausgestattet sind, eher eine Frage der Fähigkeit, unsere Mängel einzusehen und unsere Fehler zu bedauern? Die Verantwortung dafür zu übernehmen, dass wir nicht in der Lage sind, gut zu sein, meine ich? Ist Gutsein mit anderen Worten eine Bezeichnung für den Kampf gegen das Ego, oder kann sich nur der gut nennen, der bereits seine eigenen Interessen besiegt hat?«

Ich hörte nicht richtig zu. Vielleicht war ich zu müde. Es ist auch möglich, dass ich seine Ausführungen für puren Unsinn hielt.

»Ich weiß nicht so recht«, murmelte ich. »Aber was war mit Cato Hammer?«

»Er hatte einen Fehltritt begangen«, sagte Magnus und setzte sich auf.

Seine Stimme änderte ihre Tonlage. Sie wurde dunkler, und er sprach mich direkt an, diskutierte nicht mehr nur mit sich selbst oder einer philosophisch mehr veranlagten Gesprächspartnerin, als ich sie ihm sein konnte.

»Welchen denn?«

»Das weiß ich eben nicht«, entgegnete er. »So weit sind wir nie gekommen. Aber etwas hat ihn gequält. Ich benötigte nur ein paar Gespräche mit ihm, um zu erkennen, dass ihn ein furchtbares Schuldgefühl belastete. Das an sich deutet ja schon darauf hin, dass er zumindest ein Gewissen hatte. Aber das hat er nie zu nutzen gewusst.«

»Woher weißt du das denn?«

»Gute Frage.«

Er ließ sich im Sessel zurücksinken und hielt die Tasse mit beiden Händen.

»Mein entschiedener Eindruck«, sagte er und überlegte gründlich, ehe er einen neuen Anlauf nahm. »Mein entschiedener Eindruck ist, dass er sich einer strafbaren Tat schuldig gemacht hatte. Und da er so exponiert im Licht der Öffentlichkeit stand, hätten wir alle es gewusst, wenn er für so etwas die Verantwortung auf sich genommen hätte. Sogar eine Buße wegen zu schnellen Fahrens hätte bei Cato Hammer Schlagzeilen gemacht. Deduktion, mit anderen Worten. Reine Deduktion meinerseits. Er hat niemals seine Rechnung bezahlt. Trotzdem hat er diese Fassade aus Energie und allumfassender Liebe aufgebaut. Und da stimmt etwas nicht. Etwas stimmt da ganz und gar nicht. Deshalb ist mir die Ernsthaftigkeit aufgefallen, die er plötzlich ausstrahlte, als er zum Informationstreffen kam. Es war fast ... «

Er schielte zu meinen Notizen hinüber.

»Angst. Er kam mir verängstigt vor. Du kannst das Fragezeichen wegnehmen. «

»Gier und Verrat«, hörte ich mich sagen.

»Was? «

»Das war etwas, das ... das Roar Hanson gesagt hat. Er war zweimal bei mir, ehe er ermordet wurde. Es war deutlich, dass er mir etwas erzählen wollte. Etwas, das vielleicht ... Er hat gesagt, er wisse, wer der Mörder ist. «

»Was? Was??? «

Der Kaffee schwappte über, als er die Tasse auf den Tisch knallte.

»Er hat dir erzählt, wer Cato Hammer ermordet hat? «

»Du hörst nicht ordentlich zu«, sagte ich. »Er hat gesagt, er wüsste, wer der Mörder sei. Er hat mir nichts erzählt. Wir wurden ... unterbrochen. Beide Male. «

Beim bloßen Gedanken an Adrian wurden meine Wangen heiß.

»Aber was meinst du mit ... Gier und Verrat? «

Seine Finger malten große Gänsefüßchen in die Luft.

»Das hat er gesagt. Er hat gesagt, dass ... «

Meine Augen fielen zu. Mit geschlossenen Augen kann ich mich besser erinnern.

»Dass Verrat vergeben werden kann, Gier jedoch niemals. Nein. Umgekehrt, glaube ich. Es gibt Vergebung für Gier, hat er gesagt, aber nicht für Verrat. So ungefähr.«

»Ich dachte, es gebe Vergebung für alles«, murmelte Magnus Streng.

»Meine Worte. Als er zum ersten Mal bei mir war, wusste außer uns noch niemand, dass es Mord war. Alle schienen die Geschichte mit der Gehirnblutung geschluckt zu haben. Roar Hanson dagegen war davon überzeugt, dass sein Kollege ermordet worden ist.«

»Seltsam. Wirklich seltsam.«

Der Kaffee wirkte. Ich hatte mich lange nicht mehr so belebt gefühlt. Absurderweise fühlte ich mich wohl. Ich hatte seit einer Ewigkeit mit niemandem mehr gesprochen, bei dem ich so locker war wie bei Magnus Streng. Diese freundliche Aufdringlichkeit und aufdringliche Freundlichkeit hätte ich normalerweise abgewehrt. Stattdessen spielte ich jetzt mit dem Gedanken, ihn zum Essen einzuladen. Ihn und seine Frau, wenn er eine hatte.

Wenn das hier überstanden war.

Wenn ich endlich wieder zu Hause war.

Natürlich würde ich ihn nicht einladen. Nefis hat Freunde, nicht ich. Sie hat längst aufgehört, mich dazu zu ermuntern. Aber sie würde sich ungeheuer darüber freuen.

»Glaubst du«, sagte ich lächelnd, »glaubst du, du würdest ... «

Die Pause wurde zu lang.

»Ich würde was?«

»Bist du verheiratet?«, fragte ich.

»Ja«, sagte er begeistert. »Seit über einundvierzig Jahren.«

Kurzes Kopfrechnen: Er war mindestens zweiundsechzig Jahre alt. Vermutlich älter. Er kam mir jünger vor.

»Drei fantastische Kinder sind dabei herausgekommen«, sagte er zufrieden und zog eine überdimensionale Brieftasche hervor. »Und fünf Enkelkinder. Bis jetzt. Meine jüngste Tochter erwartet Zwillinge, bald werden wir also sieben haben, meine Solfrid und ich.«

Aus der Brieftasche fiel eine kleine Ziehharmonika aus Kunststoff. In jedem Fach steckte ein Foto: Frau, Kinder und Enkelkinder. Am Heiligen Abend, am 17. Mai und vermutlich an Sommerabenden am Meer. Er schob mir alles hin. Ich blätterte langsam durch. Die letzte Aufnahme war ein Gruppenbild der ganzen Familie. Kinder und Schwiegersöhne. Enkelkinder in allen Altersstufen und die stolzen Großeltern in der Mitte: Eine Frau mit grauen Haaren und feinen Zügen hatte den Arm um den schiefen, verwachsenen Magnus Streng gelegt. Ich musste mich auf irgendeine Weise verraten haben, auch wenn ich mir alle Mühe gab, um nicht mehr als freundliches und entgegenkommendes Interesse zu zeigen.

»Mein Zustand ist erblich«, sagte er gelassen. »Achondroplasie. Aber das bedeutet nicht, dass meine Kinder es bekommen müssen. Jedes Mal stehen die Chancen fünfzig zu fünfzig, weil meine Frau gesund ist. Das Schicksal hat es gut mit mir gemeint und es meinen Kindern erspart. Nicht, dass mein Leben entsetzlich schwer gewesen wäre. Aber in dieser Hinsicht bin ich wie alle anderen. Ich wünsche meinen Kindern nur das Allerbeste.«

Er hatte drei Töchter. Drei reizende Mädchen mit langen Haaren und sympathischem Lächeln und ganz normalem Wuchs. Sie ähnelten ihrer Mutter, die mindestens dreißig Zentimeter größer war als ihr Mann.

»Ich hatte mir so sehr gewünscht, dass sie normal sein würden«, sagte er und nahm die Fotos wieder an sich.

»Natürlich«, murmelte ich. »Das wollen wir doch alle.«

»Nicht unbedingt«, sagte er.

Darauf ging ich nicht weiter ein.

»Du wolltest mich vorhin etwas fragen«, erinnerte er mich.

»Nein.«

»Doch. Du hast gesagt: Glaubst du, du würdest … «

»Ach, das. Glaubst du, du würdest … glaubst du, dass Roar Hanson wirklich gewusst hat, wer Cato Hammer umgebracht hat?«

»Ich habe keine Ahnung. Ich habe doch mit dem Mann kein Wort gewechselt.«

Mit einem Mal wirkte er vollkommen desinteressiert. Geradezu gleichgültig. Er erhob sich und trank den Kaffee aus. Dann knallte er die Tasse auf den Tisch, auch diesmal einen Tick zu hart, und ging zur Tür.

»Nur noch eines«, sagte ich, um ihn aufzuhalten. »Findest du es nicht seltsam, dass so viele Cato Hammer von früher kannten?«

Er starrte mich ausdruckslos an.

»Ist das nicht«, fuhr ich zögernd fort, »ein wenig seltsam? Geir kannte den Mann aus dem Vorstand von Brann. Berit ist ihm schon früher hier oben in Finse begegnet. Du hattest ihn als Patienten. Ist das nicht eine auffällige Häufung von Zufällen?«

»So kann man das auch sehen«, sagte er und zuckte mit den Schultern. »Und wenn du meinst, dass uns das alle zu Verdächtigen macht, dann von mir aus. Ich finde eher, dass es belegt, was wir ohnehin schon wissen: Cato Hammer war ein aktiver Mann. Ein sozial offensiver Typ, der viele kannte. Aber jetzt habe ich das Bedürfnis nach einem ordentlichen Gläschen. Auch wenn es vielleicht noch zu früh ist. Ich empfehle mich.«

Leise schloss er die Tür.

Manchmal bin ich eine Idiotin.

Ich bin viel zu oft eine Idiotin.

3 Eigentlich hätte ich die Tür abschließen und die anderen ihrem Schicksal überlassen können.

Vielleicht würde ich das tun.

Obwohl die Fenster des winzigen Büros vollständig zugeschneit waren und ich es deshalb nicht mit Sicherheit sagen konnte, wirkte das Wetter so trostlos und unverändert wie in den vergangenen zwei Tagen. Aber es war nicht mehr so laut. Und der Temperaturanstieg war ja wohl auch ein gutes Zeichen. Der Sturm konnte schließlich nicht ewig dauern. Ich halte mich immer auf dem Laufenden, und das Schreckensszenario der globalen Erwärmung kann auch viel weniger ängstlichen Menschen als mir eine Riesenangst einjagen. Trotzdem habe ich bisher noch niemanden ernsthaft behaupten hören, dass Gebirgsnorwegen in näherer Zukunft von niemals endenden Orkanen zerstört werden würde.

Irgendwann würde sich der Sturm legen.

Heute Nacht. Oder morgen. Vielleicht auch erst am Sonntag.

Cato Hammers Name in roter Schrift leuchtete auf dem grauweißen Papier. Ich kniff die Augen zusammen, schüttelte den Kopf und goss mir neuen Kaffee ein.

Cato Hammers Sünde war vor langer Zeit begangen worden.

Er musste etwas Schreckliches getan haben.

Roar Hanson war außer sich gewesen, womöglich an der Grenze zu einem mentalen Zusammenbruch. Überdrehte Menschen können so allerlei sagen. Seine wirre, sprunghafte Geschichte war zudem gezeichnet gewesen von seinen inneren, religiösen Qualen, und ich muss ehrlich zugeben, dass ich kaum darauf geachtet hätte, wenn Magnus Streng mir nicht von Cato Hammers Krankengeschichte erzählt hätte.

Vieles passte zusammen, und ich hatte keinen Zweifel mehr.

»Glaubst du an Rache? Hältst du es für ethisch verantwortbar, ein großes Unrecht zu rächen?«

Ich erinnerte mich an Roar Hansons Worte, als ich die Augen schloss. Genau so hatte er sie bei unserem letzten Gespräch von sich gegeben, ich konnte seine helle, angespannte Stimme förmlich hören: »Glaubst du an Rache?«

Dass er diese Frage überhaupt gestellt hatte, musste bedeuten, dass er selbst Zweifel hegte. Jedenfalls hatte er ein gewisses Verständnis für das Problem. Was wiederum die Bedeutung des Vergehens unterstrich, dessen sich seiner Ansicht nach Cato Hammer schuldig gemacht hatte.

Gier und Verrat, hatte er gesagt.

Gier hat mit Geld zu tun. Mit Gütern. Mammon.

Gier ist für Katholiken eine Todsünde. Aber kaum ein Grund zur Aufregung in einer Gesellschaft, in der Gier den Leuten keine Gänsehaut mehr einjagt, sondern ihnen ein beifälliges Nicken entlockt.

Ich griff nach dem roten Filzstift und schrieb »Gier« über die Zeitschiene.

Verrat?

Man kann natürlich einen Verrat begehen, indem man der Gier nachgibt.

Roar Hanson musste der Überzeugung gewesen sein, dass das Opfer von Cato Hammers Gier und Verrat sich in Finse aufhielt.

Wenn er recht hatte, konnte Cato Hammer das erst erfahren haben, nachdem wir bereits einige Stunden im Hotel gewesen waren. Seltsam. Ich sah ihn vor mir, wie er durch die Räume ging, plauderte und nach allen Seiten grüßte und Hände schüttelte. Das war mir schnell aufgefallen: Cato Hammer hatte mit Abstand den besten Überblick über die unfreiwilligen Hotelgäste, abgesehen von dem kleinen Fehler bei der Frau mit dem Kopftuch.

Die Konfrontation zwischen Kari Thue und Cato Hammer hatte sich gegen Viertel vor acht zugetragen.

Zu diesem Zeitpunkt befanden wir uns schon seit mehreren Stunden im *Finse 1222*, jedenfalls die meisten von uns. Die Letzten waren erst gegen fünf Uhr aus dem Zug geborgen worden, aber Cato Hammer hatte Zeit genug gehabt, um sich vor acht Uhr mit den allermeisten bekannt zu machen. Trotzdem war er sanft wie ein Reh gewesen, auch nachdem er vor großem Publikum zusammengestaucht worden war.

Falls Roar Hanson recht gehabt hatte und jemand unter uns war, der gute Gründe gehabt hatte, Cato Hammer nach dem Leben zu trachten, warum hatte das Opfer das nicht gewusst? Zumindest nicht vor dem Informationstreffen, das gegen zehn Uhr stattgefunden hatte. Und auch das war alles andere als sicher, sein Stimmungsumschwung musste nichts damit zu tun haben. Vorläufig beschloss ich jedoch, von ebendiesem Zusammenhang auszugehen.

Ich riss den Bogen vom Flipchart und knüllte ihn zusammen. Auf einen sauberen schrieb ich:

»Der Mörder hat sich nicht sofort zu erkennen gegeben.«

Dann blieb ich eine Weile sitzen und sah mir diesen Satz an.

Der Mörder. Der Täter, dachte ich. Und es konnte genauso gut eine Frau sein. Vielleicht auch nicht. Wenn ja, dann musste sie stark sein. Ein Mord mit einem Eiszapfen erforderte Technik und Kraft, auch wenn ich zu meiner Schande gestehen musste, dass ich mir niemals überlegt hatte, wie man mit gefrorenem Wasser einen Mord begeht.

Es musste kein Eiszapfen gewesen sein.

Aber vieles sprach für einen Eiszapfen.

Aber da der Mörder nachweislich eine Schusswaffe besaß, das einfachste Mittel der Welt, um jemandem das Leben zu nehmen, warum hatte er die kein zweites Mal benutzt? Wenn Roar Hanson tatsächlich mit einem Eiszapfen oder einem anderen speerähnlichen Gegenstand umgebracht worden war, warum um alles in der Welt ist er nicht auch erschossen worden?

Ich schob die Hand in eine Seitentasche des Stuhls und holte die Schmerztabletten heraus. Sicherheitshalber nahm ich drei Stück und spülte sie mit lauwarmem Kaffee hinunter.

Cato Hammer war draußen umgebracht worden. Roar Hanson im Keller. Für Geir war es ziemlich eindeutig, dass der Mord im Hundezimmer geschehen war. Vor der Tür waren keine Blutspuren. Blut hatten er und Berit lediglich am Fundort der Leiche entdecken können.

Einer draußen. Einer drinnen.

Die Wunde an meinem Bein tat schrecklich weh. Ich konnte das nicht begreifen. Ich ertappte mich bei dem Versuch, das Bein zu heben.

Die einzige Gemeinsamkeit der beiden Tatorte war ihre Abgeschiedenheit. Die Gefahr, nachts draußen und bei Sturm anderen Menschen zu begegnen oder gar in einem abgeschlossenen Raum, in dem sich ein Pitbull aufhielt, war verschwindend gering. Zumindest, wenn der Mörder beobachtet hatte, wann der Hundebesitzer das Biest besuchte.

Ich biss so hart in den Filzstift, dass das Metall Beulen bekam.

»Beide Opfer sind freiwillig zur Schlachtbank gegangen«, schrieb ich, dann strich ich die zwei vorletzten Wörter durch und fügte zwei andere hinzu.

»Beide Opfer sind freiwillig zum Treffpunkt gegangen.«

So musste es gewesen sein. Cato Hammer war bereit gewesen, das Hotel zu verlassen, um sich mit jemandem zu treffen, trotz des Wetters. Das musste bedeuten, dass nicht nur dem Täter, sondern auch Cato Hammer daran gelegen gewesen war, das Treffen in aller Diskretion stattfinden zu lassen. Vielleicht auch nur Letzterem.

Es war ungleich schwerer zu verstehen, warum Roar Hanson

auf so etwas hätte eingehen sollen. Er hatte offenbar Angst vor dieser Begegnung gehabt, da er seinen Zimmergenossen angefleht hatte, auf ihn zu warten. Was Sebastian Robeck hätte machen sollen, wenn er nicht einfach eingeschlafen wäre, war mir ein Rätsel.

Die Erklärung musste sich an einem Ort befinden, zu dem ich keinen Zugang hatte. Dem Religiösen.

Unsinn. Es war einfach unbegreiflich, warum der Mann sich mit Cato Hammers mutmaßlichem Mörder hätte treffen sollen, noch dazu in einem Keller, wo niemand ihm zu Hilfe kommen konnte.

Hatte er dem Mörder eine Chance geben wollen? Zu Buße und Besserung?

Der Filzstift trocknete jetzt langsam aus und kreischte, als ich schrieb:

»Empfand Roar Hanson Sympathie für den Täter?«

Vielleicht hatte ich ja doch recht. Vielleicht war Roar Hanson doch so sehr Geistlicher, dass er die Rolle des Seelsorgers auf sich genommen hatte, so dumm und naiv es auch sein mochte, einem Mörder ins Gewissen reden zu wollen.

Nachdem der Waggon heruntergefallen war, befanden sich nur noch hundertachtzehn Menschen im Hotel. Seitdem waren zwar vier geheime Gäste dazugekommen, aber die saßen im Keller hinter Schloss und Riegel, mit ihnen brauchten wir nicht zu rechnen. Da Steinar Aass und Roar Hanson beide tot waren und ich mich noch immer für unschuldig hielt, waren wir jetzt bei hundertfünfzehn möglichen Mördern angelangt. Wenn ich dann noch alle unter fünfzehn abzog, kam ich auf siebenundneunzig.

Siebenundneunzig Verdächtige.

Viel zu viele.

Wenn ich ganz vorsichtig und absolut provisorisch anhand der Mordmethoden und Tatorte Schlussfolgerungen ziehen würde, suchte ich also jemanden, der stark und schnell war, der Zugang zu einer Schusswaffe hatte und zudem von einem Schicksal gebeutelt war, das bei einem Geistlichen Mitgefühl erwecken konnte. Diese Person musste außerdem Cato Hammer genug gehasst haben, um ihn zu ermorden, und über einen so ausgeprägten Überlebenswillen verfügen, um Roar Hanson zu beseitigen, damit sie nicht selbst entlarvt würde.

Jetzt ging ich natürlich zu weit. Unprofessionell.

Die Kurden besaßen Schusswaffen. Mikkel war stark und geschmeidig. Dass Kari Thue eine Persönlichkeit besaß, die es ihr ermöglichte zu hassen, bezweifelte ich keine Sekunde. Die meisten von uns hätten bei Roar Hanson wohl Mitleid erwecken können, jedenfalls an einem schlechten Tag.

Das hier konnte ich nicht lösen.

Das Beste wäre es, mich um meine eigenen Angelegenheiten zu kümmern, die Daumen zu drücken und auf die Polizei zu warten.

Ich beschloss trotzdem, mich auf die Suche nach Adrian zu machen. Ich musste wissen, was Roar Hanson in dem Augenblick zu ihm gesagt hatte, als mich mein Ärger über die Paprikachips abgelenkt und ich nicht mitbekommen hatte, warum Adrian so aggressiv auf den bleichen Pastor mit dem Schaum in den Mundwinkeln reagiert hatte.

Das würde mir wenigstens die Zeit vertreiben.

4 Aus irgendeinem Grund enttäuschte mich der Anblick, der sich mir bei meiner Rückkehr in die Rezeption bot.

Am westlichen Ende des langen Tisches, neben den abgenutzten Rattanmöbeln mit Schottenkarobezügen, die niemand außer der Strickliese benutzte, saßen Kari Thue und Mikkel in ein leises

Gespräch vertieft. Die Rezeption war dermaßen überfüllt, dass die beiden mein Kommen nicht bemerkten. Ihre Köpfe berührten einander in einer Vertraulichkeit, die mir nicht gefiel.

Natürlich hätte mir das egal sein müssen.

Dass Mikkel mir das Leben gerettet hatte und sich außerdem inzwischen fast akzeptabel aufführte, bedeutete nicht, dass ich auf ihn zählen konnte. Im Gegenteil: Er stand ziemlich weit oben auf der Liste derer, die ich verdächtigte, Cato Hammer und Roar Hanson ermordet zu haben. Die Liste war zwar schrecklich lang, und ich hatte keine anderen Indizien gegen den Knaben, als dass er stark und geschmeidig war, aber dennoch: Mikkel Piratentuch war kein Freund von mir.

Plötzlich sprang er so heftig auf, dass sein Stuhl umkippte. Ich konnte nicht hören, was er sagte, die Bewegung seines Fingers jedoch war nicht misszuverstehen.

Ich lächelte. Kari Thue griff blitzschnell zu einem Buch und wirkte so vertieft in den Inhalt, dass ich fast daran zweifelte, was ich eben gesehen hatte. Ich lächelte.

Mikkel war wirklich dabei, in diesem Leben einige richtige Entscheidungen zu treffen.

5 »Adrian! Adrian!!«

Der Junge würdigte mich nicht eines Blickes. Er saß mit Veronica zwischen der Küchentür und dem Schrank mit der Bauernmalerei auf dem Boden. Ich kannte das Spiel nicht, mit dem sie beschäftigt waren. Ein Haufen Karten lag in einem seltsamen Muster auf dem Boden, einige davon waren aufgedeckt. Veronica schien mehr Karten in der Hand zu haben als Adrian, was für mich leider sehr repräsentativ für die Beziehung der beiden war.

Ich würde sie jetzt auch älter schätzen, als sie auf den ersten Blick wirkte, und ich fand es, ehrlich gesagt, seltsam, dass ihr der Umgang mit einem Fünfzehnjährigen so zusagte.

Aber er brauchte ihr ja nicht unbedingt zuzusagen. Vielleicht zog sie nur ihren Nutzen daraus. Vielleicht blieb ihr auch nichts anderes übrig; Veronicas Verhalten ihren Mitmenschen gegenüber ließ mich als die reinste Spaßbombe erscheinen. Adrian war der einzige Fahrgast aus dem Unglückszug, der nicht vom ersten Moment an einen großen Bogen um das magere, schwarz gekleidete Wesen gemacht hatte.

»Adrian«, sagte ich noch einmal. »Ich muss mit dir reden.«

»Vergiss es«, fauchte er.

Adrian und ich hatten zwar unsere Auseinandersetzungen gehabt, aber der Junge war wohl hyperempfindlich, wenn unsere letzte Meinungsverschiedenheit ein solches Benehmen rechtfertigte. Ich ging also davon aus, dass Veronica ihn gegen mich aufgestachelt hatte.

»Hör auf damit«, sagte ich ruhig. »Ich muss wirklich mit dir reden.«

Die erwachsene Frau musterte ihre Karten. Legte eine Herzdame auf den Boden, ehe sie sich zwei von den Karten nahm, die mit dem Bild nach oben lagen. Zwei Asse.

Der Junge stieß einen Fluch aus und warf einen Kreuzbuben auf die Dame. Was ihm das Recht gab, einen König an sich zu nehmen.

»Was spielt ihr denn da?«, fragte ich.

Keine Antwort. Ich blieb noch einige Minuten sitzen und sah mir das Spiel an, das mir immer absurder vorkam.

»Willst du noch lange hier rumsitzen?«

Er sah mich nicht an.

»Ja«, sagte ich. »Ich sitze hier, bis du bereit bist, mit mir zu reden.«

»Da«, fauchte er und knallte ein Pikass auf die Karoneun, die Veronica gerade abgelegt hatte. »Ha!«

Als er sich neue Karten nehmen wollte, legte Veronica die Hand auf seine.

»Warte einen Moment«, sagte sie mit der dunklen Stimme, die einen so seltsamen Kontrast zu ihrem schmächtigen Körper bildete. »Sieh dir das an!«

Sie legte vier Zweien hintereinander auf den Boden, lächelte kurz und sackte alle anderen Karten ein.

»Paris«, sagte sie.

Ich habe mein Leben lang immer gerne und viel Karten gespielt, aber das hier war das blödsinnigste und unverständlichste Spiel, das mir jemals untergekommen ist.

»Was willst du?«, fragte Adrian und erhob sich steif.

»Ich will nur mit dir reden. Unter vier Augen.«

Der Junge hatte schon im Zug nicht gut gerochen. Jetzt stank sein magerer Körper dermaßen, dass ich die Nase rümpfte und zurückwich.

»Ich hab kein eigenes Zimmer, Mensch. Ich hab kein Bad!«

»Blödsinn. Du wolltest doch auf der Fensterbank schlafen. Und auch wenn du kein Zimmer hast, kannst du ja wohl eine Dusche benutzen. Und zwar jederzeit.«

»Gibt keine sauberen Klamotten«, murmelte er. »Hab keinen Bock auf Duschen.«

»Komm mit mir«, sagte ich und wollte ausnutzen, dass ihm die Situation zu peinlich war, um sich zu weigern.

Er stank so sehr, dass ich die Vorstellung, mit ihm in das kleine Büro zu gehen, nicht ertragen konnte. Deshalb fuhr ich auf die verwaiste Rattangarnitur zu. Kari Thue saß nicht mehr am Tisch. Ich nickte zu dem einen Sessel hinüber. Adrian setzte sich, sauer und widerwillig.

»Geht's dir gut?«, fragte ich und fuhr so dicht an seine Knie heran, dass er mich wegschieben müsste, um aufstehen zu können.

Sein Mund verzog sich zu einer Grimasse, die vermutlich bedeutete, ich solle mich um meine eigenen Angelegenheiten kümmern.

»Adrian. Ich weiß nicht, was ich dir getan habe. Du bestimmst selbst, mit wem du hier oben zusammen sein willst, aber es dauert jetzt nicht mehr sehr lange, bis wir abgeholt werden. Und dann glaube ich, dass Veronicas Möglichkeiten, dir zu helfen, nicht so groß sind wie meine. Ich bin schließlich ... «

»Willst du mich jetzt auch noch erpressen?«

Für einen kurzen Moment sah er mir in die Augen. Er schien mit den Tränen zu kämpfen. Seine Lippen zitterten, und plötzlich warf er die rechte Hand in die Luft. Er hatte nicht vor, mich zu treffen, aber trotzdem erwischte er meinen Oberschenkel mit ziemlicher Wucht.

»'tschuldigung«, sagte er und zog die Hand zurück. »Das war nicht ... echt, 'tschuldigung.«

»Das war nicht so schlimm. Ich spüre da doch nichts. Ist schon gut.«

Ich fragte mich, wie seine Haare wohl unter der verdammten Mütze aussahen. Als hätte er meine Gedanken gelesen, nahm er sie ab und kratzte sich wütend mit beiden Händen und steifen Fingern auf der Kopfhaut.

»Was willst du?«, murmelte er und setzte die Strickmütze wieder auf.

»Was an Roar Hanson hat dich so wütend gemacht, Adrian?«

»Der war ein Widerling.«

»Was war so widerlich an ihm?«

»Hast du den nicht gesehen? Fettige Haarsträhnen und Schaum vorm Maul. Hat gestunken und ...« Er riss sich zusammen und starrte zu Boden.

»Er wollte Veronica angrapschen.«

»Ja, das hast du gesagt. Wie alt ist Veronica eigentlich?«

»Vierundzwanzig. Dieser Pfaffe war ein Schwein, das es auf kleine Mädchen abgesehen hatte.«

»Ich finde, mit vierundzwanzig ist Veronica kein kleines Mädchen mehr. Wenn der Mann solche Vorlieben hatte, dann hätte er doch jede Menge vierzehnjährige Handballspielerinnen zur Auswahl gehabt.«

»Die haben ja nicht mal Titten. Nicht so richtig jedenfalls.«

»Das ist ja leider auch der Sinn der Sache«, sagte ich trocken. »Wenn Roar Hanson wirklich junge Mädchen vorzog, dann wollte er sie genau so haben. Aber so war er nicht, Adrian. Du hast absolut keinen Anhaltspunkt, das zu behaupten. Du bist viel zu gescheit, um auf diesen Müll reinzufallen.«

»Aber er hat es bei Veronica versucht! In echt! Das hab ich selbst gesehen! Und sie war nicht die Einzige, die den Kerl zum Kotzen fand. Zwei Frauen unten im Kaminzimmer haben ihm auch gesagt, er soll sich ins Knie ficken.«

»Das haben sie ganz bestimmt nicht gesagt.«

»Okay, nicht wörtlich, aber er hat sich auch an sie rangemacht, und die haben sich ein paarmal weggesetzt. Scheißmann, was für ein ...«

Er fand das richtige Schimpfwort nicht.

»Was hat er eigentlich zu dir gesagt?«, fragte ich schnell dazwischen, während er noch überlegte.

»Gesagt? Ich hab doch mit dem Kerl nicht geredet, Mensch!«

»Doch. Gestern Vormittag. Nachdem du im Kiosk warst, um für mich Kartoffelchips und Cola zu kaufen. Er hat irgendwas übers Füßewaschen gesagt, glaube ich. Ich hab das nicht richtig gehört, es hat mich abgelenkt, dass du Paprikachips gekauft hattest, die kann ich nämlich nicht ausstehen.«

Adrian saß ganz still da und starrte vor sich hin. Seine Erinnerungen schienen ihn zu verwirren. Oder vielleicht war er nicht ganz nüchtern, ich meinte, eine kleine Fahne zu riechen. Zuerst hatte ich den Verdacht gehabt, dass Veronica Schnaps bei sich haben könnte. Aber da musste ich mich geirrt haben. Wenn ich das richtig beobachtet hatte, dann trank sie überhaupt keinen Alkohol. Sie trug immer eine Flasche Mineralwasser mit sich herum, sogar abends.

»Weiß ich nicht mehr«, sagte er und zog an seiner Mütze. »Jedenfalls nix übers Füßewaschen.«

»Doch«, sagte ich. »Natürlich weißt du das noch.«

»Er hat gesagt … er hat gesagt, hüte dich!«

»Hüte dich? Das war alles?«

»Ja.«

»Hüte dich wie ›komm mir nicht zu nahe‹?«

»Nö … eher hüte dich wie … HÜTE DICH.«

Er beugte sich ruckhaft vor, als er die letzten Worte ausstieß, und ich fuhr in meinem Stuhl zurück.

»Komisch, dass ich das nicht mitgekriegt habe«, sagte ich verwirrt.

Adrian verzog die Mundwinkel zu einer gleichgültigen Grimasse.

»Ist ja nicht mein Problem, dass du schwerhörig bist.«

Für ihn schien das Gespräch beendet zu sein. So, wie ich saß, konnte er nicht aufstehen, deshalb musste er mich wegschieben.

»Warte«, sagte ich. »Ich hab noch mehr Fragen.«

»Aber ich hab keine Antworten mehr.«

»Warum schläfst du auf der Fensterbank, Adrian?«

Er errötete sichtlich. Kleine rosa Flecken breiteten sich zügig auf seiner glatten Gesichtshaut aus.

»Kann dir ja wohl egal sein.«

»Veronica will dich nicht in ihrem Zimmer haben, nicht wahr?«

Jetzt war sein ganzes Gesicht rot.

Irgendeine Form von Anstand schien Veronica ja doch zu besitzen. Sie zog klare Grenzen, in welchen Träumen er sich verlieren durfte.

»Ich finde«, flüsterte er und räusperte sich, »ich finde es okay, in deiner Nähe zu sein. Nachts jedenfalls.«

Diese Antwort kam so überraschend, dass mir nichts Besseres einfiel, als den Jungen anzulächeln. Sein Gesicht verdunkelte sich, und als er dann aufstehen wollte, ließ ich das zu. Auf meine Frage, was Roar Hanson nun eigentlich gesagt hatte, hatte er mich angelogen, aber mehr würde ich nicht aus ihm herausholen können.

Im Moment jedenfalls nicht.

Wie andere geübte Lügner hatte er sich fast an die Wahrheit gehalten. In der Regel ist das klug so, aber Adrian hatte mir ein Teil eines Puzzlespiels gegeben, ohne zu wissen, dass ich nur ein winziges Stück vom Himmel brauchte, um die Konturen des fertigen Bildes erahnen zu können.

Langsam begriff ich auch, warum er gelogen hatte.

Dieser Gedanke war nicht besonders reizvoll, aber sollte ich recht haben, war das zumindest ein Anfang.

Eine Art Ziel unter Umständen.

Ich war mir nicht sicher.

6 Es war erst kurz nach fünf Uhr, und es würde noch über zwei Stunden dauern, bis es Abendessen gab. Ich hatte einen Riesenhunger und war randvoll mit Koffein. Ich hatte Kaffee, mich selbst und meine unzusammenhängenden Gedanken satt.

Als Adrian gegangen war, hatte ich das Gefühl gehabt, etwas in der Hand zu haben, aber mittlerweile war ich mir nicht mehr sicher. Auf jeden Fall würde mir eine Pause guttun. Ich war zu der Sofagruppe in der *Millibar* gefahren. Die Einzigen, die mir dort Gesellschaft leisteten, waren die kurdischen Eheleute.

Eigentlich war es unbegreiflich, warum sie nicht auf ihrem Zimmer blieben. Sie redeten mit niemandem. Und keiner wandte sich an sie. Untereinander wechselten sie selten mehr als ein Wort oder zwei, in jener Sprache, die ich nicht identifizieren konnte. Nur beim Abendessen am Vortag waren sie in so etwas wie ein richtiges Gespräch vertieft gewesen. Jetzt saßen sie mit ihren Wassergläsern kerzengerade auf dem gelben Sofa, das eigentlich in die *Blåstue* gehörte. Obwohl ich unmissverständlich verkündet hatte, dass ich in dieser Nacht nicht schlafen wollte, hatte Berit es dort stehen lassen. Für alle Fälle, hatte sie lächelnd gesagt und war weitergeeilt.

Ein Küchengehilfe kam mit einer großen Schüssel voller Hefebrötchen durch die Schwingtüren der Küche. Mir lief im wahrsten Sinne des Wortes das Wasser im Munde zusammen, ich musste schlucken. Er lächelte, als er mich sah, und hielt mir die Schüssel hin, ehe er sie neben dem Kakaoautomaten abstellte und in die Küche zurücklief. Ich nahm zwei.

»Lecker«, murmelte ich und lächelte den Mann mit dem dunklen Teint an.

Die Brötchen waren so warm, dass sie noch dampften.

Der Mann nickte, erhob sich aber nicht, um zuzugreifen. Die Frau hatte fast ununterbrochen die Augen gesenkt, nur ab und zu schaute sie sich verstohlen um.

»Das Wetter schlägt jetzt um«, sagte ich und biss ins zweite Brötchen. »Der Wind wird schwächer, und die Temperatur steigt.«

Der Mann nickte kurz. Die Frau rührte sich nicht.

Die Deutschen kamen auf dem Weg in den Seitenflügel an uns vorbei. Sie hatten die Nase voll. Ein Tag im Orkan war aufregend gewesen, ein einzigartiges Erlebnis, von dem man erzählen konnte. Am Abend des dritten Tages in der Isolation war nichts mehr sonderlich spannend. Ihre Ruhelosigkeit wurde auch dadurch nicht verringert, dass Berit den Bierausschank eingeschränkt hatte. Die Zapfhähne wurden erst um sieben geöffnet. Zum dritten Mal innerhalb von zwanzig Minuten wechselten die drei jungen Männer ihren Standort, ohne Sinn und Ziel.

In Anbetracht der Ereignisse der vergangenen Tage erstaunte mich die Stimmung unter den Gästen. Nach jedem erschütternden Zwischenfall ging es schneller, bis wieder Ruhe einkehrte. Den meisten war zwar ihre Langeweile anzusehen, aber die Langeweile hatte auch etwas Geduldiges bekommen. Eine Resignation, eine stille Überzeugung, dass alles wieder gut werden würde, wenn wir nur noch einen Tag im Gebirge totschlugen. Der kurze Moment von Normalität, den wir als sonniges Leuchten über dem Finsevann gesehen hatten, hatte natürlich seine Wirkung getan, aber mich faszinierte unabhängig davon, wie es den Gästen gelang, sich von ihren eigenen Schreckenserlebnissen und der Tatsache zu distanzieren, dass zwei Menschen ermordet worden waren. Ich schien die Einzige zu sein, die sich vor der bevorstehenden Nacht fürchtete, die Einzige, die sich Gedanken darüber machte, dass der Täter noch immer frei herumlief und wir nicht ahnen konnten, ob er vorhatte, ein weiteres Mal zuzuschlagen. Dass die überlebenden Mitglieder der Staatskirchenkommission das Bridgeturnier im Kaminzimmer wieder aufgenommen hatten, fand ich dagegen geschmacklos.

Andererseits, wir alle profitierten von Ruhe und Ordnung.

Ich konnte Kari Thue nirgendwo sehen, und das war auch gut so. Mikkel und seine Bande hatten wieder die *St. Paal's Kro* übernommen, wo sie träge der Musik lauschten, während Mikkel die Beine auf dem Tisch und den Laptop auf den Knien liegen hatte und mit seinem Stuhl kippelte. Dem mechanischen Lärm und den jähen Bewegungen auf der Tastatur nach zu urteilen, spielte er irgendein Autorennen.

»Könnt ihr mal kurz zuhören, Leute!« Berits Stimme war gewachsen, seit sie uns zwei Abende zuvor mitgeteilt hatte, dass wir nichts zu befürchten hätten. Jetzt war sie überall zu hören, sogar die Jünglinge in der *St. Paal's Kro* schreckten aus ihrem schläfrigen Zustand auf und beugten sich vor, um zu lauschen.

»Der Sturm hat jetzt nur noch sieben Windstärken. Und wir haben nur noch neunzehn Grad unter null. Es ist ausgeschlossen, dass uns noch heute Abend Hilfe erreicht, aber ich meine doch, dass wir uns darauf vorbereiten sollten, dass morgen die Evakuierung stattfindet. Da es auch weniger schneit als in den letzten Tagen, bitte ich um Freiwillige, um die Ausgänge freizuschaufeln. Den Eingangsbereich haben wir … «

Ich hoffte, dass ich ihr Zögern als Einzige registrierte. Nur die Eingeweihten wussten, dass der Eingangsbereich bereits am Vormittag freigelegt worden war.

»… der Eingangsbereich wurde heute Morgen von Johan geräumt, als der Wind zum ersten Mal abflaute«, überbrückte Berit fast unmerklich ihre kurze Atempause.

Sie wurde mir immer sympathischer.

»Aber der Zugang muss vergrößert werden. Außerdem müssen wir alle Notausgänge freiräumen. Bisher haben wir sie zuschneien lassen, was streng genommen verboten ist. Ich bitte also die Freiwilligen, sich vor dem Skischuppen bei Johan zu melden. Kleidung und Stiefel können wir zur Verfügung stellen.«

Drei Männer sprangen auf Eine Handballspielerin hob wohlerzogen die Hand.

»Ich mach gern mit!«

»Nur Erwachsene.« Berit schüttelte den Kopf. »Das Wetter ist noch sehr strapazierend. Aber vielen Dank für das Angebot.«

Mikkel klappte seinen Laptop zu und stellte ihn vor sich auf den Tisch. Dann erhob er sich langsam und tippte mit dem Zeigefinger zwei seiner kräftigen Untergebenen an. Sie sprangen ohne Zögern auf und folgten ihm zum Skischuppen. Keiner von ihnen schaute zu mir herüber, als sie an mir vorbeikamen.

»Ich verschone sie am besten mit meinem Einsatz«, sagte Magnus mit einem kleinen Lächeln.

Er stellte sich neben mich, ohne sich auf einen der freien Sofaplätze zu setzen.

»Stattdessen würde ich gern mit dir reden.«

Er schielte zu dem muslimischen Ehepaar hinüber. Die beiden umklammerten ihre Wassergläser und hatten die verlockenden Brötchen nicht angerührt.

»Unter vier Augen«, fügte er leise hinzu.

Die Kurden machten keinerlei Anzeichen zu gehen.

Dass sie überhaupt sitzen blieben in diesem unfreundlichen Klima, das ihnen seit dem Zugunglück entgegenschlug, konnte nur eines bedeuten: Ich hatte Severin richtig verstanden, als er mir in die Augen geschaut hatte, ehe er hinter Berit in den Keller gelaufen war, um sich dort einzuschließen.

Hoffte ich jedenfalls.

»Gehen wir ins Büro«, sagte ich und verließ die *Millibar*.

7 »Du hast mich heute Morgen nach der Fondsverwaltung gefragt«, sagte Magnus zwischen zwei Bissen in eines der Hefebrötchen. »Und ich habe mir so meine Gedanken gemacht.«

Er hatte sich drei Brötchen aus der Schüssel geschnappt, als wir die *Millibar* verlassen hatten, und nun bot er mir das eine an. Ich verschlang es in vier Bissen. Nicht einmal Marrys Backkunst konnte sich damit messen. Die Brötchen waren unbeschreiblich luftig, und in der Mitte des süßen Hefegebäcks verbarg sich eine Mischung aus Himbeermarmelade und Vanillecreme wie ein überraschender Schatz.

Ich musterte Magnus Streng interessiert.

»Mir ist etwas eingefallen«, sagte er und schluckte. »Etwas, das mit der Fondsverwaltung zu tun hat. Ich weiß nicht mehr so ganz, wann das war, es muss ungefähr acht oder zehn Jahre her sein. Damals, als Cato Hammer dort gearbeitet hat.«

»Woher weißt du das?«

»Also, weißt du ...«

Marmelade und Creme liefen über sein kräftiges, kantiges Kinn.

»Damals ist mir der Mann zum ersten Mal aufgefallen«, sagte er und hielt Ausschau nach einer Serviette.

»Mir nicht«, sagte ich und reichte ihm ein Erfrischungstuch aus der Seitentasche meines Stuhls.

Er zuckte mit den Schultern und packte das Tuch aus.

»Na gut. Dir vielleicht nicht. Aber wenn ich das richtig in Erinnerung habe, war dieser Fall sein ... sein Durchbruch in den Medien, könnte man so sagen.«

»Welcher Fall?«, fragte ich ein wenig ungeduldig.

»Diese Unterschlagung«, erwiderte er und wischte sich langsam das Kinn ab.

»Hat Cato Hammer etwas unterschlagen? Eine Unterschlagung?«

»Nein, nein, nein! Moment!«

Er rollte das Erfrischungstuch zu einer Kugel auf und legte sie vor sich auf den Tisch.

»Es war eine Angestellte«, sagte er dann. »Sie hatte psychische Probleme, und zwischen den Zeilen konnte man auch lesen, dass das Ganze eine Tragödie war. Ein Fall von Kleptomanie, kombiniert mit religiösen Grübeleien und einer schwachen Psyche. So wurde das jedenfalls dargestellt. Zwischen den Zeilen, wie gesagt.«

»Unheilvolle Mischung«, sagte ich, nickte und hob die Augenbrauen. »Aber was um Himmels willen hatte Cato Hammer damit zu tun?«

»Er hat den Fall in den Medien vertreten. Du musst wissen, das war wie ein potenzieller Sprengsatz für die Kirche. Die Kirche des Volkes, das Geld des Volkes. Und es handelte sich um keine belanglose Summe. Drei Millionen Kronen, wenn ich das richtig in Erinnerung habe, irgendwas in dieser Größenordnung. Eine Menge Geld. Seitdem können wir beobachten, wie Norwegen in der Korruption versinkt und der Diebstahl an der Gesellschaft ein alltägliches Vergehen geworden ist. Das hier geschah dagegen in einer Zeit, als solche Dinge noch immer eine Seltenheit darstellten.«

»Oder einer Zeit, in der solche Dinge selten ans Licht kamen.«

»Kann schon sein«, sagte er und nickte. »Jedenfalls: Cato Hammer hat die Krise mit Bravour gemeistert. Er muss eine führende Stellung bekleidet haben, wie ich ja bei unserem letzten Gespräch schon erwähnt habe. Mir fällt nur nicht mehr ein, welche. Jedenfalls hat er die Hosen runtergelassen, wie die Zeitungen das so schön formulieren. Nicht in eigener Sache, sondern für die Institution. Er hat diesen Vorfall tief und aufrichtig bedauert und eine lückenlose Aufklärung garantiert, um zu verhindern, dass sich so etwas noch einmal wiederholen könnte. Und gleichzeitig hat er der bedauernswerten Frau großen Respekt und Zuspruch entgegengebracht. Sie wurde beschützt, ihr Name wurde nie bekannt gegeben, und die Sache verlief sozusagen im Sande.«

»Im Sande? Wurde denn keine Anklage erhoben?«

»Vermutlich schon. Aber die Frau war schließlich ernsthaft krank, und wahrscheinlich wollte die Presse nicht so tief sinken ... «

Wir prusteten beide gleichzeitig los; er lachte laut und lange.

»Nein«, sagte er und wischte sich die Lachtränen ab. »Die Zeitungen müssen darüber berichtet haben. Aber wie gesagt, das alles ist zehn Jahre oder so her, und ich kann mich nicht an alle Einzelheiten erinnern. Aber an Cato Hammer erinnere ich mich gut. Er wurde sofort in zwei großen Tageszeitungen porträtiert und war Gast in mehreren Talkshows. In weniger als einer Woche hatte er das Image des fürsorglichen Chefs erlangt. Ein feiner Repräsentant für die kirchliche Botschaft der Nächstenliebe, dieser Cato Hammer. Das war zu der Zeit, als die Dunkelmänner der Staatskirche ans Licht gekrochen kamen, um den homosexuellen Geistlichen den Garaus zu machen. Die Kirche benötigte dringend einen wie Cato Hammer, in einer Zeit, in der viele aus Protest austraten. Milde und freundlich und praktisch ohne Ecken und Kanten. Nur wenige Monate später hatte er seine eigene Gemeinde. «

»Du hast ja ein Wahnsinnsgedächtnis! «

»Das trainiere ich ja auch schon seit meiner frühen Kindheit. Das Gehirn ist ein Muskel, musst du wissen. Nicht im anatomischen Sinn natürlich. Aber es lohnt sich, ihn gut in Form zu halten. «

Er schnalzte zufrieden mit der Zunge und schnippte die Papierkugel auf der Tischplatte umher.

»Verrat und Gier«, murmelte ich.

»Wie beliebt? «

Er schaute auf, die Hand noch in Schnipphaltung. Er hatte eine leere Kaffeetasse umgekippt und versuchte, die Kugel dort hineinzuschnippen. Das misslang immer wieder, aber er gab sich nicht geschlagen.

»Roar Hansons Worte«, sagte ich. »Die hat er im Zusammenhang mit diesem Zwischenfall bei der Fondsverwaltung benutzt. Aber es klingt nicht ... so, wie du das schilderst, klingt es so, als ob Cato Hammer ...«

»... weder dem Verrat noch der Gier verfallen ist«, vollendete er meinen Satz, als ich eine winzige Pause einlegte. »Eher im Gegenteil, würde ich sogar sagen.«

»Falls nicht ...«

Ich verstummte.

»Falls was nicht?«

»Nichts. Weißt du noch ... kannst du dich an den Namen dieser Frau erinnern?«

»Der Schuldigen? Nein.«

Er lachte kurz und traf endlich die Tasse.

»Es muss Grenzen geben«, sagte er. »Sogar für mich. Ich kann mich an keinen Namen erinnern, der niemals veröffentlicht worden ist.«

Er vertiefte sich wieder in sein kleines Spiel.

Mir war ein Gedanke gekommen, aber ich konnte ihn nicht greifen. Außerdem hatte sich etwas radikal verändert, und das lenkte mich ab.

»Hör mal«, sagte ich leise und drehte den Kopf.

»Von mir aus«, sagte Magnus freundlich und sah mich überrascht an. »Und worauf soll ich hören?«

»Auf das, was nicht mehr da ist«, sagte ich.

Es war fast still.

Die Geräusche des Windes drangen zwar durch die soliden Wände, aber er hatte den Versuch aufgegeben, das *Finse 1222* in Stücke zu reißen. Wir hörten nur ein fernes, gedämpftes Pfeifen, das uns nichts mehr anzugehen schien. Wir waren geborgen im Inneren des Hauses, hinter Wänden, die den Menschen seit hundert

Jahren Schutz gewährten. Das seltsame schiefe Gebäude hatte eine ganze kleine Ewigkeit hindurch Stürme kommen und gehen sehen, ohne nennenswerten Schaden zu nehmen. Dieses Mal hatte es ordentlich einstecken müssen. Es würde seine Zeit dauern, das Zerstörungswerk zu reparieren. Aber das Hotel am höchstgelegenen Bahnhof der Bergenbahn hatte dem Orkan standgehalten, dafür war es errichtet worden, und wir waren alle darauf angewiesen gewesen, dass es das schaffte.

Magnus und ich blieben eine Weile schweigend sitzen, während wir zuhörten, wie der Sturm sich legte. Die Fenster in dem kleinen Büro waren vollständig zugeschneit. Wir konnten die Veränderung zwar nicht sehen, aber wir hörten sie, spürten sie, fühlten sie mit den anderen Sinnen.

»Wunderbar«, murmelte Magnus fast selig. »Es ist zu Ende. Morgen können wir nach Hause fahren.«

Seine Worte rissen mich aus einem fast physischen Rausch. Eine große Dosis Endorphine versetzte mich in ein mir beinahe fremdes Glücksgefühl, und das nur, weil das Wetter besser wurde.

Dieser Rausch war sofort verflogen, als Magnus das gesagt hatte.

»Was ist los?«, fragte er freundlich, fast liebevoll besorgt.

»So einfach wird das nicht«, sagte ich.

»Tut mir leid«, sagte er tonlos. »Ich verstehe nicht ...«

Eine tiefe Furche zerteilte seine Nasenwurzel.

»Das braucht dir nicht leidzutun«, erklärte ich eilig. »Nur verstehe ich nicht, wie es möglich sein soll, dass wir schon morgen dieses Hotel verlassen können.«

»Aber der Sturm«, sagte er und zeigte mit dem linken Arm auf das Fenster. »Der ist doch ganz offenbar im Rückzug begriffen und ...«

»Die Polizei kann uns doch unmöglich gehen lassen«, sagte ich leise.

»Gehen lassen ... wie meinst du das?«

»Hier hält sich ein zweifacher Mörder auf. Es wäre Schlamperei, uns laufen zu lassen, ehe alle Spuren gesichert sind, alle Leute vernommen wurden, alle ...«

Ich holte tief Luft.

»Das wird einen Höllenärger geben«, erwiderte Magnus genauso leise. »Revolution. Meuterei. Niemand in diesem Hotel, außer vielleicht uns beiden und den Angestellten, wird es hinnehmen, noch länger festgehalten zu werden, wenn die Abreise schon möglich ist.«

»Eben«, sagte ich.

»Und was sollen wir machen?«

Ich hatte Heimweh. Mein Rücken schmerzte, und es fiel mir schwer, tief einzuatmen. Ein eiserner Reifen legte sich um meinen Brustkasten. Ich wurde daran erinnert, warum ich mich in dem entgleisten Zug befunden hatte: um einen Spezialisten aus den USA wegen der vielen Probleme zu konsultieren, die mich quälten.

»Ich weiß es nicht«, sagte ich kurzatmig. »Aber glücklicherweise gibt es jetzt gleich Essen.«

Magnus Streng erhob sich und kam um den Tisch herum. Dann nahm er meinen Kopf zwischen seine klobigen Pranken und küsste mich federleicht und flüchtig auf die Stirn. Er ließ mein Gesicht nicht los und schaute mir in die Augen.

»Hanne Wilhelmsen«, sagte er mit einem Lachen in der Stimme. »Einem Menschen mit deinem Appetit kann nichts Schlimmes geschehen. Komm, dann überreden wir Berit, uns einen kleinen Aperitif zu geben. Vorhin, als ich ihn gebraucht hätte, habe ich keine Stärkung bekommen.«

Als er die Tür öffnete und Richtung Rezeption ging, hatte ich den Eindruck, dass er gar nicht mehr watschelte.

8 Ich kenne mich aus mit Hausmannskost.

Als ich angeschossen wurde, musste mit meinem Stoffwechsel etwas Dramatisches geschehen sein, denn ich wurde im Handumdrehen dünn und bin schlank geblieben, trotz eines Appetits, der für mich und auch für andere eine Belastung sein kann.

Marry ist eine wahre Meisterin der Kochtöpfe.

Trotzdem habe ich noch nie eine köstlichere Blumenkohlsuppe gekostet als jene, die am Freitag, dem 16. Februar 2007, im *Finse 1222* als Vorspeise serviert wurde. Kleine Röschen aus Blumenkohl, dem langweiligsten und geschmacksneutralsten Gemüse in der norwegischen Küche, schwammen in einer köstlichen und gehaltvollen Suppe. Ich fragte mich, wie es möglich war, einem Gericht so viel Aroma zu verleihen, das doch eigentlich nur nach Blumenkohl mit einem Spritzer Sahne schmeckte.

»Unvergleichliche Suppe«, sagte Magnus und bat um Nachschlag. »Die Gebirgsluft regt wirklich den Appetit an. Meine Komplimente an den Koch. Ein weiteres Mal.«

Er zwinkerte der Kellnerin zu, und sie erwiderte sein Lächeln.

Ich legte den Löffel weg. Ein zweites Mal hatte ich mich die Treppe hinunterbugsieren lassen, um das Abendessen im Speisesaal einzunehmen. Überhaupt hatte ich mir innerhalb der vergangenen vierundzwanzig Stunden häufiger helfen lassen als in den letzten vier Jahren zusammen. Berit, Geir und Johan saßen ebenfalls am Tisch. Wie am Vorabend.

Wir begannen, Routinen zu entwickeln.

»Und wie sieht es draußen aus?«, fragte Magnus enthusiastisch. »Kann man sich schon einen Eindruck von den Schäden machen?«

Geir und Johan waren in den vergangenen Stunden draußen gewesen. Sie sahen total erschöpft aus, Geir schlief fast beim Essen ein.

»Seltsam«, antwortete Johan. »Es ist sehr seltsam. Die meisten Gebäude sind einfach verschwunden.«

»Hat der Orkan sie mitgerissen?«, fragte Magnus erwartungsvoll.

»Nein. Die sind noch da. Unter dem Schnee.«

Geir starrte müde auf seinen Teller.

»Den Winterurlaub mit meiner Familie hier oben kann ich mir jedenfalls abschminken. Am liebsten würde ich dem Sommer die Aufgabe überlassen, den ganzen Schnee zu entfernen. Was bedeutet, dass wir vermutlich bis August warten müssen.«

Er gähnte ungeniert und ausgiebig.

»Wir haben den Schneepflug ausgegraben«, berichtete er dann. »Dieser Mikkel ist ein Kämpfer. Morgen können wir anfangen, den Bahnsteig zu räumen. Es schneit kaum noch. Der Wind ist verdammt beißend, aber viel schwächer geworden. Und er wird mit jeder Stunde weiter abnehmen.«

»Die NSB wird bei den Gleisen eine Höllenarbeit haben«, murmelte Johan. »Aber zum Glück ist das ja nicht mein Problem.«

»Bedeutet das«, sagte Magnus und wischte sich den Mund gründlich mit einer riesigen Serviette ab, »dass wir mit Hubschraubern ausgeflogen werden müssen?«

Johan nickte.

»Ich nehme an, die Ersten werden morgen früh abgeholt.«

Ich staunte noch immer darüber, dass niemand berücksichtigte, dass hier zwei Morde begangen worden waren.

»Wie sieht es im Appartementtrakt aus?«, fragte ich.

»Keine Ahnung«, sagte Johan und grinste, dann beugte er sich vor, dämpfte seine Stimme und fügte hinzu: »Nach allem, was dieser Typ über ... die Zustände da drüben gesagt hat, kam es mir sinnvoller vor, die noch eine Weile eingeschneit bleiben zu lassen.

Das Letzte, was wir brauchen können, ist, dass diese Bande hier angerannt kommt. Als ich im Depot vom Roten Kreuz war und das Satellitentelefon geholt habe, konnte ich feststellen, dass die nicht versucht haben, sich freizugraben. Die aus den anderen Häusern übrigens auch nicht. *Tusenheimen ...* «

Er grinste und schüttelte den Kopf.

»Dieses riesige Gebäude sieht aus wie ein Dach, das jemand in den Schnee geworfen hat.«

Magnus schaute sich verwirrt um. Johan hatte offenbar vergessen, dass der kleinwüchsige Arzt als Einziger am Tisch nichts von den vier Männern im Keller wusste. Er hatte sich zwar im Büro aufgehalten, als Berit mir mitteilte, dass jemand sich einen Weg zu uns schaufelte, aber er hatte nie erfahren, wer es war. Er hatte auch nicht danach gefragt. Er fragte auch jetzt nicht.

»Zufrieden?«

Die Kellnerin lächelte Magnus an, und der war sofort wieder der Alte.

»Ich bin gespannt auf den nächsten Gang«, sagte er und schenkte sich Wein nach.

»Du hast also das Satellitentelefon geholt«, sagte ich zu Johan und versuchte, gleichgültig zu wirken. »Bedeutet das, dass wir jetzt wieder mit der Umwelt kommunizieren können?«

»Das müsste es bedeuten.« Er nickte. »Aber bisher habe ich es noch nicht in Gang bringen können. Kapier nicht so ganz, wieso nicht. Ich werd das aber bestimmt im Laufe des Abends noch hinkriegen. Ist aber auch nicht so wichtig. Wir müssen ja keine Hilfe holen. Die Rettungszentrale weiß, dass wir hier sind.«

Aus dem Augenwinkel sah ich, wie Veronica den Speisesaal betrat. Adrian trottete wie immer hinterher. Sie blieb stehen, sah sich um und setzte sich an einen freien Tisch. Adrian beugte sich zu ihr hinab. Sie flüsterte ihm etwas zu. Der Junge nickte, nahm zwei von den vier Stühlen und trug sie zu dem langen Tisch in der Rezeption.

Veronica starrte die Tischplatte an. Ihre schwarzen Haare hingen wie ein Vorhang vor ihrem Gesicht, und sie schaute erst auf, als Adrian zurückkehrte und sich auf den freien Stuhl setzte. Jetzt brauchten sie sich nicht vor ungebetenen Tischgenossen zu fürchten.

Ihre Schminke war einfach grotesk. Ich fragte mich, ob sie wirklich so blass war oder ob sie irgendeine Form von Theaterschminke benutzte. Am ersten Abend hatte ihr Stil wenigstens noch speziell und absurd gewirkt, aber jetzt hatte sie wohl die Kontrolle verloren. Die schwarzen Kajalstriche waren nicht mehr sauber gezogen. Ihre Haare waren so fettig, dass die braunen Haarwurzeln nur umso deutlicher wurden. Sie trug jetzt den Pullover, den sie zwischenzeitlich Adrian geliehen hatte. Während sie die Fragen der Kellnerin beantwortete, fingerte sie nervös am Vålerenga-Logo auf ihrem Bauch herum. Ihre Fersen wippten nervös auf dem Boden auf und ab. Sie trug noch Adrians rote Socken.

Veronica hatte nie eine Tasche bei sich.

Seltsam.

Ich selbst habe an meinem Rollstuhl kleine Fächer, die eine Handtasche überflüssig machen. Außerdem schminke ich mich nur sehr selten. Als ich noch gehen konnte, genügten mir in der Regel meine Jackentaschen.

Frauen, die sich schminken, benötigen mehr als nur Jackentaschen. Kari Thue zum Beispiel trennte sich nie von ihrem albernen kleinen Rucksack. Sie klammerte sich daran, als trüge sie die Verantwortung für Kronjuwelen. Ich sah zum hintersten Tisch, an dem sie sich mit ihrem Hofstaat versammelt hatte. Fünf Frauen saßen mit an diesem Tisch, vier von ihnen mit Handtaschen, die entweder über der Stuhllehne hingen oder neben den Füßen der Besitzerin standen. Kari Thue hatte ihren Rucksack auf dem Schoß liegen.

Frauen nehmen ihre Handtaschen ernst.

Die meisten Frauen. Veronica aber nicht.

Auf dem Teller vor mir lag ein Stück Hirschfilet. Die Soße war tiefbraun, fast rot. Woher der Koch Mitte Februar im Gebirge und während eines Schneesturms frischen Spargel besorgt hatte, war mir ein Rätsel. Ich griff mit den Fingern nach einer Stange Spargel.

»Ich begreife das nicht«, murmelte ich und verzehrte sie langsam, wie guter, knackiger Spargel genossen werden sollte.

Veronica hatte eine Tasche gehabt.

Ich leckte mir die Finger ab, einen nach dem anderen. Sie schmeckten nach salziger Butter und ein wenig nach Parmesan.

In der linken Seitentasche hatte ich Adrians Liste, das Verzeichnis von gut fünfzig Fahrgästen und ihrem Gepäck, das sie aus dem Zug mitgebracht hatten. Ich hatte diese Liste kaum eines Gedankens gewürdigt, seit ich sie zum ersten Mal gesehen hatte. Jetzt legte ich die Blätter auf meine Knie und strich sie glatt. Die schöne Schrift zog sich leicht lesbar über die dicht beschriebenen Seiten. Da ich nach nunmehr fast zwei Tagen einen besseren Überblick über meine Mitreisenden hatte, war ich von Adrians Beobachtungsgabe noch tiefer beeindruckt.

Klapperdürre Frau mit noch dünneren Haaren und fieser Stimme: hellbraune, fast gelbe Tasche, die sie auch als Rucksack tragen kann. Sieht nicht schwer aus. Sie passt die ganze Zeit darauf auf.

Fetter Kerl mit gefärbten Haaren. Laptoptasche mit brasilianischer Flagge.

»Was hast du da?«, fragte Magnus Streng. »Hast du diese Soße schon gekostet, Hanne? Moosbeere, möchte ich meinen. Und …«

Ich hörte kaum zu. Meine Augen flogen über die Seiten. Da.

Veronica.

Sie war eine von sechs Personen, deren Namen Adrian erwähnt hatte.

Veronica. Klasse Frau in Goth-Klamotten und Vålerenga-Pullover, schwarze Schultertasche. Nicht groß, aber vielleicht ein bisschen schwer. Ich glaube, sie hat eine Flasche dabei. (Hoffe ich jedenfalls!)

»Dein Essen wird kalt«, sagte Berit und zeigte mit der Gabel auf meinen Teller. »Iss!«

»Wenn du etwas Wertvolles hättest«, sagte ich und faltete die Liste vorsichtig zusammen, ehe ich sie wieder in der Seitentasche verstaute. »Hier im Hotel, meine ich. Würdest du es mit dir herumschleppen? In einer Tasche zum Beispiel? Oder würdest du es irgendwo hinterlegen? Es verstecken?«

»Ich habe Schränke, die ich abschließen kann«, sagte Berit lächelnd. »Sogar einen Safe. Warum fragst du?«

»Klar«, sagte ich und versuchte, nicht ungeduldig zu wirken. »Aber wenn du ein Gast wärst?«

Sie steckte ein großes Stück Fleisch in den Mund und antwortete erst, als sie es zerkaut und hinuntergeschluckt hatte.

»Ich glaube, ich würde es verstecken. Kommt natürlich ein wenig auf die Größe an.«

Ich deutete mit den Zeigefingern eine Länge von etwa fünfundzwanzig Zentimetern an.

»Tja. So was mit sich herumzuschleppen, ist mit einem gewissen Risiko verbunden. Man kann seine Tasche ja irgendwo vergessen. Sie ganz einfach verlieren. Es ist vermutlich leichter, etwas aus einer Tasche zu stehlen als aus einem Versteck irgendwo in einem Hotelzimmer. Andererseits ist es ziemlich einfach, hier in die Zimmer zu gelangen. Wenn man etwas stehlen will, meine ich. Wir verlassen uns auf die Ehrlichkeit der Leute, und hier in den Bergen sind wir immer gut damit gefahren. Du kannst ... hat irgendjemand ... hat dich jemand bestohlen?«

»Nicht doch. Das war nur so eine Idee. Ein Gedanke. Weiter nichts. Hast du eigentlich eine Liste aller Gäste? Mit Namen und Adresse, meine ich?«

»Ja. Ich gehe davon aus, dass es ein ziemliches Chaos geben wird, wer ...

Sie lächelte verlegen, ehe sie hinzufügte:

»... bezahlen soll. Für Kost und Logis. Bestimmt die Versicherung. Die von der NSB oder die Haftpflicht der einzelnen Gäste. Ich weiß es nicht. Die Namen musste ich jedenfalls notieren.«

»Kann ich eine Kopie dieser Liste bekommen?«

»Tja ... ich weiß nicht, ob ...«

»Bitte. Es könnte wichtig sein!«

Sie sah zuerst zu Magnus und dann zu Geir, als ob die in ihrer Eigenschaft als Arzt und Anwalt entscheiden könnten, ob die Liste unter das Gesetz der Schweigepflicht fiel. Keiner der beiden sagte etwas. Ich war nicht einmal sicher, ob sie wussten, worüber wir hier sprachen.

»Na gut«, sagte sie endlich. »Nach dem Essen.«

»Nur noch eine Kleinigkeit«, sagte ich flüsternd. »Glaubst du, du könntest herausfinden, was Kari Thue eigentlich in Bergen wollte? Ob diese Menschen, mit denen sie sich umgibt, Leute sind, die sie im Zug kennengelernt hat, oder ob sie schon früher miteinander bekannt waren? Ob sie dasselbe Ziel hatten, meine ich.«

»Du könntest sie doch einfach fragen?«

»Sie kann mich nicht leiden.«

»Mich kann sie auch nicht leiden.«

»Aber du bist in einer Position, in der du deine Fragen tarnen kannst. Du könntest sagen, dass ...«

»Schon gut, schon gut.«

Sie murmelte mit vollem Mund.

»Ich werde sehen, was sich machen lässt.«

Es wurde still an unserem Tisch.

Auch Veronica und Adrian aßen schweigend. Adrian tunkte ein Stück Brot in den Suppenteller, steckte es in den Mund und leerte sein Colaglas, noch bevor er fertig gekaut hatte.

Es war jedenfalls nicht das Personal, das ihm Alkohol servierte.

Unter dem Tisch tanzten Veronicas Füße in den roten Socken, nervös und ohne Pause.

Ich betrachtete sie lange. Plötzlich schaute sie auf. Ich wandte meinen Blick, so rasch ich konnte, ab, nur um festzustellen, dass Kari Thue mich anstarrte, und das mit viel weniger Diskretion, als ich sie Veronica gegenüber bewiesen hatte. Mikkel, den ich lange nicht mehr gesehen hatte, kam langsam auf unseren Tisch zu. Auf halbem Weg zögerte er, machte noch einen Schritt auf uns zu, dann wurde er urplötzlich schneller und lief die Treppe zur Rezeption hoch. Die beiden stärksten Jungs aus seiner Gruppe setzten sich zögernd wieder an den Tisch hinter Kari Thues Entourage, als wagten sie nicht, ihm zu folgen, ohne vom Alphamännchen dazu befugt worden zu sein.

Magnus Streng war unersättlich. Er fraß und fraß. Ich mochte ihn. Ich mochte ihn sehr gern, wusste aber nicht so ganz, warum. Jedenfalls wusste ich nicht, was ich von dem Mann halten sollte. Er war ungewöhnlich freundlich und offen, hatte aber auch die etwas selbstgefällige Eigenart, völlig unvermittelt verstimmt zu sein. Manchmal wirkte er selbstverliebt, zumindest entzückt von seinem überlegenen Intellekt und seinen beeindruckenden Fähigkeiten und seinem Gedächtnis. Mal war er schadenfroh, so zum Beispiel, als er seine Hoffnung, dass Finseby vom Orkan zerstört worden war, nicht verhehlen konnte. Zugleich aber legte er anderen Menschen gegenüber eine große Fürsorge an den Tag und zeigte viel Einsicht und Verständnis für deren Leben, und das berührte mich. Magnus Streng war ein Mann, der zu tiefem

Ernst in der Lage war, eine mittlerweile leider selten gewordene Eigenschaft in unserer Zeit.

Jetzt bat er um einen erneuten Nachschlag. Das Soßenfett glänzte wie Vaseline auf seinen vollen Lippen, und ich musste mich abwenden.

Geir Rugholmen dagegen war ein schlichtes Gemüt.

Face value, sagt man in den USA über Menschen wie ihn.

Er war vielleicht der Einzige im *Finse 1222*, von dem ich mit Sicherheit sagen konnte, dass er die beiden Geistlichen nicht ermordet hatte. Geir war ein ehrlicher Mann, der sagte, was er dachte. Er war ein erbärmlicher Lügner, bildete ich mir ein, und zwar, weil er keinen Sinn darin sah zu lügen. Es spielte für Geir Rugholmen kaum eine Rolle, was andere über ihn oder seine Worte dachten.

Er war einfach gestrickt, total unkompliziert.

Solche Menschen morden nicht, die drehen sich um und gehen ihrer Wege.

Davon war ich überzeugt.

Berit Tverre war schwerer zu durchschauen. Sie hatte sich im Laufe der Tage verändert. Sie war so verwandelt, dass ich die Frau vom ersten Abend nicht wiedererkannte. Jenem Abend, an dem wir in ihr Hotel geplatzt waren und Fürsorge, Essen, Unterkunft und Sicherheit vor einem Unwetter eingefordert hatten, vor dem auch sie sich fürchtete. Sie hatte Panik gehabt, um ganz ehrlich zu sein. Ihre Veränderung war so radikal, dass sie mich nervös machte.

Während die anderen an meinem Tisch sich durch Hauptgericht und Nachtisch hindurchaßen, schaute ich mich um. Meine Tischgenossen plauderten und lächelten, erleichtert, weil alles bald vorbei sein und weil fast alles bald wieder in die alten Bahnen zurückkehren würde. Ich ließ meinen Blick über eine Gruppe von Menschen gleiten, die ich nie vergessen würde.

Die Strickliese strickte. Die Hundebesitzer schauten auf die Uhr und schielten zu ihren Tieren hinüber, die in der Rezeption angebunden waren und sehnsuchtsvolle Blicke auf unsere duftenden Teller warfen. Die jungen Handballspielerinnen kicherten, und die Deutschen freuten sich, weil sie Bier trinken und Trinklieder singen konnten, über die die anderen verlegen lachten. Die Mitglieder der Staatskirchenkommission saßen an einem eigenen Tisch, einige tranken Wein, andere Wasser, die Strickliese saß vor einem Glas mit einer Flüssigkeit, die aussah wie Whisky.

Vielleicht war es aber auch Apfelsaft.

Vielleicht hatten sie genauso große Angst wie ich.

Aber sie verbargen es gut, alle.

Ich näherte mich langsam der Erkenntnis, wer Cato Hammer und Roar Hanson ermordet hatte.

Eines von vielen Problemen war jedoch, dass die Leute sich auf eine Weise benahmen, die sich mit meinen Theorien nicht restlos vereinbaren ließ. Auf jeden Fall eröffneten sie noch ganz andere Möglichkeiten über denkbare Zusammenhänge und Ursachen. Und da jede Theorie falsifizierbar sein muss, um zulässig zu sein, hätte ich deshalb die Idee verwerfen müssen, die sich in mir im Laufe der vergangenen Stunden gefestigt hatte. Ich hätte ganz neu anfangen müssen.

Dazu war ich nicht bereit. Noch nicht jedenfalls.

Ein noch größeres Problem war, dass sich das Wetter jetzt tatsächlich änderte. Durch den oberen Teil der Fenster im Speisesaal konnte ich sehen, dass es nicht mehr schneite.

Ich hatte keine Zeit zu verlieren.

Außerdem war mir der Appetit vergangen.

Ich kann mich nicht erinnern, wann ich zuletzt Essen stehen gelassen habe, aber ich brachte nicht einen einzigen Bissen des traumhaften Hirschfilets hinunter.

Wenn der Orkan sich nur ein wenig mehr Zeit gelassen hätte, dachte ich und ließ die Kellnerin meinen fast unberührten Teller wieder mit in die Küche nehmen.

11 LAUT BEAUFORTSKALA:

Auswirkungen des Windes im Gebirge

Orkanartiger Sturm. Windgeschwindigkeit: 103–117 km/h

Straßen und Eisenbahnlinien sind blockiert.

Chaos im Telefon- und Stromnetz.

Wälder werden zerstört.

1

»Er hat mir auf deine erste Frage mit Nein geantwortet. Die anderen Antworten hat er aufgeschrieben.«

Geir gab mir ein Blatt Papier, stellte ein großes Glas Bier auf den Schreibtisch, setzte sich in einen Sessel und fuhr sich über den Bart. Der bedeckte seine Wangen jetzt vollständig, dicht und dunkel mit grauen Streifen an den Mundwinkeln. Er nahm sich eine große Portion Kautabak. Ich wusste nicht, worauf er wartete. Ich benötigte seine Hilfe nicht mehr. Möglicherweise hatte er Severin Hegers Nachricht gelesen, aber sicher war es nicht. Jedenfalls hätte die ihm nichts weiter gesagt, also brauchte ich mir keine Sorgen zu machen.

Ein Name nur; ein Name und einige schlichte biografische Daten auf einem weißen Zettel.

Margrete Koht. Geboren 14. 10. 1957. Verstorben 07. 01. 2007. 1998 wegen Unterschlagung von NOK 3 125 000 verurteilt. Strafunfähig, eingewiesen in die psychiatrische Klinik Gaustad, war dort bis zu ihrem Tod.

Margrete also.

Bei meinem ersten Gespräch mit Roar Hanson hatte er eine Frau erwähnt. Ich hatte versucht, mich an den Namen zu erinnern, so wie ich versucht hatte, mir alles ins Gedächtnis zu rufen, was Roar Hanson gesagt und getan hatte. Der Schlüssel zu dem Mord an Cato Hammer lag bei Roar Hanson. Davon war ich überzeugt. Mit ihm hatte ich gesprochen, ihn hatte ich am letzten Tag seines Lebens in großer Seelenqual gesehen. Und ich hatte die Hoffnung gehabt, trotz Adrians Störmanövern und des

Zögerns des Geistlichen in meinem Gedächtnis Spuren und Antworten zu finden.

Aber mir war der Frauenname nicht eingefallen. Er war im Vorübergehen erwähnt worden und in meinem Staunen über das unzusammenhängende Gefasel des Mannes über die Informationszentrale verschwunden, die ich für eine Verbraucherzentrale für Fleisch und Gemüse gehalten hatte.

»Das war, als wir beide für die Informationszentrale gearbeitet haben.«

Seine Stimme zitterte ein wenig, das erinnerte ich genau.

»Cato war doch ... ich kann wirklich nicht begreifen, warum ich nicht schon damals geredet habe. Dass ich nichts unternommen habe. Und Margrete, die ... ich kann damit nicht leben. Ich konnte es natürlich nicht wissen ... aber es kam mir so ... unvorstellbar vor, dass er ...«

Als ich den Namen auf dem Papier stehen sah, wusste ich wieder, was Roar Hanson gesagt hatte. Wort für Wort. Ich schloss die Augen und sah ihn vor mir. Nervös und in sich zusammengesunken. Wachsame Blicke in alle Richtungen. Er schlug sich immer wieder auf seine verletzte Schulter, während er sprach, eine mittelalterliche Bußübung für eine Sünde, die nicht er begangen hatte.

Er hatte das vielleicht nicht so gesehen. Zwar hatte er über Cato Hammers Verrat und Gier gesprochen, aber seine eigene Schuld war es, die ihn so gequält hatte. Er hatte unterlassen, das Unheil zu verhindern, und langsam verstand ich, was es gewesen war.

»Hast du nichts zu tun?«, murmelte ich, ohne den Blick von dem Blatt zu heben. »Schnee schaufeln, Häuser freilegen, irgendwas?«

Es war Freitagabend um halb zehn.

Aus der Rezeption konnte ich Lachen und leise Musik hören. Einer von Mikkels Jungs hatte Lautsprecher für seinen iPod, und zum ersten Mal seit dem Unfall schienen die scharfen Grenzen zwischen den Gruppen zu verschwimmen. Damen mittleren Alters tanzten lachend durch den Raum, im Siegesrausch darüber, dass das Wetter verloren hatte. Die Vierzehnjährigen saßen bei den Piraten. Die Staatskirchenkommission hatte sich vorübergehend aufgelöst und sich mit Rotwein und Drinks über alle Räume verteilt. Elias Gravs Witwe war die Letzte, die ich bemerkt hatte, als ich genervt ins Büro übersiedelte. Sie stand noch unter Schock, aber sie hatte zumindest ihr Zimmer verlassen und höflich um etwas zu essen gebeten. Die holde Sennerin aus dem Kiosk hatte ihr den Arm um die Schultern gelegt und sie in den Speisesaal gebracht.

Johan hatte das Satellitentelefon noch immer nicht in Betrieb nehmen können, deshalb war mir keine Wahl geblieben. Ich hatte Severin um Hilfe bitten müssen.

Nach der Aktion am Vormittag hatte ich beschlossen, die ganze Geschichte mit dem geheimnisvollen Wagen zu vergessen. Sie ging uns einfach nichts an. Die Morde an Cato Hammer und Roar Hanson waren eine ganz andere Geschichte als die jener Männer, die um jeden Preis Zeugen vermeiden wollten. Sie würden nicht eher aus ihrem Schlupfwinkel hervorkriechen, bevor das Hotel wieder weitestgehend menschenleer war. Erst dann würden sich die vier Männer aus dem Keller schleichen und endlich an ihren Bestimmungsort gebracht werden, vermutlich im Schutze der Dunkelheit.

Ich hatte zwar beschlossen, die ganze Angelegenheit in der Rubrik ›Betrifft mich nicht‹ abzulegen.

Aber ich hatte die Hilfe dieser Männer benötigt.

»Du bist ja vielleicht stinkig«, sagte Geir. »Und ich dachte schon, du hättest dich geändert.«

Er nahm sein Bierglas zwischen die Hände. Sein Zeigefinger

zeichnete Figuren auf das beschlagene Glas, während er es langsam drehte.

»Ich bin nicht stinkig«, sagte ich, ohne von dem Zettel mit dem Namen der Frau aufzublicken. Cato Hammer hatte sie aufs Schändlichste verraten, wenn meine Vermutung richtig war. »Ich bin ... traurig.«

Sofort entschärfte ich das eben Gesagte durch ein Lächeln und fügte hinzu: »Ist es gut gegangen?«

»Gut ist vielleicht übertrieben.«

Er trank einen Schluck Bier.

»Zuerst wollten sie nicht aufmachen. Ich musste 'ne ganze Weile durch die geschlossene Tür mit deinem Kumpel sprechen. Was Waffen anging, war die Antwort ein glattes Nein. Ich kapier ja auch nicht, was du damit ...«

Ich schaute plötzlich auf und warf ihm einen warnenden Blick zu.

Er stellte sein Glas ab und hob beide Handflächen.

»Ich frag nicht. Versprochen. Aber sie haben nicht lange gebraucht, um deine Fragen zu klären. Da wollte er dir wohl helfen. Am Ende hat er dieses Blatt durch einen soooooo ...«

Er deutete mit Daumen und Zeigefinger einen millimeterbreiten Abstand an.

»... kleinen Spalt in der Tür geschoben, dann knallte er sie wieder zu. Was wolltest du denn eigentlich wissen ...«

Wieder hob er die Hände und hielt den Mund.

»Die haben eine Spitzenausrüstung dabei«, murmelte ich. »Die haben mit Abstand die besten Kommunikationsmittel, die überhaupt aufzutreiben sind. Und sie können damit Leute erreichen, die wiederum Zugang zu allen möglichen Informationen bekommen. Daten. Register. Alles. Ich wusste, wenn Severin mir hilft, dann geht es schnell.«

Ich war nicht sicher, ob ich mit Geir reden wollte oder einfach nur laut dachte und alles noch mal zusammenfasste. Ich hatte Berits Namensliste vor mir liegen, und mein Blick blieb an einem davon hängen. Ein Gast im *Finse 1222* hatte einen Namen, der mich zwar nicht direkt ins Ziel brachte.

Aber ich war doch schon ein ganzes Stück vorangekommen.

Weit genug, hoffte ich, faltete alle Papiere zusammen und steckte sie zu Adrians Liste in die Seitentasche. Auf dem Tisch lag ein Wetterlogbuch. Berit hatte mich befremdet angesehen, als ich darum gebeten hatte, aber sie hatte mir ohne Widerspruch eine Kopie gegeben. Die Angestellten hatten seit Mittwochvormittag systematisch das Wüten des Orkans registriert. Ich suchte nach dem Eintrag, der mich interessierte. Dann faltete ich auch diesen Zettel zusammen und steckte ihn zu den anderen. Leider hatte mir Berit nicht mitgeteilt, was Kari Thue nach Bergen führte. Vielleicht hatte sie auch vergessen, dass ich das wissen wollte.

»Hanne«, sagte Geir.

»Ja?«

»Hast du Vertrauen zu mir?«

»Ja.«

»Ich meine, hast du wirklich Vertrauen zu mir?«

Ich schaute in seine grauen Augen. Oder braunen. Oder blaugrauen. Das ließ sich nicht so eindeutig sagen.

Ich nickte. Es stimmte auch. Ich hatte Vertrauen zu Geir Rugholmen.

»Kannst du mir dann nichts über die Typen im Keller verraten?«, bat er. »Nach allem, was wir hier oben durchgemacht haben, finde ich, ich hätte verdient, etwas zu erfahren.«

»Du hast gar nichts verdient«, sagte ich. »Außer einer Tapferkeitsmedaille. Einen Preis für den siegreichen Kampf gegen den Orkan. Einen Orden dafür, es zwei Tage mit der Unterzeichnenden ausgehalten zu haben. Aus denen übrigens wohl drei werden.«

Er musste so herzhaft grinsen, dass ihm der Tabaksaft an den Zähnen heruntertropfte.

»So was will ich aber nicht. Ich will nur wissen, was es mit dem zusätzlichen Wagen auf sich hatte. Was ...«

»Ich weiß es selbst nicht«, antwortete ich ehrlich.

»Quatsch«, sagte er.

»Doch. Ich weiß es wirklich nicht. Aber ich habe eine Vermutung.«

»Und die wäre?«

»Wollen wir eine rauchen?«, fragte ich. »Hast du Zigaretten?«

Er sah sich verwirrt um.

»Berit wird stinksauer werden.«

»Stimmt. Vergiss es. Ich glaube, sie bewachen einen Terroristen. Ich bin mir ganz sicher, dass sie einen Terroristen nach Bergen bringen sollten.«

»Einen ... einen Terroristen? Aber was ... was in drei Teufels Namen soll denn ein Terrorist in Bergen?«

»Keine Ahnung«, erwiderte ich. »Auch in Bergen gibt es Haftanstalten und militärische Anlagen. Jedenfalls sollte er irgendwohin gebracht werden.«

»Wohin denn? Und warum? Wie kommst du überhaupt auf die Idee, dass sich ein Terrorist auf norwegischem Boden befindet? Und noch dazu im ... Zug nach Bergen!«

»Nicht so laut«, ermahnte ich ihn. »Dass ich dir von meinen Theorien erzähle, heißt doch nicht, dass das ganze Hotel davon erfahren soll.«

»Erfahren? Das ganze Hotel? Alle hier wissen doch von dem verdammten Wagen. Wie willst du das überhaupt erklären, wenn alle nach Hause fahren und erzählen können, was sie wollen ...«

Er atmete schwer.

»Wenn du wüsstest«, sagte ich leise, »was sich die zuständigen Behörden für Geschichten zur Ablenkung ausdenken können. Am Ende glaubt man sie fast schon selber, auch wenn man die ganze Wahrheit kennt. Ich habe das selbst erlebt, Geir.«

Darauf ließ ich es beruhen.

Zwei Jahre zuvor hatte ich im Frühling mehrere Tage lang die Präsidentin der USA in meiner Wohnung versteckt. Diese vollkommen absurde Situation endete damit, dass sie einen FBI-Agenten erschoss. Am selben Abend wurde die Geschichte verdreht, vereinfacht und der Öffentlichkeit auf eine Weise präsentiert, die mir eine furchtbare Angst einjagte. Aber gegen meinen Willen war ich tief beeindruckt. Bis zum heutigen Tag gab es nur eine Handvoll Menschen, die die Wahrheit über den Besuch der US-Präsidentin in Oslo kannten, und so würde es für immer bleiben.

»Glaub mir«, sagte ich nur. »In diesem Augenblick sitzen gut bezahlte und noch besser ausgerüstete Spezialisten, sogenannte Spin Doctors, zusammen und saugen sich eine Geschichte aus den Fingern, die all diese Menschen ...«

Ich wies über meine Schulter mit dem Daumen Richtung Rezeption.

»... ohne Widerstand schlucken werden.«

»Und was ist mit mir? Ich kann doch sagen, was ich will, jetzt, wo ...«

»Wie gesagt«, unterbrach ich ihn. »Ich vertraue dir. Außerdem würde wohl kaum jemand deine Geschichte glauben.«

»Meine Geschichte«, äffte er nach. »Vorläufig habe ich keine Geschichte. Warum glaubst du ... wie kommst du auf die Idee, dass es sich um einen Terroristen handelt? Hier?«

Er war sehr erregt. Eine dicke Ader pulsierte an seinem Hals, und sein Gesicht war röter als nach der stundenlangen Arbeit im Schnee.

»Der Aufwand«, sagte ich. Meine Augen waren trocken und brannten. »Die Planung, die nötig war, um das alles durchzuführen. Der Wahnsinn.«

Und dass der Außenminister persönlich damit zu tun hat, fügte ich in Gedanken dazu. Ich konnte nur einen einzigen Grund dafür finden, dass die Telefonnummer des Ministers als vertrauensschaffende Maßnahme weitergegeben worden war; sie waren hundertprozentig davon abhängig, dass man ihnen glaubte und dass keine weiteren Fragen gestellt wurden. Sie brauchten eine Autorität mit einer Stimme, die alle kannten.

»Der Wahnsinn ...«

Geir war in seine alte Unsitte zurückverfallen und wiederholte meine Worte.

»Erinnerst du dich nicht mehr daran, dass wir darüber gesprochen haben?«, fragte ich. »Vor dem Kühlraum? Wir sind zu dem Schluss gekommen, dass es sich um einen Risikogefangenen handeln muss. Der in einer Position ist, in der er Forderungen stellen kann. Erinnerst du dich nicht mehr?«

»Doch ...«

Er holte mit dem Zeigefinger den Tabak aus dem Mund und warf ihn in den Papierkorb. Dann wischte er sich die Hand an seiner Kniebundhose ab und trank den Rest seines Bieres in langen Zügen.

»Du hast gesagt, es sei total idiotisch, einen Gefangenen mit der Bahn zu transportieren«, referierte er und unterdrückte einen Rülpser. »Dass es das Grauen für jeden Polizisten wäre. Und dass sie die ganze Reise mit allen Eventualitäten geplant haben müssen. Mit Wind und Wetter und Stromausfall. Mögliche Fluchtwege. Auf der gesamten Strecke von Oslo bis Bergen.«

Ich nickte.

»Aber ein Terrorist ...«

Er konnte dieses Wort noch nicht aussprechen, ohne dabei auszusehen, als hätte er soeben eine Wespe verschluckt.

»... in Norwegen?!«

»Souhaila Andrawes«, entgegnete ich trocken. »Eine der meistgesuchten Terroristinnen der Siebzigerjahre. Sie hat viele Jahre mit Mann und Kind in einer netten kleinen Wohnung in Oslo gelebt, ehe sie entdeckt und entlarvt wurde. Viele meinen bestimmt auch, dass Mulla Krekar nicht gerade ein Ehrengast unseres Landes ist. Aber niemand hat es bisher geschafft, ihn rauszuwerfen. Nicht, dass ich dazu Stellung beziehen will ...«

Ich zuckte mit den Schultern, statt meinen Satz zu beenden.

»Das ist etwas anderes«, murmelte Geir und hielt nach weiteren Getränken Ausschau. »Ich hole mir noch ein Bier. Möchtest du auch was?«

Eigentlich hatte ich große Lust dazu. Ein schönes Glas Rotwein hätte mir jetzt sehr gut geschmeckt.

»Mineralwasser, bitte«, sagte ich. »Mit möglichst viel Kohlensäure und Eiswürfeln.«

»Bin gleich wieder da. Geh nicht weg. Geh nicht weg!«

Ich hatte nicht vor, wegzugehen.

Geir hatte recht. Mulla Krekar war etwas ganz anderes. Dieser Islamist war keine größere Bedrohung, als dass er sich weiterhin legal im Königreich aufhielt, und das Jahre nach den ersten misslungenen Versuchen, ihn auszuweisen. Mulla Krekar bereitete zwar den wechselnden Ministern, die für die Ausländerpolitik verantwortlich zeichneten, Kopfweh. Aber er stellte wohl kaum eine Gefahr für andere dar, jedenfalls nicht hierzulande.

Ich konnte Geirs Skepsis verstehen. Aber die Terroristentheorie war die einzige, die diese absurde Gleichung aufgehen ließ. Das

Ganze war so ungeheuerlich, so spektakulär und so unnötig riskant, dass ich mir nicht vorstellen konnte, dass die norwegischen Behörden sich darauf eingelassen hätten, wenn nicht …

»Du bist also noch hier«, sagte Geir und stellte die Gläser ab, ehe er die Tür hinter sich zuzog. »Ich habe nachgedacht.«

Und mich in meinen Gedanken gestört, hätte ich gern gesagt.

Ich nahm einen Schluck und genoss die kühle Frische in dem beschlagenen Glas. Die Eiswürfel klirrten leise, und die Geräusche des Windes waren so gedämpft, dass ich das leise Zischen der Kohlensäure hören konnte.

»Weißt du was«, sagte Geir und setzte sich bequemer hin. »An dem, was du da sagst, kann durchaus was dran sein. Terroristen haben eine bessere Ausgangslage als andere Gefangene, um zu feilschen. Eine sehr viel bessere. Sie verfügen über Wissen von bevorstehenden Anschlägen auf die Zivilbevölkerung, von Terrorzellen, von … außerdem …«

Er machte ein nachdenkliches Gesicht, als mustere er irgendeine Stelle im Bierschaum.

»Die spinnen, die Amerikaner«, sagte er leise.

»Ich würde nicht sagen, dass …«

»Überleg doch mal, was das für einen Konflikt heraufbeschwören würde«, sinnierte er und stellte sein Bierglas unberührt wieder hin. »Wenn auf norwegischem Boden ein Terrorist gefasst würde. Oder überhaupt auf norwegischem Territorium. Man denke sich zum Beispiel einen Asyl suchenden Terroristen, der sich irgendwo auf der Welt in eine norwegische Botschaft begibt. Oder zu den norwegischen Truppen in Afghanistan … du verstehst, was ich meine!«

Er hatte sich da in etwas hineingesteigert und stützte die Ellbogen auf die Knie. Sein Atem roch nach Bier und Kautabak. Nach kurzer Pause redete er weiter und betonte dabei jedes einzelne Wort.

»Ich rede hier nicht von irgendeinem Idioten, der ein paar Schüsse auf die Synagoge in Oslo abgibt. Ich rede von einem echten Terroristen. Einem, den ... die Amerikaner sich wünschen. Einem, den sie um jeden Preis haben wollen! Einem, der sich an Anschlägen gegen US-Einrichtungen beteiligt hat.«

Plötzlich ließ er sich zurücksinken und verschränkte die Arme vor der Brust.

»Sie würden ihn nicht bekommen«, sagte er überraschend leise.

»Ich ...«

»Sie können ihn nicht bekommen! Norwegen würde den USA keine Terroristen ausliefern, egal, wie gut wir die Gründe der Amerikaner verstehen können, ihn bei sich vor Gericht zu stellen. Wir könnten das nicht, auch wenn wir das wollten! Sie sind unsere nächsten Verbündeten seit über sechzig Jahren, und wir könnten nicht ... eine ganz schön brenzlige Situation für beide Seiten. Sie würden ihn nicht bekommen!«

»Weil bei ihnen die Todesstrafe auf Terrorismus steht«, sagte ich langsam.

»Ja! Genau!«

Er schlug mit der Faust auf den Tisch.

»Und da haben wir ...«

»Die USA könnten versprechen, die Todesstrafe nicht zu verhängen«, fiel ich ihm ins Wort. »Norwegen liefert Gefangene an Länder mit Todesstrafe aus, wenn die garantieren, dass diese Strafe nicht verhängt oder ausgeführt wird.«

»Aber sie ...«

»Die USA sind ein Land, dem wir vertrauen«, unterbrach ich ihn abermals und wurde lauter. »Es ist ganz klar, dass wir ein ... ein zentrales Mitglied von al-Qaida zum Beispiel ausliefern würden. Al-Qaida hat Tausende von Amerikanern umgebracht. Die haben ein Anrecht auf ihn, zum Henker!«

Jetzt war ich hier diejenige, die herumschrie. Ich weiß nicht, wer mehr darüber staunte, Geir oder ich. Er lächelte zaghaft. Griff nach seinem Bierglas.

Trank.

»Ich gestatte mir zu bezweifeln, dass die Amerikaner ein solches Versprechen halten würden«, sagte er nach einer peinlichen Pause. »Und dann wird alles viel komplizierter. Aber wir wollen uns nicht streiten. Darum geht es mir eigentlich gar nicht.«

»Und worum geht es dir?«

Die vergangenen Tage hatten mich vergessen lassen, dass Geir Rugholmen Anwalt war. Für mich war er ein Mann aus den Bergen. Eine lokale Größe in verschlissener Gebirgskleidung. Ein Finse-Mensch.

So hatte ich ihn kennengelernt.

So mochte ich ihn.

»Ich dachte, du beschäftigst dich mit Immobilien?«, fragte ich, mürrischer als beabsichtigt.

»Ja«, sagte er und schob sich eine neue Prise Kautabak unter die Lippe. »Aber meine Frau ist auch Juristin. Sie befasst sich mit ganz anderen Dingen als ich.«

In dieser Auskunft lag eine Einladung. Ich sollte fragen, womit seine Frau sich befasste.

»Du wolltest auf irgendetwas hinaus«, sagte ich.

»Wenn wir mal davon ausgehen, dass du recht hast«, sagte er und überprüfte mit der Zunge die Position des Kautabaks. »Und dass hier unten im Keller wirklich ein Terrorist sitzt ...«

Als er das laut gesagt hatte, prustete er los. Sein Lachen klang noch mädchenhafter als zuvor. Wie ein Aufstoßen oder ein Kichern.

»Tut mir leid«, sagte er und hob die Hand. »Aber das ist einfach total ...«

Er schüttelte energisch den Kopf und schluckte, um sich zusammenzureißen.

»Dann ...«, sagte er nachdrücklich und nahm einen neuen Anlauf. »Wenn es sich hier wirklich um einen Terroristen handelt, dann muss er in erster Linie weder die norwegischen Behörden noch brutale Vernehmungen oder eine strapaziöse Winterreise durch die Berge befürchten.«

Ich war zwar müde, und mein Gehörnerv ist beschädigt, aber jetzt fragte ich mich wirklich, ob ich an akustischen Halluzinationen leiden könnte. Seit der Sturm sich gelegt hatte, hatte ich leichtes Ohrensausen. Es kam mir vor, als habe sich das Geräusch von Wind und wirbelndem Schnee auf Dauer vor meine Trommelfelle gelegt. Aber das tiefe, monotone Knurren, das ich in weiter Ferne hörte, hatte nichts mit dem Wetter zu tun. Ich schluckte und gähnte, bis meine Ohren knackten. Geir schien das nicht zu bemerken.

»Unser Freund, der Terrorist, müsste eine schreckliche Angst vor den Amerikanern haben«, sagte er und massierte sich im Nacken. »Sie haben nicht nur eine unschöne Tradition, was Liquidierungen außerhalb ihres eigenen Landes angeht, sie sind auch ...«

»Das war im Kalten Krieg«, sagte ich. »Im Kalten Krieg war alles anders, und wir müssten größeres Verständnis für ...«

»Hanne!«

Wieder schlug er mit der Faust auf den Tisch. Sein Bierglas war noch halb voll. Es kippte um. Geir sprang auf und sprang einen Schritt zurück, um nicht nass zu werden.

»Scheiße. Scheiße! Was ist eigentlich los mit dir?«

»Mit mir? Ich habe doch kein Glas umgeworfen!«

»Bist du die Botschafterin der USA in Norwegen, oder was? Liest du überhaupt jemals Zeitungen? Hast du mitgekriegt, wie die USA Gefangene in anderen Ländern regelrecht kidnappen, um sie in ihre Höllenlager zu stecken? Wenn wirklich ein Terrorist festgenommen worden ist oder auf norwegischem Boden Zuflucht gesucht hat, dann muss er sich in erster Linie vor den Amerikanern fürchten. Die würden vor nichts zurückschrecken, um ... «

Mit der Handkante schob er die Bierlache über die Tischplatte. Das Bier klatschte auf den Boden. Der süße Geruch von Malz und Alkohol breitete sich im Zimmer aus.

»Es würde mich überhaupt nicht wundern, wenn die Scheiß-Yankees einen Mann im Zug gehabt hätten«, wütete Geir weiter. »Oder von mir aus auch mehrere. Wenn du mit deiner total verrückten Theorie recht haben solltest, dann verstehe ich, warum der Terrorist den Zug nehmen wollte. Ein Angriff auf die NSB wäre schwieriger zu vertuschen als ein arrangierter Flugzeugabsturz. Ein Treffer bei einem Flugzeug, und alle sind tot. Um alle Fahrgäste in einem Zug umzubringen, müsste man wohl ... verdammt!«

Seine Hose hatte vorn einen dunklen Fleck.

»Ich habe hier keine Ersatzklamotten«, stöhnte er. »Und ich habe keine Lust, fünf Stunden zu schuften, um mir welche auszugraben, verdammt.«

Das Geräusch draußen war lauter geworden. Das Knurren war in ein pulsierendes, gleichmäßiges Dröhnen übergegangen.

»Pst«, sagte ich. »Hörst du?«

Er stand breitbeinig vor mir und sah aus, als ob er sich in die Hose gemacht hätte. Sein Gesicht nahm einen konzentrierten Ausdruck an, mit zusammengekniffenen Augen und leicht geöffnetem Mund.

»Ein Hubschrauber«, sagte er fasziniert. »Kommen die jetzt schon?«

Seine nasse Hose hatte er vergessen.

Sogar ich verdrängte alle Theorien über Terroristen und amerikanische Angriffe auf fremdem Boden. Mir wurde klar, dass die

Geschichte des geheimen Gefangenen uns vor allem vorführte, wie klein unsere Welt geworden war. Sogar in Finse, dem Prototyp des norwegischen Bergdorfes, in das sich der Zug durch Bilderbuchtäler hochkämpfte, sodass man meinen könnte, die Gemälde des 19. Jahrhunderts vor den Fenstern vorüberflimmern zu sehen, sogar in Finse drängte sich trotz Schneesturm und Isolation in einem alten nationalromantischen Holzhaus die Außenwelt auf. Die Anwesenheit des Terroristen war der Fingerzeig des Schicksals, der uns daran erinnern sollte, dass die Welt nicht mehr fremd und weit weg war, sie war hier, bei uns, immer, und wir gehörten dazu, ob wir das nun wollten oder nicht.

Aber ich wollte nicht an den Terroristen denken.

Ich dachte an Cato Hammer und Roar Hanson.

2. »Sie kommen! Sie kommen!!!«

Die Rezeption war in hellem Aufruhr. Die Leute klatschten und lachten, als säßen sie in einem Charterflugzeug, das soeben auf die Landebahn aufgesetzt hatte. Einige prosteten einander zu, andere sammelten ihre Habseligkeiten ein, als erwarteten sie, in zehn Minuten die Heimreise antreten zu können. Die Handballteenies zogen schon ihre Mäntel an, keine wollte den Anblick eines Hubschraubers verpassen, der in der Dunkelheit im tiefen Schnee landete.

»Die können nicht landen«, sagte Johan. »Auf diesem Schnee können die doch nicht landen? Dann kippt die Maschine um.«

Er stand auf der Fensterbank neben dem Tisch und beobachtete die Lichter, die über dem Finsevann näher kamen. Der Hubschrauber flog tief und langsam. Die Suchscheinwerfer fegten über die gewaltigen Schneemengen von einer Seite zur anderen. Die

Eiskristalle glitzerten so schön im blauweißen, blendenden Licht, dass einige der älteren Damen vor Begeisterung aufkeuchten. Die Maschine flog dicht über das Dach und verschwand aus unserer Sicht. Das ganze Gebäude bebte, aber diesmal kündete der Lärm nicht von einer drohenden Gefahr. Dieser Lärm war wie eine tröstende Melodie, ein Gruß aus dem Leben, das wir eigentlich führten, weit weg von Finse und einem Orkan, von dem wir noch nicht wussten, dass er ›Olga‹ getauft worden war.

Alle, die den Hubschrauber beobachtet hatten, liefen auf die Eingangstür zu. Sogar Adrian machte einen aufgeregten Eindruck. Er ließ Veronica allein vor der Küchentür sitzen, wo die idiotischen Karten noch immer auf dem Boden verteilt lagen. Er redete eifrig mit einem der Handballmädchen und schien total vergessen zu haben, wie cool er eigentlich war.

»Der kann nicht landen«, wiederholte Johan.

Eine metallische Stimme übertönte alle anderen Geräusche, und wir erstarrten.

»Hallo! Hier spricht die Polizei. Ich wiederhole: Hier spricht die Polizei. Es werden gleich drei Männer abgeseilt. Bitte, betreten Sie den Bahnsteig nicht. Ich wiederhole: Niemand darf den Bahnsteig betreten!«

Johan seufzte erleichtert, dann lief er zum Eingang.

»Weg«, rief er. »Alle sofort ins Haus. Macht, dass ihr von der Tür wegkommt! Rein, alle miteinander!«

Die Jugendlichen widersprachen trotzig. Zwei Männer gerieten beim Kiosk aneinander, und Mikkel musste dazwischengehen. Die Strickliese fing wieder an zu weinen, laut und schrill. Berit kam aus der Küche gelaufen.

»Ganz ruhig bleiben, Leute!«

Im Laufe der letzten Tage war aus Berit ein neuer Mensch geworden. Sie hatte an Kraft gewonnen, die sogar Johans unbestrittene physische Überlegenheit in den Schatten stellte. Von einer freundlichen Hoteldirektorin mit einem angenehmen, einnehmenden Wesen hatte Berit sich zur Chefin vom *Finse 1222* gemausert.

»Wir bleiben alle ganz ruhig«, brüllte sie, paradoxerweise mit einem Lächeln im Gesicht. »Alle setzen sich in die *Blåstue* oder *die St. Paal's Kro*. Na los, macht schon.«

Die Leute beruhigten sich. Sie zuckten mit den Schultern und musterten einander unwillig. Niemand sagte etwas, alle trotteten zurück ins Hotel und zogen Jacken und Mützen aus. Einige schlurften langsam und übellaunig, andere befolgten Berits Befehl hocherhobenen Hauptes und mit rechthaberischer Miene.

»Hier spricht die Polizei«, schrie nun wieder die metallische Stimme. »Wir bitten alle, im Haus zu bleiben, solange die Operation läuft. Ich wiederhole: Alle müssen im Haus bleiben!«

Kari Thue hielt sich nicht in der Rezeption auf. Wenn ich mich recht erinnerte, hatte ich sie seit dem Abendessen nicht mehr gesehen. Was vielleicht kein Wunder war, die meiste Zeit hatte ich ja im Büro gesessen und niemanden außer Geir Rugholmen gesehen.

Aber es gefiel mir nicht.

Severin hatte die Polizei verständigt. In dem Brief, den Geir ihm mit großer Mühe überreichen konnte, hatte ich nicht nur darum gebeten festzustellen, wer gegen Ende der Neunzigerjahre das Geld der Fondsverwaltung unterschlagen hatte. Ich hatte Severin auch gebeten, die zuständigen Behörden darüber zu informieren, dass seit dem letzten Telefonkontakt im *Finse 1222* ein zweiter Mord geschehen war.

Die Menschen gingen in den Seitenflügel, während die Rotorblätter des Hubschraubers das geschundene Hotel erzittern ließen. Die Enttäuschung, dass nicht sie vom Hubschrauber abgeholt werden sollten, der Aufschub der Heimreise, die Peinlichkeit, ohne Grund begeistert und erleichtert gewesen zu sein, das alles legte sich wie ein Schleier über die mürrischen Gesichter, die an mir vorüberkamen.

Ich saß nur da, ganz still, mitten im Raum, und wartete.

3 Obwohl der eine Polizist mir fast unmerklich zunickte, als er auf dem Weg zur *Blåstue* an mir vorüberging, vermittelte mir keiner von ihnen den Eindruck, dass sie mich von früher kannten. Das taten sie auch nicht. Und trotzdem verkrampfte sich alles in mir, als ich die zwei jungen Männer vom Polizeidistrikt Bergen und ihren älteren Kollegen von der Kripo sah. Sie erinnerten mich daran, dass ich einmal ein Teil von etwas Größerem gewesen bin. Dass ich ein ganz anderes Leben geführt habe als das mit Nefis, Ida und Marry in der Kruses gate. Lange Zeit hatte ich das Gefühl, der kalte dramatische Weihnachtsfeiertag im Jahre 2002 habe nicht nur das Ende einer Epoche bedeutet. Mein Bruch mit der Polizei sollte auch den Anfang von etwas Neuem markieren. Etwas Erwünschtem. Meine Verletzung ermöglichte es mir, ein Leben zu führen, das mich nicht zu viel Kraft kostete, ein Leben, in dem ich selten Angst hatte und niemals erschöpft war.

Als ich beobachtete, wie die drei Polizisten leise miteinander sprachen, in einer kodierten Sprache, die nur sie übersetzen konnten, und mit Blicken kommunizierten, die nur sie verstanden, fragte ich mich, ob ich mich selbst belogen hatte. Diese Jahre des Schweigens, diese Tage, die immer länger wurden, die einsamen Nächte vor dem Fernsehschirm, diese Monate, die sich langsam und widerstandslos aneinanderreihten, in denen mir nur die Weihnachtsfeiern und Idas großartige Geburtstagspartys aufzeigten, dass die Jahre vergingen. Wollte ich das wirklich so haben?

Ich hatte immer gedacht, ich hätte mein altes Leben gegen ein anderes, neues getauscht. Nach diesen Tagen in Finse aber erkannte ich, dass ich eigentlich ein lebhaftes, neugieriges Leben durch ein Dasein im Wartemodus ersetzt hatte.

Nachts wartete ich darauf, dass die anderen erwachten. Tagsüber wartete ich auf Nefis, darauf, dass Ida aus dem Kindergarten nach Hause kam. Ich wartete in Begleitung von Büchern, Filmen und Zeitungen, ich ließ die Zeit kommen und gehen, ohne mich eigentlich um etwas anderes zu kümmern als um ein kleines Mädchen, das bald sehr, sehr viel mehr brauchen würde als die unendliche Menge an Zeit, die ich ihr in unserem kleinen geschlossenen Kosmos anbieten konnte.

Geir trat hinter mich und legte mir die Hand auf die Schulter.

»Wir reden nachher weiter«, sagte er leise.

Die Wärme seiner großen Pranke drang durch meinen Pullover. Ich schloss die Augen, und mir wurde schwindlig vor Müdigkeit. Vor Resignation. Vor Sehnsucht vielleicht, nach Ida und Nefis, aber auch, wie ich zögernd zugab, nach einem anderen Leben.

Die Polizisten wussten, wer ich war.

Sie kannten mich nicht, aber sie wussten, wer ich war.

Der eine hatte nur kurz in meine Richtung geschaut, aber in seinem Blick hatte ich Respekt gesehen. Anerkennung vielleicht. Jetzt drehte sich der Älteste um. Er musterte mich einen kurzen Moment mit konzentriertem Gesichtsausdruck, dann tippte er sich mit zwei Fingern an die Stirn und deutete ein Nicken an.

Alle sollten sich hinten im Seitenflügel sammeln.

Auch ich würde mich dorthin begeben.

Ich wusste nicht sicher, wer Cato Hammer und Roar Hanson ermordet hatte. Aber ich war überzeugt zu wissen, wen Roar Hanson in Verdacht gehabt hatte. Nachdem ich erst einmal eine Vermutung hatte, war es mir nicht schwergefallen, Indizien zu finden, die die Theorie des ermordeten Geistlichen stützten. Der Mann hatte versucht, mir seinen späteren Mörder zu verraten.

Ich könnte meine Gedanken der Polizei mitteilen. Das müsste ich eigentlich auch tun. Sie würden meine Aussage behandeln, wie Aussagen eben behandelt werden, in einem ergebnisorientierten Ermittlungsablauf, bei dem Tatsachen und Spekulationen bearbeitet, technische Beweise und taktische Überlegungen, Gerüchte, Klatsch und präzise Beobachtungen berücksichtigt werden.

Es würde Zeit brauchen.

Eine schwierige Zeit, für alle im Hotel und für das Hotelpersonal. Für Berit und ihre Leute. Und für mich. Ich wollte nach Hause.

Vielleicht sollte ich versuchen, Roar Hanson seinen eigenen Mord aufklären zu lassen.

»Könntest du mir noch Kaffee besorgen?«, bat ich Geir. »Den größten Becher, den du auftreiben kannst.«

»Es ist spät. Solltest du nicht …«

»Kaffee«, wiederholte ich und lächelte. »Ich muss meine kleinen grauen Zellen anregen.«

»Wie du willst«, sagte er, ohne mein Lächeln zu erwidern.

Vielleicht war ich doch nicht so witzig gewesen, wie ich geglaubt hatte.

4 Niemand aus den anderen Häusern von Finseby hatte bisher versucht, aus seinem eingeschneiten Zustand auszubrechen. Vermutlich warteten sie auf grünes Licht. Was die Leute aus dem Appartementtrakt anging, so hatte sich das Rote-Kreuz-Personal freigegraben und Kontakt zu Johan aufgenommen. Nach einem kurzen Gespräch mit der Polizei teilte er ihnen mit, alle sollten

sich vorerst ruhig verhalten. Offenbar war die Lage nach den Ausschreitungen unter Kontrolle, und die Polizei wollte eines nach dem anderen angehen.

Ein Haus nach dem anderen sozusagen.

Ich schloss die Augen und stellte mir vor, wie es wohl draußen aussah. Der Orkan Olga hatte einen Bahnhofsort hinterlassen, der weder Bahnhof noch Ort war, die meisten Gebäude waren nicht sichtbar, und die Bahntrasse war verschwunden. Und unter all dem, unter dieser unvorstellbaren Menge von sechseckigen Eiskristallen, trocken und fast schwerelos in der beißenden Kälte, unter dieser gigantischen Decke aus Luft und gefrorenem Wasser, die sich von Hallingdal bis Flåm, von Hardanger bis Hemsedal hinzog, saßen Menschen in Häusern, klein wie Ameisen, und wagten noch nicht richtig zu glauben, dass alles vorüber sei und sie bald wieder in die Welt hinauskrabbeln könnten.

Ich hoffte wirklich, bei Tageslicht abgeholt zu werden.

Ich wollte das alles sehen.

Ich öffnete die Augen.

Die Stimmung im *Finse 1222* war gereizt und erwartungsvoll zugleich. Zum einen war die Enttäuschung darüber, dass der Hubschrauber nicht gekommen war, um die Evakuierung zu beginnen, noch nicht verflogen. Zum anderen schienen die Morde an den beiden Geistlichen mit dem Eintreffen der Ermittler brutale Realität geworden zu sein, die meisten hatten sich innerlich davon distanziert, weil sie die Gewissheit nicht ertragen konnten, dass wir einen Mörder unter uns hatten. Die drei Polizisten strahlten eine solide, unerschütterliche Autorität aus; sie waren im Auftrag der Gesellschaft in die Berge gekommen, und dort, wo sie herkamen, gab es Regeln und Gesetze. Die Polizei war hier, das Wetter hatte sich gebessert, und nichts war mehr so richtig gefährlich.

Die Menschen in meiner Umgebung wagten endlich, sich dem Erlebten und ihrem Umgang damit zu stellen. Und das war spannend. Ich beobachtete sie, wie sie nach und nach eintrafen.

Kari Thue und ihr Gefolge gingen mit energischen Schritten im Gänsemarsch mit ihr an der Spitze. Sie setzten sich hinten in den Raum vor die Terrassentür. Mikkels Bande war nicht mehr so diszipliniert, sie kamen getrennt, schlendernd und schlurfend, der Schmächtigste mit einem Zigarettenstummel im Mundwinkel. Ältere Damen und Handballerinnen, die Männer mit den Laptops unter dem Arm, Johan und Berit und die Deutschen, alle gingen an mir vorbei in den Seitenflügel, um sich anzuhören, was die Ordnungsmacht zu sagen hatte.

Dann tauchte Mikkel auf. Wie üblich beachtete er mich kaum.

»Mikkel«, sagte ich. »Kann ich dich etwas fragen?«

Er zuckte mit den Schultern und blieb vor mir stehen.

»Was denn?«

»Was willst du in Bergen? Was wolltest du dort?«

»Ins Konzert. Maroon 5. Hab ich aber verpasst. War gestern.«

Er machte kehrt und ging weiter.

»Mikkel, Mikkel!«

Er drehte sich zögernd um.

»Komm bitte noch mal her. Bitte.«

Zwei Schritte zurück.

»Hast du Kari Thue gekannt, ehe sie dir hier begegnet ist?«

»Flüchtig«, antwortete er ein wenig zu schnell. »Aber wirklich nur flüchtig.«

Er wandte sich ab, und ich gab auf.

Adrian und Veronica saßen wieder neben der Küchentür, vor dem grünen Schrank mit der Bauernmalerei. Sie spielten ihr seltsames Spiel und sahen nicht einmal auf, als die Strickliese von der Staatskirchenkommission auf den Kreuzbuben trat.

»Darf ich?«, fragte Geir und legte die Hand auf den Rollstuhl. Ich nickte, und er schob mich vorsichtig die drei Stufen hinunter.

Das muslimische Ehepaar kam fast als Letztes.

»Warte kurz«, sagte ich leise zu Geir und ließ sie vorbei.

Die Leute drängten sich in der *Blåstue* zusammen. Die Kurden setzten sich auf ein Sofa neben der Trennwand zur *St. Paal's Kro*. Dort saßen sie zunächst allein.

»Adrian«, rief ich über meine Schulter. »Komm her. Du auch, Veronica.«

Sie waren wirklich ein seltsames Paar. Ich staunte nicht mehr so sehr darüber, dass Veronica sich ihn ausgesucht hatte. Sie passten irgendwie zueinander, zwei unbeugsame, schräge Existenzen, die nicht sein wollten wie andere. Die nicht mit anderen zusammen sein wollten. Mit denen andere nicht zusammen sein wollten.

Aber ich hatte nicht vergessen, was Adrian über Veronica gesagt hatte, als er zum ersten Mal Roar Hansons stockende Beichtversuche gestört hatte.

Ich erinnerte mich genau, denn ich hatte es für eine Lüge gehalten.

Veronica war auf dem Boden sitzen geblieben. Sie hatte die Karten zusammengesammelt und mischte sie mit der gleichgültigen Eleganz einer Pokerspielerin.

»Du auch«, rief ich.

Zum ersten Mal, seit ich Veronica kannte, wirkte sie unsicher. Einerseits wollte sie ihre Unabhängigkeit demonstrieren. Andererseits war sie klug genug, um einzusehen, dass sie wie ein trotziges Kind wirken würde, wenn sie sich nicht verhielt wie alle anderen.

Die Polizei war gekommen. Sie hatte einen Befehl erteilt. Alle gehorchten.

Sie auch, nachdem sie sich die Sache überlegt hatte.

In den vergangenen Tagen hatte Veronica mich oft an eine Katze erinnert. Mürrisch, aber mit weichen, fließenden Bewegungen erhob sie sich. Sie schlich wachsam über den Boden, beschrieb einen sanften Bogen, als beobachte sie eine Beute. Erst jetzt fiel mir auf, dass sie ihre Tasche wieder bei sich trug, eine schwarze, mittelgroße Schultertasche, die ich noch nie gesehen hatte.

Ich hatte nur darüber gelesen, in Adrians Liste.

»Nicht dahin«, wies ich sie an, als sie auf Adrian zuging.

Ich streckte den Arm aus.

»Dahin! Du auch, Adrian. Setzt euch da an den Kamin. Auf das Sofa. Da ist noch Platz.«

Ich zeigte auf das muslimische Ehepaar.

Zum Glück gehorchten Adrian und Veronica. Ich hatte eigentlich nicht damit gerechnet, dass es so leicht sein würde.

»Ich heiße Per Langerud«, begann der Kripomann und räusperte sich hinter vorgehaltener Faust. »Ich möchte Ihnen zuerst mein ...«

Es fiel ihm offensichtlich schwer, die richtigen Worte zu finden.

»Mein Mitgefühl ausdrücken«, sagte er schließlich. »Mein Mitgefühl für die ungeheuer schwierige Lage, in der Sie sich in den vergangenen Tagen befunden haben. Es ist leicht zu verstehen, dass Sie so schnell wie möglich nach Hause wollen. Das wird Ihnen auch zugestanden.«

Begeistertes Gemurmel breitete sich aus. Einige applaudierten vorsichtig.

»Ich habe gesagt, so schnell wie möglich«, wiederholte Per Langerud und erhob die Stimme. »Das heißt, wenn wir die notwendigsten Ermittlungen durchgeführt haben. Je kooperativer Sie sind, umso schneller wird das gehen. Aber ich befürchte, vor morgen Nachmittag wird das nichts. Vielleicht auch erst ...«

»Morgen Nachmittag?«, rief Mikkel und sprang auf. »Verdammt noch mal! Ich will weg hier, sobald es hell ist!«

»Ich auch«, meldete die Strickliese sich zu Wort. »Ich will nach Hause. Ich muss nach Hause. Meine Katze ist allein, und ich wollte doch nur ...«

»Das brauchen wir uns nicht bieten zu lassen«, sagte Kari Thue und fand die Zustimmung eines der älteren Geschäftsmänner, der sich seit dem Frühstück an ihre Fersen geheftet hatte.

»Mit welchem Recht können Sie uns daran hindern, so schnell wie möglich von hier zu verschwinden? Sie können mich festhalten, wenn Sie einen triftigen Grund zu der Annahme haben, dass ich ein Verbrechen begangen habe, aber den haben Sie nicht ...«

»Ruhig«, rief Per Langerud, seine Stimme kippte vom Bariton in den Bass um. »Ich kann Ihnen versichern, dass wir das Recht ...«

»Scheiße, nein«, sagte Adrian plötzlich, erhob sich vom Sofa und machte einen drohenden Schritt auf den Polizisten zu.

Das hatte etwas Komisches, Adrian war fünfzig Kilo leichter und mindestens dreißig Jahre jünger als der andere.

»Wir wissen nicht mal, ob ihr wirklich Bullen seid«, fauchte er trotzdem. »Ich breche morgen früh auf, und wenn ich ...«

»Skier nehmen muss?«, sagte ich laut. »Wollt ihr das wirklich? Geliehene Skier anschnallen und runter in die Stadt wandern?«

Die jüngeren Polizisten hatten sich Adrian genähert. Ich gab ihnen ein Zeichen, den Jungen in Ruhe zu lassen. Zögernd zogen sie sich zurück und setzten sich, jeder auf eine Stuhlkante, sprungbereit. Ein paar der Handballteenies schluchzten. Die Strickliese hatte ihr Gesicht wieder in ihrer Handarbeit vergraben, die mittlerweile bestimmt von Rotz und Tränen ruiniert war.

»Wir bleiben alle hier, solange die Polizei das will«, sagte ich laut. »Außerdem können wir hier nicht auf eigene Faust weg-kommen.«

Die erbarmungslose Logik dieser schlichten Beweisführung machte Eindruck. Die Teenies schniefen und wischten sich die Tränen ab. Mikkel setzte sich wieder hin. Es war so still, dass selbst ich das Klappern der Nadeln hören konnte, als die Frau von der Staatskirchenkommission wieder frenetisch losstrickte, um dann vollkommen unvermittelt aufzuhören und den unvollendeten Pullover wegzulegen.

»Jetzt bleiben wir hier sitzen und hören uns an, was die Polizei uns zu sagen hat«

Meine Stimme zitterte, aber ich wusste nicht, ob aus Nervosität oder aus Wut. Vermutlich beides. Obwohl ich mich weder ängst-lich noch wütend fühlte. Nur müde.

»Und niemand reist ab, ehe die Polizei das erlaubt«, fügte ich hinzu, als es ganz still geworden war.

Per Langerud strich sich über die Brust, als ließen sich die gro-ben Noppen seiner alten Wolljacke so einfach entfernen. Adrian hatte recht, diese Leute sahen überhaupt nicht aus wie Polizisten. Langerud hatte eine Kniebundhose an, etliche Kilo zu viel am Körper, und er trug graue Strümpfe, die viel zu weit waren und ständig runterrutschten. Die jüngeren Beamten sahen aus wie unterwegs zum Après-Ski in Geilo. Beide trugen blaue Jacken von Bergans. Ich wusste, dass die um die sechstausend Kronen koste-ten und dass die Stiefel vermutlich in derselben Preisklasse waren. Solche Kleider kaufte man sich nicht von einem Polizistengehalt. Vielleicht war ihnen vor der Expedition in die Berge aufgetragen worden, sich einzukleiden, und sie hatten die Eile genutzt, um das Ausstattungsreglement des Staates zu torpedieren.

Langerud ließ sich Zeit. Fuhr sich abermals über die Brust. Mit Zeigefinger und Daumen versuchte er, an seiner knallengen

Hose zu zupfen. Dann musterte er seine Fingerknöchel und legte den Kopf zur Seite, als höre er einen seltsamen Laut, den sonst niemand wahrnahm. Erst nachdem alle ausgiebig Zeit bekommen hatten, sich über ihr Verhalten zu schämen, huschte ein nachsichtiges Lächeln über sein Gesicht. Er öffnete den Mund.

»Entschuldigung«, sagte ich laut. »Entschuldigen Sie, Herr Hauptkommissar ... «

Ich tippte einfach auf den Titel. Und lag richtig. Der Mann drehte sich zu mir um. Er wirkte verwundert, gereizt und neugierig zugleich.

»Ich wollte fragen, ob ich ... darf ich kurz etwas sagen?«

»Mir?«

»Ja.«

Er streckte gebieterisch die Hand aus. »Sprechen Sie!«

»Könnten Sie einen Moment zu mir kommen?«

Wieder runzelte er die Stirn, mit einem Blick, den ich nicht deuten konnte. Vermutlich sah er ein, dass es in Ordnung wäre, mir zuzuhören. Vielleicht auch klüger. Jedenfalls kam er auf mich zu, und als ich leicht mit dem Zeigefinger winkte, beugte er sich vor und hielt sein Ohr an meinen Mund.

Er roch nach Rasierwasser und Kaffee.

Als ich meinen Spruch aufgesagt hatte, richtete er sich langsam wieder auf.

Jetzt war es nicht mehr schwer, seinen Blick zu deuten. Ich wusste genau, was er dachte. Er zweifelte. Worum ich ihn gebeten hatte, entsprach in keinster Weise dem üblichen Vorgehen bei einer Mordermittlung. Es war sogar regelrecht verboten. Jedenfalls gab es allen Grund, die ethischen Aspekte meines Vorhabens zu hinterfragen. Er hätte Nein sagen müssen. Sein Alter und seine Funktion in diesen Ermittlungen verrieten, dass Per Langerud ein erfahrener und tüchtiger Polizist war.

Deshalb gestattete er es mir.

Genauer gesagt, er nickte nur. Es war ein sehr kurzes und fast nicht sichtbares Nicken, aber es war ein Ja. Ich durfte einen Versuch unternehmen. Er wandte sich so schnell ab, dass ich den Verdacht hatte, dass er mich mit seinen Zweifeln nicht anstecken wollte.

»Ich darf also«, setzte ich an und fuhr in die Mitte des Raumes, »ein paar Fragen stellen. Ehe die Polizei ihre Pflicht tut und wir alle nach Hause fahren können.«

Drei Polizisten, eine Handvoll Hotelangestellte und Rote-Kreuz-Mitarbeiter, eine Bande rot gekleideter Mädchen mit Pferdeschwänzen, das eine oder andere Kind und seine Eltern, eine Handvoll Ärzte, Kari Thue und Mikkel, Magnus und die Strickliese, die Deutschen und die restlichen Fahrgäste des Unglückszuges; alle schauten zu mir. Ich sah Verachtung und Neugier in den fordernden Blicken, Erwartung und Ungeduld, Gleichgültigkeit und vielleicht etwas, das Ähnlichkeit mit Angst hatte. Aber nicht in den Augen, in denen ich sie gern gesehen hätte.

Plötzlich hatte ich keine Ahnung, was ich sagen sollte.

Die Stille war so seltsam.

Ich hatte noch Ohrensausen, und dieses Echo eines eingeschlafenen Sturms auf meinen Trommelfellen war das Einzige, was ich in diesem großen Raum hören konnte. Die Leute würden gleich aufbegehren, sie würden protestieren, fordern, dass etwas passierte, dass etwas gesagt würde. In ungefähr anderthalb Sekunden würde ich meine Chance vertan haben.

»Warum trägst du Adrians rote Socken?«, fragte ich und sah Veronica unvermittelt an.

Jemand kicherte. Andere baten um Stille.

Ein feiner, schmaler Strich teilte Veronicas Stirn.

»Ich hab sie ausgeliehen«, antwortete sie langsam.

»Wie bitte? Könntest du ein wenig lauter sprechen?«

»Ich habe sie ausgeliehen. Ich hatte kalte Füße.«

Ihre Miene ließ keinen Zweifel daran, was sie von mir hielt. Ihre Stimme, die ohnehin schon auffallend dunkel war, wurde noch tiefer.

»Adrian hat gefroren und meinen Pullover ausgeliehen«, fügte sie hinzu. »Ich hatte kalte Füße und habe seine Socken bekommen.«

»Aber nicht gleichzeitig«, sagte ich. »Er hatte den Pullover schon am ersten Abend, bevor er schlafen gegangen ist. Du hast seine Socken erst am nächsten Tag ausgeliehen.«

Sie starrte mit leerem Blick vor sich hin. Die dünne, schräge Furche auf ihrer Stirn war verschwunden, und sie war wieder zu dem leichenblassen Mädchen ohne Gesichtsausdruck geworden.

»Auch egal«, sagte sie und schob sich die Haare hinter die Ohren.

Ein deutliches und verächtliches Schnaufen war vom anderen Ende des Raumes zu hören. Das Geräusch war leicht zu erkennen.

»Kari Thue«, sagte ich laut. »Ich verstehe, dass du ungeduldig wirst. Du interessierst dich nicht für geliehene Socken und Pullover. Aber ich kann dich ja auch gleich etwas fragen. Würdest du bitte aufstehen? Ich kann dich dahinten so schlecht sehen.«

Keine Reaktion.

»Dann nicht«, sagte ich. »Aber du hörst mich ja bestimmt gut. Woher hast du gewusst, dass sich gegen drei Uhr in jener Nacht, in der Cato Hammer ermordet worden ist, der Sturm vorübergehend beruhigt hatte?«

Sie schwieg. Ich konnte sie nicht sehen, aber plötzlich sah ich einen Hasen vor mir, ein kleines braunes Hasenjunges, das sich in Todesangst auf den Boden drückt und glaubt, sich so unsichtbar machen zu können.

Um sie herum kam Unruhe auf.

»Jetzt antworte schon!«

»Sie hat dich was gefragt.«

»Ich hab doch nicht gewusst, dass das Wetter sich gegen drei Uhr beruhigt hat«, sagte Kari Thue. »Wie kannst du behaupten, dass ich ...«

»Als das Gerücht aufkam«, fiel ich ihr ins Wort, »dass Cato Hammer durchgebrannt sei, hast du die Theorie seiner Flucht mit dem gestohlenen Schneemobil unterstützt. Dein Argument war, dass das Wetter sich um diese Uhrzeit beruhigt hatte.«

»Ich war wahrscheinlich gegen drei Uhr gerade wach«, sagte Kari Thue patzig, während sie hinter der Trennwand versteckt blieb. »So einfach ist die Erklärung. Und da ist mir eben aufgefallen, dass es draußen ruhiger war.«

»Stimmt«, ich nickte, »du warst wach. Und ja, der Sturm befand sich zu diesem Zeitpunkt gerade in einer etwas ruhigeren Phase. Das bestätigt das Wetterlogbuch.«

Jetzt erhob sie sich. Triumphierend lächelte sie ihren Anhängern zu, die ein wenig ängstlich zurücklächelten.

»Genau. Dann begreife ich nicht so ganz, warum ...«

»Du hast behauptet, du hättest geschlafen«, unterbrach ich sie. »An dem Morgen, als du in die Rezeption kamst, hast du dich sogar darüber beschwert, wie tief du geschlafen hattest. Du fandest es unverantwortlich von Berit, die Gäste die Nacht durchschlafen zu lassen. Wir hätten alle eine Gehirnerschütterung haben können, hast du behauptet, und deshalb hätten wir geweckt werden müssen.«

»Aber ich ...«

»Allem Anschein nach wurde Cato Hammer gegen drei getötet. Hast du nun geschlafen, oder warst du wach? Gegen drei Uhr, meine ich. Du musst dich für eine Version entscheiden, beides geht schließlich nicht. Wann hast du gelogen, vorgestern oder jetzt?«

Ich ertappte mich dabei, dass mir diese Situation gefiel. Ich genoss sie geradezu.

»Ich war ... ich war wach. Aber nur für ein paar Minuten, weil ich ... ich musste auf die Toilette. Danach habe ich tief geschlafen.«

»Na gut.«

Ich setzte eine gleichgültige Miene auf, dann sah ich hinüber zu Mikkel.

»Du warst bestimmt auch auf der Toilette. Gegen drei, in der Nacht zum Donnerstag?«

Er wurde rot. Er wurde tatsächlich rot.

»Wir wollen das auf sich beruhen lassen«, sagte ich. »Vorläufig jedenfalls. Aber wir können ja alle fragen: Wer war in der Nacht zum Donnerstag um drei Uhr wach?«

Ein Arm hob sich. Es war ein Hotelangestellter, ein Junge von höchstens zwanzig, der sich seit dem Unglück meistens im kleinsten Büro hinter der Rezeption aufgehalten hatte.

»Ich hatte Nachtwache«, sagte er vorsichtig. »Ich habe die ganze Zeit im Büro gesessen.«

Ein Arzt meldete sich ebenfalls.

»Ich war die meiste Zeit der Nacht wach«, sagte er, ohne seinen Sarkasmus verbergen zu können, als er hinzufügte: »Wie sich vielleicht noch einige erinnern werden, tobte ein relativ fürchterliches Unwetter. Das hat mich wach gehalten. Aber ich habe mein Bett nicht verlassen.«

Eine weitere Hand hob sich. Und noch eine. Gefolgt von anderen. Am Ende konnte ich feststellen, dass nicht weniger als zweiunddreißig Personen zugaben, zeitweise oder fast die ganze Nacht wach gewesen zu sein. Alle, abgesehen vom Nachtportier, gaben an, ihre Zimmer nicht verlassen zu haben. Die allermeisten hatten ihr Zimmer mit anderen geteilt, ohne dass hier von einem Alibi die Rede sein konnte. Kari Thue hatte in einem Punkt immerhin recht gehabt: Die allermeisten hatten nach den heftigen Erlebnissen und Strapazen am Mittwoch, dem 14. Februar, tief und traumlos geschlafen.

»Und du«, sagte ich und sah Adrian an. »Hast du geschlafen?«

»Ich? Was soll mit mir sein? Scheiße, Mensch. Ich hab doch zusammen mit ... «

Er riss sich zusammen und machte einen neuen Anfang.

»Ich hab in der Rezeption geschlafen. Nur ein paar Meter von dir entfernt. Shit, echt.«

»Und du?«, fragte ich Veronica. »Wenn ich das richtig verstanden habe, warst du die Einzige, die schon am Mittwoch ein Einzelzimmer ergattern konnte.«

»Ich habe nichts ergattert«, entgegnete sie gelassen. »Niemand wollte das Zimmer mit mir teilen. Ich habe schnell gemerkt, dass ich nicht gerade als populär bezeichnet werden kann.«

Sie schaute mir in die Augen.

Adrian erwähnte sie nicht. Sie verriet nicht, dass er nur zu gern das Zimmer mit ihr geteilt hätte.

Das war sehr rücksichtsvoll. Fast schon barmherzig. Adrian hatte den Atem angehalten. Jetzt ließ er ihn langsam entweichen, während er an einem neuen Pickel an seiner Nasenwurzel herumpulte.

»Dann interessiere ich mich im Grunde nur für euch beide«, sagte ich.

Der Kurde sah mich überrascht an.

»Für uns?«, wiederholte er fragend und fuhr sich mit dem Daumen über den Schnurrbart. »Wir haben geschlafen, natürlich. Ich fürchte, wir teilen Veronicas trauriges Schicksal. Niemand hat besonders protestiert, als meine Frau und ich ein Zimmer für uns allein bekamen.«

Die angebliche Ehefrau starrte ihre gefalteten Hände an und sagte nichts.

Erneut war aus der Fensternische ein kräftiges, abfälliges Schnauben zu hören.

»Kari Thue«, sagte ich und musste schlucken, um meine Stimme unter Kontrolle zu bringen. »Möchtest du uns etwas sagen? Etwas, das du mit uns anderen teilen willst?«

Per Langerud räusperte sich. Ich hatte fast vergessen, dass er auch noch da war, obwohl er nur einen Meter hinter meinem Stuhl stand. Ich drehte den Kopf und sah, wie er einen fast unmerklichen Blick auf sein linkes Handgelenk warf.

»Zwei Minuten«, flüsterte ich hinter vorgehaltener Hand. »Geben Sie mir noch zwei Minuten.«

Ich wusste nicht, ob meinem Antrag stattgegeben worden war, als ich meine Stimme dramatisch hob und sagte:

»Kari Thue. Was hast du in deiner Handtasche?«

»Das geht dich nichts an«, zischte sie.

»Nein. Aber die Polizei wüsste bestimmt gern, was darin steckt.«

Langerud trat einen Schritt näher und berührte ganz leicht meine Schulter. Ich las die Mahnung, konnte es mir aber nicht leisten, jetzt nachzugeben. Ich hatte auch keine Lust dazu.

»Wenn du nichts zu verbergen hast, kann es doch unmöglich so schrecklich sein, mir zu erzählen, was in der Tasche ist. Du lässt sie nie aus den Augen. Ist es etwas Wertvolles? Oder eher etwas ... Kompromittierendes?«

»Das lasse ich mir nicht gefallen!«

Sie war aufgesprungen und drückte sich ans Fenster, die Arme über ihrer albernen, rucksackähnlichen Handtasche verschränkt.

»Niemand ... niemand hat das Recht, in meine Tasche zu schauen!«

Und das stimmte vorerst auch. Bisher hatte noch niemand das Recht, in ihren Sachen zu wühlen. Ich hatte außerdem eine ziemlich klare Vorstellung davon, was sich dort befand.

Vermutlich trug sie irgendeine elektronische Speichereinheit mit sich herum. Einen USB-Stick vielleicht. Das Gedächtnisstäbchen. Vor wenigen Wochen erst hatte ich gelesen, dass sie kurz vor der Vollendung eines Buchmanuskriptes stand, das auf ihrer Arbeit an dem Dokumentarfilm »Erlöse uns von dem Bösen« basierte. Das Buch sollte »Denn unser ist das Reich« heißen, und für den Herbst wurde ihm ein Platz an der Spitze der Bestsellerlisten prophezeit.

Wenn Nefis sich dem Abschluss einer wissenschaftlichen Arbeit nähert, hat sie hysterische Angst davor, Material zu verlieren. Die Gedächtnisstäbchen werden also überall deponiert, zu Hause und im Auto, im Büro und im Keller, für den Fall von Brand, Diebstahl, Computerabsturz oder meinetwegen auch Atomkrieg. Nefis und Kari Thue haben sonst keine Gemeinsamkeiten. Ich nahm aber trotzdem an, dass sich die Angst schreibender Menschen, ihre ganze Arbeit könne vergeblich gewesen sein, bei den meisten in ähnlicher Weise zeigte.

Aber Kari Thue hatte noch etwas anderes in ihrer Tasche. Etwas, das wir nicht sehen sollten. Es konnte ganz unschuldig sein, eine Packung Zigaretten zum Beispiel. Neben ihrem antimuslimischen Kreuzzug schwenkte sie ihr Schwert auch gegen alle Tabakartikel und hatte eine nicht unbedeutende Rolle als Meinungsmacherin gespielt, ehe die neuen Rauchverbote eingeführt worden waren. Eine Zigarettenpackung in ihrer Handtasche wäre natürlich peinlich. Oder es war auch möglich, dass sie dort etwas Pikanteres verbarg, ein lustiges Hilfsmittel aus einem Laden, den man lieber zu

Hause im Internet aufsucht. Die Tasche war nicht groß, aber groß genug.

Davon ging ich jedenfalls aus.

Vermutlich hatte sie Make-up darin. Eine Packung Kaugummi oder Pastillen. Eine Brieftasche, etwas zum Schreiben und eine kleine Packung Taschentücher. Ich ging davon aus, dass Kari Thues Handtasche einen für ihr Geschlecht ziemlich repräsentativen Inhalt hatte, abgesehen davon, dass es dort etwas gab, was Kari Thue um jeden Preis geheim halten wollte.

Ich hatte auch vor, ihr das zu gestatten.

Sie hatte nichts Schlimmeres getan, als mit Mikkel zu schlafen. Vermutlich war sie in ihn verliebt. Er hatte in der Nacht nach dem Unglück mit Kari Thue ein wenig Zeit totgeschlagen und ein gewisses Interesse an ihrer sich wiederholenden, predigenden Botschaft gezeigt. Aber das war auch alles. Der Streit, bei dem ich die beiden beobachtet hatte, war vermutlich eine gute altmodische Zurückweisung gewesen. Gemein natürlich, jemandem einen Korb an einem langen Tisch zu geben, wo viele zuhören können, aber nichts von dem, was sie oder er getan hatten, war ein Verbrechen.

Kari Thue stand wie angewurzelt da.

Die Menschen um sie herum starrten neugierig die Tasche an, die sie gegen ihre Brust drückte wie ein geliebtes Kind, das jemand ihr zu entreißen drohte. Ihre Augen waren groß und feucht, sie konnte jeden Augenblick in Tränen ausbrechen.

Kari Thue sollte ihre Geheimnisse behalten dürfen.

Bevor ich ihr begegnet war, als ich nur die harte, unversöhnliche Kämpferin aus Funk, Fernsehen und Zeitungen kannte, hatte ich sie verachtet. Jetzt verachtete ich nur noch das, wofür sie stand. Mit Kari Thue als Mensch empfand ich Mitleid. Sie hatte die ganze Zeit so schreckliche Angst, ohne es selbst zu wissen. Auch ich habe ein Leben geführt, in dem ich immer Angst hatte, ohne mir das einzugestehen. Die Angst hatte dafür gesorgt, dass ich mich zurückzog und in mir verkroch. Bei Kari Thue wurde die Angst zu Wut, zu einem unversöhnlichen, hartnäckigen Zorn, unter dem allzu viele Menschen leiden mussten.

Seit dem Mord an Cato Hammer hatte ich gewünscht, dass sie hinter diesem Verbrechen stünde. Das Bedürfnis, dieser Frau zu schaden, sie stürzen zu sehen, gedemütigt und zerstört, der Drang, Kari Thue zu entlarven, war so stark gewesen, dass ich fast geglaubt hatte, dass es mir gelingen würde.

Menschen wie Kari Thue sollten uns leidtun.

Aber sie hatte niemanden ermordet.

»Setz dich«, sagte ich ruhig.

Sie starrte mich ungläubig an. Die Tränen rollten ihre Wangen hinab. Jemand in ihrer Nähe fing an zu kichern. Sie hatte ihre Tasche noch fest umklammert. Ihr Kinn zitterte, und sie biss sich in die Unterlippe, wagte aber nicht, sich zu setzen.

»Du kannst dich ruhig setzen«, wiederholte ich. »Niemand wird in deine Tasche schauen.«

Die anderen ließen ihre Blicke zwischen ihr und mir hin- und herfliegen.

»Adrian«, sagte ich, und die Blicke jagten zu dem nächsten Spieler.

Der Junge gab keine Antwort.

»Gestern Vormittag«, sagte ich. »Gestern Vormittag habe ich mich mit Roar Hanson unterhalten. Das weißt du noch, ja?«

Adrian ließ sich auf dem Sofa zurücksinken, mit einer Miene, als interessiere es ihn kein bisschen, was hier gesagt wurde.

»Du hast uns unterbrochen«, fuhr ich fort. »Und Roar Hanson hat etwas zu dir gesagt. Du hast ihm empfohlen, sich um seine eigenen Angelegenheiten zu kümmern, allerdings nicht mit so netten Worten. Das weißt du doch noch. Nicht wahr? Adrian? Adrian??«

Ich verlieh meiner Stimme so viel Kraft, wie ich konnte. Die Strickliese stieß ein ängstliches Jammern aus, aber Adrian reagierte nicht. Er zog gleichgültig an seinem Kaugummi, dann stopfte er es wieder in den Mund. Ich fuhr fort:

»Ich dachte, Roar Hanson hätte gesagt, du solltest deine Füße waschen, und zwar täglich. Was natürlich eine seltsame Bemerkung gewesen wäre. Aber Roar Hanson war ja auch ein seltsamer Mann. Jedenfalls nach Cato Hammers Tod. Ich konnte nicht so recht begreifen, wieso er sich für deine Waschgewohnheiten interessierte, auch wenn du eine Dusche ja wirklich hättest brauchen können.

Und dann habe ich dich heute gefragt, was er eigentlich gesagt hatte. Ich hatte immer stärker den Verdacht, dass ich mich verhört hatte. Ich konnte nicht verstehen, warum du auf die leise Aufforderung, dir die Füße zu waschen, so heftig reagiert haben solltest.«

»Das reicht mir jetzt«, sagte Adrian und setzte sich plötzlich auf. »Ich gehe. Ich bring das verdammt noch mal nicht, hier rumzusitzen und zu ...«

»Du gehst nicht!«

Per Langerud machte einen Schritt auf den Jungen zu. Adrian ließ sich zögernd auf das Sofa zurücksinken. Für einen Moment schien er seine Chancen abzuschätzen, ob er entkommen könnte, wenn er losrannte. Doch die waren erbärmlich gering. So gleichgültig wie möglich rückte er ein Kissen zurecht.

»Heute hast du mir erzählt, er habe dir gesagt, du solltest dich hüten«, sagte ich. »Und da erst habe ich begriffen, was er tatsächlich gesagt hat. Denn ihr müsst wissen ...«

Ich ließ meinen Blick in die Runde gleiten.

»Ich bin ein wenig schwerhörig. Eigentlich ist das kein großes

Problem, aber ich finde es schwierig, die Menschen zu verstehen, wenn ich sie nicht sehe. Wenn ich für einen Moment abgelenkt werde, wie bei dem Gespräch, von dem hier die Rede ist, dann kriege ich nicht immer den ganzen Satz mit. Durch Erfahrung und Assoziationsvermögen gelingt es mir in der Regel aber doch meistens ganz gut. Nur eben nicht immer.« Ungeduldiges Getuschel breitete sich aus. Die wenigen kleinen Kinder wurden jetzt unruhig. Die Eltern versuchten, sie zu beruhigen, und ich sah, dass sich die allermeisten ehrlich dafür zu interessieren schienen, wie es hier weiterging.

»Das war fast wie ein kodiertes Kreuzworträtsel«, sagte ich zu Adrian. »Du hast mir gesagt, als Erstes habe er ›Hüte dich‹ zu dir gesagt. Nicht ›Füße waschen‹. Du hast behauptet, mehr habe er nicht gesagt, aber ich weiß, dass das nicht stimmt. Da die Mahnung ›Füße waschen, und zwar täglich‹ aber keinen besonderen Sinn ergibt ... «

Jemand kicherte. Die Strickliese lachte laut auf.

»... habe ich angefangen zu assoziieren. Das war einfach. Was Roar Hanson gesagt hat, als du zu uns gekommen bist, war ...«

»Du kannst nicht wissen, was er gesagt hat. Du bist doch schwerhörig, verdammt noch mal! Das hast du selbst gesagt! Du kannst nicht ...«

Veronica hatte die ganze Zeit still gesessen, wie die Wachspuppe, der sie so ähnlich sah. Jetzt legte sie ihm ihre schmale Hand auf den Oberschenkel, und sofort verstummte er.

»Hüte dich vor ihr, sie ist gefährlich.«

Das sagte ich laut und sehr langsam.

»Das hat Roar Hanson zu dir gesagt, und du hast mit ›Fuck you‹ geantwortet. Und er hat Veronica angesehen, als er das gesagt hat.«

Niemand sagte ein Wort. Niemand bewegte sich. Alle schienen meine Schlussfolgerungen überprüfen zu wollen, um selbst zu beurteilen, ob es möglich war, sich so zu verhören. Sie saßen in Gedanken versunken da, mit Lippen, die sich lautlos bewegten, sie gingen die Wörter durch, den Rhythmus der Sätze, den holprigen Reim, und sie begriffen zum Schluss, dass das Ganze eine gewisse Logik aufwies.

Es war vollkommen still. Sogar die Kinder begriffen, dass hier etwas Entscheidendes passierte, sie drückten sich ängstlich und stumm an ihre Eltern.

»Deine Socken waren nass«, sagte ich zu Veronica. »Deshalb musstest du am nächsten Morgen die von Adrian ausleihen. Cato Hammer hat darauf bestanden, nach draußen zu gehen. Er hatte solche Angst, als du ihn angesprochen hast, dass er so weit wie möglich von allen wegwollte, die euch möglicherweise zuhören könnten. Du bist nach dem Informationstreffen zu ihm gegangen. Hast ihm erzählt, dass deine Mutter vor Kurzem gestorben ist und dass du ein ernstes Wort mit ihm reden wolltest. Als ihr euch dann wie abgemacht in der Nacht getroffen habt, wollte er sicherheitshalber ins Freie gehen.«

Ich legte eine Pause ein und hatte das Gefühl, dass niemand wagte zu atmen.

Nach Cato Hammers Tod hatte ich nicht begreifen können, wie es gelungen war, ihn nach draußen zu locken. Erst als mir aufgegangen war, dass er selbst es so gewollt haben musste, fügten sich die Puzzleteile zusammen.

»Ihr seid nicht weit gegangen«, sagte ich jetzt. »Vermutlich hast du unter dem Vordach gestanden. Und er vor dir. Du hattest keine Schuhe an den Füßen. Die meisten waren den ganzen Abend auf Socken herumgelaufen, da der Boden inzwischen trocken war und niemand mehr von draußen Schnee hereinschleppte. Mitten in der Nacht nach Stiefeln zu suchen, wäre ein zu großes Risiko gewesen. Du bist auf Socken rausgegangen. Als du ins Hotel zurückkamst, waren die Socken voller Schnee, und der schmolz, und sie wurden nass.«

Alle Augen ruhten auf Veronicas roten Socken.

»Das ist doch der pure Scheiß!«, schrie Adrian. »Die waren nicht nass. Deshalb hat Veronica meine Socken nicht geliehen. Sie hatte kalte Füße, scheiße. Ganz normale ... normale kalte Füße!«

Wieder legte sie ihm die Hand auf den Oberschenkel.

»Das ist nicht richtig«, sagte sie ruhig.

»Doch«, sagte ich. »So ungefähr.«

Ihr Gesicht war nicht mehr bleich. Ich glaubte, einen Hauch von Rosa auf den Wangenknochen zu sehen, und ihr Mund verzog sich zu einem zarten, unergründlichen Lächeln.

»Aber ein Paar Socken genügt natürlich nicht als Beweis«, sagte ich. »Du heißt Veronica Larsen, stimmt das?«

Sie sah mich mit ihrem Mona-Lisa-Lächeln an.

»Du heißt sogar Veronica K. Larsen«, sagte ich und betonte das K. »So stehst du jedenfalls auf Berit Tverres Liste der Fahrgäste. Und wenn ich raten soll, dann steht K für Koht. Den Nachnamen deiner Mutter.«

Sie schüttelte schwach den Kopf.

Ich fuhr ein wenig näher an sie heran und gab mir alle Mühe, so resigniert wie möglich zu wirken. Vermutlich hatte ich übertrieben, denn einige der Handballerinnen fingen an zu kichern. Jetzt trennten mich noch drei Meter von Veronica Koht Larsen. Ich hielt an und arretierte die Bremsen.

»Es ist das Leichteste auf der Welt, deinen Namen festzustellen«, sagte ich leise und starrte ihr in die Augen. »Es wäre nur albern, zu ...«

»Es stimmt«, fiel sie mir ins Wort. »K steht für Koht.«

»Deine Mutter hieß Margrete Koht«, sagte ich.

Ich wollte lediglich Veronica ansprechen und dämpfte meine Stimme. Aus dem Augenwinkel sah ich, dass viele andere sich zu uns vorbeugten, einige mit der Hand als Verstärker hinter dem Ohr. Ich kam ihnen nicht entgegen und wurde noch leiser:

»Sie war bei der Fondsverwaltung der Kirche angestellt. Dort kam es zu einer Unterschlagungsaffäre. Das war 1998. Ein Betrug im großen Maßstab, der der Institution mehr als nur finanziell schadete. Deine Mutter wurde zur Schuldigen ernannt und später verurteilt. Ich habe aber den starken Verdacht, dass nicht sie die Täterin gewesen ist. Entweder wurde sie reingelegt oder ... überredet. Eine Schuld auf sich zu nehmen, die nicht ihre war.«

Ich glaube, dass sie blinzelte. Ich konnte nicht sicher sein, meine Augen waren trocken und gereizt, und ich blinzelte selber ununterbrochen. Aber ich glaube, sie bewegte ganz leicht ihre Augenlider.

»Du hattest auf dieser Reise eine Schusswaffe bei dir«, sagte ich. »Und das wird die Polizei natürlich zu der Überlegung veranlassen, ob du den Mord an Cato Hammer geplant hattest. Darauf will ich erst einmal nicht eingehen.«

Adrian hob die Hände und brüllte: »Jetzt hör auf! Hör auf, Hanne! Veronica hat nicht ...«

»*Du* hörst auf«, sagte Veronica streng. »Jetzt hältst du die Klappe, Adrian!«

Er starrte sie mit offenem Mund an, dann sank er in sich zusammen. Langsam schien die Luft aus seinen geöffneten Lippen zu entweichen, bis von dem mageren Jungenkörper nur noch eine schlaffe Hülle übrig war.

»Du irrst dich«, sagte Veronica und ließ meinen Blick nicht los.

»Du hast Cato Hammer erschossen«, sagte ich. »Und du hattest die Schusswaffe in deiner Tasche, die du bis jetzt auf deinem Zimmer versteckt hattest. Adrian ist aufgefallen, dass sich etwas darin befand, als du im Hotel angekommen bist. Er hatte gehofft, es wäre … «

Adrian wimmerte. Ich riss mich zusammen und sagte nur: »Adrian dachte, es wäre etwas ganz anderes.«

Sie griff nicht einmal nach ihrer Tasche. Die lag da, neben ihr auf dem Sofarand, zwischen ihrem Oberschenkel und der Armlehne.

Nicht ein einziger Blick auf die kompromittierende Tasche.

Nicht einmal ein schwaches Zittern der Hand. Sie saß einfach da, still wie immer, und lächelte rätselhaft.

Das hatte ich nicht erwartet.

Mir brach der Schweiß aus.

»Du bist die Einzige, die ein Einzelzimmer hatte«, betonte ich. »Die Einzige, abgesehen von den Angestellten. Du hättest die Waffe natürlich in deinem Zimmer lassen und die Tür abschließen können, aber du hattest das Gefühl, dass es dir eine zusätzliche Sicherheit gab, sie in der Tasche zu haben und die ganze Angelegenheit zu vergessen. Um ehrlich zu sein, glaube ich, dass es dir schwergefallen ist, den Revolver anzufassen, nachdem du Cato Hammer umgebracht hattest. Du mochtest ihn nicht … ansehen.«

Jetzt zwinkerte sie zumindest. Ein winzig kleines Stück ihrer Zungenspitze fuhr blassrosa und feucht über ihre Unterlippe.

»Aber das ist nicht der Grund, warum du ihn kein zweites Mal benutzt hast«, sagte ich. »Du hast Roar Hanson aus einem ganz anderen Grund mit einem Eiszapfen erstochen, und ich werde noch darauf zurückkommen, warum du die Schusswaffe nicht noch einmal benutzt hast.«

»Eiszapfen? *Eiszapfen!* Eiszapfen … «

Dieses Wort jagte wie eine Kakerlake durch den Raum. Anfangs wurde es geflüstert, dann laut ausgesprochen, schließlich gerufen, voller Ungläubigkeit und Begeisterung, voller Zweifel und mit einem großen Ausrufezeichen: Eiszapfen!

»Das mit dem Eiszapfen habe ich zunächst nicht begriffen«, gestand ich leise, als Langerud seine Autorität eingesetzt hatte und wieder Ruhe eingekehrt war. »Eine seltsame Waffe. Schwer zu benutzen. Sie stellt ganz besondere Ansprüche, nicht zuletzt an Präzision und Geschmeidigkeit der Benutzerin. Aber dann fiel mir wieder etwas ein, was Adrian mir erzählt hatte.«

Der Junge weinte. Er hatte sich die Mütze vom Kopf gerissen und presste sie vor sein Gesicht, um sein entwürdigendes Schluchzen zu unterdrücken. Ich hätte ihn gern getröstet. Ich hätte ihn gern in den Arm genommen und ihn hin und her gewiegt und ihm gesagt, dass er einfach ein weiteres Mal verdammtes Pech gehabt habe. Ich hätte ihm gern beruhigende Worte ins Ohr geflüstert und ihm versichert, dass ihm irgendwann in der Zukunft ein erwachsener Mensch begegnen würde, auf den er sich verlassen könnte. Irgendwann einmal.

Ich konnte Adrian nicht helfen.

Vielleicht würde niemand ihm helfen können.

»Hanne Wilhelmsen ...«

Per Langerud legte mir die Hand auf die Schulter, und ich zuckte zusammen.

»Verzeihung«, murmelte ich.

»Wir sollten vielleicht ...«

»Nein«, widersprach ich vehement. »Nein!«

»Ich finde, das hier ...«

»Adrian hat erzählt, dass du den schwarzen Gürtel im Taekwondo hast«, fiel ich ihm ins Wort und schaute zu Veronica hinunter. »Ich dachte zuerst, er habe sich das ausgedacht. Oder du, falls du ihm so was erzählt hast. Aber es stimmt, nicht wahr? Du bist ...«

»Ich habe den schwarzen Gürtel, 2. Dan ...«

Deshalb diese ungeheure Selbstkontrolle, dachte ich und holte tief Luft.

»Wenn jemand mit einem Eiszapfen einen Mord begehen will«, sagte ich, »dann muss diese Person in einem Kampfsport trainiert sein. Außerdem bist du eine richtige Hundefreundin.«

Wieder fuhr ihre Zungenspitze blitzschnell über ihre Lippe.

»Das einzige Mal, dass du mit anderen Menschen außer Adrian gesprochen hast, war, als der Hund starb, Muffe. Du warst wütend. Du hast auf Gesetze und Regeln verwiesen und wolltest der Sache unbedingt auf den Grund gehen. Du hast den toten Hund gestreichelt und hattest tiefes Mitgefühl mit dem Besitzer. Ein beeindruckendes Engagement, würde ich sagen, wenn wir bedenken, wie abweisend du dich allen anderen hier oben gegenüber verhalten hast. Für dich wäre es kein Problem, zu einem eingesperrten Pitbull zu gehen. Im Gegenteil bist du wahrscheinlich einer der wenigen Menschen hier im Hotel, die das gewagt hätten. Vielleicht die Einzige, abgesehen vom Besitzer. Glaube ich zumindest.«

Ich lächelte und merkte, dass mir das Atmen schwerfiel.

Die Leute saßen nicht mehr still. Das lag nicht an mangelndem Interesse an meiner absurden, nicht besonders stringenten Vernehmung vor großem Publikum, was eine eindeutige Verletzung von Veronicas Rechten darstellte. Dass einige der Gäste miteinander tuschelten und andere sich nicht einmal die Mühe machten, leise zu reden, dass die Gespräche kreuz und quer durch den Raum geführt und immer lauter wurden, lag daran, dass die Leute ihr Urteil bereits gefällt hatten. Veronica Koht Larsen, das Mädchen mit dem Kartenspiel, das immer neben der Küchentür gesessen hatte, die angsteinflößende, schwarz gekleidete kleine Gestalt, die immer diesen verschrobenen, verdreckten Knaben mit sich herumschleppte, war eine Mörderin. Das Ganze war so sensationell, dass

Schweigen unmöglich wurde. Das hier war ein so großes Ereignis, dass es mit anderen geteilt werden musste, um real zu werden.

Ich wusste nicht, was ich tun sollte.

Die Eisenklammer um meine Lunge wurde enger, und wieder spürte ich den brennenden Schmerz in meiner Wunde am Bein, den ich doch eigentlich gar nicht fühlen konnte. Ich schloss die Augen und biss die Zähne zusammen, als Veronica Koht Larsen sich von dem blauen Sofa erhob.

Das Stimmengewirr im Raum verstummte abrupt.

Niemand rührte sich.

Auch Veronica stand regungslos da. Sie hatte die Tasche über die Schulter geworfen.

»Und kann jemand mir erklären«, sagte sie ruhig, ihre Stimme war melodiös und rein, »warum ich einen Eiszapfen als Waffe nehmen sollte, wenn doch offenbar alle annehmen, dass ich einen Revolver in dieser Tasche habe?«

Als der Hubschrauber landete, hatten die meisten Gäste ihren Aufenthalt im *Finse 1222* als beendet betrachtet. Viele hatten ihre Mäntel von Haken und aus den Zimmern geholt, und einige hatten ihre kleinen Gepäckstücke zusammengesammelt. Veronica gehörte zu diesen Leuten. Sie hatte geglaubt, es gehe nach Hause, und hatte ihre Tasche aus dem Versteck hervorgeholt. Unbemerkt hatte sie ihre Hand hineingesteckt.

»Gute Frage«, entgegnete ich und wusste, dass ich ein unzulässiges Risiko einging. »Eine sehr gute Frage, glaube ich. Vielleicht möchtest du sie selber beantworten?«

»Jetzt machen wir hier mal Schluss«, ging Per Langerud dazwischen und kam mit besänftigender Geste auf Veronica zu. »Jetzt bleiben wir alle ganz entspannt und ...«

»Halt.«

Sie hob nicht einmal die Stimme.

Ich hatte recht gehabt. Es war ein Revolver, keine Pistole. Und er war auf mich gerichtet. Veronica trat einen Schritt zur Seite.

Ich schloss die Augen.

Als ich sie wieder öffnete, lag Veronica mit dem Gesicht nach unten auf dem Boden. Der Kurde, oder der schnurrbärtige Mann, den ich lange für einen Kurden gehalten hatte, hatte sein Knie in den Rücken der schmächtigen Gestalt gepresst und hielt ihre Arme mit einer Hand fest. Die Frau mit dem Kopftuch kniete daneben und umfasste mit beiden Händen einen Revolver, den sie gegen Veronicas Schläfe drückte.

Per Langerud brüllte auf, und hinter mir hörte ich Schritte. Ich hörte nicht, was gerufen wurde, sondern schrie:

»Nicht schießen! Das sind unsere Leute! Rührt sie nicht an!«

Die drei Polizisten erstarrten.

»Lassen Sie sie aufstehen«, sagte ich und fuhr zu Veronica hinüber.

Die Frau steckte die Waffe ins Holster und schnappte sich Veronicas Revolver. Mit geübten, sicheren Griffen öffnete sie die Waffe und drehte die Trommel.

»Leer«, sagte sie mit tonloser Stimme. »Keine Munition.«

»Ja, genau«, bestätigte ich. »Leer.«

Ich hatte hoch gepokert. Viel zu hoch, aber ich hatte gewonnen. Ich war so sicher gewesen, dass der Revolver leer war, dass ich das Leben anderer aufs Spiel gesetzt hatte. Vielleicht war es doch richtig gewesen, bei der Polizei auszusteigen.

Aber es gab keinen vernünftigen Grund, einen Eiszapfen als Mordwaffe zu benutzen, wenn man einen Revolver hatte. Falls dieser nicht defekt war oder es keine Munition mehr gab.

Veronica hatte nur eine Kugel, als sie in den Zug nach Bergen einstieg.

Ich wollte es gar nicht so genau wissen. Ich erinnerte mich nämlich an einen anderen Fall, ein anderes Mal, in einem anderen Leben. Ein Mann hatte unbegreiflicherweise nur zwei Kugeln in seinem Magazin. Neun hätten dort Platz gehabt. Die Erklärung war, dass er die Waffe gestohlen hatte.

Im Magazin hatten nur zwei Kugeln gesteckt.

Beide hatten mich getroffen.

Veronica hatte einen Revolver gestohlen, dessen Munition für ihren Zweck genügen musste. Ich wusste nicht, ob sie Cato Hammer im Zug oder in Bergen hatte töten wollen. Es spielte keine Rolle mehr. Sie hatte es hier in Finse getan, und als Roar Hanson gedroht hatte, sie zu entlarven, war sie waffenlos gewesen. Aber keineswegs ratlos. Veronica war eine kluge Frau, und die Raffinesse einer Waffe, die sich von selbst auflöst, wäre unter anderen Umständen bewundernswert gewesen.

Theoretisch, meine ich natürlich.

Veronica saß regungslos auf dem Sofa. Ihre Arme waren mit Handschellen auf ihrem Rücken gefesselt.

Die drei Polizisten jagten alle anderen Gäste aus der *Blåstue*. Sie sollten entfernt werden, vom Ort des Geschehens, von Veronica, damit die drei Vertreter der Ordnungsmacht sich überlegen könnten, wie sie dieses Vorgehen ihren Vorgesetzten erklären sollten.

Adrian saß in der *Blåstue* wie eine vergessene Stoffpuppe. Er weinte nicht mehr. Die Tränen hatten breite Streifen in sein schmutziges Gesicht gezogen. Seine Nase war rot und geschwollen, die Augen schmale Schlitze.

»Geh bitte«, sagte ich zu ihm. »Geh jetzt, Adrian. Ich rede dann später mit dir. Okay?«

Er erhob sich willenlos und ließ sich von Berit in die Rezeption führen.

Veronica sah ihm nicht einmal hinterher.

»Meine Mutter hatte kein Verbrechen begangen.«

»Sag nichts mehr«, sagte ich. »Ich besorge dir einen guten Anwalt. Sag solange nichts mehr.«

»Sie war zu fromm.«

Zum ersten Mal zeigte sie einen Anflug echter Aggression.

»Cato Hammer hatte sich jahrelang aus der Kasse bedient, und als er begriff, dass ihm der Boden unter den Füßen heiß wurde, hat er es geschafft ... er hat sie dazu gebracht, alle Schuld auf sich zu nehmen. Er wusste, dass sie vor allem die Kirche beschützen wollte. Die Kirche war alles für meine Mutter.«

Die Worte strömten nur so aus ihr heraus. Einige Sätze klangen tot und monoton, dann hob sie bei einzelnen Wörtern plötzlich die Stimme. In der schmächtigen Gestalt schien ein Widerstand gebrochen zu sein, sie musste reden.

»Die Kirche und ich, das war alles, was meine Mutter auf der Welt hatte. Sie hätte für uns beide einfach alles getan. Aber als mein Bedürfnis nach einer Mutter mit dem Bedürfnis der Kirche nach Schutz kollidierte, habe ich verloren. Cato hat ihr bestimmt die Ohren über die schrecklichen Folgen vollgejammert, wenn der Leiter der Finanzabteilung wegen Unterschlagung verhaftet werden würde, wie dann die ganze Kirche ...«

»Veronica«, fiel ich ihr ins Wort. »Das war ernst gemeint. Sag jetzt nichts mehr!«

»Wilhelmsen hat recht«, sagte Langerud. »Sobald wir das organisieren können, bringen wir dich nach Bergen. Und da bekommst du natürlich einen Anwalt.«

»Meine Mutter war nur eine einfache Sekretärin«, fuhr Veronica unbeirrt fort, als habe sie uns alle nicht gehört. »Eine tiefreligiöse Sekretärin mit Kontovollmacht und Zugang zu sehr viel Geld. Das sie nie angerührt hat. Eine einfache Sekretärin mit schwachen Nerven, großen Qualen und blindem Gottvertrauen.

Gott und Cato Hammer ... haben sie im Stich gelassen, schlimmer als ... als ...«

Ihr liefen die Tränen übers Gesicht. Aber ihre Stimme zitterte nicht.

»Ich konnte nicht begreifen, dass sie das getan haben sollte«, sagte Veronica. »Geld stehlen ... was hätte sie damit machen sollen? Aber sie hat gestanden. Niemand hat sich darüber gewundert, dass die Polizei lediglich achthunderttausend Kronen auf einem gerade erst eingerichteten Konto aufspüren konnte. Cato musste ihr das Geld gegeben haben, aus Verzweiflung, weil die Sache aufgeflogen war. Sie hat behauptet, den Rest verprasst zu haben. Das habe ich nie geglaubt. Wir hatten nie viel Geld. Dann wurde sie ... krank und kam in die Klinik. Ich war fünfzehn. Fünfzehn!«

Sie rang schluchzend nach Luft.

»Zehn Jahre lang war sie in einem Krankenhaus eingesperrt. Und sie hat niemandem verraten, dass sie die Strafe für Cato Hammer auf sich genommen hatte. Unser Haus wurde verkauft, um den Fonds zu entschädigen. Als sie jetzt im Januar starb, habe ich in ihren Papieren einen Brief gefunden, einen Brief, den sie 1998 geschrieben hatte. Mein Name stand darauf. Und als ich ihn gelesen hatte, beschloss ich ...«

»Jetzt hältst du den Mund!«, befahl ich. »Langerud! Mach was!«

Der riesige Mann ging vor ihr in die Hocke.

»Meine Mutter hatte bereits für uns beide gebüßt«, sagte sie tonlos. »Und ich hatte schon zu viel bezahlt. Ich konnte Roar Hanson nicht ... er hat gesagt, er würde ... er ...«

»Veronica«, sagte Langerud. »Jetzt hörst du auf. Okay?«

Sie sah an ihm vorbei. Er nahm ihr Kinn vorsichtig in seine rechte Hand und erzwang sich Blickkontakt.

»Sei still!«

Ohne Vorwarnung gab er ihr eine federleichte Ohrfeige. Es ging so schnell, dass ich es verpasst hätte, wenn ich in dem Moment mit den Augen geblinzelt hätte.

»Verstehst du? Verstehst du???«

»Ja«, sagte Veronica Koht Larsen. »Ich verstehe alles. Ich wünschte, ich hätte alles schon viel früher verstanden. Wenn ich es mit fünfzehn verstanden hätte, dann ...«

Diesen Satz vollendete sie nicht. Sie hatte bereits zwei vorsätzliche Morde gestanden, auch wenn ich niemandem davon erzählen würde. Aber für Per Langerud galten andere Vorschriften, und es war schon zu viel gesagt worden. Veronica erhob sich langsam und steif vom Sofa.

Sie hatte keine Ähnlichkeit mehr mit einer Katze. Die Frau, die Per Langerud gehorsam durch die großen Säle des Seitenflügels vom *Finse 1222* folgte, bewegte sich nicht geschmeidig und weich. Ihre Schritte waren kurz und ruckhaft, mit stolpernden Schritten, um das Gleichgewicht zu halten. Ihr Kopf war gesenkt. Selbst ihre schwarze, flatternde Kleidung wirkte an der mageren Gestalt jetzt grauer und ließ sie einem Bleistiftstrich ähneln, den jemand mit großem Eifer auszuradieren versucht hat.

Plötzlich wurde mir bewusst, dass ich das gewesen war.

12 LAUT BEAUFORTSKALA:

Auswirkungen des Windes im Gebirge

Orkan (Hurrikan). Windgeschwindigkeit: über 177 km/h
Wenn bewohnte Orte betroffen sind,
kommt es zu einer Naturkatastrophe,
der auch Menschenleben zum Opfer fallen können.

1 »Der Junge kommt mit mir«, sagte ich.

Berit stellte gerade die Listen zusammen, wer mit wem und in welcher Reihenfolge ausgeflogen werden sollte. Die Evakuierung des Hotels sollte noch in dieser Nacht beginnen. Es würde ja doch niemand schlafen, und der Wind war zu einer mäßigen Brise, Windstärke 4, abgeflaut. Es gab keinen Grund mehr, die Leute festzuhalten. Im Gegenteil. Je zügiger das Hotel geräumt werden würde, umso schneller würden die Reparaturarbeiten in Gang kommen. Johan und ein paar Freiwillige befreiten den Bahnsteig vom Schnee. Im Rekordtempo wurden Traktoren ausgegraben. Viele Gäste hatten mit Spaten und tadellosem Enthusiasmus geholfen. Wenn ich die Leute, die mit roten Gesichtern und eiskalten Händen hereinkamen, richtig verstanden hatte, dann sah der Bahnsteig aus wie ein riesiges Schwimmbecken, eine tiefe Eishockeybahn mit Wänden aus Schnee. Die Leitungen entlang der Bahntrasse waren nach wie vor unter dem Schnee begraben, und darum gab es noch keinen Strom.

Aber die Hubschrauber konnten landen.

Der erste wurde jeden Moment erwartet.

»Der Junge kommt mit mir«, wiederholte ich. »Und ich möchte die Letzte sein.«

»Das wird dann erst morgen früh so weit sein«, sagte Berit.

»Ist mir recht«, sagte ich und fuhr durch die fast menschenleere Rezeption.

Einige waren draußen, andere hatten sich in die Zimmer zurückgezogen. Zum Schlafen oder um Kräfte zu sammeln. Seit die

Polizei gekommen war, wurde kein Alkohol mehr ausgeschenkt, und den meisten war klar, dass die Rettungsaktion dauern würde. Damit hatten sich alle abgefunden. Bald würde die Evakuierung beginnen, und das war das Einzige, was jetzt noch eine Rolle spielte.

Adrian saß allein neben der Küchentür. Niemand achtete auf ihn. Er hatte dort gesessen, seit er aus dem Seitenflügel geführt worden war. Er machte nichts und sagte nichts. Saß nur da, die Stirn auf die Knie gepresst und die Arme um die Beine geschlungen, und wiegte sich hin und her.

Der Kurde, der kein Kurde war, stand plötzlich vor mir.

»Thomas Chrysler«, sagte er lächelnd und hielt mir die Hand hin. »Du hast da unten eine beeindruckende Vorstellung abgeliefert.«

»Thomas Chrysler«, wiederholte ich verloren und dachte, sie hätten sich doch etwas Besseres ausdenken können, wenn sie dem Mann schon eine falsche Identität verpassten. »Vom Nationalen Sicherheitsdienst, nehme ich an?«

Er schaute sich um. Niemand konnte uns hören. Trotzdem gab er keine Antwort.

»Ich muss dich eine Sache fragen«, sagte er stattdessen. »Wie konntest du damit rechnen, dass Clara und ich eingreifen würden? Du hast sie absichtlich zu uns gesetzt, nicht wahr? Du hast den Jungen und Veronica aufgefordert, sich dorthin zu setzen.«

»Ich habe euch beobachtet, als der Waggon runtergefallen ist«, erklärte ich. »Ich habe gesehen, wie ihr eure Waffen gezogen habt.«

Seine Augen wurden schmaler. Er musterte mich einige Sekunden lang, dann lächelte er wieder breit. Seine Zähne waren überwältigend weiß und regelmäßig.

»Aber du konntest doch nicht wissen, dass ...«

»Moment«, sagte ich und hob abwehrend die Hand. »Ich hatte meine Gründe, um euch für die Guten zu halten. Okay? Ein Vögelchen hatte ... mir vielleicht nicht gerade ins Ohr gesungen, aber mir doch einen Blick zugeworfen, der mir andeutete, dass auf euch Verlass ist. Lasst es darauf beruhen. Es war nett, euch kennenzulernen, aber ich muss mich jetzt um den Jungen da drüben kümmern. Nur noch eines ... «

Jetzt war ich diejenige, die sich prüfend umschaute.

»Ich nehme an, ihr solltet die Fahrgäste im Zug im Auge behalten«, fügte ich hinzu und musste ein Gähnen unterdrücken. »Ihr habt *undercover* gearbeitet für den Fall, dass jemand eurem Terroristen nach dem Leben trachtete, nicht wahr?«

Seine Augen wurden noch schmaler.

»Unserem Terroristen?«

Sein Lächeln schlug in ein herzliches Lachen um.

»Wir haben keinen echten Terroristen bei uns«, sagte er, ohne jedoch die Stimme zu heben. »Das hier war eine Übung. Hast du etwa gedacht ... nein, nein. Das hier war lediglich eine Übung. Allerdings eine sehr authentische Übung unter äußerst harten Bedingungen.«

Er log.

Das musste gelogen sein. Es konnte nicht wahr sein, dass dieser ganze Albtraum, alles, was wegen dieser Geheimnistuerei passiert war, alle Gerüchte und Unannehmlichkeiten, der Aufstand im Appartementtrakt – es konnte einfach nicht wahr sein, dass das alles auf einem Bluff beruhte. Ich konnte nicht so viel Energie für nichts vergeudet haben, für eine Übung, eine Trainingseinheit für die Jungs vom PST, während ich mich von der ersten Nacht an auf das eine hätte konzentrieren sollen: Wer hatte Cato Hammer ermordet?

»Was sollte denn geübt werden?«

»Der Transport von Risikogefangenen mit der Bahn. Du hast es ja selbst gesagt …«

Wieder dieser erfahrene Blick, der aufmerksam durch das Zimmer schweifte.

»Wir leben in einer neuen Zeit mit neuen Herausforderungen. Du hast ja selbst eine davon erwähnt.«

Er zwinkerte mit dem rechten Auge.

»Geh weg«, sagte ich leise. »Bitte lass mich jetzt in Ruhe.«

»Himmel«, sagte er und wich einen Schritt zurück. »Ich wollte wirklich nicht …«

»Geh. Geh jetzt.«

»Schon gut.«

Sein Lächeln war wieder da. Er zog seine Jacke zurecht, fischte eine Packung Kaugummi aus der Tasche und bot mir eines an.

»Nein, danke. Ich will meine Ruhe haben.«

»Dann bedanke ich mich für deine Gesellschaft«, sagte er und setzte sich in Bewegung. »Gute Heimreise.«

Schon nach drei Metern drehte er sich wieder um.

»Nur noch eines«, sagte er und kaute energisch. »Beim Essen gestern konnte ich sehen, dass du überlegt hast, welche Sprache Clara und ich gesprochen haben.«

Ich gab keine Antwort. Sah ihn nicht einmal an. Langsam fuhr ich zu Adrian hinüber.

»Esperanto«, rief er mir hinterher und lachte. »Wir sprechen beide nicht gut genug Arabisch. Esperanto können die wenigsten, und es hört sich doch ziemlich exotisch an, nicht wahr?«

Sein Lachen war echt. Er wollte mich nicht verspotten. Er war genauso froh wie ich, dass alles vorbei war und dass wir nach Hause fahren durften. In diesem Moment hätte ich den Kerl trotzdem umbringen können. Ich wollte ihn nie wiedersehen.

Eine Übung. Ich fühlte mich betrogen. Ich war getäuscht worden.

Und schlimmer noch, ich kam mir vor wie eine Vollidiotin. »Adrian«, sagte ich leise.

Aber der Junge schaute nicht auf.

2 Es war Samstag, der 17. Februar, und es ging auf ein Uhr mittags zu. Das *Finse 1222* hatte fast keine Gäste mehr. Die riesigen Hubschrauber waren seit drei Uhr nachts im Pendelverkehr unterwegs gewesen. Wie bleischwere Libellen waren sie von Südwesten her angesurrt gekommen und hatten sich mit Gruppen von Passagieren gefüllt, um dann langsam gen Himmel zu steigen und zu verschwinden. Magnus Streng war als einer der Ersten aufgebrochen und hatte mich zum Abschied so fest an sich gedrückt, dass ich glaubte, davon einen bleibenden Schaden behalten zu haben. Ich hatte seine Visitenkarte bekommen und hoch und heilig versprochen, anzurufen.

»Irgendwann in den nächsten Tagen«, sagte ich. »Ich rufe irgendwann in den nächsten Tagen an.«

Ich würde Magnus Streng niemals anrufen.

Die Toten waren in einem eigenen Hubschrauber fortgebracht worden: der Lokomotivführer Einar Holter, der alte Elias Grav, die Pastoren Cato Hammer und Roar Hanson und der gehetzte Steinar Aass, der in seiner Dummheit geglaubt hatte, Olga überwinden zu können. Nur die kleine rosafarbene Sara durfte mit ihrer Mama fliegen, eingewickelt in eine Wolldecke, die die Mutter an ihre Brust presste, während sie lautlos weinte, als sie in den Hubschrauber geführt wurde.

Auch ich hatte mich tragen lassen.

Das geschah selten, seit ich nach der Schussverletzung wieder Kraft genug hatte, um selbstständig aus dem Bett aufzustehen. In den vergangenen vier Jahren hatte ich mich nur zwei-, dreimal hochheben lassen. Geir hatte nicht einmal um Erlaubnis gefragt. Er packte mich einfach und trug mich die kunstfertige Treppe aus Schnee hinauf in die frische Luft und in das grelle, weiß gewaschene Sonnenlicht. Auf der Ostseite des Hotels, unmittelbar neben dem eingeschneiten Bahnhofsgebäude, hatte er eine breite, mit Rentierfellen bedeckte Bank freigeschaufelt. Von dort hatte man eine großartige Aussicht auf das Finsevann. Gefrorene Schneewellen bedeckten den See. Am gegenüberliegenden Ufer ragten die Berge auf, und Geir zeigte darauf, während er Felsen und Schluchten bei ihren Namen nannte. Ich hörte nicht wirklich zu.

Und Berit offenbar auch nicht.

Sie kannte die Landschaft ja und ließ sich auf die Felle sinken. Schloss die Augen hinter ihrer Sonnenbrille. Ihr Mund war leicht geöffnet. Sie sah aus, als schlafe sie, eine ungerührte Touristin im eiskalten Sonnenschein. Ich dagegen schaute mich fasziniert um. Berit hatte mir eine Sonnenbrille aus dem Kiosk geholt und sich geweigert, Geld dafür anzunehmen. Mit der Brille sah ich aus wie eine magere Fliege.

Dass Weiß so weiß sein konnte, fand ich unfassbar. Das Licht stach wie mit Messern in meine Netzhaut, als ich die Brille abnahm, um die Intensität dieser gewaltigen Farblosigkeit zu erleben.

Die eben doch nicht farblos war.

Ich genoss mit zusammengekniffenen Augen die großartige Aussicht.

Das Licht der Schneedecke wurde in meinen Tränen gebrochen, die wie kleine Wasserprismen an meinen Wimpern hingen. In dieser Kanonade aus Licht glaubte ich zu sehen, dass jede einzelne Schneeflocke regenbogenfarben war. Alles um mich herum erstrahlte in kleinen Farbblitzen, die verschwunden waren, noch ehe ich sie richtig zu fassen bekam.

Geir redete und gestikulierte, aber ich hörte nichts.

Ich war taub für alles andere, hatte nur Augen für die Aussicht. Ich hatte das Gefühl, hören zu können, wie das Sonnenlicht auf dem Boden auftraf und in diesem überwältigenden Farbenspiel explodierte, das mir einfach den Atem verschlug.

Ich musste die Sonnenbrille wieder aufsetzen.

Die Reflexe verschwanden, und erneut schweifte mein Blick über eine weiße, schöne norwegische Hochgebirgslandschaft.

Von meinem Sitzplatz aus konnte ich über die Schneekante auf der kleinen Burg schauen, die Geir errichtet hatte. Wir waren geschützt vor dem Wind, und ich konnte fast den gesamten provisorischen Landeplatz zwischen Eisenbahnschienen, Hotel und Bahnhofsgebäude überblicken. Bald würde der vorletzte Hubschrauber Finse verlassen.

Veronica kam die Schneetreppe des Hotels hoch. Sie trug keine Handschellen mehr, zwei Polizisten stützten sie. So, wie sie über den Bahnsteig auf den riesigen Hubschrauber zuschwankte, schien sie jede Hilfe zu benötigen.

Ich hielt mir die Hände vor die Stirn und kniff die Augen zusammen. Nun trat Per Langerud hinter dem Südafrikaner aus dem Appartementtrakt. Ich hatte keinen Gedanken mehr an diesen Burschen verschwendet, seit ich mich damit abgefunden hatte, dass er vor dem Sturz des Waggons in das andere Haus gelangt sein musste.

»Warum ... «

Ich murmelte und riss mich zusammen.

Der Mann trug Handschellen. Per Langerud schob ihn gereizt weiter, als sein Gefangener beim Anblick des gewaltigen Hubschraubers stehen blieb.

»Berit?«, sagte ich und räusperte mich.

»Ja ...«

Sie schlief doch nicht.

»Warum ist der Südafrikaner festgenommen worden?«

»Der Südafrikaner?«

Sie setzte sich auf, um besser sehen zu können.

»Ach, der ... der ist kein Südafrikaner.«

»Doch, er ...«

Es stimmte. Niemand hatte je behauptet, der gut angezogene Mann mit dem scharfen und singenden britischen Akzent sei Südafrikaner. Ich hatte das einfach nur vermutet.

»Der kommt aus den USA«, sagte Berit und ließ sich wieder auf die Felle sinken.

Sie seufzte vor Wohlbefinden, trotz der Kälte, und wickelte ihre Wolldecke fester um sich.

Aus den USA.

Er hatte mich mit seiner falschen Aussprache an der Nase herumgeführt.

Ich versuchte, mich daran zu erinnern, was Thomas Chrysler bei unserer kurzen Begegnung gesagt hatte. Seine Worte brannten noch in meinem Ohr: »Das hier war nur eine Übung.« Ich erinnerte mich auch an Geir Rugholmens Ausbruch im Büro, kurz bevor der erste Hubschrauber gekommen war.

»Wenn wirklich ein Terrorist festgenommen worden ist oder auf norwegischem Boden Zuflucht gesucht hat, dann muss er sich in erster Linie vor den Amerikanern fürchten. Die würden vor nichts zurückschrecken, um ...«

»Darf ich mal dein Fernglas benutzen?«, bat ich Geir.

Der Mann, den ich für einen Südafrikaner gehalten hatte, war auch jetzt noch tadellos gekleidet. Ich konnte durch die starken

Linsen sogar die Nadelstreifen auf seinem Anzug sehen. Sein Schlips saß perfekt, und die Schuhe, in denen er durch den Schnee stapfte, waren so elegant und blank geputzt wie immer.

Nur sein Gesichtsausdruck hatte sich verändert.

»Warum ist er festgenommen worden?«, fragte ich, ohne das Fernglas von den Augen zu nehmen.

»Waffenbesitz«, sagte Berit beiläufig. »Das war alles, glaube ich.«

Sie hätten ihr auch nicht mehr verraten, dachte ich.

Ich ließ das Fernglas sinken und schaute zu Geir hinunter. Er achtete überhaupt nicht darauf, was dort unten geschah. Er starrte verträumt auf das Finsevann und murmelte etwas über »Kiting«.

Da hast du deinen Yankee, Geir, dachte ich. Du hattest recht.

Aber ich sagte nichts.

Der Südafrikaner, der kein Südafrikaner war, war der Beweis dafür, dass Thomas Chrysler, der mit ziemlicher Sicherheit nicht Thomas Chrysler hieß, gelogen hatte. Diese Übung war keine Übung.

Ich war mir über meine Gefühle nicht im Klaren. Mein Puls raste, und das Adrenalin ließ mich schneller atmen. War ich wütend? Oder eher erleichtert? Ich hatte mich eben doch nicht geirrt.

Als ob das irgendeine Rolle spielte.

Wieder hob ich das Fernglas an die Augen.

Der Amerikaner kletterte in den Hubschrauber. Fast wäre er gestolpert, aber Langerud rettete ihn mit einem energischen Griff vor einem Sturz. Als der Mann sicher in der Maschine saß, kletterte Langerud hinterher. Die Rotorblätter setzten sich langsam mit dröhnendem Knattern in Bewegung. Berit richtete sich auf.

»Der vorletzte Hubschrauber«, verkündete sie. »Wenn der letzte kommt, bist du an der Reihe, Hanne.«

»Eines Tages musst du mal wiederkommen«, sagte Geir lächelnd. »Ich werde dich persönlich im Schlitten nach Finsenut hochziehen.«

Ich musste lächeln.

Der Hubschrauber hob langsam ab, als wage er nicht so recht, den Kontakt zum Boden zu verlieren. Der Schnee wurde so stark aufgewirbelt, dass wir die Hände vors Gesicht schlagen und uns vorbeugen mussten. Als die Maschine an Höhe gewonnen hatte, konnte ich den Blick wieder zum Himmel heben. Der Hubschrauber gewann schnell an Geschwindigkeit und sauste mit den drei Polizisten und einem Gefangenen an Bord gen Westen.

»Ich meine das ernst«, sagte Geir eifrig. »Komm einfach mal wieder. Ich werde dafür sorgen, dass meine Wohnung bis dahin ausgegraben ist. Wir können dich mit dem Schneemobil herumfahren, Johan hat auch ein fantastisches Hundegespann, wir können ...«

»Soll der nächste Hubschrauber jetzt gleich kommen?«, unterbrach ich ihn und hob das Fernglas hoch.

Die letzte Sea-King-Maschine hatte schon über einen Kilometer zurückgelegt. In größerer Entfernung jedoch konnte ich etwas Dunkles in der Luft sehen, das sich näherte.

»Nein«, entgegnete Berit zögernd. »Der kommt erst in ungefähr einer Stunde. Warum fragst du?«

»Sieh mal«, sagte ich und reichte ihr das Fernglas. »Dahinten.«

Ich zeigte nach Südwesten. Jetzt war das Objekt auch mit bloßem Auge zu sehen. Es flog niedriger als die Sea-King-Maschine und nahm eine etwas andere Route als die Rettungshubschrauber.

»Jetzt höre ich es auch«, sagte Geir und kniff die Augen zusammen. »Das ist wirklich ein Hubschrauber. Der fliegt tief, sehr tief«

Er kam genau auf uns zu. Mitten über dem Finsevann, in knapp hundert Meter Höhe über den Schneewehen, scherte er nach Westen aus, um sich dann dem Landeplatz vor dem Hotel zu nähern.

»Der ist ja schwarz angestrichen«, brüllte Geir durch den Lärm. »Keine Markierungen, keine Kennzeichen!«

Wieder wurde der Schnee mit einer Wucht aufgewirbelt, die uns daran erinnerte, wie der Orkan während der letzten Tage gewütet hatte.

»Gib mir das Fernglas«, schrie ich Berit an, die es mir reichte und dann das Gesicht zwischen ihren Knien verbarg und sich die Ohren zuhielt.

Als der Hubschrauber landete, rutschte ich an den Rand der kleinen Schneeburg. Ich presste mich gegen die Wand und hob den Kopf ein winziges Stück über die Kante. Der Schnee brannte in meinen Augen, aber das wurde besser, als ich das Fernglas richtig angelegt hatte.

Ich sah vor allem Schnee.

Ich entdeckte die vier Männer aus dem Keller, die mit gesenkten Köpfen auf den Hubschrauber zuliefen, dessen Rotorblätter sich weiterdrehten. Es war schwer, die Gestalten da unten voneinander zu unterscheiden, aber ich war überzeugt, dass es sich bei der ersten Person um Severin Heger handeln musste. Er war fast zwei Meter groß, und sein Rücken wirkte breiter als der der anderen. Die dicke Winterkleidung hatten sie abgelegt, obwohl es noch immer fast fünfzehn Grad unter null waren. Sie rechneten offensichtlich mit einem beheizten Hubschrauber.

Schnee und Wind ließen nicht nur die Augen brennen. Mein Gesicht fühlte sich an, als würde es mit tausend winzigen Glaspfeilen beschossen. Ich hatte die Handschuhe ausgezogen, um das Fernglas besser festhalten zu können, und meine Hände waren so kalt, dass ich Angst hatte, mir könnten die Finger abbrechen.

Severin hatte als Erster den Hubschrauber erreicht. Er packte den Oberarm des Mannes, der hinter ihm stand, und half ihm die kleine Treppe hoch, die der Copilot unmittelbar nach der Landung ausgefahren hatte. Erst jetzt fiel mir auf, dass nur der Mann, der gerade in den Hubschrauber kletterte, keinen Rucksack trug. Er zögerte einen Moment, ehe er die letzte Stufe nahm, und sah sich nach allen Seiten um.

Ich sah sein Gesicht durch das Fernglas nur so kurz, dass ich mir bis heute nicht sicher bin, ob ich es wirklich gesehen habe. Es dauerte vielleicht eine Sekunde, bis mir die Sicht auf die vier Männer und den schwarzen, unidentifizierbaren Hubschrauber wieder durch das Schneegestöber versperrt wurde.

Vielleicht war es eine halbe Sekunde, vielleicht auch anderthalb Sekunden.

Ich musste mich geirrt haben. Er kann es unmöglich gewesen sein.

Der Bart des Mannes war lang und dunkel, mit grauen Streifen, die sich wie ein umgedrehtes V von seinem Mund nach unten zogen. Seine Augen, die in mein Fernglas starrten, ohne das zu wissen, waren tiefdunkel, mit langen Wimpern und einem melancholischen, milden Ausdruck. Seine ganze Erscheinung machte auf mich einen tiefen, fast lähmenden Eindruck, aber sein Mund war am auffälligsten. Er war groß, mit sehr vollen und schönen Lippen. Als er in dem grellen Licht und dem Schneegestöber die Augen zusammenkniff, entblößte er seine Zähne, die weiß und regelmäßig waren und einen seltsamen Kontrast zu den Alterszeichen im lockigen Bart bildeten.

Er war ein sehr schöner Mann, und ich konnte nicht begreifen, was ich soeben gesehen hatte. Noch unverständlicher war, warum die USA nur einen einzigen Mann geschickt hatten.

Aber vielleicht war das ja gar nicht der Fall. Vielleicht hatte es noch mehr sogenannte Südafrikaner gegeben. Nur hatte die niemand entdeckt. Ich kniff die Augen zu, um meine Tränen zurückzudrängen.

Der Motor brüllte auf.

Der Hubschrauber hob ab. Ich trotzte der Kälte und zwang
mich, ins Schneegestöber zu blicken. Alles war weiß, und für einen Moment war ich wie blind. Ich rang um Luft und rieb mein
Gesicht mit eiskalten Händen, als der Hubschrauber endlich so
hoch gestiegen war, dass das Schneegestöber sich legte und wir
wieder freie Sicht hatten.

»Was war das denn?«, fragte Geir, als der schwarze Hubschrauber in derselben Richtung verschwand, aus der er gekommen war,
und es in den Bergen wieder ganz still wurde.

»Ich weiß es nicht«, sagte ich und wünschte mir mehr als alles
andere, dass ich die Wahrheit sagte. »Ich habe wirklich keine Ahnung, was das war.«

Nachwort der Autorin

In diesem Roman ist die Rede von der Fondsverwaltung der Kirche. Faszinierenderweise gibt es wirklich eine solche Instanz. Ich weiß jedoch nur wenig darüber, abgesehen von ihren offiziellen Aufgaben und Zielen. Soviel ich weiß, ist es bei der Verwaltung der irdischen Güter im Besitz der Norwegischen Staatskirche noch nie zu kriminellen Aktivitäten gekommen.

Ich kann versichern, dass das Hotel *Finse 1222*, das die Kulisse für diesen Roman bildet, noch genauso unversehrt dasteht wie die Berge, von denen es umgeben ist. Ich habe das Gefühl, dass dieses seltsame, schiefe, schöne braune Gebäude bis in alle Ewigkeit existieren wird. Ich möchte mich bei Merete Aarskog, Maren Skjelde und allen anderen vom *Finse 1222* für ihr großes Entgegenkommen herzlich bedanken.

Meine Verwandtschaft in Bergen, die uns zu Finse-Fans gemacht hat, möchte ich herzlichst grüßen. Vor allem danke ich Hallgeir und Beate, Sara, Olemann und Philip, die mit ihrer Begeisterung und ihrer Großzügigkeit Küstenmenschen wie uns die Erfahrung ermöglicht haben, dass das Gebirgsleben ohne Zweifel auch seine Qualitäten hat.

Jedenfalls so, wie es in Finse gelebt wird!

In der Bergenbahn,
am 28. Juni 2007, Anne Holt

Und so geht es weiter ...

EIN KALTER FALL

Der neunte Fall für Hanne Wilhelmsen

Seit sie bei einem Einsatz angeschossen wurde, sitzt die ehemalige Kommissarin Hanne Wilhelmsen im Rollstuhl und hat sich aus der Öffentlichkeit zurückgezogen. Auch Billy T. hat den Polizeidienst mittlerweile verlassen – doch dann bittet er Hanne aus dem Nichts inständig um Hilfe: Er fürchtet, dass sein Sohn in terroristische Kreise geraten sein könnte. Noch während ihres Gesprächs detoniert plötzlich ganz in der Nähe eine Bombe, die neunundzwanzig Menschen in den Tod reißt. Die Situation in Oslo spitzt sich zu, als eine zweite Bombe neue Opfer fordert. Wie sehr ihnen vermeintliche Gewissheiten den Blick auf die Wahrheit verstellen, begreifen auch Hanne und Billy T. erst, als der in dem angeblichen Bekennervideo identifizierte Attentäter tot auf einem Waldweg gefunden wird ...